KNAUR

Über den Autor:

Dieter Bednarz, Jahrgang 1956, lebt mit Frau und drei Töchtern in Hamburg, bislang ohne Erleuchtungserlebnisse. Sein weitgehend autobiographisches Buch »Überleben an der Wickelfront« wurde als Spielfilm mit dem gleichen Titel zum Quotenerfolg im ZDF, ebenso wie die TV-Verfilmung seines Romans »Mann darf sich doch mal irren! – Unser Leben nach der Wickelfront«, der weitgehend fiktiven Fortschreibung der Familiengeschichte.

DIETER BEDNARZ

Schwer ERLEUCHTET

Roman

KNAUR

Besuchen Sie uns im Internet:
www.knaur.de

FSC
www.fsc.org
MIX
Papier aus verantwortungsvollen Quellen
FSC® C083411

Originalausgabe Juni 2017
Knaur Taschenbuch

Ein Imprint der Verlagsgruppe
Droemer Knaur GmbH & Co. KG, München

Redaktion: Martina Vogl
Covergestaltung: semper smile, München
Coverabbildung: semper smile unter Verwendung
von Motiven von Shutterstock
Illustration im Innenteil: navi1 / Shutterstock.com
Satz: Sandra Hacke
Druck und Bindung: CPI books GmbH, Leck
ISBN 978-3-426-51999-8

2 4 5 3 1

Dem Ehrwürdigen Kosgoda Siri Sudhamma Thera
(1936–2016).
Es gibt keinen blinden Zufall.

Für Fanny, Lilly, Rosa und Esther.
Dank euch ahne ich, was der Buddha mit Karma meinte.

Kapitel 1

»Wie schön«, sagte der Ehrwürdige Mönch Siri. Vorsichtig streckte er seine linke Hand aus, während seine rechte den abgewetzten Lederkoffer hielt, den Anandas Mutter ihm geliehen hatte. Zwei, drei, vier, fünf Schneeflocken fielen in seine offene Handfläche. Auf seiner dunklen Haut, in die das Alter tiefe Lebenslinien gegraben hatte, wirkten die Kristalle noch weißer, reiner, unschuldiger.

Der Mönch stellte den Koffer ab und reckte beide Hände wie eine Schale in den Nachthimmel. Als seien sie für ihn bestimmt, ließen sich die Flocken in seinen Handflächen nieder und glitzerten im Licht der Straßenlaterne vor dem großen alten Haus in der Fichtestraße Nummer sieben.

»Das ist eine große Freude«, sagte der Ehrwürdige Mönch und betrachtete die Kristalle mit seinen großen Augen, die so strahlend blau waren wie der Indische Ozean vor seinem Tempel bei Balapitiya. Er wandte sich dem Taxifahrer zu, der aus seinem Wagen stieg, den Reißverschluss seiner grünen Daunenjacke hochzog und seinen merkwürdigen Fahrgast aus respektvollem Abstand betrachtete. Der Mann war ein hagerer, geradezu ausgemergelter Typ, dessen Dreitagebart von den Magenfalten ablenkte, die ihm etwas Verbittertes gaben.

»Weiße Wesen«, sagte der Mönch, während er mit ausgebreiteten Armen durch den Schnee sprang. Schneeflöckchen, Weißröckchen, dachte er, und dann fiel ihm der Reim wieder ein.

»Schneeflöckchen, Weißröckchen,
Wann kommst du geschneit,
Du wohnst in den Wolken,
Dein Weg ist so weit.«

Lautete so nicht die erste Strophe des alten Kinderliedes, das ihm sein Tempelbruder Kandako beigebracht hatte? Weit mehr als ein halbes Jahrhundert war seither vergangen. Aber jetzt, mit achtundsiebzig Jahren, begegnete er, Siri, tatsächlich Weißröckchen, sah Schneeflöckchen vom Himmel fallen, konnte den Schnee auf der Haut spüren, ja sogar schmecken.

»Hi, hi!«, lachte der Mönch mit hoher Stimme, gefolgt von einem tiefen »Ho, ho!«. Es klang herzlich und frei, ja, fast kindlich naiv.

Trotz all seiner buddhistischen Gelassenheit war der Schneefall für den Ehrwürdigen ein so besonderes Erlebnis, dass er die bittere Kälte nicht spürte, die seine nackten Füße blau anlaufen ließ. Denn noch immer trug er jene Gummisandaletten, in denen er aus seinem Tempel aufgebrochen war, um sich zum dritten oder vierten Mal in seinem Leben auf den Weg in die Hauptstadt Colombo zu begeben. Und um das erste Mal sein Heimatland Sri Lanka zu verlassen.

Natürlich hatte der Ehrwürdige gewusst, dass der Februar in Deutschland ein Wintermonat war und schlichte Sandalen nicht vor Frostbeulen schützten. Deshalb hatte die Mutter seines Schülers Ananda irgendwo im Dorf ein Paar halbhohe Stiefel aufgetrieben und dem Mönch zusammen mit einem dicken orangefarbenen Halstuch in den Koffer gepackt. Bei der Ankunft in Hamburg hatte die Anprobe der Schuhe allerdings gezeigt, was Mönch Siri schon geahnt hatte: dass sie beim besten Willen zu klein waren. Doch er hatte die Gabe von Anandas Mutter nicht ablehnen können. Andere Menschen zu beschämen, so hatte es der Buddha seine Anhänger gelehrt, ziemte sich nicht.

Bei der Passkontrolle hatte sich der Ehrwürdige allerdings eine kleine Ausnahme erlaubt.

»Ja, was haben wir denn da?«, hatte der eine Polizist seinen Kollegen neben sich gefragt und dabei den Mönch von oben bis unten gemustert.

»Einen echten Nudisten!«, antwortete der andere spöttisch.

»Genau«, nickte der eine, »und der wird uns jetzt alle erleuchten.«

Vielleicht, hatte sich der Ehrwürdige hinterher gesagt, hätte ich den Spott schweigend ertragen sollen. Aber er fand, dass der Mann eine kleine Lektion in Respekt vor Fremden verdient hatte. Außerdem brannte der Mönch darauf, wieder Deutsch zu sprechen.

»Es geht nicht um das Erleuchtet-Werden. Es geht um das Erwachen. Aktiv statt passiv«, erklärte er und verneigte sich vor den Beamten.

»Sie … Sie …«, stammelte der eine Polizist, während sein Gesicht puterrot anlief.

»… können Deutsch?«, ergänzte der andere, der ganz blass wurde.

»Warum denn nicht?«, gab der Mönch zurück.

Aber der hochrote Beamte nahm die Gegenfrage gar nicht wahr, sondern rutschte auf seinem Stuhl hin und her. »Entschuldigung, war nicht böse gemeint«, murmelte er und reichte den Pass zurück.

»Ich danke Ihnen im Namen des dreifachen Juwels, Buddha, Dhamma, Sangha«, sagte der Mönch mit vor dem Herzen gefalteten Händen und wandte sich von dem einen Beamten ab, der ihm noch ein »Es tut mir leid!« hinterherrief. Der andere schwieg betreten.

Der Buddha wird mir die kleine Belehrung hoffentlich nachsehen, dachte der Mönch, während er auf das *Ausgang*-Zeichen zusteuerte.

Nachdem er sein Köfferchen vom Gepäckband genommen hatte, folgte der Ehrwürdige den vielen anderen Reisenden in die Ankunftshalle, wo er erst einmal dastand wie bestellt und nicht abgeholt, bis ihn ein Taxifahrer in grüner Daunenjacke ansprach: »You need Hilfe? Help?«

»Vielen lieben Dank, ich komme schon zurecht«, sagte der Mönch.

»Sie sprechen Deutsch?«, fragte der Fahrer, der darüber eher erleichtert als verwundert schien.

»Ich bewundere die deutsche Sprache«, antwortete der Mönch und verneigte sich vor dem Fremden.

Beeindruckende Stimme, dachte der Fahrer. So kraftvoll und ruhig, aber zugleich so jung und hell, dass sie gar nicht zu dem Alter des Mönchs passte, das er auf sechzig schätzte. »Ich stehe da drüben«, sagte der Mann in der grünen Jacke. »Ich fahre Sie für lau.«

Dieses letzte Wort kannte der Ehrwürdige nicht, die Bedeutung des Satzes aber erfasste er schon. Es müsse wohl so viel bedeuten wie »ohne Geld«, dachte er und beschloss, sich das Wort zu merken.

»Wohin will der Herr Mönch denn?«, fragte der Fahrer, während er dem Ehrwürdigen den Koffer abnahm, zum Ausgang geleitete und das Gepäckstück im Wagen verstaute.

»Zur Fichtestraße sieben, bitte, lieber Herr.«

»Na, denn mal los«, sagte der Fahrer, drehte den Zündschlüssel und fädelte sich in den Flughafenverkehr ein. Aus den Augenwinkeln sah er, wie der Mönch die Seitenscheibe herunterkurbelte, eine Hand aus dem Fenster streckte und in die Luft griff.

Der Fahrer blickte durch die Frontscheibe in den Himmel. Es begann zu schneien. Er seufzte leise: »O nein.« Eine Nachtschicht mit Neuschnee hatte ihm gerade noch gefehlt. Er schaltete die Scheibenwischer ein und tippte die Adresse ins Navigationssystem.

»Es ist bitterkalt«, sagte er in Richtung seines Fahrgastes und nickte zu dessen offenem Fenster hin.

»Verzeihen Sie«, sagte der Ehrwürdige, drehte die Scheibe wieder hoch und lehnte sich lächelnd zurück. Er freute sich über den Schnee. Und er freute sich, dass er in genau dieses Taxi eingestiegen war. So hatte er dem Fahrer die Gelegenheit zu einer guten Tat gegeben. Das war ein schöner Start für seine Reise.

»Wir sind da«, sagte der Fahrer und bog in eine kleine Straße mit gepflegten Altbauten ein. Noch bevor er dem Mönch die Tür öffnen konnte, sprang der Ehrwürdige mit einer Behendigkeit aus dem Wagen, die man ihm nicht zugetraut hätte, und entzückte sich am Schnee.

Eigentlich war der Fahrer nur ausgestiegen, um seinem sonderbaren Gast »Tschüss« zu sagen. Nun aber blickte er fasziniert in das Gesicht dieses Fremden, das ein einziges breites Lachen war. Die

Zähne waren so groß, so blendend weiß, dass die seitlichen Zahnlücken in den Freudestrahlen untergingen.

Auch der Fahrer schaute nun hoch in den Nachthimmel und breitete gleichfalls seine Arme aus, um die Flocken zu umarmen. Wie der Mönch fing er die Kristalle ein und blies sie wieder in die Nacht zurück. Und er begann zu lächeln, zu strahlen, zu lachen und empfand eine ihm unbekannte, tiefe Freude – über Schneeflocken. Erst wiegte er sich mit den Flocken, dann machte er kleine Schritte. Schließlich tanzte auch der Taxifahrer mit den Flocken. Erst als ein Pizza-Service-Wagen in die Fichtestraße einbog und Scheinwerfer die beiden Männer im Schnee erfassten, hielt er inne.

»Ich muss dann mal los«, sagte er etwas verlegen, drehte sich mit einem Nicken seinem Wagen zu und klemmte sich hinters Steuer.

Während er den Zündschlüssel drehte, sah der Fahrer noch einmal in den Rückspiegel und schüttelte den Kopf. Wie ein großer oranger Fleck stand der Mönch noch immer vor der Nummer sieben, mehr auf der Straße als auf dem Bürgersteig, nur Flipflops an den Füßen, fing Flocken ein, betrachtete sie und pustete sie in die Nacht zurück.

Die Taxe rollte langsam an. Die Frontscheibe war schon wieder eingeschneit, und der Fahrer schaltete die Wischer ein. Als sie die Flocken wegfegten, hielt er einen Moment inne.

Weiße Wesen.

Er schüttelte sich. Bekam er jetzt Mitleid mit Schneeflocken? Er drückte das Gaspedal durch, als wollte er diesem Gedanken entkommen.

Kapitel 2

»Nicht jetzt.« Maya schob Daniels Hand sanft zur Seite. »Es kann jeden Moment klingeln.«

»Und wenn schon.« Daniel küsste Maya liebevoll in den Nacken. »Wir müssen ihm ja nicht aufmachen.«

Sie drehte sich zur Seite. »Bitte.« Unter dem Vorwand, nach ihrem Weinglas zu greifen, befreite sie sich aus Daniels Umarmung, stand augenzwinkernd auf und ging auf die offene Schiebetür zu. Sie warf einen langen Blick auf den eingedeckten Tisch im Esszimmer. Gläser, Teller, Besteck, die Kerzen, sogar die Damastservietten hatte Daniel aus den Schubladen hervorgeholt. Aus den Boxen erklang Robbie Williams, den Daniel für einen »Schmalzheini« hielt. Umso mehr wusste sie zu schätzen, dass er dessen neueste Songs heruntergeladen hatte. Für sie.

Maya wandte sich wieder Daniel zu, der sich in die Couch hatte zurückfallen lassen und seine Beine unter den Zeitungstisch ausstreckte.

»Wirklich, Danny, das hast du sehr schön gemacht.« Lachend prostete sie ihm zu.

»Zeit hatte ich ja wieder mal genug, heute«, brummte Daniel und erinnerte Maya daran, dass sie vorhin nur knapp an einem Krach vorbeigeschrammt waren.

»Ich dachte, du hättest deiner überarbeiteten Anwältin vergeben«, sagte sie mit dem aufgesetzten Blick einer reuigen Sünderin.

Daniel musste sich anstrengen, weiter beleidigt zu schauen. Er liebte Mayas Selbstbewusstsein, ihre Ironie, und er hatte großen Respekt vor ihr als Juristin. Aber dass sie sich auch an diesem Sonntag wieder nicht von ihren Akten hatte trennen können, hatte ihn mit jeder Stunde, die sie ihn hatte warten lassen, mehr und mehr verärgert.

Familienanwältin zu sein, hatte sie ihm einmal erklärt, sei nun mal ein Saisongeschäft. Nach Weihnachten und Neujahr herrsche Hochbetrieb. Dann zeigten die Dramen unter dem Tannenbaum ihre Wirkung.

Maya war dankbar für diese Stunden an den Wochenenden, in denen sie, allein in der Kanzlei, ihre Akten abarbeiten konnte. Über ihren Fällen zu sitzen, sich reinzuknien, dieses Suchen nach Widersprüchen und Lücken, dieses Kombinieren von Fakten und Paragrafen, verschaffte ihr eine große Zufriedenheit. Doch im Gegensatz zu nicht wenigen Kollegen ging es Maya auch immer um die Menschen, die ihren Rat suchten, die sie brauchten. Wirklich helfen zu können machte sie glücklich.

»Meine kleine Samariterin«, verspottete Daniel sie mitunter, wenn er wieder glaubte, ihr sei ein Fall wichtiger als er. Wenn er sich besonders vernachlässigt fühlte oder schlecht gelaunt war, weil er sich im Sender geärgert hatte, warf er ihr allerdings auch zu großen Ehrgeiz vor, über den sie Zeit und Raum vergessen konnte – und auch ihn.

Erst seine SMS »Wein ist gleich verdunstet«, ohne Kuss, ohne Gruß, hatte sie am heutigen Abend aus der Akte gerissen, die sie die letzten Stunden beschäftigt hatte. Typen wie dieser Wulf, um den es darin ging, waren genau der Grund, warum Maya sich auf Familienrecht spezialisiert hatte und mit Strafrecht möglichst wenig zu tun haben wollte. Aber Wulf war eine Erblast aus der Anwaltszeit ihres Vaters – und deshalb nahm sie dessen Fall besonders ernst. Sie wollte ihrem alten Herrn zeigen, dass er ihr seine Kanzlei zu Recht übergeben hatte.

»Ich gehe schon«, sagte Daniel, als es klingelte. Er riss die Wohnungstür auf und schaute erwartungsvoll ins Treppenhaus. Barscher, als er es eigentlich wollte, rief er: »Na, das wurde aber auch Zeit.«

Ein junger Mann mit orangefarbenem Turban und brustlangem schwarzen Bart lief die Stufen hinauf und auf ihn zu. Strahlend hielt er Daniel zwei Pizzakartons unter die Nase, den einen mit links, den anderen mit rechts. Die Rechnung klemmte zwischen seinen Lippen.

»Wie heißt diese Zirkusnummer bei Ihnen in Indien?«, fragte Daniel. Als bereute er seinen spöttischen Ton, zog er zwei Zehneuroscheine aus der Tasche, sagte: »Stimmt so« und nahm dem Mann die Lieferung ab.

Der Pizza-Kurier sagte nur: »Namaste«, verbeugte sich tief und eilte die Treppe hinunter.

»Der hatte ja Unterhaltungswert«, meinte Maya, die Daniel aus dem Wohnzimmer gefolgt war, und schloss die Tür.

»Er hat jedenfalls mehr Trinkgeld bekommen, als ich sonst gebe«, sagte Daniel, während er sich in sichtlicher Vorfreude über seine Pizza beugte.

Maya schenkte Wein nach, und sie stießen an.

»Auf nachher«, sagte Daniel mit einem breiten Grinsen, als es erneut klingelte. Mit einem entnervten »Was ist denn?«, öffnete er die Tür. Drei Stufen unter ihm stand der Pizza-Inder, der offensichtlich kein Deutsch konnte, und gestikulierte wild in Richtung Parterre.

»You come, please, Mister.«

»You crazy?«, fragte Daniel.

Der Mann eilte die Treppe hinunter und kam wieder hoch.

»I think you have some very special visitor, Sir«, sagte er grinsend.

Daniel schaute zur Wohnungstür und rief: »Schatz, komm mal!« Dann sah er wieder in den Hausflur, atmete tief durch und bemühte sich um ein freundliches Gesicht.

»Wer ist denn da?«, wollte Maya wissen.

»Die Erleuchtung«, rief Daniel über die Schulter zurück.

Maya drängte sich neben ihn ins Treppenhaus, sah Orange, sah Schwarz, sah Weiß, sah den Ehrwürdigen Mönch Siri, der aus der Kälte kam und nun direkt vor ihr stand. Über seinem rechten Arm hing ein roter Schirm.

Der Mönch faltete die Hände vor dem Herzen: »Guten Abend, liebe Maya und lieber Daniel. Im Namen des dreifachen Juwels

Buddha, Dhamma, Sangha wünsche ich Ihnen alles Liebe und Gute.« Er verneigte sich tief.

»Lieber Mönch«, sagte Maya, »welch freudige Überraschung.«

Der Mönch bei uns vor der Tür, dachte Daniel, wie grotesk. Was will er hier? Und warum hat er vorher nichts gesagt?

Maya stieß Daniel an, und die beiden verneigten sich mit einem synchronen »Ayubowan« vor dem Mönch, der selbst im fahlen Licht eines Hamburger Altbauflurs eine einzigartige Würde ausstrahlte.

Daniel fand als Erster zurück in die Routine, mit der man unerwartetem Besuch begegnete: »Kommen Sie doch erst einmal herein, lieber Ehrwürdiger Mönch.«

»Wollen Sie nicht ablegen?«, erkundigte sich Maya, weil der Mönch einfach nur still in der Diele stand.

»Danke, gerne«, sagte der Mönch und reichte Maya seinen Schirm. Nach einem kurzen Zögern legte er auch seinen Schal und die dicke Oberrobe ab.

»Wir sind gerade beim Abendbrot«, erklärte Daniel, führte den Mönch ins Esszimmer und rückte ihm einen Stuhl an der Kopfseite des Esstisches zurecht. »Hätten Sie uns gesagt, dass Sie vorbeischauen, hätte ich eine Pizza mehr bestellt.«

Sehr witzig, dachte Maya, und ihr lag schon eine entsprechende Bemerkung auf der Zunge. Aber der Mönch lachte tatsächlich. Maya entschied sich, höflich mitzulächeln – und dem Mönch in der Küche einen Tee zu bereiten. Teetrinken schadete nie.

Daniel hatte mit unerwarteten Situationen weniger Probleme. Der Mönch würde schon erzählen, was ihn nach Hamburg führte. Jetzt ging es erst einmal darum, sich über die ersten Minuten zu retten und vor allem die Pizzen zu zerteilen.

Mit einem großen Becher grünen Tee für den Ehrwürdigen kam Maya gerade noch rechtzeitig aus der Küche zurück, um zu verhindern, dass Daniel dem Mönch ein riesiges Stück ihrer Pizza Parma anbot.

»Entschuldigen Sie, Ehrwürdiger Mönch«, sagte sie so sanft, wie es ihr Ärger zuließ, »Daniel hat vergessen, dass Buddhisten Vegetarier sind.«

»Aber das ist doch nur Schinken«, entgegnete Daniel und fing sich von Maya einen bösen Blick ein. Er konnte so peinlich sein.

»Ha, ha«, lachte der Mönch. Er mochte Daniels Humor. Er hatte darüber schon auf Sri Lanka lachen können, als er Daniel und Maya kennengelernt hatte.

Maya aber blieb ernst.

»Daniel, bitte! Ganz bestimmt essen wir nicht vor den Augen eines buddhistischen Mönchs totes Schwein, oder?« Bei dem rein rhetorischen »Oder?« war Maya mit den Pizzen bereits Richtung Küche entschwunden.

So viel Umstand für einen kleinen Mönch wie mich, dachte der Ehrwürdige. Andererseits, das sagte der Buddha ja selbst, kommt das Leben, wie es kommt. Der Ehrwürdige fand es nur schade, dass Mayas Geschäftigkeit und Daniels Sticheleien ihm keine Gelegenheit gaben, etwas Wichtiges zu erklären.

Bei Maya lag das daran, dass sie gerade verzweifelt nach ungeschältem Reis suchte. Den aß der Mönch gern, am liebsten mit Mango-Mousse – das wusste sie noch von ihrer Zeit in Balapitiya. Hätte er mich doch nur vorgewarnt, dachte sie, während sie in der Speisekammer kramte, dann wäre jetzt auch ungeschälter Reis im Haus. Doch konnte sie den Mönch einfach bei einem Becher Tee sitzen lassen? Sah er nicht müde aus, wirkte er nicht erschöpft, gar hungrig? Und wohnten sie nach bald drei Jahren nicht schon lange genug in diesem Haus, um bei den Nachbarn mal nach etwas Reis zu fragen?

Vorne im Esszimmer schienen sich der Ehrwürdige und Daniel gut zu unterhalten. Wahrscheinlich versuchte Daniel, ihrem Gast zu erklären, dass Salsiccia kein Fleisch sei, sondern nur eine scharfe Wurst. Egal, dachte Maya und zog leise die Wohnungstür hinter sich zu.

Die alten Willers von gegenüber mögen uns wirklich, machte sie sich Mut und klingelte. Aber Nana Willer schüttelte den Kopf, auch

Thorsten Möhring aus der Wohnung über ihnen konnte nicht helfen. Schließlich versuchte es Maya sogar bei den neuen Mietern unten rechts, den Montineros. Doch da war keiner da. Vielleicht mag der Mönch auch Kartoffeln, dachte Maya, als sie die Stufen wieder hochging.

»Fehlt es an was?«

Bitte nicht die Korbanek, durchzuckte es Maya. Die einzigen Mieter, die sie nicht mochte, waren die Korbaneks, Parterre unten links. So wie die, da war sie sich mit Daniel einig, wollten sie niemals enden: kinderlos, frustriert, unfreundlich.

»Ach, schon gut«, antworte Maya, ohne sich umzudrehen.

»Ich dachte, ich hätte etwas von Reis gehört«, sagte die Korbanek.

Lauschen tun Sie also auch noch?, wollte Maya fragen, aber Ärger brauchte sie jetzt ganz und gar nicht.

»Hätte ich da«, fügte die Korbanek hinzu.

Lächeln, zwang sich Maya, ging auf die Korbanek zu und sagte in geschäftsmäßiger Freundlichkeit: »Damit würden Sie mir sehr helfen. Wir haben nämlich einen Bekannten zu Gast, Vegetarier, Bio-Kost und so.«

»Ach, wenn man jungen Mietern helfen kann«, flötete die Korbanek und reichte ihr eine Packung. »Ungeschält, gesünder geht's nicht.«

Maya wollte schon an ihrer Menschenkenntnis zweifeln, als sie den alten Korbanek aus der Wohnung brüllen hörte: »Was ist denn da los?«

»Ich komme gleich, Walter«, rief seine Frau zurück und wandte sich wieder Maya zu. »Ich habe da noch etwas. Ich glaube, das könnte Ihrem …«, sie räusperte sich, »… Ihrem Bekannten gehören, stand an der Treppe zum Keller.« Sie reichte Maya einen abgewetzten Koffer.

»Ja, danke«, sagte Maya und nahm ihn entgegen. Der Mönch musste den Koffer hier unten abgestellt haben, bevor der Pizza-Inder ihn hochgelotst hatte. Warum hatte er nicht einfach geklingelt?

»Unser Haus ist Ihr Haus«, hatte Daniel dem Mönch damals zum Abschied gesagt. Maya hatte es nicht vergessen.

Auch Daniel dachte an ihren Urlaub, der eigentlich mehr Mayas Ayurveda-Kur gewesen war. Und er erinnerte sich an den großen Gefallen, den der Mönch ihm – oder besser Maya – erwiesen hatte mit dieser wirklich einzigartigen Hochzeitszeremonie in seinem Tempel. Einfach so, um ihnen eine Freude zu machen. Im Gegenzug war Daniel aber auch großzügig gewesen mit seiner Fünfhundert-Euro-Spende für die Renovierung des Tempels; und das Essen und Trinken für das halbe Dorf war auch auf seine Rechnung gegangen. Nein, Daniel war dem Mönch nichts schuldig – außer einem warmen Abendessen. Wenn es unbedingt sein musste, auch fleischfrei.

»Wohin soll es denn jetzt noch gehen?«, fragte Daniel, während der Mönch seinen letzten Schluck Tee trank.

»Freunde haben mich nach Hamburg eingeladen«, antwortete der Ehrwürdige, »aber heute Abend bin ich ihnen ungelegen gekommen …«

»… und da dachten Sie, schaue ich doch mal bei der lieben Maya und dem guten Daniel vorbei«, meinte Daniel grinsend.

Der Ehrwürdige Mönch hätte dazu gern etwas gesagt, aber Maya stand triumphierend in der Esszimmertür: »Der Reis braucht noch eine gute halbe Stunde. Ungeschälter Reis, lieber Mönch.«

»Bravo«, rief Daniel und klatschte Beifall.

Blödmann, dachte Maya. »Vielleicht bist du so nett und bereitest dem Ehrwürdigen in der Zwischenzeit sein Bett, Danny?«, flötete sie. »Sein Koffer steht bereits im Gästezimmer.«

Nun wollte der Mönch nicht länger schweigen.

»Bitte, liebe Maya, machen Sie sich keine Umstände. Ich bin nur …«, er musste nun aufpassen, was er sagte, »… auf der Durchreise.«

Doch Maya hatte sich entschlossen, dem Ehrwürdigen Mönch Siri Obdach zu geben. Sie würde den Mann, dem sie so viel zu verdanken hatte, nicht hinaus in den Schnee schicken! »Unser Haus ist auch Ihr Haus, Ehrwürdiger«, sagte sie freundlich. Sie warf Daniel einen scharfen Blick zu.

»Ist zwar nur eine Mietwohnung«, entgegnete Daniel schulterzuckend, »aber bitte, kommen Sie, lieber Mönch, ich zeige Ihnen Ihr Zimmer.« Er hatte in den Jahren mit Maya durchaus gelernt, Schlachten verloren zu geben.

Kapitel 3

Es war ein schöner, großer Raum, den Daniel dem Mönch als »unser Gästezimmer« präsentierte, obwohl der Schreibtisch mit den Aktenordnern und dem Computer zeigte, dass hier, wenn kein Besuch den Raum belegte, vor allem gearbeitet wurde.

»Richtig gute Matratze«, sagte Daniel, als er sich demonstrativ auf das Bett setzte und ein wenig darauf wippte. Bevor der Mönch noch etwas sagen konnte, hatte sein Gastgeber aus dem Bettkasten frische Laken, Kopfkissen und Decke hervorgeholt, schüttelte alles auf, verneigte sich mit vor dem Herzen gefalteten Händen, wünschte »Schlafen Sie gut!« und schloss die Tür hinter sich.

Das ging aber schnell, dachte der Mönch, war aber nicht undankbar, nun allein zu sein. Er merkte an seiner Erschöpfung, dass er fast zwei Tage unterwegs gewesen und auch nicht mehr der Jüngste war.

Behutsam legte er seinen Koffer auf das Bett und öffnete die schon etwas angerosteten Schlösser. Alles was er neben der Kleidung, die er trug, besaß, passte in dieses alte Stück, das die Mutter seines Tempeljungen Ananda ihm für die Reise überlassen hatte: eine zweite Robe, bestehend aus Ober- und Unterkleid sowie ein Stoffbeutel mit Nadeln und orangen Fäden. Außerdem hatte er noch ein Rasiermesser und eine Zahnbürste eingepackt; mehr durften Mönche nicht ihr Eigen nennen. Und mehr, außer kaltem Wasser, brauchte der Ehrwürdige auch nicht.

Der Mönch legte seine wenige Habe auf den Schreibtisch, den Daniel gleich zu anfangs halbwegs freigeräumt hatte. Er holte auch die Stiefel hervor, die Anandas Mutter ihm mitgegeben hatte, die ihm aber zu klein waren. Besondere Achtsamkeit widmete er einem großen Topf mit Deckel, der den Großteil des Koffers ausfüllte und mit einem Hüftgurt ausgestattet war, mit dem man ihn umschnallen konnte. Das war seine Bettelschale. Der Mönch öffnete sie und zog ein oranges Bündel hervor. Es war das Halstuch, das ihm Anandas Mutter »gegen die Kälte« mitgegeben hatte. Wichtiger als seine Gesundheit war dem Mönch die Unversehrtheit der Buddha-Figur, die er nun aus dem Stoff wickelte. Die Figur hatte in Balapitiya ihren Platz neben seinem Nachtlager und sollte ihm auch in der Fremde nicht fehlen.

Liebevoll betrachtete er die Figur aus makellos reinem Marmor und stellte sie mit größter Behutsamkeit auf den Nachttisch neben dem Bett. Er verneigte sich vor dem Buddha, ließ sich im Lotussitz nieder und rezitierte einige alte Verse, in denen er den Erhabenen und Erwachten um Nachsicht bat. Für ein längeres Zwiegespräch mit dem Buddha, wie er es im Tempel häufig führte, war er zu erschöpft.

Als der Mönch den Eindruck hatte, dass Daniel und Maya zu Bett gegangen waren, erledigte er seine Abendtoilette und legte sich im Gästezimmer nieder.

Seit er denken konnte, war er ein ausgezeichneter Schläfer, der nur die Augen schließen musste, und schon hatte ihn die Nacht umfangen. Normalerweise. An diesem ersten Abend in Hamburg aber war er zwar einerseits erschöpft, ein Gefühl, das er nicht wirklich kannte, andererseits aber zu aufgedreht von all dem Neuen, um zur Ruhe zu kommen.

Hätte er nicht doch besser mit seinem inneren Buddha sprechen sollen?

Er überlegte, wieder aufzustehen, schaltete die Nachttischlampe an, und entschied sich aber für eine genauere Betrachtung der Decke, deren Verzierungen ihn schon beim ersten Betreten des Zimmers fasziniert hatten. So eine kunstvolle Decke hatte er noch nie gesehen. Er würde seine beiden jungen Freunde morgen fragen, was das deutsche Wort war für diese Zeichen im Winkel zwischen Decke und Wand und rund um die Deckenlampe. Vor sehr langer Zeit hatte sein Klosterbruder Kandako ihm davon erzählt, dass es in

Deutschland viele alte Häuser gab, die Ende des vorvergangenen oder Anfang des letzten Jahrhunderts gebaut worden waren, vor allem in großen und reichen Städten wie Berlin und Hamburg, und die für ihre hohen Decken und für ihren – wie sollte er sagen? – Schmuck bekannt waren.

Der Mönch rätselte, was diese Verzierungen wohl zeigten: Waren es Trauben? Oder nur Kringel oder gar kleine Figuren und Zeichen? Über die Jahrzehnte hatten die verschiedenen Bewohner die Darstellungen offensichtlich immer wieder übermalt, so dass sie unter den Farbschichten nur noch zu erahnen waren.

Was für ein Luxus, dachte der Mönch, solch eine schöne Decke über seinem Kopf zu haben, verglichen mit der über seinem Nachtlager in Balapitiya. Dort war seine Schlafstelle ein kleiner, abgetrennter Teil der Dhamma-Halle, der Halle der Lehre. Nach dem Unterricht in der Dorfschule hatten seine Mit-Mönche und er hier die Kinder aus den benachbarten Hütten in Buddhas Lehre unterwiesen.

Vor dem Tsunami. Bevor das große Wasserbeben 2004 die Schule und die Halle schwer zerstört hatte.

Damit in den heißen Sommern der Meereswind die Lernenden erfrischte, waren beide Gebäude vor über zweihundert Jahren zum Strand hin errichtet worden – und damit der Monsterwelle besonders ausgesetzt gewesen.

Bis zu der großen Flut hatte der Ehrwürdige über der Lehrhalle ein eigenes Zimmer gehabt. Doch in seiner alten Schlafkammer und seiner Studierstube mit dem großen Sessel, in dem er so gern gelesen oder aus dem er so oft aufs Meer hinausgesehen hatte, nisteten nun Vögel und trippelten nachts Ratten. So schlief er seit dem Tsunami unten, wo nur ein dunkler Vorhang ein wenig Privatsphäre schaffte und dem Ehrwürdigen den Anblick der weggerissenen Mauern und zerstörten Fenster ersparte.

Sein erster Blick morgens und sein letzter Blick abends galten der Decke, dem Boden des ersten Stocks, seinem neuen Dach, weil das eigentliche fortgerissen worden war bis auf ein paar Balken. Und jeden Morgen und jeden Abend fragte er sich, wann die Decke wohl einstürzen würde? Schien der Riss an manchen Tagen nicht wieder etwas länger und tiefer geworden zu sein?

Aber was sollte er tun? Das Geld, das er von der Regierung bekommen hatte, um die gröbsten Flutschäden zu beseitigen, hatte er im Dorf verteilt. Brauchte er ein neues Dach, solange die Decke noch hielt? Nein. Brauchten die Menschen in seinem Dorf, liebe Menschen wie sein Tempeljunge Ananda und dessen Mutter, jede Rupie? Ja. Denn die Felder gaben wenig her. Arbeit im nahen Balapitiya, das an den Touristen gut verdiente, hatten die wenigsten der Dorfbewohner.

Ich werde es schon merken, tröstete sich der Mönch an manchen Tagen, wenn mir die Decke auf den Kopf fällt.

Und »Mir fällt die Decke auf den Kopf« murmelte der Mönch, während er die Augen wieder öffnete. Eine deutsche Redewendung. Morgen würde er nachschlagen, was genau damit gemeint war.

Der Ehrwürdige besaß keine Uhr. Gefühlt wachte er in seinem Tempel meist so gegen vier Uhr auf. Erfrischt und tatendurstig, aber nicht überstürzt oder unruhig, öffnete er dann die Augen. Immer zuerst das linke, das den Tag begrüßte. Er schloss es wieder, verabschiedete den Schlaf, öffnete dann das rechte Auge, um erneut den Tag zu begrüßen, schloss es wieder, um die Nachtruhe zu würdigen, und öffnete dann beide Augen, um sich der Vergänglichkeit bewusst zu werden, etwa indem er den Riss in der Decke betrachtete. Hätte er an jenem 26. Dezember vor mehr als einem Dutzend Jahren nicht gerade im Tempel die Kerzen angezündet, die Welle hätte ihn fortgerissen, so wie sie fünf andere Mönche in den Tod gezogen hatte, die in der zum Strand gelegenen Dhamma-Halle meditierten. Als der letzte Mönch des Tempels hatte der Ehrwürdige Siri die Leichname seiner Mitbrüder verbrannt und ihre Asche übers Meer wehen lassen, so wie der Wind eines Tages auch seine Überreste forttragen würde.

Wieder schaute der Mönch in Mayas und Daniels Gästezimmer an die Decke. Loslassen ist der Schlüssel zum Glück, dachte er, einer der Leitsätze des Buddha, der Schlüssel zu einem erholsamen Schlaf.

Aber heute wollte ihm das Loslassen nicht gelingen. Zu viel Neues hatte er zu verarbeiten: Er hatte das erste Mal in seinem Leben ein Flugzeug bestiegen, das erste Mal Schnee gesehen und gespürt. Er hatte die beiden jungen Menschen wiedergesehen, für die er die Zeremonie in seinem Tempel ausgerichtet hatte.

Der Mönch erinnerte sich noch gut an jene Begegnung im November des vorvergangenen Jahres, die ihn schließlich an diesem Abend in die Fichtestraße geführt hatte. Wie an jedem Morgen hatte der Ehrwürdige auch an jenem Tag nach dem Aufwachen und dem Blick zur Decke die Läden seines Fensters aufgestoßen, das eigentlich gar keins mehr war. Die Scheiben waren zerstört. Aber immerhin gab es noch einen Rahmen, ein Fensterkreuz und einen Griff, um es zu öffnen. Er erinnerte sich noch, dass er an jenem Morgen über diese kleine Marotte mal wieder geschmunzelt hatte. Danach war er zu dem großen Kirschholzschrank gegangen, der gegenüber seiner Schlafpritsche stand. Er war das einzig kostbare Möbelstück, das der Mönch besaß. Die Tsunami-Welle hatte den Schrank zwar umgeworfen und das einst mit eingeschliffenen Lotusblumen verzierte Glas in der Tür zerschlagen, der Schrank selbst aber war wundersam unversehrt geblieben.

Auch sein kostbarer Inhalt hatte kaum etwas abbekommen: Es waren die achtzig schweren Lederbände des Tipitaka. Alle Lehrreden des Buddha, aber auch die Regeln und Gebote für das Leben der Bhikkhus, der Mönche, waren in diesen Bänden aufgezeichnet. Und es gehörte zu den vielen, auch ganz persönlichen Ritualen des Mönchs, einfach eine Stelle in diesen Bänden aufzuschlagen und über sie zu meditieren.

An diesem Morgen erwischte der Mönch jene Zeilen, in denen der Buddha über den Tod des weisen Daruciriya sprach. Ja, dachte der Mönch, Daruciriya hatte es geschafft. Das Nirwana. Alle persönlichen Vorstellungen, alle Gier, aller Egoismus, alles, was zu Enttäuschung führt, war in ihm verweht. Würde er, der unbedeutende Mönch Siri, selbst jemals so weit kommen in der Entwicklung von Geist und Seele?

Schon allein die Frage ist meiner nicht würdig, dachte der Mönch. Entweder man erwachte eines Tages oder man erwachte nicht. In beiden Fällen sollte man nicht darüber reden. Schon gar nicht sollte man von Erleuchtung reden, wie das diese Touristen taten, die in den vergangenen Jahrzehnten mehr und mehr geworden waren. Sich dreimal vor einer Buddha-Statue verneigen und dann auf die Erleuchtung warten, das war typisch für die Menschen im Westen. Das hatte ihm schon der Ehrwürdige Kandako gesagt. Und sein einstiger Mitbruder vor vielen Jahrzehnten wusste, wovon er sprach. Er war selbst ein Westler gewesen. Und die im Westen, so hatte Kandako schon vor mehr als einem halben Jahrhundert dem damals noch jungen Siri erklärt, die glaubten immer, bei der »Erleuchtung« würde so etwas wie ein »Heiliger Geist« in sie fahren und dann seien sie im Nirwana.

Wie an allen anderen Tagen genoss der Ehrwürdige auch an jenem Tag, der nicht nur Mayas und Daniels Leben verändern sollte, den Sonnenaufgang. Er empfing jeden neuen Morgen in tiefer Dankbarkeit, dass er auch mit achtundsiebzig Jahren noch so rüstig war. Oft dachte der Mönch, dass es die Liebe war, die ihn so jung hielt. Die Liebe zu den Menschen, zu den Tieren, zu dem Tempel, der sein Zuhause war, seit er als Sechsjähriger an der Hand seines Vaters um die Aufnahme gebeten hatte.

Zu der kleinen Welt des Mönchs Siri zählte auch »Pünktchen«, ein mehr als ausgewachsener Waran, über zwei Meter lang und um die zwanzig Kilo schwer. Der Ehrwürdige kümmerte sich um solche Angaben ebenso wenig, wie er auf die Uhrzeit achtete. Aber dass Pünktchen, den er wegen der hellen Flecken auf seinem Rücken so genannt hatte, ein besonders beeindruckendes Exemplar war, merkte man schon daran, dass keines der Kinder aus dem Dorf mit ihm Schabernack trieb. Keiner der Jungen wollte einen Schwanzschlag abbekommen oder mit den scharfen Krallen des Tieres Bekanntschaft machen. Für die Männer im Dorf waren Warane eine begehrte Beute, um sie zu verspeisen und ihre Haut zu verkaufen. Doch Pünktchen hatte nichts zu befürchten. Er stand unter dem Schutz des Ehrwürdigen, der ihm jeden Tag vor den Tempel eine große Schale mit frischem Wasser stellte. Dazu gab es ein paar leichte Klapse auf die flache Schnauze. Zufrieden ließ der Waran seine lange Zunge ein paar Mal hervorschießen, bevor er wieder Mäuse und Ratten jagte und sich über den wenigen Abfall, den der Ehrwürdige verursachte, hermachte.

Und dann war da noch »Söckchen«, die Haus-und-Hof-Katze des Tempels, die an ihren Pfoten weiß gezeichnet war, als würde sie kurze Strümpfe tragen. Trotz der vielen Jahre, die sich Söckchen das Gelände mit Pünktchen teilte, traute sie dem Waran nicht.

Auch an diesem Morgen gab der Ehrwürdige dem Kätzchen seine Schale mit Milch, obgleich sie ihm dann selbst für den Tee fehlte. Aber wenn sich Söckchen vor Siri auf den Rücken warf und sich ausgiebig kraulen ließ und dabei behaglich schnurrte, dann war der Ehrwürdige sehr glücklich und verzichtete gern.

Wie das Anzünden der Kerzen im Tempel und die Meditationen gehörte es zu den täglichen Ritualen des Mönchs, mit dem Buddha Zwiesprache zu halten.

Nun war der historische Buddha schon rund zweitausendfünfhundert Jahre tot, und die große Figur nach dem Ebenbild des Erwachten im Eingang des Tempels war nicht mehr als eine schön bemalte Statue. Man darf sich den Dialog zwischen dem Mönch und dem Buddha also nicht als laute Rede zwischen einer Gipsfigur und einem allein in seinem Tempel lebenden Mann vorstellen, der vielleicht etwas wirr geworden war. Vielmehr war der Mönch in den Jahrzehnten der Meditation der Erkenntnis der Wahrheit so nahe gekommen, dass er in Momenten der Besinnung den Buddha vor seinem geistigen Auge sah und ihn auch wirklich hörte – so wie es der Erwachte vor seinem Tod den Mönchen, den Baches, zum Trost in Aussicht gestellt hatte: »Wer die Wahrheit sieht in meiner Lehre, der sieht auch mich.«

Die Dialoge des Mönchs Siri mit seinem inneren Buddha führten bisweilen zu munteren Diskussionen über die Lehre und das Leben.

Am Morgen jenes Tages hatte er nach seinem Dialog mit dem inneren Buddha wie jeden Vormittag seine Satipatthana-Meditation begonnen, mit der er seine Achtsamkeit schulte.

»Ich atme ein«, sagt er langsam, sehr langsam. »Ich atme aus«, sagte er noch langsamer. So zählte er zehn Atemzüge und begann dann wieder von vorne. Dabei betrachtete er seinen Körper, »von der Fußsohle an aufwärts und vom Haarschopf abwärts«, wie es der Buddha einst geraten hatte. Alle zweiunddreißig Körperteile, wie sie in den alten Schriften aufgeführt waren, stellte er sich bewusst atmend von. Vom Kopfhaar, über Haut und Fleisch bis hin zu Galle, Eiter, Schweiß, Fett, Gelenkschmiere und Urin. Es war eine Meditation, die ihn über viele Jahrzehnte gelehrt hatte, seinen Körper anzunehmen, so wie er war: vergänglich.

Und in der Erinnerung an seine damalige Körperbetrachtung fand der Ehrwürdige auch an seinem ersten Abend in der großen neuen Stadt endlich die ersehnte Entspannung und seinen Schlaf. Ganz ruhig lag er da, ausgestreckt auf dem Rücken, die Hände gefaltet auf dem Bauch, eins mit sich und der Welt, die ihm so fremd war.

Kapitel 4

Scheiß Wecker! Gut, dass dieses blöde Ding in Reichweite war. Ronald Wulf packte den Wecker und warf ihn an die Wand. Auch wenn er, den alle nur Ronni riefen, ein sehr emotionaler Mensch war und sich gern mal verschätzte, was seine Macht und Möglichkeiten anbelangte, er wusste, dass er heute pünktlich sein musste. Aber um acht aufzustehen war für ihn nun mal eine Zumutung.

Ronni brauchte nicht lange, um sein saubersten dreckiges Hemd zu finden, sich in seine Cowboystiefel zu zwängen und die Lederjacke überzuziehen. Zeit kostete ihn nur sein Pferdeschwanz. Dass unter seinen Fingernägeln noch literweise Motoröl klebte, war ihm egal. Ein Muss hingegen war, sein schwarzes Haar ordentlich zu bürsten. Er war doch kein Assi, oder?

In einem der vielen Polizeiprotokolle, in denen er schon aufgeführt war, hatte Ronni einmal gesagt, er suche die Gewalt nicht, aber sie finde ihn manchmal. So wie heute Morgen auf dem Weg zum Lift. Es war vorher schon laut gewesen in einem der Appartements neben ihm. Aber just als Ronni vorbeiging, flog die Tür mit der Nummer sechzehn auf, und eine Frau, die mit ihren schwarzen Locken und ihrer kaffeebraunen Haut ein echter Blickfang war, schubste zwei Kerle aus ihrer Bude. Ronni scherte es nicht, Schlägereien waren in diesem Hochhaus an der Tagesordnung. Scharfe Bräute auch. Auf dem Kiez hieß das Gebäude nur der »Nuttenbunker«.

Doch die Braut, die ihre Besucher mit so etwas wie »Filha da puta« anbrüllte, war für Ronni der Schuss des Tages, egal was die nächsten Stunden ihm noch bringen würden. Er wusste gar nicht, wo er zuerst hinschauen sollte: auf das rote Kleid, das mehr ein Stofffetzen war? Auf die langen Beine in den hohen Stiefeln? Oder auf die prallen Brüste, die zu schön waren, um echt zu sein.

Für den Körper braucht die einen Waffenschein, dachte er, als einer der beiden Typen ihn anrempelte.

Und was machte Ronni, friedliebend wie er war? Er ging einfach weiter zum Lift. Er wäre auch brav nach unten gefahren, wenn der andere Typ der Frau nicht eine geknallt hätte. Frauen schlägt man nicht! Das war eine der Regeln, die Ronni sich selbst gesetzt hatte. Und mit Frauen handelte man nicht, ebenso wenig wie mit Waffen. Und alles, bei dem Kinder zu Schaden kamen, war für Ronni sowieso ein Verbrechen, und zwar ein schweres. Ronni hatte da so seine Werte.

Also ging er zu dem Typen zurück und sah ihn an: »Lasst es!« Ronni sprach ganz ruhig.

»Verpiss dich!«, brüllte darauf der eine.

»Großer Fehler«, meinte Ronni. Niemand sagte so etwas zu ihm, schon gar nicht zwei Halbstarke.

Nach einer Minute sahen die beiden das auch ein, aus der Bodenperspektive.

Die Frau aus Nummer sechzehn hatte die Schläge und Tritte, die Ronni verteilte, gelassen verfolgt. Als Ronni sich die Knöchel rieb, stellte sie sich vor: »Hallo, starker Mann. Ich bin Schuschu. Und wie heißt du?« Sie sprach mit einer kräftigen Stimme, die durch ihren Akzent aber viel weicher, weiblicher, ja geradezu niedlich klang.

Könnte eine Französin sein, dachte Ronni. Vielleicht kam sie auch aus Südamerika oder Afrika. Woher sollte er das wissen.

»Wie kann ich mich bedanken?«, fragte Schuschu und riss Ronni aus seinen geographisch-ethnologischen Überlegungen.

»Lass mal gut sein.« Ronni hatte es eilig und wandte sich ab.

Im Aufzug spürte er, wie gut ihm der kleine Zwischenfall getan hatte. Erstens war er jetzt voll wach, und zweitens hatte er eine gute Tat begangen. So einem hilfsbereiten Kerl, da war sich Ronni sicher, würde der liebe Gott bestimmt vor Gericht beistehen. Dass er beim Schulgottesdienst hin und wieder in den Klingelbeutel gegriffen hatte, das müsste selbst bei dem da oben verjährt sein.

Kapitel 5

»Nimm du ihn«, sagte Daniel und trank einen großen Schluck Kaffee.

»Ich habe eine Verhandlung«, entgegnete Maya und schüttete Müsli in ihren Joghurt.

»Und ich habe einen Dreh«, erwiderte Daniel. »Außerdem hast du ihn gestern Abend so hofiert, dass er bleiben musste.«

»Aber du hast mit ihm im Urlaub die Strandspaziergänge gemacht …«

»… weil du vor lauter Öl-Güssen und Massagen keine Zeit für mich hattest.« Daniel stellte seinen Becher so heftig auf dem Küchentisch ab, dass Kaffee rausschwappte.

»Und wer hat sich nach unserer Rückkehr damit gebrüstet, einen buddhistischen Mönch zum Freund zu haben?«, fragte Maya und blitzte Daniel über ihre Joghurtschale hinweg an.

»Nur deshalb war er bereit zu dieser Hochzeitszeremonie. Sonst hätte er seinen Tempel für so was nicht hergegeben.«

»Für so was?« Maya hielt beim Löffeln inne und sah Daniel aus zusammengekniffenen Augen an. »So sprichst du vom schönsten Tag meines Lebens?«

»Du wolltest die Hochzeit, mein Herzblatt«, sagte Daniel, betont bittersüß, »du wolltest den Mönch. Und jetzt hast du ihn.« Er nahm noch einen Schluck von seinem Kaffee, goss den Rest aus dem Becher in den Ausguss, schenkte Maya zwei übertrieben laute Luftküsse und rief ihr aus dem Flur noch »Schöne Erleuchtung« zu.

»Und du hast die Einladung ausgesprochen«, rief ihm Maya hinterher. Mit Rücksicht auf den Mönch rief sie es gedämpft. Sie wusste, dass Daniel sie nicht mehr hörte. So ein Blödmann, dachte sie und fügte sich in ihr Schicksal.

Vorsichtig klopfte Maya an die Tür des Gästezimmers: »Sind Sie schon wach, lieber Mönch?« Sie horchte an der Tür, hörte Bewegung und trat einen Schritt zurück.

»Ja, bitte?«, fragte der Mönch von der anderen Seite der Tür.

»Ich wollte Ihnen die Stadt zeigen«, erklärte Maya, verunsichert darüber, dass ihr Gast die Tür nicht öffnete.

»Sehr gern«, antwortete der Ehrwürdige, und seine Stimme klang warm und freundlich, »aber bitte gehen Sie vor und warten unten auf mich.«

Maya wollte fragen, warum sie unten stehen sollte, in dieser Neuschnee-Kälte, aber dann wiederholte der Mönch noch einmal, dass sie bitte gehen möge. Sie zog ihren dunklen Mantel über, den sie im Winter immer trug, wenn sie einen Termin bei Gericht hatte. Dann ging sie die Treppe hinunter und trat vor das Haus, als hätte sie nie etwas anderes getan, als den Aufforderungen eines Mönchs zu folgen.

»Ist Ihnen das nicht zu kalt, Ehrwürdiger?«, fragte Maya, als der Mönch nach einer Minute schon, vielleicht sogar noch schneller, vor die Tür trat, nur seine Zusatzrobe über die Schulter geworfen wie eine Kombination aus Jacke und Schal.

»Nein, liebe Maya, ich genieße die Kälte, wie man Sachen oder Umstände genießt, die einem neu sind.«

Maya sah auf die nackten Füße in den Sandalen und wollte schon sagen, dass sie das nicht ganz glauben könne, verkniff sich das aber ebenso wie ein Kopfschütteln.

»Na gut«, sagte sie, »was halten Sie von einer kleinen Stadtrundfahrt?«

Sie schlug den Weg zur Garage ein, in der ihre beiden Wagen standen, Mayas kleiner britischer Flitzer und Daniels alter Citroen. Sie wählte den etwas längeren Weg, der durch ihr Viertel führte.

»Das hier ist der Grindel«, erklärte Maya. »Die Herkunft des Namens ist nicht wirklich klar, aber jeder Hamburger kennt das Viertel.« Sie blieb stehen, um auf ein Straßenschild zu zeigen. »Das ist unsere Pulsader, sie heißt Grindelhof. Hier finden Sie kleine Geschäfte, Copy-Shops, Cafés und nette Restaurants. Da hinten liegen Teile der Universität, da unten ist das Abaton-Kino, und in den Seitenstraßen finden Sie auch noch einige Läden, etwa die Fleischerei unserer Nachbarin, die gestern mit dem ungeschälten Reis ausgeholfen hat.«

Der Mönch nickte, während er sehr aufmerksam um sich blickte. Bei der guten Frau Fleischerin würde er sich unbedingt bedanken müssen, dachte er.

»Guten Morgen, Herr Schahpour«, rief Maya einem kleinen Mann mit dicker schwarzer Brille und Dreitagebart zu. »Ist unser Iraner«, sagte sie, dem Mönch zugewandt, »das beste Obst überhaupt.«

Der Mann nickte Maya freundlich zu und faltete die Hände vor dem Herzen, um den Mönch zu grüßen.

Aus einem Café trat ein kleiner Mann mit Glatze und rief: »Namaste.«

Das sagten zwar die Hindus in Indien zur Begrüßung, aber der Mönch erkannte die Freundlichkeit des Zurufs und gab ein herzliches »Ayobowan« zurück.

»Wir haben hier eigentlich alles, was man zum Leben so braucht«, sagte Maya, »selbst ein Yogastudio, das man vielleicht nicht so unbedingt haben muss.«

Der Mönch wollte eigentlich etwas über die Wichtigkeit von Yoga sagen, auch wäre er gern langsamer gegangen oder hätte sich die Menschen näher angesehen, aber er spürte, dass Maya – wie sagte man im Deutschen? – die Zeit im Nacken saß.

Seine Gastgeberin bog in eine Seitenstraße ab, blieb vor einem moderneren Haus stehen, ließ ein schweres Rolltor hochfahren und ging eine dunkle Abfahrt hinunter.

Maya hielt inne, als sie merkte, dass der Mönch ihr nicht folgte.

»Keine Angst«, sagte sie, »ist nur eine Tiefgarage.«

Nun war der Ehrwürdige Mönch Siri alles andere als ängstlich, doch das konnte Maya nicht wissen. Aber er war ein strenger Befolger der buddhistischen Regeln. Und dazu gehörte eine gewisse Distanz zu weiblichen Wesen, mit denen ein Mönch nicht allein sein sollte. Nicht allein in einem Zimmer, nicht allein in einer Wohnung und auch nicht allein in einem dunklen Keller. Deshalb hatte er Maya vorhin nicht in sein Gästezimmer gelassen, sondern gebeten, unten auf ihn zu warten.

»Liebe Maya, was sollen wir da unter dem Haus machen?«, fragte der Mönch, der nach wie vor an der Straße stehen blieb, während Maya nach wie vor im Halbdunklen stand. Das Wort »Tiefgarage« sagte ihm gar nichts.

»Da hinten steht mein Mini«, antwortete Maya, bemerkte das Stirnrunzeln des Mönchs und setzte hinzu: »Mein Auto. Ohne Auto keine Stadtrundfahrt.«

Der Mönch unterdrückte einen Seufzer. Er war so gespannt auf diese Stadt. Und Maya war ein absolut argloser Mensch, der ihm Gutes tun wollte. Aber er müsste mit ihr allein in diesen Keller, diese Tiefgarage gehen und, noch schlimmer, sich mit ihr in ihren Wagen setzen. Allein. Er zögerte. Er hätte jetzt gern meditiert, um Zwiesprache mit seinem inneren Buddha zu halten.

»Guten Morgen, Maya.« Es war eine helle klare Stimme. Sie kam aus der Tiefe.

Maya drehte sich um.

»Hallo, Hans, hallo, Kej«, Maya rief es einem älteren Paar zu, das der Mönch erst jetzt im Dunklen sah, vor allem den feuerroten Schopf der Frau. Sie mussten aus einer Tür im Inneren des Kellers gekommen sein, um zu ihrem Wagen zu gehen. Grelles Neonlicht flackerte auf.

Ich bin nicht mehr allein mit Maya, dachte der Mönch. Hatte der Buddha nicht gesagt, dass es keinen Zufall gebe? Und war das Erscheinen dieses Paares nicht vielleicht ein Zeichen?

Beherzt schritt er die Einfahrt hinunter.

Das Paar stieg in einen alten Wagen, parkte aus und fuhr die Auffahrt hoch. Maya hatte sich in einen kleinen grünen Wagen mit grün getönten Scheiben gesetzt. Erstaunt sah der Mönch, wie sich die Scheibe ihrer Beifahrertür senkte. Wie von Geisterhand, dachte der Ehrwürdige.

»Kommen Sie, lieber Mönch«, rief Maya. »Ich tue Ihnen nichts.« Als sie bemerkte, dass der Ehrwürdige nicht mitlachte, bereute sie ihre Bemerkung. War wohl etwas zu flapsig, dachte sie und kramte verlegen in ihrem Handschuhfach, um die Zeit zu überbrücken, die der Mönch mit sich zu ringen schien. Sie hätte nicht gedacht, dass er Angst vor dem Autofahren haben könnte. In Balapitiya waren Daniel und sie mit ihm Tuc-Tuc gefahren. In diesen Blechbüchsen auf drei Rädern unterwegs zu sein erschien ihr wesentlich gefährlicher als eine Stadtrundfahrt in Hamburg.

»Liebe Maya«, setzte der Mönch zu einer Erklärung an, brach dann aber ab, als das Licht ausging. Nein, diese Tiefgarage war nicht der richtige Ort, um Maya Mönchsregeln zu erklären.

Der Ehrwürdige gab sich einen Ruck. Man konnte nicht immer Mönch sein, sagte er sich und ging auf Mayas Wagen zu. Sie öffnete ihm die Beifahrertür von innen.

»Darf ich hinten sitzen?«, fragte der Mönch.

Maya sah ihn irritiert an. Wahrscheinlich kannte der Mönch es nicht anders, bei den Tuc-Tucs saß man auch immer hinten. »Ja, natürlich, Ehrwürdiger.« Sie klappte den Beifahrersitz um, und der Mönch setzte sich auf die Rückbank.

Seltsam ist er schon, dachte Maya, legte den Gang ein und schoss die Ausfahrt hoch. Sie war spät dran.

»Holla«, rief der Mönch, lachte dabei aber sehr herzlich. »Wohin geht es so schnell?«

»Ich zeige Ihnen die Stadt, also zumindest die Alster, den Jungfernstieg, mal kurz am Hafen vorbei und dann zum Gericht. Reeperbahn lass ich mal aus – weil ein Rotlicht-Viertel Sie sicherlich nicht interessiert.«

»Ah, St. Pauli!« Es klang, als begrüße der Mönch einen alten Bekannten.

Maya verstellte den Rückspiegel, um sein Gesicht zu sehen. »Woher kennen Sie den Kiez?«

»Ich habe schon davon gehört, nur gehört«, sagte der Mönch, der es für nicht angebracht hielt, während einer Stadtrundfahrt von seinem Klosterbruder Kandako zu erzählen. Dafür bräuchte man Zeit und Ruhe.

Sehr seltsam, dieser Mönch, dachte Maya und fädelte sich in den Verkehr auf der Grindelallee ein.

Der Ehrwürdige Mönch Siri hatte noch nie eine Gerichtsverhandlung besucht. Nun saß er, ein orangefarbener Tupfer unter blassen Rentnern in grauen Jacken und Mänteln, auf einer Zuschauerbank des Amtsgerichts Hamburg-Mitte und verfolgte gebannt, wie die Rechtsanwältin Maya Meyerding versuchte, einen seltsamen Menschen von vielleicht fünfzig Jahren vor dem Gefängnis zu bewahren. Der Ehrwürdige Mönch fand das alles sehr interessant.

Der Mann auf der Anklagebank hatte ein vernarbtes Gesicht und lange Haare, die er zu einem Pferdeschwanz gebunden hatte. Er wurde beschuldigt, einen Wagen aufgebrochen zu haben. Das Fahrzeug musste sehr teuer gewesen sein und sehr schnell. Und die Eigentümerin hatte den Mann auf frischer Tat ertappt. Der Angeklagte hatte sich dennoch für »nicht schuldig« erklärt und etwas von einem »Missverständnis« erzählt.

Ein Rentner unter den Zuschauern hatte darüber laut gelacht und war vom Richter ermahnt worden. Nun befragte Maya die Frau: »Haben Sie gesehen, wie der Angeklagte die Tür Ihres Wagens aufgebrochen hat?«

»Nein, daran kann ich mich nicht erinnern«, sagte die Frau. Sie war stark geschminkt und trug eine sehr enge Jeans in sehr hohen Stiefeln. Die Jeans hatte große Löcher an den Oberschenkeln und an den Pobacken. Der Mönch fragte sich, ob die Frau sich keine heile Hose leisten konnte oder man das hier so trug, und vor allem konnte er sich nicht vorstellen, wie die Frau auf diesen hohen Absätzen gehen konnte.

»Aber Sie haben den Angeklagten erwischt, als er sich hinter das Lenkrad klemmte?«, setzte Maya nach.

»Ich bin mir nicht sicher.«

»Sie haben ihn damals der Polizei beschrieben. Ich zitiere: bullig, Vokuhila-Frisur, Hackfresse.«

»Das bin nicht ich«, rief der Angeklagte empört in den Saal. Der Rentner lachte erneut, und der Richter ermahnte »den Herrn Wulf«, während Maya diesen anzischte: »Ruhe, oder ich lege das Mandat nieder!«

Zu der Zeugin sagte Maya sachlich: »Sie haben ihn in der Kartei wiedererkannt. Erkennen Sie ihn auch jetzt wieder?«

»Ich bin mir nicht sicher.«

»Ja oder nein?«

»Dann nein.«

Maya wandte sich an den Richter: »Herr Vorsitzender, mir genügt das.«

Der Richter fragte die Zeugin noch das eine oder andere, dann zog sich das Gericht zur Beratung zurück, und der Mönch ging auf den Flur, wo Maya mit dem Angeklagten zusammenstand.

Als Maya den Ehrwürdigen sah, winkte sie ihn herbei. Wenn der Mönch schon Deutschland kennenlernen wollte, dann sollte sie ihm einen wie Ronni nicht vorenthalten.

»Lieber Mönch, das ist mein völlig unschuldiger Mandant, Herr Wulf.«

Der Mönch verneigte sich vor Maya und wandte sich mit gefalteten Händen und gesenktem Kopf dem Mann in der Lederjacke zu. »Ehrenwerter Angeklagter, ich grüße Sie im Namen des dreifachen Juwels, Buddha, Dhamma, Sangha.«

Der hat ja schwer einen an der Waffel, dachte Ronni, sagte aber nichts dazu.

»Lieber Mönch, an dem Fall Wulf können Sie gleich ein ganz zentrales Problem unserer Justiz erkennen: dass Rechtsprechung nichts mit Gerechtigkeit zu tun hat.«

Die spinnt ja, dachte Ronni. Seine eigene Anwältin hielt ihn offensichtlich für schuldig. Das konnte er nicht unkommentiert lassen: »He, he, Frau Anwältin, das ist …«

Mayas Blick ließ ihn verstummen.

»Ich weiß nicht, warum die Geschädigte sich nicht erinnert«, fuhr Maya ihn an, »und ich will es auch gar nicht wissen. Ich weiß aber, dass es mit Ihnen nicht gut enden wird, Herr Wulf. Sie sind unverbesserlich.«

Bislang hatte der Ehrwürdige Mönch kaum gesprochen. Heute Morgen hatte er in aller Frühe allein seinen Reis gegessen, während das junge Paar später frühstückte, und während des Sightseeings hatte er aufmerksam zugehört und aus dem Fenster gesehen, aber wenig gesagt. Mayas Bemerkung über die Unverbesserlichkeit eines Menschen aber widersprach zutiefst dem buddhistischen Menschenbild und zwang den Mönch doch zu einem Einspruch.

»Auch in dem Bösesten steckt Gutes, liebe Maya«, sagte er und blickte Ronni tief in die Augen, als suchte er in ihnen einen Funken Gutes. »Im Dhammapada, der Sammlung der Weisheiten des Buddha, heißt es: ›Wer früher träge war und dann sich tüchtig macht, der leuchtet wie der Mond in wolkenloser Nacht. Wer alte Übeltat durch Guttat ausgeglichen, der leuchtet wie der Mond, wenn Wolken sind gewichen.‹«

Maya mochte den Mönch, und die Philosophie des Buddha fand sie höchst anregend, aber dieses Zitat konnte sie nicht unkommentiert stehen lassen.

»Der Buddha war bestimmt ein weiser Mann«, sagte sie, »aber an einem wie Wulf«, und dabei blickte sie kopfschüttelnd zu ihrem Mandanten, »wäre auch der Buddha verzweifelt.«

Kapitel 6

Sie hätte den Rahmen gern in Silber gekauft. Das hätte der Bhante verdient gehabt, sogar Sterling Silber, das sollte ja das beste Silber überhaupt sein. Das meinte Anett Schnabel jedenfalls mal gelesen zu haben. Der Rahmen, den sie gerade im nahen Alsterkaufhaus erstanden hatte, enthielt allerdings kein Gramm Silber, er glänzte allenfalls so. Aber auch die zwanzig Euro, die sie dafür hinblättern musste, waren für eine Anwaltsgehilfin verdammt viel Geld.

Sie hauchte auf das Metall und polierte es mit dem Ärmel ihres Sweatshirts. Der Bhante, dachte Anett Schnabel, würde den Rahmen schon zu würdigen wissen – falls er es je erfahren sollte.

Behutsam holte Anett ein Foto aus ihrem Rucksack, das sie zum Schutz zwischen zwei Pappstücke gelegt hatte. Das Bild zeigte einen Mann von etwa fünfzig Jahren mit lockigem, dunklem Haar, das ihm auf die Schultern fiel. Er trug ein weißes Gewand über einer schlichten weißen Leinenhose. Er sitzt im Lotussitz an einem Strand und lächelte in die Sonne, deren Strahlen auf fast mystische Weise die dicken Kugeln seiner Gebetskette schimmern ließen. Auf dem himmelblauen Hintergrund stand mit breiter, klarer Handschrift geschrieben: *For Anett – Your Bhante loves You.*

Anett drückte das Bild an sich, bevor sie es unter das Glas des Rahmens schob. Nein, sie würde das Bild nicht küssen, wie es Anhängerinnen des Bhante angeblich immer wieder taten, die sich in den spirituellen Führer des »Saphirweg«-Buddhismus verliebt hatten. Anett empfand ein sehr warmes Gefühl für den Bhante, auch wenn sie ihn erst einmal live gesehen hatte. Aber verlieben? In einen doppelt so alten Mann? Das ging nun gar nicht, wie klug der Bhante auch sein mochte.

Sie sah auf die Funkuhr an der Wand der Kanzlei. Sie war spät dran nach ihrem Einkauf während der Bürozeit. Eigentlich hätte sie längst ein Band abgetippt haben müssen, das ihr Maya am Wochenende noch hingelegt hatte. Und die Chefin müsste jeden Moment kommen. Aber vielleicht war Maya heute Morgen ja etwas gnädiger als sonst, schließlich würde sie mit einem Erleuchteten kommen. »Achtung, bringe unseren Mönch mit«, hatte sie Anett vor zwei Stunden aus dem Gericht gesimst. Das musste der Mönch aus Sri Lanka sein, dem Maya ihre Traumhochzeit verdankte. War das nicht toll? Gestern hatte sie mit der Post das Bild des Bhante aus dessen Europazentrale erhalten, nach drei Wochen. Und heute brachte Maya einen echten eingeborenen Mönch vorbei, einen, der in einem richtigen Kloster lebte und so rumlief wie der Buddha damals. Und sie konnte den Mönch gleich selbst begrüßen, so von Buddhist zu Buddhist.

Anett überlegte, ob sie die Kanzlei noch schnell etwas mehr auf buddhistisch trimmen sollte. Hätte Maya das doch nur eher gesagt, dass der Mönch sie besucht, dann hätte sie noch ein paar Fähnchen vom letzten Event mit dem Dalai Lama mitbringen können. Oder ein paar Räucherstäbchen. Sie könnte noch schnell in den Drogeriemarkt springen, in dem sie immer welche für sich selbst einkaufte. Und wenn die Chefin ihre Duftauswahl nicht gut fand? Anett schüttelte den Kopf. Nee, besser nicht, sonst würde es wieder rappeln im Karton.

Fast ein wenig wehmütig dachte Anett an Mayas Vater. Unter dem alten Meyerding hatte sie ihre Lehre begonnen. »Mein wilder Feger« hatte er sie immer genannt und viel Geduld mit ihr gehabt. Und sie war dem Gründer der Kanzlei Meyerding & Meyerding dankbar gewesen, dass er ihr eine Chance gegeben hatte, trotz des mäßigen Realschulabschlusses und vor allem trotz ihrer Drogentherapie. Maya war dagegen als Chefin eine harte Nuss. Eine Einzelkämpferin. Sie brauchte keinen Sozius, wollte keinen Sozius und hätte wahrscheinlich auch keinen Anwalt gefunden, der mutig genug gewesen wäre, sich auf eine Sozietät mit ihr einzulassen. Dafür war Maya zu ehrgeizig und – Anett erkannte das sehr wohl an – auch zu gut. Und ausgerechnet so eine wie Maya, bei der nun eigentlich alles rund lief, die hatte ihren eigenen Mönch!

Anett konnte ihren Neid nicht unterdrücken. Gut, Maya war auf Sri Lanka gewesen, hatte den Mönch dort kennengelernt, ihn in seinem Tempel besucht und sich sogar von ihm trauen lassen. Aber was verband Maya sonst mit dem Buddhismus?

Nichts. Machte sich Maya nicht sogar über ihren Saphirweg lustig? Und ausgerechnet so jemand bekam zum Dank noch einen eigenen Buddha.

Wie ungerecht ist das denn?, fragte sich Anett.

Aber dann dachte sie an den Bhante, was der mal gesagt hatte über das ewige Schielen hinüber zu anderen: »Der Vergleich ist der Anfang allen Elends«, hatte der nämlich gesagt. Und Anett wurde wieder ganz warm ums Herz, so viel vom Bhante lernen zu dürfen.

Einiges davon hatte sie auch schon umgesetzt, zum Beispiel seinen Satz: »Die Entsorgung ist der Anfang vom Ende aller Sorgen.« War das nicht genial? Einfach weg mit dem, was stört, was alt war, was man schon immer loswerden wollte. »Nur wo das Alte stirbt, kann das Neue wachsen.« Auch das hatte der Bhante gesagt. Gleich nach der »Das-Alte-das-Neue«-Meditation im Zentrum hatte Anett angefangen, das Regal über ihrem Schreibtisch, ihren halben Quadratmeter Privates, zu entmisten. Hätte sie sonst heute Morgen Platz gehabt für den Rahmen mit dem Bhante-Foto? Eben nicht. Sie stellte das Bild auf das Regal und betrachtete es zufrieden.

Eigentlich, dachte Anett, müsste ich noch viel mehr wegwerfen. Ja, eigentlich müsste ich sogar mein ganzes Leben ändern.

»Veränderung in Liebe!«, hatte der Bhante gesagt.

Aber hatte sie sich nicht bereits von ihrem Freund getrennt? Hatte sie ihre Wohnung nicht schon entrümpelt? Sollte sie jetzt wirklich auch noch ihren Job aufgeben? Hatte der Bhante das gemeint, als er in seinem jüngsten Video – das Anett und dreihundert andere Saphirweg-Anhänger kürzlich im Zentrum als Erste in Hamburg sehen durften – davon sprach, dass wir unterscheiden müssten zwischen einem Beruf, was von Berufung käme, und einem Job, Arbeit, bei dem es bloß ums Geld ginge. Und dass wir uns alle prüfen sollten, wozu wir uns in unserem Inneren wirklich berufen fühlten.

Das Türklingeln ließ Anett aus ihren Gedanken hochfahren. Und da fast gleichzeitig ein Schlüssel ins Schloss geschoben und gedreht wurde, hatte sie noch nicht mal Zeit, das Packpapier und den Karton ihres Rahmens vom Schreibtisch im Papierkorb verschwinden zu lassen. Mit einem geübten »Hallo, ich bin's!« stieß Maya die Tür zu ihrer Kanzlei auf.

»Äh, hallo«, gab Anett zurück und blickte an Maya vorbei auf den Mann, der hinter ihrer Chefin stand. Er war groß, schlank, ganz in Orange, auf seinem kahlrasierten Schädel glänzten einige Tropfen geschmolzenen Schnees.

Das ist er, dachte Anett, das ist der Erleuchtete, und warf sich zu Boden: »You very holy monk«, rief sie und beugte sich mit dem Oberkörper vor und zurück, als wollte sie gen Mekka beten. »I am Anett, and I welcome you in the name of my Bhante Sören Uppsala, who leads me on my way to enlightening. And I say to you: Welcome in the name of the Buddha and everything.«

Ich schmeiß sie raus!, schoss es Maya durch den Kopf. Sie hatte Anett vor fünf Jahren zusammen mit der Kanzlei von ihrem Vater übernommen. Und so wie sie sich nicht von dem Schreibtisch ihres alten Herren getrennt hatte, so hatte Maya auch Anett behalten. Die Assistentin gehörte zum Inventar wie der alte Bücherschrank oder der nagelneue Kopierer. Aber Anett war eine personalpolitische Fehlentscheidung des Seniors, sie entsprach ganz und gar nicht Mayas Bild von einer soliden hanseatischen Kanzleigehilfin. Und das lag nicht nur an den vielen Tippfehlern und kleinen Schusseligkeiten. Es war mehr Anetts etwas zu flippige Art, von den wirren Tattoos auf Schultern und Armen, die man glücklicherweise nur im Sommer sah, bis hin zu den laufend wechselnden Haarfarben und Frisuren. Aktuell trug sie einen feuerroten Bürstenschnitt. Anett hatte aber auch schon ihre violette und gelbe und grüne Phase gehabt.

Und während Maya sich im Lauf der Zeit an Anett gewöhnt und sie sogar liebgewonnen hatte – als verrücktes Huhn, das sie sich hielt –, war sie ihr in den letzten Monaten allerdings besonders auf die Nerven gegangen: Zuerst hatte die junge Frau ihre Wicca-Bestimmung entdeckt. Zweimal die Woche war sie zum Hexenkreis gegangen, hatte an Wochenenden Kräuterseminare oder Waldlager besucht und dem »Tag-des-über-die-Schwelle-Schubsens« entgegengefiebert. Und jedes Mal hatte sie versucht, Maya mitzuschleppen.

»Auch du bist in der Tiefe deiner Seele eine Hexe«, hatte Anett ihr im Ohr gelegen.

Doch die Hexe in ihr selbst fand Anett nicht, auch nicht in der Hexennacht auf dem Brocken, obwohl sie diverse Tinkturen trank, die ihr zwei Hexenmeister nach langem Feilschen verkauft hatten.

Zurzeit nervte Anett mit ihrer buddhistischen Phase. Über ein Klangschalen-Seminar war sie an Bhante Sören Uppsala geraten, einen Großmeister der Lehre mit Anhängern weltweit, wie ihr Anett stolz erzählt hatte. Zumindest besaß der Bhante in Hamburg ein schönes Zentrum, in dem Anett dreimal die Woche meditierte. Öfter leider nicht, sie musste ja auch noch zum Yoga.

»Bist du völlig …«, zischte Maya, hielt aber inne, weil der Mönch auf die am Boden liegende Anett zuschritt und sich mit vor dem Herzen gefalteten Händen vor ihr verneigte.

»Kommen Sie, liebe Anett«, sagte der Mönch. »So gut Sie es auch meinen: Nicht einmal vor dem Buddha selbst hat sich je ein Anhänger in den Staub werfen müssen.«

Anett starrte den Mönch an, während sie sich aufrappelte und nach Worten suchte. »Wieso sprechen Sie Deutsch?«

»Weil ich es gelernt habe«, antwortete der Mönch lächelnd. »Deutsch ist eine so schöne Sprache.«

Nun war Anett nicht weniger verwirrt. »Entschuldigung, heiliger Mönch, ich wollte Ihnen nur sagen, wie toll ich das finde, einem echten buddhistischen Mönch zu begegnen. Ich bin nämlich auch Buddhistin.«

»Das freut mich«, sagte der Mönch. »Aber wer ist Bhante Sören Uppsala?«

»Er kommt aus Norwegen oder Schweden oder aus Skandinavien und führt uns auf den Pfad zur Erleuchtung. Er war beim Dalai Lama in Tibet und kennt ganz viele Wege, wie man hier und jetzt lebt und glücklich wird.« Anett hatte so schnell gesprochen, dass sie erst einmal Luft holen musste.

Der Ehrwürdige Mönch fand diesen Herrn Uppsala etwas befremdlich, mal ganz davon abgesehen, dass der Dalai Lama seine Heimat Tibet vor über fünfzig Jahren fluchtartig hatte verlassen müssen. Aber vielleicht warf Anett da etwas durcheinander. Sie schien es auch mit der Herkunft ihres Meisters nicht so genau zu nehmen. Andererseits freute es den Mönch, wie offensichtlich glücklich Anett mit diesem Sören-Uppsala-Buddhismus war.

»Der Buddha hat gesagt: ›Es gibt keinen Weg zum Glück. Glücklich sein ist der Weg.‹ Und wenn Sie, liebe Anett, glücklich sind, dann sind Sie auf dem richtigen Weg.«

Anett fand das jetzt etwas verwirrend, aber so wie der Mönch sie ansah, schien auch er Bhante Sören Uppsala gut zu finden.

»Ich mache Ihnen einen Tee, heiliger Mönch«, sagte Anett.

»Und dann setzt du dich an den Computer und tippst die Schriftsätze, die ich gestern diktiert habe.« Maya räumte das Einpackpapier von Anetts Schreibtisch und warf es mit einem tadelnden Blick in den Papierkorb.

Anett sah den Mönch verstohlenen an, zog, als Maya in ihrem Büro verschwand, theatralisch die Mundwinkel herab, lachte still auf und ging in die kleine Büroküche.

Dem Mönch gefiel diese Anett sehr. Sie war auf der Suche nach dem richtigen Weg, und damit war sie weiter als die meisten anderen Menschen, die sich über den Weg gar nicht erst Gedanken machten. Ob sie ihn schon gefunden hatte oder jemals finden würde – nun, das würde man sehen.

»Liebe Anett«, sagte der Mönch, während er einen Becher mit duftendem Jasmintee entgegennahm, »bis zur Heiligkeit ist es ein langer Weg. Lesen Sie nur mal nach, wie der Buddha sich gemüht hat. Da muss man mit dem Begriff sehr achtsam sein. Und ich, Siri, bin ohnehin nur ein schlichter Mönch. Bitte sagen Sie daher einfach ›Mönch Siri‹. Ich bin ein Bhikkhu. Mehr nicht.«

»Bloß ›Mönch Siri‹, das ist echt super nett … Mönch Siri«, sagte Anett, die das als Ritterschlag empfand, aber wichtiger war ihr, was sie dem Mönch zeigen wollte. Sie legte verschwörerisch ihren rechten Zeigefinger vor die Lippen und deutete in Richtung von Mayas Zimmer, bevor sie ihre Faust öffnete. Sie hielt dem Mönch ein rotes Knäuel unter die Nase und flüsterte: »Mein Beschützerknoten. Von mir selbst geknüpft. Der Bhante hat ihn gesegnet. Zwei Mal sogar. Wie finden Sie das, heiliger Mönch?«

Der Mönch schaute sie streng an.

Was habe ich falsch gemacht?, dachte Anett. Dann strahlte sie und sagte: »Wie finden Sie das, *Mönch Siri?*«

Der Mönch winkte Anett etwas näher heran, um ihr zu zeigen, dass auch er Rücksicht auf die Chefin vorne in ihrem Zimmer nahm.

»Ich finde es schön, dass Ihnen das Knüpfen des Knotens Freude bereitet.« Er flüsterte es fast. »Aber unser Schicksal nehmen wir selbst in die Hand. Wir können niemanden verantwortlich machen, außer uns selbst. Und niemand kann uns schützen, nur wir selbst. Durch Achtsamkeit. Und nun gehen Sie an Ihre Arbeit, liebe Anett. Und seien Sie achtsam in allem, was Sie tun. Wenn Sie schreiben, dann schreiben Sie und sollten nichts anderes tun.«

»Danke, Mönch Siri«, sagte Anett und setzte sich an ihren Computer. Wenn ich schreibe, dann schreibe ich, dachte sie – und legte los. So selig hatte sie sich schon lange nicht mehr an ihre Arbeit gemacht. Sie fragte sich, ob sie das der positiven Ausstrahlung des Mönchs zu verdanken hatte oder dem Bhante, der aus seinem Rahmen milde auf sie herablächelte.

Alles sehr sachlich, dachte der Mönch, während er sich in der

Kanzlei umsah, die im ersten Stock eines schön renovierten Altbaus lag. Von ihrem Zimmer konnte Maya auf die Straße blicken. Es gab auch noch ein Besprechungszimmer und ein Besucherzimmer sowie Anetts Reich, das eine Mischung aus Empfang und Sekretariat war. An den Wänden hingen alte Drucke, die Anwälte vor Gericht zeigten.

Und natürlich entging dem Mönch auch nicht das Bild des Mannes mit dem langen wallenden Haar, das auf dem Regal über Anetts Schreibtisch stand. Das musste der Bhante Sören Uppsala sein, dachte der Mönch. Zu seiner Freude stand neben dem Foto eine kleine Buddha-Statue. Und ein Bild des Dalai Lama hatte Anett auch aufgestellt. Sie schien sich wirklich für Buddhismus zu interessieren.

Eine feste Mittagszeit gab es für Maya nicht. Meistens arbeitete sie durch und nutze die Zeit, um Akten zu erledigen, falls sie vor lauter Telefonieren überhaupt zum Diktieren oder Lesen kam. Zudem machte Lunch sie müde. Da sie heute auf den Mönch Rücksicht nehmen musste, hatte sie dreimal Reis mit Sojasprossen beim Thailänder bestellt. Den Sonnenhöchststand hatte sie im Internet nachgelesen, und deshalb rief sie jetzt: »Mittagszeit!«

»Danke, liebe Maya, das haben Sie sehr schön aufgetischt«, sagte der Mönch, als er das Besprechungszimmer betrat. Maya hatte die Gerichte auf weiße Kanzleiteller umgefüllt und eine Kanne mit frischem Jasmintee dazugestellt. Mit dem Hinsetzen allerdings zögerte der Ehrwürdige. Mönche aßen nie gemeinsam mit Laien.

Heute Morgen hatte sich das Problem nicht gestellt. Maya hatte den Reis vorgekocht und mit einem kleinen Kärtchen, *Für den Ehrwürdigen Mönch,* in die Küche gestellt, bevor sie mit Daniel zur Alster gejoggt war. So hatte der Ehrwürdige sein Frühstück allein zu sich nehmen können. Aber jetzt? Jetzt befand sich der Ehrwürdige in einem Dilemma. Was wiegt mehr?, fragte er sich, meine Mönchssitte oder das Gebot der Dankbarkeit?

Es war Anett, die den Ehrwürdigen erlöste.

»Unser Bhante isst immer allein.« Sie nahm den Teller des Ehrwürdigen vom Tisch. »Darf ich Ihnen, Mönch Siri, Ihr Essen im Wartezimmer servieren?«

»Wenn Ihnen, liebe Maya, das recht ist«, antwortete der Mönch mit sichtlicher Erleichterung, »dann gern.«

»Aber natürlich«, sagte Maya ohne zu zögern, und ärgerte sich, dass Anett über Mönchsregeln besser Bescheid wusste als sie. »Ich wünsche Ihnen guten Appetit, lieber Mönch.«

Der Mönch verneigte sich und folgte Anett. Im Sekretariat fiel sein Blick erneut auf das Foto des Bhante, und er musste lächeln. Dass er diesem Sören Uppsala so schnell dankbar sein würde, hätte er nicht gedacht.

Maya und Anett aßen schweigend. Es war kein friedliches, einvernehmliches Schweigen im buddhistischen Sinne.

Anett ist eine Spätpubertierende, dachte Maya, die auf jeden Schwindel reinfällt.

Die nimmt meinen Buddhismus nicht ernst, ärgerte sich Anett über Maya.

Vielleicht hätte Maya als Erste das Schweigen gebrochen, wenn nicht ein penetrantes Klingeln Anett an die Tür gezwungen hätte.

»Moin, Moin«, sagte der Mann an der Tür, drückte sich an ihr vorbei, ging auf Mayas Arbeitszimmer zu, sah, dass sie nicht da war, und stieß die Tür zum Besprechungstraum auf.

»Ich wollte mich bedanken für den Freispruch«, erklärte der Besucher Maya und überreichte ihr einen bunten Blumenstrauß in billiger Plastikfolie. »Bitte schön, für Sie, Frau Anwältin.«

Maya nahm die Blumen mit einem Seufzer an.

»Vielen Dank, Herr Wulf. Aber ist der Strauß auch bezahlt?«

»Der Ronni klaut nicht, das wissen Sie doch.«

Maya schüttelte den Kopf. »Das war kein Freispruch heute Morgen. Das Verfahren ist nur eingestellt worden, mangels Beweisen.

Wenn Sie beim nächsten Mal auch nur eine Packung Zigaretten klauen, wandern Sie wieder für ein paar Jahre in den Bau. Haben Sie das verstanden, Herr Wulf?«

»Ich bessere mich, Frau Anwältin, Ehrenwort.«

Maya zuckte mit den Schultern und wandte sich ab.

»Frau Anwältin!«

Maya blieb stehen und sah Ronni über die Schulter an.

Ronni legt den Kopf zur Seite und schaute Maya in die Augen, wie sie es ihm nicht zugetraut hätte.

»Ihr Vater mochte mich«, sagte er mit einem Dackelblick, dass Maya beinahe versucht war, ihn zu streicheln. Aber sie wollte diese Geschichte endlich abschließen, und das hier war die passende Gelegenheit.

»Ich werde Sie auch nicht länger vor Gericht vertreten«, sagte Maya mit entschlossener Stimme. »Strafrecht ist nicht mein Fachgebiet, und das nächste Mal brauchen Sie einen ganz ausgebufften Kollegen.«

Maya ging zurück ins Besprechungszimmer, Ronni folgte ihr.

»Wenn Sie nichts dagegen haben, Herr Wulf, würden wir jetzt gern unsere Mittagspause fortsetzen.« Maya nickte Anett aufmunternd zu und begann, in ihren Sojasprossen zu stochern.

Ronni fand den Schlussstrich unter seine jahrzehntelange Beziehung zur Kanzlei Meyerding etwas hart, aber wenn die Frau Anwältin nichts mehr mit ihm zu tun haben wollte, dann war das nun mal so.

In Gedanken war Wulf schon draußen auf der Straße, als er aus den Augenwinkeln etwas Oranges durch die Milchglasscheibe des Wartezimmers schimmern sah, sofort an diesen Typen aus Sri Dingsbums dachte und innehielt. Vorsichtig öffnete er die Tür und blickte durch den Spalt. Tatsächlich saß da dieser Mönch im Schneidersitz auf dem Boden. Mit geschlossenen Augen. Das ist wohl das, was diese Typen mediieren nennen, dachte Ronni, und beschloss, diesem Kerl mal auf den Zahn zu fühlen. Er schlich in den Raum und schloss die Tür.

Der Alte merkt nichts, dachte Ronni, er scheint richtig weg zu sein aus dieser Welt. Ronni hatte mal gehört, dass manche Leute sogar fliegen konnten, wenn sie die Augen nur lange genug nicht wieder aufmachten. Ronni kniete vorsichtig vor dem Mönch nieder, krabbelte von einer Seite zur anderen, schaute von vorne und von hinten. Hatte der Mönch nun schon abgehoben? Wenigstens ein bisschen? Oder doch nicht?

Sein orangefarbener Umhang fiel dem Mönch zu weit über die Knie, bis auf den Boden, als dass Ronni hätte etwas erkennen können. Dann wollen wir das jetzt mal testen, dachte Ronni, als er den Stapel mit den typischen Wartezimmer-Zeitschriften erblickte. Er nahm eine Illustrierte, kniete sich ganz vorsichtig neben den Mönch und versuchte, ihm das Magazin unterzuschieben. Nichts zu machen. Der Kerl schwebte nicht einen Millimeter. Aber er rührte sich auch nicht. Völlig weggetreten.

Enttäuscht legte Ronni die Zeitschrift zurück und wurde für seine Ordnungsliebe belohnt. Aus dem Stapel ragte ein Titel mit Auto- und Motorsport hervor. Er zögerte nur kurz, dann war die Ausgabe unter seiner Lederjacke verschwunden.

Ronni hatte die Türklinke schon gedrückt, als die Stimme des Mönchs ihn erstarren ließ.

»Stehlen ist nicht gut«, sagte dieser mit einem Gleichmut, als zähle er von eins bis zehn. »Bitte machen Sie das nicht. Das gibt schlechtes Karma.«

In seinem Leben zwischen Kiez und Knast war Ronni schon oft ertappt worden. Der Schrecken währte nicht einmal eine Sekunde. Ohne die Klinke loszulassen, drehte er sich um. Er wollte diesem Klugscheißer in die Augen blicken. Aber der Alte schien noch immer zu mediieren.

»Erzähl mir nichts«, raunzte Ronni ihn an, »du kannst ja gar nicht fliegen.«

»Es geht nicht ums Fliegen«, erwiderte der Ehrwürdige gelassen, »es geht ums Erwachen.«

Kapitel 7

Nach der Begegnung mit diesem seltsamen Herrn Wulf verließ auch der Ehrwürdige die Kanzlei. Still und ohne Aufhebens, wie es seine Art war. Er wollte niemandem zur Last fallen. Er wollte aber auch nicht länger herumsitzen und warten. Da sah er sich doch lieber noch einmal die Stadt an, in der sein einstiger Tempelbruder Kandako gelebt hatte. Damals, vor seiner Zeit im Kloster, als er noch Friedbert hieß, so viel hatte Kandako seinem jungen Schüler Siri erzählt. Aber nicht viel mehr. Denn mit seiner Ordination hatte er sich von seinem Vorleben verabschiedet und darüber geschwiegen. Und der junge Siri hatte viel zu respektvoll zu Kandako aufgeschaut, um bohrende Fragen zu stellen – obgleich er gern mehr gewusst hätte. Über Hamburg, seine Heimatstadt, hatte Kandako seinem jungen Freund Siri allerdings einiges erzählt.

Nun hatte der Ehrwürdige Mönch Siri zwar sein ganzes Leben in seinem Tempel verbracht und ihn selten verlassen, aber er war alles andere als weltfremd. Allerdings behagten ihm Städte nicht, schon Balapitiya besuchte er nur, wenn er zum Arzt musste – und das war zuletzt vor vielleicht zwanzig Jahren gewesen, als eine Blinddarmreizung einen Krankenhausbesuch unumgänglich gemacht hatte. Auch die Hauptstadt Colombo hatte der Mönch nach dem Tsunami besuchen müssen, um Hilfsgelder von Ministerien einzuholen. Menschenansammlungen, Straßenverkehr und hohe Häuser waren dem Mönch also nicht fremd. Nur als er in Colombo das erste Mal in seinem Leben ein Flugzeug bestiegen hatte, war ihm etwas mulmig geworden, und er musste sich mit dem Aufsagen aller ihm bekannten Mantras über den Flug retten. Er nutzte die Flugstunden zudem, um sich darauf vorzubereiten, dass ihm wohl nicht alle Menschen in Hamburg so viel Respekt entgegenbringen würden wie in seinem Dorf oder selbst noch in Colombo. Im Westen, das war dem Ehrwürdigen schon klar, würde er als buddhistischer Mönch nun mal eine besondere Erscheinung sein.

Schon nach wenigen Metern über den Gänsemarkt in Richtung Jungfernstieg wurde Mönch Siri allerdings bewusst, was das im Alltag bedeutete, was da tatsächlich an Blicken und Benehmen auf ihn zukommen würde: dass er nämlich in diesem Deutschland, aus dem sein Tempelbruder Kandako stammte, keinen Schritt machen konnte, ohne – wie lautete noch die Redewendung? – schief angesehen zu werden.

Die meisten schienen ihn als exotisches Tierchen zu betrachten. Wie niedlich der ist!, sagten ihre Blicke, wenn sie ihn verstohlen beobachteten. Ob er wohl beißt?, schienen sich andere zu fragen, die ihm eher auswichen. Und dann gab es noch solche Menschen wie diesen Wulf, für den seine orangefarbene Robe offensichtlich ein rotes Tuch war.

In der Innenstadt waren die Wege glücklicherweise schneefrei, so dass es dem Mönch, barfuß in seinen Sandalen, nicht zu schnell zu kalt wurde. Zur Orientierung versuchte er, sich an die Sightseeing-Tour mit Maya zu erinnern, und freute sich über sein Ortsgefühl, als er nach wenigen Minuten das Schild *Jungfernstieg* entdeckte. Heute Morgen hatte Maya keine Minute gebraucht, um diese prächtige Straße entlangzufahren. Jetzt konnte er innehalten und sich erinnern, wie Kandako von diesem »Boulevard« geschwärmt und ihm erklärte hatte, dass hier einst die »Jungfern«, die jungen Frauen, entlangspaziert waren. Wie alt war er gewesen, als Kandako ihm das erzählt hatte? Schon zehn? So alt wie heute sein Tempeljunge Ananda? Oder eher vierzehn, fünfzehn? Wie alt war Kandako damals gewesen, als er in den Tempel gekommen war? Ende zwanzig, Anfang dreißig? Das musste also irgendwann in den fünfziger Jahren gewesen sein. Ob Kandako noch lebte? Dann wäre er weit über neunzig. Andererseits war er selbst mit bald achtzig auch noch sehr rüstig. Und hier im Westen sollten viele Menschen ja sehr alt werden.

Ach, der gute Kandako, dachte der Mönch. Er musste sich einen Ruck geben, damit die Trauer ihn nicht erfasste. »Man soll Vergangenem nicht nachtrauern«, hatte der Buddha gesagt. »Jetzt ist jetzt.« Und jetzt lockten den Mönch die Menschen, die über den Jungfernstieg strömten. Und die glitzernden Auslagen der Geschäfte.

Ein Laden schien besonders groß, der Mönch sah ihn schon von weitem. Ein riesiger angebissener Apfel prangte über dem Eingang. So ein luxuriöser Früchteladen, dachte der Mönch und ging auf das Geschäft zu, auf das auch viele andere zuströmten. Wie schön, dachte der Ehrwürdige, dass die Hamburger gesundes Obst zu schätzen wissen.

Aber das Geschäft bot Computer und Telefone an – und der Mönch lachte auf. Natürlich, Apple, die große amerikanische Firma. Und nun erinnerte er sich auch, dass er mal gelesen hatte, dass sogar viele Mönche auf Sri Lanka diese Firma schätzten. Der Ehrwürdige hielt von solchen Brüdern nichts. Wozu brauchten Mönche Computertelefone? Um die Erleuchtung herbeizutelefonieren?

Er musste auf die andere Straßenseite gehen, um das Geschäft auf einen Blick erfassen zu können. Die beiden Verkaufsetagen schienen ihm höher als der Stupa, der weiße Turm vor seinem Tempel, der Buddha und dessen Lehre symbolisierte. Schade, dachte Siri, dass die Menschen hier Computern und Telefonen solche Tempel bauten.

Der Mönch blieb stehen und betrachtete mit kindlichem Staunen die »Tüten-Menschen«, von denen Kandako gesprochen hatte. Jetzt erst verstand er, was sein Tempelbruder damit gemeint hatte: Viele der Männer und Frauen, die er sah, schleppten vollgepackte Einkaufstaschen mit sich herum. Ob das alles für sie selbst war? Oder wollten sie andere Menschen damit beschenken?

Schenken sei besser als nehmen, hatte der Buddha gesagt. Aber konnte man so viele Sachen von Herzen schenken? Zeugten diese randvollen Tüten nicht eher von einem Kaufrausch? Ein

Sich-selbst-Beschenken ohne Maß und vermutlich auch ohne Verstand? Das hatte der Buddha sicher nicht gemeint, als er das Schenken lobte.

Die meisten Tüten-Menschen kamen aus einem großen Kaufhaus, das so eine Art Zentrum des Jungfernstiegs war. Vorsichtig ging der Mönch auf das Gebäude zu, von den riesigen Schaufenstern angezogen wie ein Eisenspan von einem Magneten. Sehr schöne Kleider, sehr fein geschnittene Anzüge, dachte der Mönch, als er die Scheiben entlangging. In einem anderen Schaufenster waren nur Kochtöpfe zu sehen. Dutzende blitzende Töpfe, alle in unterschiedlichen Größen, und irgendwie schienen sich auch die Böden der Töpfe zu unterscheiden. Was wollten die Menschen in Hamburg bloß damit?

Der Mönch fragte sich, was das Haus innen noch alles zu bieten hatte, und steuerte auf den Eingang zu. Er öffnete eine der schweren Glastüren und stand in einem Zwischenraum, in dem warme Luft von oben und unten auf die Menschen geblasen wurde, die hinein- oder hinausgingen. Sehr angenehm, dachte der Mönch und schaute durch eine zweite Glastür, hinter der das eigentliche Kaufhaus begann. Er sah schier unendlich viele Regale, vor denen junge Männer und Frauen standen, alle waren schwarz gekleidet. Sie schienen Düfte, Seifen und Cremes zu verkaufen. Alles um sie herum glitzerte, funkelte, strahlte.

Auch in Balapitiya gab es ein Haus mit drei oder vier Etagen, auf denen Stoffe und Bekleidung angeboten wurden. Aber in diesem Kaufhaus an der Alster kam dem Ehrwürdigen allein diese eine Abteilung so groß vor wie das halbe Kaufhaus daheim.

Von allem so viel, dachte der Mönch, von allem *zu* viel. Was für ein Luxus. Welche Verschwendung.

Auch der Mönch verspürte die Anziehungskraft der ausgestellten Waren. Er hatte die Hand schon am Griff der Innentür, als er innehielt. Durfte er seine Zeit damit vergeuden, sich diesen Luxus anzusehen? Hatte der Buddha seinen Bhikkhus nicht auferlegt, sich von allem Luxus fernzuhalten?

Aber der Buddha hatte auch gesagt: »Die Bewegung des Lebens ist Lernen.« Und Siri wollte etwas lernen über die Menschen, die hier lebten, und dazu diente auch ein Blick in solch ein Kaufhaus.

»Was denn jetzt, rein oder raus?«, blaffte jemand. Der Mönch merkte, dass er einigen Menschen hinter ihm im Wege stand. »Entschuldigen Sie bitte«, sagte der Mönch und wollte sich verneigen, als eine Frauenstimme drängte: »Nun stehen Sie hier doch nicht so verloren rum.«

Er wollte der Frau, die an ihm vorbeistürmte, antworten, dass er nichts verloren hatte, aber sie war schon weitergeeilt, mit zwei Tüten in jeder Hand.

Was ihr wohl noch fehlt?, fragte sich der Mönch. Zeit, dachte er, Ruhe fehlte ihr. Er sah ihr kopfschüttelnd nach.

Nein, ich habe hier nichts verloren, dachte er dann und ging aus dem Windfang des Kaufhauses wieder hinaus in den Wind, der ihm jetzt viel kälter vorkam. Er begann zu frieren und hatte das erste Mal das Gefühl, er sei zu dünn angezogen. Ich muss mich aufwärmen, sagte sich der Mönch und sah zum Kaufhaus zurück. Er erinnerte eine Redewendung, die er einmal in einem deutschen Buch gelesen hatte: »Aus der Not eine Tugend machen.« Ja, vielleicht sollte er das tun: sich in dem Kaufhaus aufwärmen bei einer Gehmeditation über den Luxus.

Siri streifte seine Sandalen ab und nahm sie in die Hand, denn seine Gehmeditation machte er immer barfuß. Nur so hatte er das Gefühl, sich wirklich erden zu können. Entschlossen und aufrecht betrat er das Kaufhaus. Die skeptischen, spöttelnden und nur selten respektvollen Blicke der anderen Besucher nahm er nicht wahr. Bei jedem Schritt atmete er bewusst ein und bewusst aus. Er stellte sich vor, dass an jeder Stelle, an der sein Fuß den kalten Marmorboden berührte, eine Blume wachsen würde. In dieser Gehmeditation wollte er Sternblumen unter seinen Füßen wachsen lassen, weil das Weiß ihrer Blüten ihn an das reine Weiß des Schnees erinnerte.

Alles mit offenen Augen wahrnehmend, ohne hinzusehen, so wandelte der Ehrwürdige lächelnd durch die Verkaufsgänge, unangefochten von dem Überfluss und Luxus in nächster Nähe. Und wo er seinen Fuß aufgesetzt hatte, blühte eine Sternblume auf. So verwandelte der Ehrwürdige das Kaufhaus in ein Blütenmeer, das nur er sehen konnte – bis die Rolltreppe ihn in den obersten Stock trug.

Die letzte Etage war ganz den Bereichen Essen und Trinken gewidmet. Dem Mönch verschlug es den Atem: Würste, Käse, Brote, frischer Fisch, Muscheln, halbe Schweine, ganze Hähnchen. Essen im Überfluss. Und Getränke. Hunderte Säfte, Alkohol – sie hatten alles, alles, alles. Fisch und Fleisch, Suppen und Gegrilltes, alle Gerüche mischten sich. Dem Mönch wurde fast schwindelig. Wer sollte das alles essen? Womit stopften die Leute sich voll? Warum musste es so viel sein?

Er streifte seine Sandalen über und suchte nach der Rolltreppe. Er musste hier raus. An die frische Luft. Er sehnt sich nach der Kälte, so heiß war ihm geworden. Er musste zurück in die Fichtestraße, er musste zu sich kommen, er musste Zuflucht suchen bei dem Buddha.

Kapitel 8

Ich bringe ihn um, dachte Daniel, wobei das natürlich kein klarer, geordneter Gedanke war. Dazu war er in seiner aufkochenden Wut überhaupt nicht fähig. Er sprang von der Couch hoch, baute sich vor dem Fernseher auf. »Du Dreckskerl!«

Daniel hatte sich in der Redaktion den ganzen Tag über Gommez geärgert. Jetzt reichte es ihm. Er musste sich beherrschen, nicht in den Fernseher zu treten.

Auf der Mattscheibe zuckte der Moderator des *Alster-Journals* mit keiner Wimper – warum auch? Er war ein Mann von Ende zwanzig, mit einem dieser Dreitagebärte, ohne die Hipster oder alternde Fußballer nicht mehr aus dem Haus gingen. Sein lässig gescheiteltes, semmelblondes Haar fiel ihm halblang über die Ohren und so tief in die Stirn, dass die Spitzen den Rand der dunklen Hornbrille berührten.

»Das, liebe Zuschauer, war's von unserem Daniel, dem Mann für die wenigen Hochs und die vielen Tiefs des Hamburger Wetters und des Lebens. Und das war's für heute auch von mir, Ihrem Gerd Gommersheim.«

Gommez! Daniels Finger krampften sich um die Fernbedienung, dass die Haut um die Knöchel weiß wurde. Gommez, wie sie Gommersheim im Sender nannten, weil seine Mutter aus Spanien stammte, war für Daniel der Inbegriff der Arroganz – und leider auch des Erfolgs, wenn auch eines fragwürdigen. Wäre die Fernbedienung eine Knarre, Daniel würde in den Fernseher schießen.

Nun war Gommez wirklich der Letzte, von dem Daniel auch nur ein einziges gutes Wort erwartet hätte. Doch was er sich gerade erlaubt hatte, war nicht nur unkollegial, das war unverschämt, das war bodenlos. Zweimal hatte Gommez ihn als »unseren Wetterfrosch Daniel« bezeichnet, und seine Hagelschauer-Prognose hatte er mit dem Satz kommentiert: »Lassen Sie morgen also besser Ihren Hund zu Hause, wir schicken für Sie unseren Daniel vor die Tür.« Und was Daniel fast noch mehr verletzte, war die Vorstellung, dass die Kollegen im Studio solche Bemerkungen auch noch witzig fanden.

Auf dem Bildschirm wünschte Gommez mit einem etwas altklugen Blick über seine Brillengläser hinweg »noch einen schönen Abend« und schickte ein letztes Lächeln über den Sender. Während die Kamera durch das Studio schwenkte, ordnete er seine Moderationsvorlagen, als sei er der junge Claus Kleber. Dann füllte das Logo des Regionalsenders Hamburg First, ein großes H und eine fette Eins, den Bildschirm.

Mit der Reklame für eine Hamburger Biermarke begann der Werbeblock, der in den letzten Wochen zur Dauer-Beweihräucherung für Gommez geworden war. Immer wieder wurde er zwischen der Reklame für Pizzaketten und Autohäusern eingeblendet, um den Zuschauern »Ihren neuen Gastgeber im Vorabendprogramm« aufzudrängen, als wäre dieser Lackaffe der Quoten-Heiland. Dabei würde keiner der Fünfzigjährigen, Rentner und Harz-IV-Empfänger und auch keine der Hausfrauen, die das Stammpublikum von H1 waren, einen wie Gommez wirklich sympathisch finden, da war sich Daniel sicher. Schon gar nicht, wenn sie wüssten, dass in seiner Brille Fensterglas war.

Warum nur wurde dieser Blender im Sender so gefeiert?

Hektisch drückte Daniel den »Aus«-Knopf der Fernbedienung, während ein Automobilhändler die Zuschauer einlud, ihn doch mal auf der Hamburger Automeile zu besuchen, »der Reeperbahn für PS-Liebhaber«. Aber das Ding reagierte nicht. Tausend Funktionen, doch die wichtigste versagte. So sehr er auch drückte, Daniel musste noch einmal den Anblick von Gommez ertragen, der ihm aus einem Werbeclip entgegenstrahlte.

Er könnte ihn würgen, diesen Lackaffen.

»Freuen Sie sich auf Ihren Feierabend mit unserem neuen …«, sagte eine Stimme aus dem Off – dann wurde der Bildschirm schwarz. Endlich hatte die Fernbedienung reagiert.

Daniel schüttelte eines der Lederkissen auf und legte sich auf die Couch. Nein, er würde Gommez nicht umbringen, dazu fehlte ihm die Kraft. Vielleicht sollte er besser sich selbst umbringen? Rauf auf die Köhlbrandbrücke, rüber übers Geländer – und die Qual hatte ein Ende.

War damit nicht allen gedient?

Der Sender, dem die Einschaltquoten wegbrachen, hätte eine Stelle mehr gespart. Und Maya könnte sich ohne schlechtes Gewissen um ihre Kanzlei kümmern.

Hatte er nicht mal Meteorologie studiert? Hatte er nicht Hamburgs beste Journalistenschule mit Auszeichnung abgeschlossen? Und wäre er nicht sogar der bessere Moderator – wenn man ihn nur ließe? Aber warum ließen sie ihn nicht? Er war nicht aufmüpfig, eher fleißig und angepasst. Aber ein Schleimer war er auch nicht. Müsste er aufmüpfiger sein? Oder mehr schleimen? Wer war er? Was wollte er? War die Köhlbrandbrücke die Lösung?

»Hallo? Sind Sie zu Hause, lieber Mönch?« Maya rief in die Wohnung hinein, kaum dass sie die Tür einen Spalt aufgestoßen hatte.

»Der ist nicht da«, rief Daniel aus dem Wohnzimmer zurück.

Sie hörte am Tonfall, dass er ihr heute Abend keine Stütze sein würde.

»Hat er sich bei dir gemeldet?«, fragte Maya nach, noch bevor sie Mantel und Schal abgelegt hatte.

»Könntest du erst einmal Guten Abend sagen und dich erkundigen, wie es mir geht, bevor du dich wegen des Mönchs verrückt machst?«

Maya sah Daniel im Wohnzimmer auf der Couch liegen, auf dem Tisch davor stand ein fast leeres Glas Wein. Das war kein gutes Zeichen. Wahrscheinlich hatte er sich wieder über irgendwas im Sender geärgert. In jedem Fall war klar, dass sie auch heute Abend keine

Gelegenheit finden würde, über ihre eigene Niedergeschlagenheit zu reden.

»Der Mönch ist aus der Kanzlei verschwunden«, erklärte Maya ihre Besorgnis. »Ich war zu beschäftigt, Anett auch, und dann war er weg.«

»Der verläuft sich nicht.«

Maya küsste ihn, flüchtig. »Wir sollten die Polizei anrufen«, sagte sie. »Vielleicht haben sie ihn als hilflose Person aufgegriffen.«

»Quatsch. Der macht einfach die Augen zu und beamt sich hierher.« Daniel griff zur Fernbedienung, und tatsächlich ging der Fernseher wieder an.

»Findest du nicht, dass wir Verantwortung für ihn haben?« Um irgendeinen Video-Clip zu übertönen, sprach Maya lauter als gewollt.

Daniel füllte sein Weinglas nach, zeigte mit der Fernbedienung auf den TV-Apparat. »Gommez profiliert sich im Sender auf meine Kosten. Und sie lassen ihn gewähren.« Er nahm einen großen Schluck, als könne er damit seinen Ärger runterspülen.

»Das haben die Zuschauer spätestens nach dem nächsten Werbeblock vergessen. Das versendet sich, Daniel.« Maya sagte es liebevoll, auch um Daniel zu beruhigen. Aber zugehört hatte sie ihm nicht.

»Ich bin dir also egal?«, hörte sie Daniel fragen, als sie schon wieder aus dem Zimmer war.

»Nein, ich mache mir nur Sorgen um den Mönch.« Sie schloss die Küchentür hinter sich.

Maya setzte sich einen grünen Tee auf und starrte aus dem Fenster in den Innenhof. Er merkt gar nicht, was mit mir ist, dachte sie. Er ist zu sehr mit sich beschäftigt. Er will halt ein guter Journalist sein, will Filmbeiträge machen und moderieren. Und sie lassen ihn nicht.

Maya spürte, wie sie sich auf die Lippen biss. Sie ärgerte sich, weil sie Daniel schon wieder in Schutz nahm. Sie beschäftigte sich mit seiner Krise – und er? Kümmerte er sich um ihre? Hätten sie denn geheiratet, wenn sie dem Mönch nicht begegnet wären? Und ohne Hochzeit – wären sie dann heute noch zusammen?

Sie erinnerte sich an den Strandspaziergang in Balapitiya, ohne den sie den Mönch wohl niemals kennengelernt hätten. An jenem Tag waren sie den Strand entlanggegangen, händchenhaltend, aber schweigend, nur begleitet vom stetigen Rauschen der Wellen und dem leisen Pfeifen des Windes. Sie hatte diese Zweisamkeit genossen, Daniel hingegen schien die Stille zu erdrücken.

»Auf Paros ist das Wasser klarer«, hatte er damals nach einiger Zeit gemault, wahrscheinlich nur, um überhaupt etwas zu sagen. Eine Stunde Spaziergang kam ihm vor wie eine halbe Ewigkeit, zumal es nichts zu sehen gab außer Gestrüpp und Bananenplantagen auf der einen Seite und Meer auf der anderen. »Wir könnten da jetzt nett beim Ouzo sitzen«, hatte er nachgesetzt, als sie nicht reagierte.

Bitte nicht schon wieder diese Leier, dachte sie und hätte ihm gern auf einem dieser Felsen ausgesetzt, an denen sich die Wellen brachen. Aber sie wollte keinen Krach. Also blieb sie stehen, drehte sich zu ihm um, strich ihm die Strähnen seines dunklen Haares aus dem Gesicht, stellte sich auf die Zehenspitze und küsste ihn auf die Stirn.

»Danke, dass du trotzdem mitgekommen bist. Ich brauchte mal diese Ruhe hier.« Sie küsste ihn auf die Lippen. »Und diese Behandlungen tun mir so gut, sie sind der reinste Jungbrunnen.«

»Tja, ich stehe auf ältere Frauen«, sagte Daniel, nahm die Sonnenbrille ab und schaute sie mit seinen braunen Augen an. »Ist mein Schicksal.«

»Bilde dir nichts darauf ein, dass du zwei Jahre jünger bist.« Sie mochte sein Lachen mit diesem wunderbaren Grübchen in der rechten Wange.

»Tatsache ist, dass ich erst Mitte Dreißig bin, du hingegen gehst auf die Vierzig zu.«

Maya holte mit ihrer kleinen Basttasche aus und klatsche sie auf Daniels Po. Er war verdammt knackig, selbst in diesen Schlabbershorts machte er eine gute Figur. Und sie mochte es, wenn er sie neckte.

Sie wusste, dass sie nicht die große Blondine war, von der er in der Pubertät immer geträumt hatte. Aber sie hatte ein höchst ausdrucksvolles Gesicht, und ihre hohen Wangenknochen, die dunkelgrünen Katzenaugen und ihr dunkles Haar, das ihr in sinnlichen Wellen auf die Schulter fiel, gaben ihr »etwas Zigeunerhaftes« – wie Daniel entgegen aller politischen Korrektheit einmal gesagt hatte. Und auch wenn Mayas Beine nicht die längsten waren, so hatte Daniel ihr doch mit einer gewissen Genugtuung weitergetragen, was Gommez im Sender von sich gegeben hatte, nachdem er ihm Maya auf einem TV-Fest vorgestellt hatte: nämlich, dass er »die Kleine nicht von der Bettkante schubsen« würde. Gommez war ein Arschloch, unabhängig davon, dass er den Job bekommen hatte, den Daniel selbst so gern gehabt hätte. Das zotige Kompliment hatte Daniel trotzdem mit einem gewissen Stolz gehört.

»Komm, wir machen es hier«, schlug er dann irgendwann am Strand vor.

»Ganz bestimmt nicht.« Sie sagte es schärfer als beabsichtigt. Aber mit seiner Sex-Quengelei ging Daniel ihr schrecklich auf die Nerven.

Sie setzte die Sonnenbrille ab und sah ihn an.

»Wie lange kennen wir uns schon?«

»Was soll das?«, fragte Daniel unwirsch. Als Maya nicht antwortete, sagte er: »Acht Jahre.«

»Und wie oft habe ich dir gesagt, dass ich dafür in Stimmung sein muss?«

»Gefällt dir der Sex mit mir nicht mehr?« Daniel schob seine Sonnenbrille ins Haar. »Hat er dir vielleicht nie gefallen?«

Oh, verdammt, dachte Maya.

»Es tut mir leid«, sagte sie. Sie gab ihm noch einen Kuss. Doch bevor sich ihre Lippen berühren konnten, drehte Daniel sich zur Seite, und sie küsste ins Leere.

»Okay, dann eben nicht.« Maya wandte sich ab und ging weiter.

Sie spürte, dass Daniel sie nicht verstehen wollte. »Hattest du nicht vor, mir zu erklären, warum du keinen guten Sex mit mir haben kannst?«, bohrte Daniel weiter.

Maya blieb stehen, ging sogar wieder auf ihn zu. Nein, sie hatte eigentlich nicht vor, sich dafür zu rechtfertigen, warum sie ihm nicht jeden Tag die Klamotten vom Leibe riss, wie er es erwartete und – wenn auch oft scherzend – einforderte.

»Es hat nichts mit gut oder schlecht zu tun«, sagte sie so sachlich, wie es ihr möglich war: »Ich muss entspannt sein, um guten Sex zu haben. Du hingegen brauchst guten Sex, um zu entspannen. Capice?«

Ein Wort zu viel. Sie sah, wie Daniel sich mit den Zähnen auf die Lippe biss. Erst oben, dann unten. Sie sah sich bereits an der Rezeption ihrer Ayurveda-Klinik nach einem Einzelzimmer fragen, für heute Nacht.

Daniel trat so dicht auf sie zu, dass es etwas Bedrohliches hatte.

»Weißt du, Maya, was wirklich der Unterschied ist?«

Sie spürte, wie die Tränen sich in ihre Augenlider drückten.

»Du fickst, um schwanger zu werden. Ich tue es …«

Sie drehte sich um. Nur weg von hier. Er sollte sie nicht weinen sehen. Den Triumph gönnte sie ihm nicht. Sie rannte los.

»Ich tue es, weil es mir Spaß macht, weil …«, hatte er ihr noch nachgerufen. Sie war dem Wind dankbar gewesen, dass er Daniels Worte fast verschluckt hatte.

Maya spürte Salz auf ihren Lippen und merkte, wie ihr fast eineinhalb Jahre nach diesem Strandspaziergang wieder die Tränen kamen. Sie wischte mit dem Handrücken die Tränen weg, fuhr sich mit der Zunge über die salzigen Lippen.

Sie blickte auf die vom Schnee überzuckerten Spielgeräte im Garten des Nachbarhauses: den Sandkasten, die Wippe und die Schaukel. Die hatten Glück gehabt, zwei gesunde Kinder, ein Junge und ein Mädchen. Sie wäre schon dankbar für ein Kind. Doch es hatte nicht sollen sein, bislang jedenfalls nicht. Und wahrscheinlich auch in Zukunft nicht. Sie wurde einfach nicht schwanger. Und wenn, dann konnte sie die Schwangerschaft nicht halten.

Daniel hatte nichts dagegen, Vater zu werden. Sie hatten vor drei Jahren gemeinsam entschieden, »mal zu sehen, was beim Sex so rumkommt«, wie Daniel es in der ihm manchmal eigenen Direktheit ausgedrückt hatte. Inzwischen hatte sie jedoch ihre Zweifel, ob er wirklich noch Vater werden wollte – mit ihr und überhaupt. Vielleicht überforderte ihn die Krise im Sender. Vielleicht war er doch nicht reif für die Vaterrolle.

Und was war mir ihr? Mit ihrem Körper? Würde sie ihm überhaupt Kinder schenken können? Rein medizinisch, hatten die Ärzte ihr gesagt, sei sie eine »gesunde Frau«. Wie sich das anhörte.

Maya nippte an ihrem Tee, der noch zu heiß war. Aber ihr war kalt. Für einen Schluck Wärme nahm sie sogar in Kauf, sich die Zunge zu verbrennen. Sie lachte über ihr kindliches Bedürfnis nach Geborgenheit und pustete in den Teebecher. Sie würde mit Daniel reden; wenn nicht heute, dann morgen.

Sie überlegte sich gerade, wie sie Daniel aus seiner Frustecke herauslocken könnte, als es klingelte.

»Das wird der Mönch sein«, rief sie erleichtert ins Wohnzimmer.

»Na, siehst du«, gab Daniel zurück.

Immerhin reagiert er, dachte Maya und drückte den Haustüröffner, aber das hätte sie sich sparen können.

»Wir sind es«, rief eine eindringliche Stimme auf der anderen Seite der Wohnungstür.

»Nur die Korbanek«, rief Daniel von der Couch, auf der er sich immerhin aufgerichtet hatte. Aber der Spott in seiner Stimme war deutlich.

Maya riss die Tür auf – und aller Unmut in ihrem Gesicht wich sanfter Freundlichkeit.

»Guten Abend, lieber Mönch«, sagte sie laut, damit Daniel es mitbekam und sich hoffentlich zusammenriss. Ihr Krach ging den Mönch nichts an.

»Moin, Moin, ich wollte Ihnen Ihren Herrn Mönch zurückbringen«, sagte die Korbanek. »Der Arme stand ja ohne Schlüssel vor der Tür.« Sie trat einen Schritt vor, als erwartete sie, hineingebeten zu werden.

Aber da schob Daniel sich an Maya vorbei und blieb demonstrativ stehen.

»So jemanden wie den Herrn Mönch überlässt man doch nicht einfach seinem Schicksal«, setzte die Korbanek spitz nach, als sie merkte, dass Daniel sie nicht hineinbitten wollte. Sie machte grußlos auf dem Absatz kehrt, verneigte sich tief vor dem Mönch, bis ihr runder Kopf rot anlief, und stampfte die Treppe runter.

»Wie schön, dass Sie wieder da sind, Ehrwürdiger«, sagte Maya erleichtert, »ich hatte mir schon Sorgen gemacht.«

»Ja, wie schön«, meinte auch Daniel.

Maya hätte sich gefreut, wenn Daniel etwas mehr gesagt hätte. Er war ein Meister der unverbindlichen Kommunikation – wenn er wollte. Aber er ließ Maya stehen und zog sich ins Wohnzimmer zurück. Immerhin hatte er inzwischen den Fernseher ausgemacht.

»Möchten Sie mit mir in der Küche einen Tee trinken?«, fragte Maya den Ehrwürdigen.

»Vielleicht lieber vorne im Esszimmer?«, fragte der Mönch.

»Ja, natürlich«, Maya nickte zustimmend, »verzeihen Sie, dass ich Ihre Regeln vergessen hatte.«

Maya öffnete die Schiebetür zum Wohnzimmer ein Stück. Daniel saß auf der Couch. Er hatte sich Wein nachgeschenkt und las in einem Buch von Herman Melville. *Der Schreiber Bartelby.*

Der Mönch nahm am anderen Ende des alten Bauerntisches Platz und schaute in die Lichter des Stövchens, auf das Maya die Teekanne stellte.

Maya wusste nicht, was der Mönch in den Teelichtern erblickte, aber weil sie auch nicht wusste, was sie sagen sollte, schaute sie ebenfalls in die drei kleinen Flammen.

Der Ehrwürdige war ein geübter Schweiger. Nie hatte er jemandem seine Gedanken aufgedrängt; selbst wenn er gefragt wurde, achtete er darauf, seine eigenen Ansichten nicht zu wichtig zu nehmen.

»Woran denken Sie, lieber Mönch?«, durchbrach Maya das Schweigen.

»Ich fragte mich, wie es Ihnen geht.« Der Mönch lächelte Maya verständnisvoll an.

»Gut geht es mir«, sagte Maya – vielleicht einen Tick zu schnell, um glaubwürdig zu sein. Sie schob ein beteuerndes »Wirklich!« nach.

Der Mönch sagte nichts. Er schaute wieder in die Flammen der Teelichter. Sie würden noch stundenlang brennen.

Maya rutschte auf ihrem Stuhl hin und her. Sollte sie diesem fremden Mann wirklich anvertrauen, was eigentlich nur Daniel und sie selbst anging? Sollte sie ausgerechnet mit einem Mönch über Liebe und Ehe, Hoffnung und Enttäuschung reden? Wäre das nicht absurd?

»Na ja, so gut geht es mir auch wieder nicht«, räumte sie ein.

Ein kaum spürbarer Luftzug ließ die Flammen der Teelichter tanzen. Der Ehrwürdige beschloss, vor dem Schlafengehen vor dem Buddha eine Kerze anzuzünden.

Maya hatte eigentlich nichts mehr sagen wollen, aber dann begann sie doch, alles zu erzählen, ganz leise, mehr zu sich selbst: von ihrer Liebe zu Daniel, von ihrem Glück, von ihrem »Nest«, wie sie die schöne Altbauwohnung nannte, die auch groß genug wäre für später, falls sie und Daniel einmal Eltern werden sollten.

Maya tat es gut, zu erzählen. Es tat ihr gut, dass da jemand saß, der ihr wirklich zuhörte, ihr nicht gleich ins Wort fiel, um zu sagen, wie er das sah und wie es ihm erging. Darüber vergaß Maya fast den Mönch. Erst als das zweite Teelicht ausging, hielt sie inne. Sie versuchte, die beiden erloschenen Dochte an dem noch brennenden Licht neu zu entzünden.

Der Mönch fand es interessant, was in der Seele dieser jungen Frau vorging. Das Thema »Kinderkriegen« schien sie sehr zu beschäftigen. Hatte sie bewusst von »falls« gesprochen? Falls sie und Daniel Eltern werden sollten. Zweifelte sie daran? Oder hatte Maya »wenn« gemeint und nur das falsche Wort benutzt?

Maya hatte ein Teelicht wieder angezündet, das andere war ausgebrannt. Sie überlegte, aus der Küche ein neues zu holen, aber dann traf sie der Blick des Mönchs, und sie blieb sitzen, wie gebannt.

»Heute Nachmittag hat sich wieder eine Hoffnung zerschlagen«, sagte Maya. »Deshalb ging es mir schlecht, deshalb musste ich zum Arzt.« Maya nahm einen Schluck Tee, spülte den Kloß im Hals hinter.

»Einige Tage war ich zuversichtlich, sehr zuversichtlich«, sagte sie kaum hörbar. »Ich glaubte, endlich würde auch in mir Leben heranwachsen.« Zwei, drei Tränen kullerten über ihre Wangen und tropften in den Tee. Sie war froh, es gesagt zu haben, auch wenn sie dabei den Blick gesenkt hatte, als schämte sie sich für ihre Enttäuschung.

Der Mönch schwieg und wartete.

Mayas Finger umschlossen ihren Becher so fest, als wollten sie das Porzellan kneten. Sie sagte nichts. Der Fernseher im Nebenzimmer war wieder zu hören. Polizeisirenen. Schüsse. Schreie. Irgendein Krimi. Jetzt war Maya froh, dass keine absolute Stille herrschte.

Der Mönch lehnte sich zurück und nippte an seinem Tee. Er hatte sich immer auf sein Gefühl und seine Menschenkenntnis verlassen und tat es auch diesmal. Mit leiser Stimme begann er zu sprechen:

»Es begab sich einmal, dass die Nonne Kisa Gotami eine Beobachtung machte. Im Kloster hatte sie die Aufgabe, die Lampen in der Versammlungshalle mit Öl aufzufüllen. Im Laufe der Zeit beobachtete sie, dass manche Lampen hell leuchteten, mit steter Flamme; sie brannten lange und warfen einen schönen Schein. Andere brannten unruhig, flackerten, gingen schnell wieder aus. Alle aber wurden sie nachgefüllt, immer wieder, denn sie waren Teil des schier ewigen Kreislaufs aus Brennen und Erlöschen. Die Bhikkhuni Kisa

Gotami erzählte ihre Beobachtung dem Buddha, und der Erwachte bat sie, darüber zu meditieren. Als die Bhikkhuni wieder einmal dem Buddha begegnete, erzählte sie ihm, was sie in der Meditation erkannt hatte. Und der Erwachte sprach: ›Es ist wahrlich so, wie du sagst. Unsere Leben sind wie die Flammen. Manche brennen so, andere so; denn es ist, wie es ist. Und alle werden wir immer wieder entzündet im ewigen Kreislauf der Geburten und Begierden. Erst wenn das Öl unseres Begehrens, unserer Wünsche und Erwartungen aufgebraucht ist, hören wir auf zu brennen. Wer das nicht erkennt, müht sich vergebens.«

Der Ehrwürdige Mönch nahm einen Schluck Tee und schaute durch die Teelichter hinüber zu Maya. Sie hatte die Augen geschlossen, ihre Hände umfassten noch immer ihren Becher. Zwischen ihnen stand das Stövchen mit den drei Teelichtern. Zwei brannten. Das eine flackerte, das andere leuchtete ruhig.

Der Ehrwürdige erhob sich, faltete die Hände vor dem Herzen, verneigte sich vor Maya, die noch immer mit geschlossenen Augen dasaß, und verließ das Zimmer.

Kapitel 9

Der Mönch zog sich in sein Gästezimmer zurück und öffnete seinen Koffer. Aus einer Seitentasche zog er drei Kerzen hervor, die er für die Reise in Zeitungspapier gewickelt hatte, stellte sie auf drei Unterteller, die ihm Maya aus der Küche gebracht hatte, und baute sie vor der Buddha-Figur auf. Der Mönch schaltete das Licht aus und entzündete die Dochte. Sie standen für das dreifache Juwel, Buddha, Dhamma, Sangha. Der Mönch blickte in die Flammen, sah, wie ihr Schein den Buddha umspielte, und lächelte selig. Er fühlte sich ein klein wenig daheim – als sei er wieder in seinem Tempel. Er schloss die Augen, atmete tief ein und aus, ein und aus und war schließlich bereit zur Zwiesprache mit seinem inneren Buddha.

»Was gibt es vom ersten Tag in der Fremde zu berichten, Bhikkhu Siri?«, ergriff der Buddha das Wort.

Der Ehrwürdige sammelte sich. Anders als nach einem Tag im Tempel musste er sich besinnen, was wesentlich war und was nicht, wozu er den Erhabenen um Rat bitten und worüber er besser vorher noch einmal meditieren sollte.

»Nun, mein Bhikkhu?«

Der Mönch neigte sein kahles Haupt noch tiefer.

»Es ist auf Reisen nicht immer leicht, alle Regeln einzuhalten«, sagte er. »Aber ich denke, ich habe es doch geschafft. Irgendwie.« Er sah den Buddha jetzt fest an.

»Mit der jungen Frau hast du allein in einem Wagen gesessen.« Der Buddha klang tadelnd. Mönche sollten niemals allein mit dem anderen Geschlecht sein, diese Regel hatte der Buddha schon früh erlassen.

»Aber ich habe hinten gesessen«, sagte Siri tapfer.

Der Buddha schwieg.

»Neben uns, vor uns, hinter uns, überall waren andere Wagen. Eigentlich waren wir die ganze Zeit unter Menschen«, fügte der Mönch hinzu.

»Aber mit der Nachbarin warst du allein.«

»Die Tür zum Treppenhaus stand weit offen.«

»Bhikkhu Siri«, mahnte der Buddha.

»Vielleicht war sie nur angelehnt«, erklärte der Mönch, »jedenfalls war sie nicht geschlossen.«

Der Buddha wusste von seinen eigenen Reisen, dass man unterwegs nicht immer alle Verbote und Gebote streng einhalten konnte.

»Und sonst?«, fragte der Erhabene.

»Nun«, sagte der Mönch, »ich bin froh, dass ich das junge Paar nicht enttäuscht habe und seiner Einladung gefolgt bin.«

»Selbstlosigkeit ist eine besonders edle Tugend.«

Der Mönch sah auf die mittlere Kerze, die er vor dem Buddha entzündet hatte. Es war ihm unangenehm, dass Buddha die Selbstlosigkeit so betonte. Musste er sich einen Vorwurf machen?

»Die Kerze steht fest und aufrecht, Bhikkhu Siri«, sagte der Erhabene. Klang da ein wenig Spott mit?

Der Mönch schwieg. Aber weil er wusste, dass der Buddha ein viel erfahrenerer Schweiger war als er selbst, sagte er nach einiger Zeit: »Glaubt Ihr, ich bin dem Paar mehr eine Last als eine Hilfe?«

Der Buddha sagte nichts.

»Ihr selbst habt mir eine gute Reise gewünscht.« Der Mönch merkte, dass sich Trotz in seine Stimme eingeschlichen hatte. Er atmete ruhig ein und wieder aus, wieder ein und wieder aus, bis er seinen Gleichmut wiedergefunden hatte.

»Habe ich aber nicht ebenso gesagt, dass du einen schweren Gang gehen wirst, Bhikkhu Siri?«, fragte der Buddha milde.

Ja, das hatte der Erhabene gesagt.

»Ihr habt einmal gelehrt, dass es keine Zufälle gibt.« Der Mönch sagte es leise.

Der Buddha schwieg.

Noch leiser sagte der Mönch: »Ich denke oft an meinen Tempelbruder Kandako. Hamburg war seine Stadt.« Der Ehrwürdige Mönch Siri sank ein wenig in sich zusammen. Es geziemte sich nicht für einen Mönch, eigene Interessen zu verfolgen. Mein Weg zum Erwachen ist noch weit, sehr weit, dachte Siri.

Kapitel 10

Da er auch in der Fremde seinen Pflichten nachkommen und zudem seinen Gastgebern Maya und Daniel eine kleine Freude bereiten wollte, beschloss der Mönch, nach der Morgenmeditation betteln zu gehen. Der Blick aus dem Fenster zeigte ihm, dass aus dem schönen weißen Schnee schmutziger Matsch geworden war.

Ach, die Vergänglichkeit, dachte der Mönch und versuchte noch einmal, sich in die Stiefel zu zwängen, die Anandas Mutter für ihn aufgetrieben hatte. Sie waren schwarz und schwer und zwängten seine Füße ein wie ein Schraubstock. Nein, das ging gar nicht. Er schlüpfte wieder in seine Sandalen, griff nach seiner Schale und beschloss, über seine kalten Füße hinwegzumeditieren.

Die Schale hatte der Ehrwürdige vor vielen Jahren von seinem Onkel geerbt, der ein wirklich berühmter Mönch gewesen war, und es erfüllte ihn auch diesmal mit tiefer Freude, sich den Hüftgürtel umzuschnallen, an dem sie hing. Doch selbst mit dieser Stütze fiel der Rückweg in den Tempel oft schwer, denn die Schale hatte die Ausmaße eines großen Familienkochtopfes. Gut gefüllt konnte sie zwanzig Kilo und mehr wiegen – wenn die Menschen wussten, welches Glück es für sie war, einen Mönch beschenken zu dürfen.

Am Grindel aber wusste niemand um dieses erhabene Gefühl. Die Menschen hetzten an dem Mönch vorbei, raus aus dem Viertel zur Arbeit oder rein in das Viertel zu Vorlesungen an der Universität. Die Frühstücker in den Cafés saßen hinter ihren Zeitungen und hatten keinen Blick für den Mönch. Allenfalls sahen sie ihm verstohlen nach, wenn er vorbeigegangen war. Den Ehrwürdigen störte das nicht; er verspürte keinerlei Enttäuschung oder gar Groll. Die Menschen ahnten wahrscheinlich nicht einmal, dass er auf Bettelgang war. Woher sollten die Leute hier denn auch die Rituale buddhistischer Mönche kennen? Aber um eine Gabe zu bitten, das empfand der Ehrwürdige als Aufdringlichkeit, die sich für Mönche nicht geziemte. Er war voller Zuversicht, dass sich seine Bettelschale schon noch füllen würde.

Trotzdem freute es den Mönch, als er eine freundliche Stimme vernahm.

»Hallo, Herr Mönch, wie geht es Ihnen?« Es war der iranische Obsthändler, der gerade vor seinem Geschäft frische Ware auslegte und dem Ehrwürdigen über die Straße hin zurief. Der Mönch begab sich auf die andere Seite und grüßte den Mann, der ihn durch die dicken Gläser einer viel zu großen Brille ansah.

»Was für eine Trommel haben Sie da um den Bauch geschnallt?«, fragte er. Der Mönch zeigte ihm seine Bettelschale und berichtete von seinem Gang durchs Viertel.

»Bitte«, sagte Herr Schahpour, »bedienen Sie sich, so lange Sie hier bei Maya und Daniel zu Gast sind. Nehmen Sie von den Früchten, so viel Sie wollen.«

»Das ist mehr als großzügig«, sagte der Mönch. »Aber eine kleine Gabe reicht, damit auch andere noch eine Gelegenheit haben, Gutes zu tun.«

Herr Schahpour griff nach einer Weintraube mit besonders vollen Beeren und legte sie behutsam in die Bettelschale. »Der Koran verlangt Respekt vor Bettlern«, erklärte der iranische Obsthändler. »In der dreiundneunzigsten Sure heißt es, man solle sie nicht verstoßen.«

»Auch Mohammed war ein großer Lehrer«, sagte der Ehrwürdige und hätte jetzt gern mit Herrn Schahpour darüber diskutiert, ob ein gläubiger Muslim auch ein guter Buddhist sein könnte, ließ es aber, denn schließlich war Herr Schahpour Obstverkäufer und nicht Religionsphilosoph.

Glücklich über die Weintrauben spazierte der Mönch noch eine ganze Weile durch das Viertel, als er in einer Straße mit dem lustigen Namen »Rutschbahn« an einem Geschäft vorbeikam, in dem er die freundliche Frau Korbanek hinter der Theke entdeckte. Über der breiten Fensterfront stand in roten Neonbuchstaben *Tucht – Fleisch und Wurstwaren seit 1902.*

Auch die Korbanek hatte den Mönch erkannt, war sogleich vor die Tür getreten und überschlug sich mit Entschuldigungen dafür, dass »wir nun mal Metzger sind«.

Sie konnte noch sagen: »Aber wir töten alle Tiere sehr menschlich«, bevor ein kleiner, gedrungener Mann mit Haarkranz auf seinem runden Kopf aus dem Laden hervortrat. Er trug eine weiße Schürze aus Plastik, die mit Blut bespritzt war. In der Hand hielt er ein halbes Dutzend Würste, die er offensichtlich gerade frisch zubereitet hatte. Er hob den Kopf an, um den Ehrwürdigen mit einem abschätzigen Blick anzusehen.

»Sie sind also der Mönch«, sagte er barsch und warf die Wurstkette in die Bettelschale des Mönchs. »Bitte schön, wir sind nicht geizig.«

»Walter, der Herr Mönch ist Vegetarier«, empörte sich seine Frau und wandte sich mit hochrotem Gesicht dem Ehrwürdigen zu. »Entschuldigung, lieber Herr Mönch, mein Mann meint das nicht so.«

»Es gibt hier nichts zu entschuldigen«, blaffte der Korbanek seine Frau an und schaute dem Mönch direkt ins Gesicht. »Wissen Sie, ich bin Schlachter aus Überzeugung, ich bin sogar Schlachtermeister.« Er packte den Arm seiner Frau, drehte sich um und ging zurück in die Metzgerei, seine Frau im Schlepptau.

Der Ehrwürdige ging einen Schritt hinein in die Metzgerei, verneigte sich vor dem Mann, der seine Finger an seiner Schürze abwischte. »Ich schätze Ihre Güte. Wir Mönche weisen kein Geschenk zurück und nehmen auch Fleisch dankbar an. Das Tier wurde ja nicht um meinetwillen getötet.«

»Aha!«, meinte der Korbanek und sah den Mönch ratlos an. »Ich bin kein Mörder«, sagt er dann, »fressen und gefressen werden, das ist der Lauf der Dinge.« Mit einem lauten Schnaufen stapfte er hinter die Theke und verschwand in einem gekachelten Gang.

»Mein Mann ist sehr direkt«, sagte die Korbanek und knetete ihre kräftigen Finger, »entschuldigen Sie bitte.«

»Sie müssen sich nicht für einen anderen entschuldigen«, sagte der Mönch sanft. »Aber sehen Sie, als Buddhist möchte ich das Leid überwinden. Doch wie kann ich mich, wenn ich mein Leben dem Wohlergehen aller widme, vom Fleisch anderer fühlender Wesen ernähren?«

Die Korbanek nickte, was sollte sie auch sonst tun. »Glauben Sie mir, lieber Herr Mönch, ich töte kein Tier gern, aber man wird da hineingeboren in dieses Leben, und dann muss man irgendwie durch.«

»Alles ist so, wie es ist«, sagte der Mönch und wandte sich den anderen Kunden zu, die ihn anstarrten. »Bitte, genießen Sie Ihr Fleisch. Die Tiere sollen nicht umsonst gestorben sein.«

»Danke«, sagte eine Kundin erleichtert und legte einen Geldschein in die große Bettelschale, noch bevor der Mönch abwehrend die Hand heben konnte. Zwei andere Frauen warfen einige Münzen hinterher.

»Lassen Sie mal gut sein«, rief die Korbanek den Frauen zu. Sie spürte, wie unangenehm dem Ehrwürdigen die Geldspenden waren. Als sie merkte, dass ihr Mann sie beobachtete, deutete sie eine Verbeugung an und sagte leise: »Lieber Mönch, es war uns eine Ehre.«

»Sie haben mir eine große Freude bereitet«, sagte der Ehrwürdige, »und nun erfreuen Sie sich an dem neuen Tag.«

Es waren nur zwei, drei Sekunden, länger hatte die Korbanek nicht in die strahlenden Augen des Ehrwürdigen gesehen, länger hatte er sie nicht angelächelt, aber danach konnte ihr selbst das grimmige Gesicht ihres Alten nicht die gute Stimmung verderben. Das war für sie eine ganz neue Erfahrung.

»Was für ein toller Mann«, sagte sie wie zu sich selbst, als sie sich an ihrem Ehemann vorbeizwängte, der mit einer Schüssel Schweinshaxen an die Theke zurückgekehrt war. So wie er das Fleisch in die Auslage warf, musste er ihre Bemerkung gehört haben. Sollte er auch, dachte die Korbanek, blickte zur nächsten Kundin auf und fragte: »Was darf's denn sein?«

»Puh«, machte der Mönch, als er vor dem Geschäft wieder in den Schnee trat, und schickte sein ganzes Mitgefühl der Korbanek, die es mit diesem Mann ganz bestimmt nicht leicht hatte. Wohin das noch führen mag?, fragte sich der Ehrwürdige gerade, als er auf seinem Weg einen Mann mit einem dichten langen Bart und großem schwarzen Hut sah, der ein vollgepacktes Fahrrad schob, auf dem er offensichtlich all seine Besitztümer mit sich schleppte. Ein Obdachloser, dachte der Mönch, aber kein Verwahrloster. Denn die dunkle Kleidung des Mannes war zwar zerschlissen, aber nicht verkommen. Und nüchtern schien er auch zu sein.

Interessanter Mensch, dachte der Mönch und beobachtete den Mann aus gebotener Distanz. Ordnungsliebend war dieser Mann zudem, denn vor dem Abaton-Kino schob er sein Fahrrad in einen Ständer und schloss es ab. Dann ging er auf die andere Straßenseite und stellte sich an den Eingang des Supermarktes, der neben dem Coffee-Shop lag. Er zog seinen Hut und hielt den schwarzen Filz den Einkaufenden hin.

Welches Schicksal diesen Menschen wohl ereilt hat?, dachte der Mönch, während er versonnen über den Kreisverkehr schaute, hinüber zu dem Coffee-Shop, aus dem eine sportlich wirkende Frau von Ende vierzig, vielleicht auch etwas älter, ihn beobachtete.

Monique van Veen, die alle nur Mo nannten, konnte sich auf ihr Gefühl verlassen. Sie spürte, wenn ihr Menschen begegneten, die in ihrem Leben wichtig werden konnten, und sie hatte den Mut, ihrem Gefühl zu folgen. Wie seit bald dreizehn Jahren saß sie auch an diesem Morgen in dem behaglichen Coffee-Shop und trank ihren Chai-Soja-Latte, stets mit einem kleinen Schuss Ahornsirup, der sie an ihre Zeit in Los Angeles erinnerte. Und wie an all den anderen Tagen beobachtete sie auch an diesem Wintermorgen wieder die

Menschen draußen. Die meisten hatten ihre Masken aufgesetzt, hinter denen sich vielleicht ein wahres Ich verbarg. Vermutlich haben viele von denen aber auch gar nichts zu verbergen, dachte Mo, weil da gar kein »Selbst« ist, das es zu verbergen gäbe. Es war ihr Morgenspaß, den sie sich zu ihrem Chai-Soja-Latte gönnte, bevor der Unterricht begann.

Versonnen schmeckte Mo gerade einem Klecks Sirup nach, der auf dem Milchschaum geschwommen hatte, als sie einen Mönch den Grindel entlanggehen sah. Sie trank den letzten Schluck Tee, stand auf und ging hinaus in den Schneematsch, der sie in all den Hamburger Wintern nie gestört hatte. Seit sie in Kalifornien gelebt hatte, wusste Mo, wie eintönig das Wetter war, wenn es niemals regnete.

Langsam, aber nicht zögerlich überquerte Mo die Straße. Sie war froh, dass sie schon eingekauft hatte, so ging sie nicht mit leeren Händen auf den Ehrwürdigen zu. Zwei, drei Schrittlängen vor dem Mönch blieb sie stehen, stellte ihre Einkaufstüte ab, faltete die Hände vor dem Herzen und verneigte sich.

»Venerable Bhikkhu, may I donate some food and fruits to the Sangha?«

Der Mönch betrachtete die Frau mit dem grau-blonden Haar voller Wohlwollen. Ihm war nicht entgangen, wie sie ihn aus dem Café betrachtet hatte. Aber es waren die Augen einer Wissenden oder Ahnenden, die auf ihm geruht hatten. Das machte den Unterschied zu den meisten anderen aus. Diese Frau hatte sofort erkannt, dass er heute Morgen auf Bettelgang war.

»Ich danke Ihnen«, sagte der Ehrwürdige und erwiderte den buddhistischen Gruß.

»Es ist mir eine Freude«, erwiderte die Frau. Dass der Mönch Deutsch sprach, schien sie nicht zu überraschen. Sie packte ihren Einkauf in die Bettelschale und nickte dabei in Richtung des Bettlers. Sie hatte schon aus dem Coffee-Shop erkannt, dass der Mönch den Mann beobachtete.

»Das ist Ecke, Ehrwürdiger«, erklärte sie. »Er steht immer an dieser Straßenecke, deshalb nennen ihn die meisten so.«

Der Mönch lächelte, nicht nur aus Freundlichkeit, sondern auch, weil er sich in der Frau offensichtlich nicht getäuscht hatte.

»Danke«, sagte er und ging auf den Mann mit dem Hut zu. Er schnallte seine Bettelschale ab und hielt sie Ecke mit einer Verneigung hin. »Bitte, lieber Herr, bedienen Sie sich.«

Doch Ecke schien die Geste nicht zu interessieren. Die Früchte und die anderen Nahrungsmittel in der Bettelschale würdigte er keines Blicks.

»Darf ich?«, fragte Mo, schaute in die Bettelschale und nahm das Geld heraus, das der Mönch in der Metzgerei bekommen hatte. »Irgendwer gibt immer Geld«, meinte sie grinsend. »Sie wissen nicht, dass buddhistische Mönche das ablehnen.« Sie zählte vierzehn Euro und achtzig Cent, warf sie in den Hut und nickte dem Bettler freundlich zu.

Der Ehrwürdige betrachtete Ecke liebevoll. In den Augen des Bettlers, der aussah wie ein alter Mann, wahrscheinlich aber viel jünger war, erkannte der Mönch viel Leid. Und er sah auch den Neid und konnte Ecke gut verstehen. Als Mönch bekam Siri das Geld nachgeworfen; dem Mann mit dem Hut, der jeden Cent brauchte, schenkten die meisten nicht einmal einen Blick.

»Ecke ist stumm«, sagte Mo leise in die Gedanken des Mönchs hinein, »aber taub scheint er nicht zu sein.« Behutsam legte sie die Trauben und ihre Gaben in die Schale zurück und fragte: »Darf ich sie tragen?«

»Bitte, nein«, sagte der Mönch mit einer sanften Deutlichkeit, die keine Nachfrage zuließ. »Diese Schale ist wie ein Stück von mir. Aber ich gehe einige Schritte mit Ihnen.«

»Ich danke Ihnen, Ehrwürdiger«, erwiderte Mo strahlend. »Und wenn ich darf, würde ich Ihnen gern mein Studio zeigen.« Als Mo ein leichtes Zögern bemerkte, fügte sie hinzu: »Bitte sorgen Sie sich nicht, ich achte die Regeln.«

»Dann lassen Sie uns gehen.«

Während der Ehrwürdige durch den Schnee stapfte, als sei es warmer Sand, erzählte Mo von ihrer Suche nach sich selbst, die sie von ihrer Geburtsstadt Zwolle in Holland nach Indien getrieben hatte, wo sie in Lakshmipuram auf Krishna Pattabhi Jois getroffen war, der sie Ashtanga-Yoga lehrte. Ihre Ausbildung wurde eine lange Reise zu sich selbst, auf der sie begriff, dass der Körper als Gefäß diente für den Geist und daher mit größter Achtsamkeit behandelt werden musste. So hatte sie im Yoga ihre erste Heimat gefunden.

Einige Jahre und einige tausend Reisekilometer später, Atemübungen in Kalifornien eingeschlossen, war sie dann aus Florenz, wo sie Jivamukti-Yoga studierte und unterrichtete, nach Hamburg gefahren, um die berühmte Katchie Ananda und deren Achtsamkeits-Yoga zu erleben. Die hatte für ihren einzigen Europa-Kurs ausgerechnet ein Studio am Grindel ausgewählt. Und in diesem Monat der täglichen Yoga- und Geistesschulung verliebte sich Mo in das Viertel nahe der Universität, in diese Mischung aus Studenten und Etablierten, aus Jungen und Alten, fußläufig zur Alster und deren Wiesen, zum Jungfernstieg mit seinen Konsumtempeln und zum Kiez mit der Reeperbahn und dem Hafen.

Dennoch hatte sie ihren alten Seesack schon wieder für Florenz geschnürt, als sich der damalige Besitzer des Studios entschloss, Katchie in deren Yogazentrum nach Santa Fe in den USA zu folgen. Einfach so, ohne lange zu überlegen, abzuwägen oder Gewinn- und Verlustrechnungen anzustellen.

»Follow your dream!«, begründete er seinen radikalen Entschluss am Ende des Workshops.

Lebe deinen Traum, dachte sich auch Mo und bot das kleine Erbe ihres Vaters als Gegenleistung für das Hinterhof-Loft. Mit Anfang vierzig wusste sie endlich, wohin sie gehörte.

»Das ist meine zweite Heimat«, sagte Mo stolz, als sie mit dem Mönch in dem bepflanzten Innenhof stand und auf die breite Glasfront zeigte. Dann verneigte sie sich und verschwand mit einem »Bitte, warten Sie« in ihrem Studio.

Als Mo die weißen Fenstervorhänge beiseite zog, erfreute der Anblick das Herz des Mönchs. Geschmückt mit weißen Lotusblüten und erleuchtet von einigen frisch angezündeten Kerzen stand in dem Yogastudio eine Buddha-Statue. Wie schön, dachte der Ehrwürdige, und sprach eine Rezitation. Er widmete seine Verse auch Ecke. Dem Mönch war nicht entgangen, dass ihnen der Mann mit dem schwarzen Hut gefolgt war und sie aus dem Hofzugang beobachtete, versteckt hinter einer Mülltonne.

Kapitel 11

Auf den ersten Blick wirkte Gerhard Schröder wie der klassische Hamburger Kaufmann. In jedem Fall war er eine hochgewachsene Erscheinung, mit einer gesunden Gesichtsfarbe, als ginge er auch im Winter Golfen oder Segeln. Trotz seiner gut sechzig Jahre hatte Schröder volles Haar, das so dunkel war wie das seines berühmten Namensvetters. Anders als bei dem ehemaligen Kanzler hatte ihm aber noch niemand unterstellt, sein Haar zu färben oder auch nur zu tönen. Die wenigen, die wie der Hamburger Bürgermeister beide Schröders gut kannten, behaupteten, sie hätten nicht nur denselben Friseur, sondern auch denselben Schneider, wobei die Anzüge des Hamburger Schröders allerdings besser sitzen würden. Solche Bemerkungen aus dem Rathaus konnten aber auch politisch motiviert sein, um ein wenig gegen den genussfreudigen Sozi und einstigen Kanzler zu sticheln.

Das Einzige, was bei Gerhard Schröder, Wohnsitz Hamburg Außenalster, Bellevue, das feine Bild etwas störte, war die Sonnenbrille, die er offensichtlich niemals absetzte. Es gab keine Schröder-Fotos ohne sie. In den Zeitungen hatte einmal etwas von einem Augenleiden als Begründung gestanden, aber Ronni Wulf wusste, warum Schröder die Brille so gut wie nie absetzte: Seine Augen passten nicht in das Bild vom feinen Herrn aus besten Kreisen, das er so gern vortäuschte.

Schröder hatte die kältesten Augen, in die Ronni je geblickt hatte. Und in seinen Jahrzehnten auf dem Kiez hatte Ronni schon manch harten Blick abbekommen – und ihm zumeist standgehalten. Jetzt aber schaute Ronni weg und dachte daran, dass es Leute auf dem Kiez gegeben haben sollte, die als Letztes auf dieser Welt sahen, wie Gerhard Schröder seine Brille abnahm.

»Ich war es nicht, Kanzler«, beteuerte Ronni nun zum dritten Mal und nannte Schröder so, wie es Leute aus dem Milieu ehrerbietig taten, die Schröder gut kannten. Es war mehr ein Schluchzen als ein Sprechen. Ronni wusste, dass er so gut wie erledigt war.

Vor etwa zwei Stunden, genau bekam Ronni das nicht mehr auf die Reihe, hatten sie ihn auf der Reeperbahn aufgegriffen. Ronni hatte sich an der *Heißen Ecke* einen Kaffee geholt und wollte sich gerade ausmalen, wie sich seine Nachbarin bei ihm für seinen kleinen Freundschaftsdienst »bedankte«, als eine dunkle Limousine einfach so neben ihm stoppte und drei Typen ihn in den Wagen zerrten. Der eine war ein Asiate und wohl der Chef, die beiden anderen schienen zwei schmerzfreie Russen zu sein. Hinter dem Steuer saß ein Fahrer, von dem Ronni nur den markanten kahlen Schädel sah und eine dunkle Sonnenbrille.

Wortlos fuhren sie über den Kiez, durch Altona und kamen nach Bahrenfeld. Sie brachten ihn zur Trabrennbahn.

Ronni war inzwischen ziemlich von der Rolle, weil er überhaupt nicht kapierte, was die Typen von ihm wollten. Was hatte er mit diesem Pferdezirkus zu tun?

Erst als sie ihn in einen leeren Stall schubsten, ahnte er, in wessen Auftrag das Trio ihn gepackt hatte. Es ging um den Kanzler. Ließ der hier nicht seine Pferde trainieren? Trabrennen waren dessen große Leidenschaft, neben dem Zocken.

Aber was hatte er, Ronni, damit zu tun?

Er war mit seiner Beherrschung am Ende und schrie: »Was wollt ihr von mir?« Statt einer Antwort, bekam er von dem Asiaten einen kurzen Hieb auf die Nieren.

»Ich mache Fragen«, sagte der Asiate und schlug Ronni so schnell ins Gesicht, dass er die Faust nicht kommen sah. »Wo sein Ferrari?«

»Keine Ahnung«, erwiderte Ronni. Was blieb ihm anderes übrig, als die Wahrheit zu sagen. Dafür gab es aber den nächsten Schlag auf die kurzen Rippen. Der Asiate glaubte ihm nicht.

»Du geklaut«, erklärte er ihm und zog ein Butterflymesser aus dem Ärmel oder sonst wo her. O mein Gott, jetzt wusste Ronni, wer der Typ war: der berüchtigte »Chirurg«, der erste Offizier in der Truppe des Kanzlers.

So schnell, wie der Asiate sein Messer hervorgezaubert hatte, so schnell ließ er es wieder verschwinden – und setzte Ronni mit ein paar harten Schlägen zu. Auf die Nieren, auf die Leber, auf die Rippen. Als seine zweite Rippe knackte, ahnte Ronni, was abging. Es musste um den Ferrari gehen, den er an der Alster gesehen hatte. Ein 458 M. Ein echtes Schätzchen, mal abgesehen davon, dass alle Ferraris echte Schätzchen waren. Der Wagen hatte vor dem *Alster-Café* gestanden, in dem sich Ronni einen Kaffee-Cognac auf den glücklichen Ausgang seiner Gerichtsverhandlung gegönnt hatte.

»Ich habe nur geguckt.« Ronni spuckte die Worte heraus. Er japste. Er wiederholte seine Beteuerung. Der Asiate wollte ihm nicht glauben.

Es kostete Ronni die dritte Rippe, bis er kapierte, was hier falsch lief: Weil er dem Ferrari zu nahe gekommen war, hatte ihn dessen schnöseliger Besitzer, ein junger Typ, der eine aufgetakelte Frau im Schlepptau hatte, blöde angemacht. Auf der Reeperbahn hätte Ronni dem Typen, der wahrscheinlich mit irgendeinem Internetscheiß Millionen machte, dafür die Nase weggehauen, aber am Jungfernstieg war es ratsamer, die Biege zu machen. So Leute holten schnell die Bullen und jagten einem ihr Heer von Anwälten an den Hals. Und von Anwälten war Ronni vorerst bedient.

Jetzt kapierte er, dass der Ferrari-Typ eine Lusche gewesen war. Der Wagen gehörte dem Schnösel gar nicht, sondern der Kerl war nur ein Hiwi, vielleicht eines Ferrari-Händlers, und sollte den brandneuen Wagen an den Kanzler überführen, ihm an der Bellevue, wo er mit Blick auf die Alster residierte, vor die Haustür stellen. Und Ronni kapierte auch, dass der Wagen dem Typen bei der Überführungsfahrt gestohlen worden war. Und dass der Kerl ihm, dem guten alten Ronni, den Diebstahl in die Schuhe geschoben hatte. Und deshalb waren die Jungs des Kanzlers hinter ihm her und nicht die Polizei.

Das erste Mal war Ronni traurig, dass die Bullen nicht hinter ihm her waren. Bei denen hätte er zumindest noch eine Chance gehabt, die würden ihm vielleicht glauben – der Asiate und die beiden Schmerzfreien bestimmt nicht.

Mitten in Ronnis Erkenntnisschwall ging das Gatter der Pferdebox auf, und ein sehr elegant und teuer gekleideter Herr mit Sonnenbrille trat zu Ronni und seinen Peinigern.

»Kanzler, Kanzler«, flehte Ronni, so gut er noch konnte, »hier läuft voll was schief!«

Ronni kannte den Kanzler seit über dreißig Jahren, seit er als Vize der Streetgang »Silverboys« erste Handlangerarbeiten für ihn erledigt hatte: aufmüpfigen Freiern Bescheid stoßen, unwillige Nutten auf Trab bringen oder einen schnellen Wagen besorgen – was einer so macht, der ins Milieu reinwächst.

Der Kanzler hatte nur gesagt: »Ach, der Ronni«, hatte sich auf einen Strohballen gesetzt und seine Brille abgenommen. Das erste Mal hatte Ronni in dessen Augen gesehen. Und Ronni war klargeworden, dass ihm das Schlimmste wohl noch bevorstand.

»Wo ist mein 4-5-8er?«, fragte Schröder nun leise. »Wo ist mein Wagen?«

»Kanzler, bitte, ich weiß es nicht. Echt nicht!«, jammerte Ronni.

»Weißt du, was dem Blödmann zugestoßen ist, der mit meinem Wagen einfach einen kleinen Zwischenstopp in dem Café eingelegt hat, statt ihn bei mir sofort, unverzüglich, tempo di flotti abzuliefern?«

»Nein, Kanzler, echt, woher soll ich das wissen?«, stammelte Ronni, als hätte der Kanzler eine Antwort erwartet.

»Er ist da hinten in die Box geklettert. Der Henker weiß, warum der dumme Junge das gemacht hat, in die Box zu dem Schwarzen, der vorgestern erst kastriert wurde. Weißt du, Ronni, wie aggressiv selbst die edelsten Tiere nach solch einem Eingriff sind?«

Ronni schüttelte den Kopf. »Nein, Kanzler, ich hab's nicht so mit Pferden.«

»Halt die Schnauze, Ronni, wenn ich rede.« Der Kanzler nickte dem Asiaten zu. Der holte sein Messer hervor, die beiden Schmerzfreien hielten Ronni noch fester.

»Bitte nicht«, schrie Ronni, der ahnte, was passieren würde. Er hatte das einmal in einem Hollywoodfilm mit Jack Nickoldon gesehen, oder wie der hieß, in dem der einen Detektiv spielte.

»Ich will dir sagen, was mit dem Arschloch passiert ist, Ronni«, fuhr der Kanzler fort. »Der Kerl liegt jetzt in Altona.«

Altona, dacht Ronni, auf dem Friedhof lag auch seine Mutter. Und da würde er wohl auch bald enden.

Der Asiate ließ das Messer um seine Finger, über seine Finger, durch seine Finger wirbeln – so schnell konnte Ronni gar nicht schauen, wie sein Gegenüber mit dem Schmetterlingsmesser hantierte. Dann hielt der Asiate inne. Und fast zärtlich steckte er die Klinge seines Messers in Ronnis rechten Nasenflügel. Die beiden Schmerzfreien hielten Ronni fest wie lebende Schraubstöcke.

»Wo ist mein nigelnagelneuer Ferrari, Ronni?«

Selbst wenn Ronni jetzt irgendeine Adresse genannt hätte, für seine Nase wäre es zu spät gewesen. Er kam bis: »Ich weiß es doch n...«, da hatte der Asiate ihm schon den nächsten Schlag versetzt. Ronni zuckte zusammen und schlitzte sich selbst den Nasenflügel auf. Das Blut schoss ihm aufs Hemd und die Lederjacke, während ihn die Russen ins Stroh schubsten, um nicht vollgespritzt zu werden.

Zu seiner eigenen Überraschung spürte Ronni keinen Schmerz. Er fiel auch nicht in Ohnmacht. Er hörte, wie der Kanzler sagte: »Ronni, ich habe dich mal gern gehabt. Deshalb musst du nicht zu meinem Wallach in die Box. Noch nicht.«

Ronni sah, wie der Kanzler sich erhob und seine Brille wieder aufsetzte. Er hörte jedes Wort ganz klar und deutlich.

»Ich gebe dir jetzt eine ganz große Chance, mein Freundchen. Du darfst mir den Wagen zurückbringen, sagen wir bis Sonntag, vielleicht auch bis Dienstag. Aber Mittwoch hat mein Sohn Geburtstag. Er wäre bestimmt sehr, sehr traurig, wenn sein Vater ihn enttäuschen müsste. Verstehst du das, Ronni?«

Ronni nickte, bis Schröder die Box verlassen hatte. Er hörte, wie der Kanzler beruhigend auf den Wallach einsprach, der aufgeschreckt wieherte und gegen seine Boxenwand trat. Und er hörte auch noch, wie der Kanzler dem Asiaten zurief: »Fasst ihn nicht zu hart an. Er war mal ein guter Junge.«

Kapitel 12

In der Taxe saß Daniel entgegen seiner Gewohnheit hinten. Er hatte nichts gegen den Fahrer, ein hagerer, geradezu ausgemergelter Typ in einer grünen Daunenjacke, dessen Dreitagebart von den tiefen Falten ablenkte, die ihm etwas Verbittertes gaben. Aber Daniel war nicht nach Reden zumute, er wollte allein sein, seinen Gedanken nachhängen, die immer schneller um sein Versagen kreisten.

Mitte dreißig, eigentlich eher Ende dreißig, bald vierzig. Wozu hatte er es gebracht? Zum Wetter-Kasper bei einem scheiß Lokalsender. Ihn hätten sie zum Moderator machen müssen. Dann hätte er eine Perspektive gehabt, dann hätte er sogar auf den Sprung zum NDR hinarbeiten können. Hätte, hätte, Fahrradkette. Jetzt bestimmte Gommez die Sendung, alles drehte sich um ihn.

Vor zwei Jahren war er noch Daniels Urlaubsvertretung gewesen, dann war Kruse als neuer Chefredakteur gekommen und hatte gemeint, der Sender müsse jünger werden. Daniel hatte gedacht, das sei seine Chance, er war doch erst Mitte dreißig. Aber Kruse hatte richtig jünger gemeint und Gommez zum »Gastgeber« der Abendschau gemacht, wie es in den Werbespots hieß. Sie organisierten sogar Autogrammstunden für ihn. »Unser junger Gottschalk« – Daniel hatte selbst gehört, wie Kruse von Gommez schwärmte. Es hatte sich ihm eingebrannt, und es brannte noch immer in ihm. Gommez, Gommez, überall Gommez.

»Ich habe es mir anders überlegt.« Daniel tippte dem Fahrer an die Schulter. »Fahren Sie mich zur Köhlbrandbrücke!«

Der Fahrer betrachtete ihn misstrauisch im Rückspiegel. »Zur Kupferfabrik?«

»Nee, einfach nur an der Brücke absetzen.« Daniel wollte sich nicht auch noch vor einem Droschkenfahrer rechtfertigen.

Der Mann drosselte das Tempo, so dass der Wagen die nächste Ampel bei Rot erwischte und halten musste. Er wollte seinen Fahrgast in Ruhe mustern. Er sah traurig aus, vielleicht auch depressiv. Aber lebensmüde? Nicht jeder, der angeschlagen wirkte, sprang gleich in den Tod. Und viele Lebensmüde, so hatte er mal gelesen, wirkten entspannt, fast glücklich in ihren letzten Stunden, weil sie sich endlich entschlossen hatten, dem Leiden ein Ende zu setzen. Außerdem würde sich kein Selbstmörder mit der Taxe zur Brücke fahren lassen. Dann könnte er sich auch ein Schild umhängen: *Springe gleich!*

Andererseits hatte er schon genug Verrücktes erlebt: Sturzgeburten an der Ampel, mit Schneeflocken tanzende Mönche – warum also sollte der Typ im Fond nicht sein erster Selbstmörder sein?

Vielleicht sollte ich ihn ansprechen, dachte der Fahrer. »Haben Sie schon mal mit Schneeflocken getanzt?« Er drehte sich zu seinem Fahrgast um. »Also, meinen Tag hat das gerettet, hält bis heute.«

Der Typ verzieht ja keine Miene, dachte der Fahrer dann und beschloss, ihn am nächsten Taxenstand abzusetzen. Aber dann rief er nur »Hey!«, schnippte mit den Fingern und sagte: »Sie sind doch der Wettermann aus dem Fernsehen.«

»Kann sein.« Daniel drückte sich in die Rückbank, als wollte er darin versinken. Früher hatte er sich darüber gefreut, wenn er als Mann vom Fernsehen erkannt wurde. Jetzt kam ihm dieses »Sie sind doch der Wettermann« wie eine Beleidigung vor.

Ja, zu Anfang hatte ihm die »Action« noch Spaß gemacht, für die seine Wetter-Prognosen – und auch er selbst – bekannt geworden waren. Inzwischen aber, mit Ende dreißig, empfand er es als demütigend, dass er raus musste in irgendwelche Ecken der Stadt, wo er sich für seine kleinen Beiträge selbst zum Affen machte, indem er auf Misthaufen kletterte und krähte wie ein Gockel, sich von Baukränen herumhieven ließ wie ein Sack Zement oder durch die stinkende Kanalisation kroch wie eine Ratte. Er erniedrigte sich selbst für die Einschaltquote, für ein wenig Anerkennung im Sender. War das der Journalismus, den er gewollt hatte? War das überhaupt Journalismus? Und wusste er überhaupt, was er wollte?

Vorhin war es dann zum Eklat gekommen. Verena, seine Kamerafrau, hatte die Idee gehabt, ihn durch eine Waschstraße zu schicken. Er selbst hatte schon lange keine Ideen mehr, nicht mal mehr solche Scheißideen.

»Ich mach das nicht, ich scheiß drauf«, hatte er Verena zugerufen – und die Taxe herbeigewinkt.

Die Ampel sprang auf Grün, der Fahrer gab Gas und schaute wieder nach vorne, sichtlich aufgeregt.

»Mensch, ist ja schon schräg, was Sie sich alles einfallen lassen. Fallschirmspringen und dabei das Wetter ansagen, das war für mich das Beste.«

Daniel biss sich auf die Lippen, schloss die Augen und holte tief Luft. Er wollte nicht für Klamauk bekannt sein. Kein Stefan Raab für Arme. Er wollte ein guter Journalist sein. Dann hättest du nicht zum Fernsehen gehen sollen, sagte er sich. Er könnte sich ohrfeigen.

»Ich hab's mir überlegt«, sagte Daniel, »bringen Sie mich in die Fichte sieben.«

Der Fahrer wandte sich ihm zu. »Nix mehr mit Location gucken?« Enttäuscht zog er die Mundwinkel runter, murmelte ein »Geht klar« und steuerte den Wagen mit einer scharfen Wende auf die andere Fahrbahnseite, mitten hinein in den Gegenverkehr. Irgendwo hupten andere Fahrer empört.

»Sind Sie lebensmüde?« Daniel schrie dem Mann die Frage in den Rücken.

»Ha«, lachte der Fahrer, versuchte, Daniels Blick im Rückspiegel zu treffen, und sagte: »Das hatte ich vorhin von Ihnen angenommen.«

Daniel wusste nicht, was der Fahrer meinte, und er wollte es auch gar nicht wissen. Er wollte nicht zugequatscht werden. Deshalb hatte er sich ja eigens nach hinten gesetzt.

»Wissen Sie, was mir gut gefällt?« Der Fahrer gab keine Ruhe.

»Nein, weiß ich nicht«, erwiderte Daniel pflichtschuldig.

»Sie machen das so locker, echt nett. Meine Frau meint: ›Ist ein guter Typ, der Wettermann.‹ Und wissen Sie, was sie dann noch sagt?«

»Nee, weiß ich nicht«, meinte Daniel freundlicher. Irgendwie tat es doch gut, gelobt zu werden, wenn auch nur von einem Taxifahrer.

»Meine Frau meint: ›Warum findet unsere Jessica nicht einen netten Typen wie den?‹«

Als ahnte er, dass Daniel viel zu wohlerzogen war, um ihm den Mund zu verbieten, redete der Fahrer weiter: »Ich hatte zuerst gedacht, auf meiner Rückbank sitzt so ein Depri-Typ. Aber dann ist mir klar geworden, dass Sie die Brücke für Ihre nächste Wetteransage checken wollen. Ist eine super Idee. Wollen Sie da ganz oben rauf, auf den Bogen? Ein Bungeesprung vom Geländer wäre auch nicht schlecht. Was meinen Sie?«

Produktionsbesprechung mit einem Taxifahrer? Nein, danke, dachte Daniel.

»Was?«, fragte der Fahrer und war fast schon wieder dabei, sich ganz zu Daniel umzudrehen.

»Ich meine: Wäre schön, wenn wir noch mal in der Fichte ankommen, lebend.«

Eine Viertelstunde später bog der Fahrer tatsächlich in die Fichtestraße ein. Daniel sah auf das Taxameter und zog einen Zwanziger aus der Tasche.

»Die Sieben, natürlich«, sagte der Fahrer, als erinnerte er sich. »Hier war Schneeflöckchen, Weißröckchen.«

Daniel schloss die Augen und atmete ruhig, aber tief durch. »Die Ecke da vorne, reicht schon.« Er drückte dem Fahrer den Geldschein in die Hand. »Stimmt so.«

»Sehr großzügig, danke«, sagte der Mann. »Wollen Sie keine Quittung?«

Daniel wollte nur raus und drückte die Tür auf. Die Kälte tat ihm gut. Er brauchte einen klaren Kopf. Das erste Mal war er für den Winter dankbar.

Daniel hatte der Taxe bereits den Rücken gekehrt, als der Fahrer rief: »Entschuldigen Sie, wohnt hier ein Mönch?«

Daniel sah den Mann überrascht an. »Wir sind ein ordentliches Haus.«

Der Fahrer wusste nicht, ob das empört klang oder sein Fahrgast sich über ihn lustig machte.

»Entschuldigung«, sagte er, während er die Scheibe schon wieder hochkurbelte, »war nur eine Frage.«

»Schon gut«, winkte Daniel ab und suchte in seinem Mantel nach dem Haustürschlüssel. Nun erkundigten sich schon Taxifahrer nach dem Ehrwürdigen. So ist das eben, tröstete sich Daniel, die einen haben einen Vogel, und wir haben einen Mönch.

Er musste beinahe lächeln. Auch damit hatte er nicht gerechnet, nicht nach so einem Tag.

Aber Daniel hatte auch nicht erwartet, dass ihre Wohnungstür offenstand. Ein Einbruch war das Letzte, was er jetzt noch brauchte.

Sollte er reingehen oder besser gleich die Polizei rufen? Er blieb regungslos stehen und horchte in die Wohnung hinein. Nichts. Alles ruhig.

»Hallo?«, fragte Daniel. »Ist da jemand?« Nichts.

Vorsichtig stieß Daniel die Wohnungstür weiter auf, lugte in die Diele hinein. Kein Einbrecher stürzte sich auf ihn. Aber er sah oder hörte auch keine Maya. Und keinen Mönch. »Hallo?«, rief er.

In der Küche brannte Licht, ein Schatten fiel in die Diele.

»Ist da jemand?« Das war die kräftige Stimme der Korbanek. Aus unserer Küche?, wunderte sich Daniel.

In dem Moment trat tatsächlich die Korbanek in die Diele. Sie trug eine Schürze, hielt ein Obstmesser in der Hand und baute sich empört vor Daniel auf. »Jetzt haben Sie mich aber erschreckt.«

Fast reflexartig hatte Daniel eine Entschuldigung auf den Lippen. Er schluckte sie hinunter, als ihm klar wurde, wie dreist diese reizende Nachbarin war.

»Was haben Sie in unserer Wohnung zu suchen?«, platzte es aus ihm heraus.

»Hören Sie mal«, entrüstete sich die Korbanek, »ich mache gerade Ihr Abendessen.«

»Was, bitte, machen Sie?«

Die Korbanek winkte Daniel zu sich in die Küche, als sei das ihre eigene Wohnung. »Ich schlage gerade Rührei, hier ist Blutwurst, eine …«, sie stockte kurz, »… Gabe meines Mannes. Ich habe sie schön kleingeschnitten. Da haben wir Brot, Früchte, und einiges steht auch schon im Esszimmer.«

»Wer hat Sie überhaupt reingelassen?«

»Der Herr Mönch, natürlich.« Patzig fügte sie hinzu: »Er ist ja immer allein zu Hause.«

»Und da mussten Sie unbedingt helfen?«

»Er wollte Sie zum Abendbrot einladen, aber Mönche dürfen keine Speisen zubereiten.«

Die Alte will das letzte Wort behalten, dachte Daniel, und den Gefallen wollte er ihr auf gar keinen Fall tun. »Aber Türen zumachen, das geht noch?« Er sagte es gereizter, als er wollte.

»Ach, wissen Sie denn nicht, dass Mönche nicht allein sein dürfen mit einer Frau?« Die Korbanek klang bittersüß. »Durch die offene Tür ist sozusagen das ganze Haus dabei, wenn Sie wissen, was ich meine.«

»Sie haben ja eine Meise.« Daniel tippte sich mit dem Zeigefinger an die Stirn. Er schob sie zur Seite, um zu sehen, was sie im Esszimmer angerichtet hatte.

So sehr er sich als Hausherr missachtet fühlte, der reich gedeckte Tisch rührte ihn: Eine Schüssel war mit Obstsalat gefüllt, eine andere mit Fleischsalat. Im Brotkorb lagen Croissants, Brötchen und ein großer Laib Krustenbrot. Frisch entzündete Kerzen warfen ein warmes Licht auf die Speisen und auf eine Buddha-Figur, die inmitten der Teller auf einem kleinen Podest stand.

»Habe ich gekauft.« Die Stimme der Korbanek klang stolz.

»Aha«, sagte Daniel, mehr fiel ihm zu dieser Nachbarin nicht ein.

»Den Buddha meine ich«, erklärte die Korbanek. »Das Essen hat der Ehrwürdige Mönch alles für Sie, äh, erbettelt. Also das Obst, das Brot, die Grundstoffe für die Salate und so.«

Sie sah Daniels Stirnrunzeln und fügte hinzu: »Mönche gehen auf Bettelgang, sie dürfen ja kein Geld besitzen.«

Auf Daniels Stirn schienen sich die Falten zu vervielfachen.

»Ich geh dann mal jetzt.« Die Korbanek wischte sich die Hände an der Schürze ab. »Der Ehrwürdige ist übrigens in seinem Zimmer, falls Sie das interessiert.« Sie ging zur Wohnungstür, drehte sich aber noch einmal um. »Die Tür ziehe ich jetzt zu.« Sie musterte ihn von oben bis unten. »Sie sind ja keine Frau.«

»Na, da bin ich Ihnen aber dankbar.« Daniels Stimme fehlte jegliche Empörung.

Als die Tür ins Schloss gefallen war, setzte er sich an den Esstisch und schaute auf die Schalen und Teller. Der Mönch hatte das alles *erbettelt.* Er ruinierte ihren guten Ruf.

Daniel nahm eine der Servietten vom Tisch und wischte sich über die Stirn, den Nacken und den Hals. Er hatte Schweißausbrüche. Im Winter.

Während der letzten drei Jahre hatten er und Maya sich bemüht, bei ihren Nachbarn einen ordentlichen Eindruck zu hinterlassen und den einen oder anderen in der Straße und am Grindel besser kennenzulernen. In guten Stunden dachten sie daran, in dieser Gegend ihre Kinder aufwachsen zu lassen, gemeinsam alt zu werden. Und jetzt machte dieser Mönch sie lächerlich: im Haus, in der Straße, im ganzen Viertel.

Daniel schob die blaue Tonschale beiseite, die sie einst auf Paros gekauft hatten und die jetzt mit Fleischsalat gefüllt war, um mit den Armen eine Art Kissen für seinen Kopf zu bilden. Er schloss die

Augen und spürte den Tränendruck. Er hätte heulen können, aber selbst dazu fehlte ihm die Kraft.

»Sorgen sind sinnloses Leid.«

Erschrocken fuhr Daniel hoch, rieb sich mit Daumen und Zeigefinger die Augenwinkel und schaute zu dem Mönch auf, der in der Esszimmertür stand. Das Orange seines Gewands strahlte vor dem Hintergrund der im Dunklen liegenden Diele noch heller als sonst. Aus dem fast schwarzen Gesicht stachen die leuchtenden Augen und die strahlend weißen großen Zähne hervor.

»Darf ich?«, fragte der Mönch und trat einen Schritt auf Daniel zu.

»Bitte«, antwortete Daniel, der sich noch immer die Augen rieb, sich räusperte und erst einmal aufrecht hinsetzte.

Der Mönch nahm ihm gegenüber Platz und lächelte ihn an. Etwas unsicher grinste Daniel zurück. »Ich mache mir keine Sorgen.« Er klang leicht trotzig und bereute den Satz, kaum, dass er ihn ausgesprochen hatte. Der Ehrwürdige wirkte so wissend auf ihn, dass es absurd war, ihn zu belügen.

»Das ist gut.« Der Mönch nickte, als glaubte er Daniel. »Es ist ohne Sinn, sich Leid zuzufügen durch Gedanken an etwas, von dem wir gar nicht wissen, ob es auch geschehen wird.«

»Das verstehe ich nicht ganz«, erwiderte Daniel. Er war froh, diesmal die Wahrheit gesagt zu haben.

»Der Traurige lebt in der Vergangenheit«, sprach der Mönch, »der Ängstliche in der Zukunft, der Glückliche in der Gegenwart.«

Dieser Spruchkasper, war Daniels erster Gedanke. Was sollten solche Sätze? *Der Traurige lebt in der Vergangenheit. Der Ängstliche in der Zukunft.* Ja, und?

Andererseits: Trauerte er nicht viel zu oft verpassten Chancen nach? Hing er nicht zu sehr an Altem, das er idealisierte, wie etwa ehemalige Freundinnen?

Fürchtete er sich nicht vor der Zukunft? Hatte er nicht Angst, plötzlich ohne Arbeit dazustehen? Hätte er sich nicht längst von Hamburg First verabschiedet, wenn er ein wenig mutiger wäre?

Daniel wich dem Blick des Mönchs aus und starrte in die Schüssel mit den Blutwürsten. Er fand Blutwurst widerlich. So widerlich, dass er sie noch nicht einmal hatte probieren können, als die Korbanek ihnen kurz nach ihrem Einzug ein halbes Dutzend als »Willkommensgeste« vorbeigebracht hatte. Er schüttelte sich.

Was sollten sie mit all dem erbettelten Essen?

Der Ehrwürdige sah Zweifel, Ärger, ja beinahe Verzweiflung in Daniels Augen. Daniel hörte ihn, aber er verstand ihn noch nicht, er begriff nicht, worum es ging. Noch nicht.

»Wollen wir uns zu mir ins Zimmer setzen?«, fragte der Mönch.

»Was sollen wir da?«

»Sitzen und atmen.«

»Wie lange wollen wir das machen?«

»So lange es uns guttut.«

»Und was machen wir mit dem ganzen Essen hier und in der Küche?«

»Das kann warten, bis Maya kommt«, sagte der Mönch, »Abendbrot wird ja nicht kalt.«

Daniel versuchte zu lächeln und erhob sich.

Der Mönch hatte in dem Zimmer nur wenig verändert. Auf dem kleinen Tisch neben dem Bett, auf dem sonst Bücher und Zeitschriften lagen, stand eine Buddha-Figur, davor brannten drei Kerzen. Ob der Buddha auch ein Geschenk der Korbanek war? Nein, so alt und abgegriffen wie die Figur aussah, musste der Mönch sie mitgebracht haben. Vielleicht, dachte Daniel, reisen Mönche nicht ohne ihren Buddha.

Auf dem Bett lag ein dicker, alter Duden. *Orthographisches Wörterbuch der deutschen Sprache.* Daniel wunderte sich, was der Mönch so in seinem Koffer gehabt hatte.

Daniel zeigte auf die warme Über-Robe, die wie für ein Nachtlager ausgebreitet auf dem Boden lag.

»Sie schlafen doch nicht auf dem Boden?«

Der Mönch senkte sein Haupt.

»Zu Buddhas Zeiten schliefen in Indien die Brahmanen, die Angehörigen der obersten Kaste, auf hohen Betten. Das einfache Volk legte sich auf den Boden. Da wir Mönche einfache Menschen sind, schlafen auch wir auf dem Boden oder allenfalls eine Handbreit erhöht.«

»Ist das nicht ein wenig übertrieben?«

»Nein, wir schlafen ja nicht auf Dornen. Der Buddha war gegen jede Übertreibung. Es geht nur darum, dass wir es uns nicht zu bequem machen. Bequemlichkeit und Trägheit gehen Hand in Hand.«

»Mhm.« Daniel blickte auf die ausgelegte Robe.

»Sorgen Sie sich nicht«, meinte der Mönch, »ich schlafe gut auf Ihrem Parkett. Ich wache froh und tatendurstig auf.«

Daniel fiel nur ein erneutes »Mhm« ein.

Der Mönch nahm die beiden Kopfkissen vom Bett, schüttelte sie auf, legte sie übereinander vor dem kleinen Buddha auf den Boden und nahm darauf Platz. Er deutet auf eine Stelle hinter sich. »Bitte, Daniel, lassen Sie uns sitzen und atmen.«

Etwas ungelenk setzte sich Daniel auf seinen Hosenboden und versuchte, die Unterschenkel für den Lotussitz übereinander zu legen.

»Bitte, den linken Fuß vor den rechten legen, das genügt«, sagte der Mönch mit einer weichen, gleichbleibenden Stimme, als hätte der Satz keinen Punkt. »Der volle oder halbe Lotussitz würde Ihnen Schmerzen bereiten. Und Schmerzen lenken ab.«

»Wovon?«, wollte Daniel wissen.

»Von der Geistesruhe, die wir suchen. Jetzt bitte die Augen schließen.«

Dazu hatte Daniel überhaupt keine Lust, ja, er empfand sogar Widerwillen. Wenn er müde war oder auch, was sehr selten vorkam, einen Moment der Glückseligkeit verspürte – dann schloss er die Augen, um zu entspannen oder zu genießen. Aber sich mit geschlossenen Augen hinzusetzen, einfach so, das fand er affig.

Ich kann nicht meditieren, um zu entspannen, dachte Daniel, ich muss entspannt sein, um zu meditieren.

»Ich atme ein«, sprach der Mönch mit seiner wieder leisen Ohne-Punkt-und-Komma-Stimme, »ich atme aus.« Der Ehrwürdige machte eine Pause.

»Ich atme ein.«

Pause.

»Ich atme aus.«

Daniel juckte es im Nacken. Er musste sich kratzen. Ich darf mich nicht bewegen, sagte er sich. Sein Slip kniff. Er müsste ihn geradeziehen. Ich kann jetzt nicht in meine Hose greifen, ermahnte er sich.

Wie aus weiter Ferne hörte er die völlig gleichmütige Stimme des Mönchs, mit der jener den Atemrhythmus vorgab.

Ein und aus. Ein und aus. Ein und aus.

Ich bin überhaupt nicht im Rhythmus. Daniel merkte, wie er immer nervöser wurde, sich kaum noch vorstellen konnte, nur eine Minute länger mit geschlossenen Augen auf dem Boden sitzen zu bleiben.

Er versuchte, sich mit positiven Gedanken abzulenken, und erinnerte sich an ihre erste Begegnung mit dem Mönch. Er und Maya hatten sich am Strand gestritten. Wie immer gab ein blödes Wort das andere. Maya war dann fortgelaufen, immer weiter den Strand entlang, dann hinein in eine alte Bananenplantage, wo er sie einholte, endlich. Und dann waren sie auf eine Tempelanlage gestoßen, die schwer zerstört und verlassen schien. Und dann war diese riesige Echse aufgetaucht und hatte sie in Angst und Schrecken versetzt. Maya war der Ohnmacht nahe und Daniel eigentlich auch, als sie die Treppen zu dem offensichtlichen Hauptgebäude hochrannten, die Tür aufrissen, hinter sich zudrückten und verriegelten.

Und in diesem Moment der blanken Hilflosigkeit tauchte aus der Tiefe des Raumes der Mönch auf und begrüßte sie mit seinem strahlenden Lächeln und seiner warmen Stimme: »Willkommen im

Namen des dreifachen Juwels, Buddha, Dhamma, Sangha. Willkommen im Gunananda-Tempel.«

So waren sie einander begegnet, sie und der Mönch. Und er hatte ihnen von seinem Deutschunterricht durch einen Mönchsbruder erzählt und ihnen seinen Tempel gezeigt, der trotz der Verwüstungen des Tsunami eine überraschende Schönheit bewahrt hatte. Obwohl die Farben an vielen Stellen verblichen waren, ließen sie erahnen, wie prachtvoll die Malereien einmal gewesen sein mussten, die Szenen aus dem Leben des Buddha zeigten.

»Hier sehen wir ihn, als er noch Prinz Siddhartha war, auf seiner Hochzeit mit der Prinzessin Yasodhara«, sagte der Mönch. »Und hier legt er alle feinen Gewänder ab und wickelt sich nur in ein Tuch, denn jetzt folgen seine Jahre als Suchender unter Asketen und Weisen, seine Erleuchtung unter dem Bodhi-Baum und hier eine Szene mit einem wildgewordenen Elefanten, der vor dem Buddha auf die Knie geht.«

Vor allem die Malereien von der Hochzeit des Buddha hatten Maya berührt – und, Daniel musste es zugeben, auch ihn.

Vielleicht war er überempfindlich, womöglich hatte Maya auch gestichelt, vielleicht traf beides zu: Tatsache war, dass sie wieder mal in einen heftigen Streit über ihre Perspektiven als Paar gerieten. Maya sehnte sich nach Geborgenheit und Stabilität. Er fand das spießig und beklemmend. Eine Heirat sei das Symbol für absolute Kleinbürgerlichkeit, hatte er behauptet. Und sie hatte gekontert, er habe Bindungsangst, wolle sich nicht festlegen, denn sie sei ihm ja nicht gut genug und es könne ja noch eine Bessere kommen.

In der Nacht nach jenem Streit war er im Morgengrauen wach geworden, durchgeschwitzt und erschöpft. Aber statt wie sonst Löcher ins Moskitonetz zu starren, ging er hinunter zum Meer. Er zog seine Boxershorts aus und stürzte sich in die Fluten.

Dies wird mein Tag, dachte er, während er sich gegen die starken Wellen warf, immer wieder, mit der unbändigen Freude eines Kindes. Er schwamm hinaus, kraulte gegen die Wellen an, bis er seine Oberarme spürte, ließ sich treiben und Richtung Strand spülen. Für den Rest des Urlaubs werde ich jeden Morgen hier schwimmen gehen, beschloss er. Das ist meine Zeit, meine Zeit für mich. Als er wieder Sand unter den Füßen spürte, ließ er sich unter Wasser sinken und schoss wieder hoch, wie Flipper, wie ein Delphin, bis er außer Atem war. Schließlich ließ er sich auf den Strand zutreiben und in den Sand fallen, der noch nachtkühl war.

Daniel spürte die feinen Körner auf seinem nassen Gesicht. Er dachte das erste Mal seit langer, langer Zeit: Ich lebe. Wie schön. Er schloss die Augen und wünschte sich, dass er diesen Moment festhalten könnte.

Als er seinen Kopf wieder hob, blinzelte Daniel in die Sonne, sah Orange, schwarze Beine und einen roten Schirm. Vor ihm stand der Mönch aus dem Tempel. Er musste eingeschlafen sein.

Daniel sprang auf und wünschte: »Guten Morgen, lieber Mönch.« Er wollte die Hände falten und zum Herzen führen. Doch mitten im klassischen Gruß wurde ihm bewusst, dass er nackt war. Er riss die Hände vor seinen Schoß, aber sie bedeckten sein Geschlecht eher symbolisch.

»Ich grüße Sie, lieber Daniel. Wie geht es Ihnen?«, fragte der Mönch mit gefalteten Händen und einer Verneigung, als begegnete er Daniel irgendwo auf der Straße.

»Ja, nun, also …« Daniel rieb sich die Augen. Er musste sich erst einmal sortieren. »Entschuldigung, ich dachte, ich wäre allein am Strand.«

»Das waren Sie ja auch«, erwiderte der Ehrwürdige lachend.

Daniel schaute sich um. Seine Boxershorts lagen zu weit weg. Er hätte gern irgendetwas getan, um die Situation, in der er sich so hilflos fühlte, aufzulösen. Also sagte er: »Schöner Zufall, dass wir uns hier treffen.«

Ein Windstoß wehte Daniel das Haar ins Gesicht. Gewohnheitsmäßig strich er es zurück, verfluchte seinen Reflex, während seine rechte Hand wieder nach unten zuckte. Er stand splitterfasernackt da. Vor einem Mönch. Und er scherte sich um seine Frisur. O Mannomann.

»Es gibt keine Zufälle«, sagte der Mönch, ohne sich durch Daniels Hampeln aus der Ruhe bringen zu lassen. Aber er merkte, dass Daniel ihm nicht zuhörte.

»Bitte, darf ich mir etwas anziehen?«, fragte Daniel und zeigte auf seine Boxershorts, hastete hin und zog sie sich über. Der Mönch sah hinaus aufs Meer und wartete.

»Meine Meditation führt mich oft den Strand entlang«, erklärte er dann. Da der junge Mann in der bunten kurzen Hose ihm diesmal zuhörte, sagte er noch: »Ich habe mich gerade mit den verschiedenen Formen der Liebe beschäftigt.«

»Sehr interessant«, meinte Daniel. Innerlich schüttelte er den Kopf. Ein Mönch als Experte für die Liebe, das hatte ihm noch gefehlt. Aber es war wahrscheinlich noch keine sechs Uhr. Maya schlief bestimmt noch, und Frühstück gab es frühestens um acht. Daniel nickte: »Wenn Sie das in Ihren Gedanken nicht stört, komme ich gern mit.«

Seinen Regenschirm in der Linken, Daniel zu seiner Rechten ging der Mönch gemessenen Schrittes los, das Haupt gesenkt.

Als der Ehrwürdige merkte, wie schwer Daniel das Schweigen ertragen konnte, sagte er: »Vergangene Liebe ist bloße Erinnerung. Zukünftige Liebe ist ein Traum und ein Wunsch. Nur in der Gegenwart, im Hier und Heute, können wir wirklich lieben.«

»Das haben Sie sehr schön gesagt, lieber Mönch.«

»Nein, das stammt von Buddha, so sprach der Erhabene.«

»Aha«, hatte Daniel gemacht, der nicht gewusst hatte, was er sagen sollte, und der auch nicht gewusst hatte, wohin mit seinen Händen. Schließlich hatte er seine Hände auf dem Rücken gefaltet, sein Haupt gesenkt und geschwiegen.

Die Erinnerung an diese Begegnung mit dem Mönch ließ Daniel bewusst werden, wie gut ihm das Gespräch über das »Hier und das

Jetzt« damals getan hatte. Ohne die wirklich klugen Worte des Ehrwürdigen hätte er nicht den Mut gehabt, den Mönch um eine Hochzeitsrezitation in dessen Tempel zu bitten. Der Gedanke an das Hier und das Jetzt hatte ihn so fasziniert, dass er allen Widerstand gegen die spießige Formalität Ehe über Bord geworfen hatte. Aber was war dabei rumgekommen? Hatten sie mehr Sex? War er, als Verheirateter, zufriedener? Oder gar glücklich?

Das Jucken im Nacken ließ nicht nach, der Slip schien nicht nur links zu kneifen, sondern nun auch rechts. Daniel kratze sich im Nacken und hob die rechte Pobacke an. Er versuchte, durch die Jeans hindurch seinen Slip zurechtzuzupfen. Vergeblich. Er zupfte an der linken Seite herum und hatte das Gefühl, noch unruhiger, noch ungehaltener zu werden.

»Ich kann das nicht«, sagte Daniel und stand auf. »Tut mir leid, lieber Mönch. Das ist nichts für mich.«

Der Mönch erhob sich ebenfalls. »Das macht doch nichts.« Er schaute Daniel an. »Alles hat seine Zeit.«

»Ja, der Buddha war ein weiser Mann.« Daniels Bemerkung sollte respektvoll klingen, aber seine heruntergezogenen Mundwinkel verrieten ihn.

»Nein«, der Mönch lachte ihn an, »das ist aus der Bibel. Salomo, Buch der Prediger.«

Nun musste Daniel grinsen. Dass dieser alte Mann aus Sri Lanka, der sein Leben in einem buddhistischen Tempel verbracht hatte, die Bibel besser kannte als er, das fand Daniel nun wirklich zum Schießen – wobei »schießen« zu einem buddhistischen Mönch nun so gar nicht passte, und darüber musste Daniel dann noch etwas mehr grinsen.

»Hallo, ist wer zu Hause?«

»Das ist Maya«, sagte Daniel, als hätte der Ehrwürdige sich das nicht denken können. Dankbar für die Ausflucht ging er in die Diele, um seine Frau mit einem Kuss zu begrüßen.

Maya verneigte sich vor dem Mönch, wünschte einen »Guten Abend« und wollte gerade fragen, was der Ehrwürdige und Daniel den Tag über so gemacht haben, als ihr Blick auf den eingedeckten Tisch im Esszimmer fiel.

»Ein Geschenk des Ehrwürdigen an uns«, erklärte Daniel lakonisch und setzte sich an den Tisch. »Unser Abendbrot.«

Maya war alles andere als hungrig. Sie hatte endlich zum Yoga gehen wollen, wohin Anett sie seit Wochen versuchte mitzuschleppen. Aber wenn ihnen ein Mönch, der selbst abends fasten musste, den Tisch so reichlich deckte, dann konnte sie nicht ablehnen. Also sagte sie: »Großartig, wunderbar, lieber Mönch, vielen Dank«, legte ihren Mantel ab, tauschte auch noch ihre vollgematschten australischen Ugg-Boots gegen Hausschuhe – wobei sie einen Moment daran dachte, dass sie dem Mönch Winterstiefel kaufen mussten – und setzte sich.

Der Ehrwürdige nahm mit einer Selbstverständlichkeit am Kopfende des Tisches Platz, als säße er dort seit Jahren und würde dort auch ewig sitzen bleiben. Er faltete die Hände, nickte Maya und Daniel zu und deutete auf die Speisen: »Bitte, schämen Sie sich nicht für meinen Bettelgang. Auch der Buddha ist mit der Schale von Haus zu Haus gezogen, als sein Name schon in ganz Indien bekannt war und er zu den Großen des Landes zählte. Aber beim Betteln, so sagte der Erhabene, geht es nicht so sehr um das Essen, das uns Mönchen ja auch in die Tempel und Klöster gebracht wird. Betteln lehrt uns, bescheiden und demütig zu sein; es bringt uns zusammen mit den Laien, den Menschen jenseits unserer Tempel und Klöster. Betteln ist auch Meditation, in der wir uns prüfen, ob wir etwa der Gier oder dem Begehren erliegen, wenn uns Speisen gereicht werden.«

Mit Zufriedenheit sah der Ehrwürdige, dass Daniel sich nicht kratzte oder irgendwo zupfte, dass er die Augen geschlossen hatte, um konzentriert zuzuhören, und dass Maya sogar ihre Hände vor dem Herzen gefaltet hatte wie eine Buddhistin.

»Wir atmen langsam ein«, sagte der Mönch, der jetzt wieder mit seiner gleichbleibenden Meditationsstimme sprach, »wir atmen langsam aus. Langsam ein. Langsam aus. Langsam ein. Langsam aus.« Er sah Maya und Daniel atmen und wie sich dabei ihre Gesichtszüge entspannten. Er ließ sie noch einige Atemzüge in Stille nehmen, dann erklärte er mit seiner klaren, kraftvollen Stimme:

»Der Bettelgang ist auch ein Geschenk der Mönche an die Laien. Er gibt den anderen Menschen Gelegenheit, sich selbst Freude zu bereiten. Gibt es Schöneres, als zu schenken?«

Der Mönch erwartete keine Antwort. »Nein, es gibt nichts Schöneres, als Freude zu machen. Und einen Mönch zu beschenken ist noch einmal eine besonders große Freude.«

Der Ehrwürdige machte noch einmal eine kleine Pause. Ihm fiel der Begriff »Kunstpause« ein. Gab es das Wort? Er musste das später nachschlagen.

»Ich bitte um Nachsicht, lieber Mönch«, sagte Daniel, »das mag für Ihren Kulturkreis gelten. Hier am Grindel dürften die Leute mit … Befremden reagieren, wenn ein Mönch um eine milde Gabe bettelt.«

»Ja«, sagte der Ehrwürdige nachdenklich, »ich habe das durchaus gespürt. Als buddhistischer Mönch bin ich hier ein … Exot. Und Bettler können nicht auf Mitgefühl hoffen.« Der Mönch machte eine Pause und schien seine nächsten Worte wohl zu überlegen. »Aber dann, lieber Daniel, traf ich auf die wunderbare Mo, die mich begleitet hat.«

Seine beiden Gastgeber sahen ihn so verständnislos an, dass der Ehrwürdige einen Moment verunsichert war. Dem Mönch dämmerte, dass Daniel und Maya gar nicht wussten, wen er meinte.

»Es war mir eine Freude, die Yogalehrerin Mo kennenzulernen, aus dem Studio unten an der Ecke«, erklärte er. »Sie hat mich in den Geschäften vorgestellt.«

Maya konnte einen Anflug von Neid nicht unterdrücken. Seit Anett vor zwei Monaten Yoga für sich entdeckt hatte, wurde sie von ihr bedrängt, mit in dieses Studio zu kommen. Es lag vor ihrer Haustür, und dennoch hatte Maya es nicht geschafft. Mal waren ihr Akten wichtiger, mal maulte Daniel, weil er sich vernachlässigt fühlte.

Der Mönch faltete seine Hände und neigte sein Haupt. Maya und Daniel sahen zu ihm herüber. Mayas Hände wanderten über den Tisch, suchten die ihres Mannes, die ruhig auf der Tischplatte lagen. Daniel ergriff sie.

Der Ehrwürdige erhob sich und betrachtete das Paar. »Auch wenn wir Mönche in dem Wort nicht so geübt sind, empfinden wir große Dankbarkeit für jene, die uns Gutes tun. Bitte, liebe Maya und lieber Daniel, verzehren Sie dieses Abendbrot in Achtsamkeit.«

»Gehen Sie schon schlafen, Ehrwürdiger?«, fragte Maya.

»Nein, ich möchte noch ein wenig hinausgehen.«

»In den Matsch?«, fragte Daniel.

»Vielleicht fällt noch eine letzte Schneeflocke«, sagte der Mönch, »an der ich mich erfreuen kann.« Lächelnd zog er die Tür des Esszimmers hinter sich zu.

Warum nur musste er an Hänsel und Gretel denken, wenn er die beiden so sah? Warum fiel ihm gerade dieses Märchen ein?

Der Ehrwürdige Mönch Siri beschloss, diese Geschichte nachzulesen. Aber das hatte Zeit. Er griff nach seinem roten Schirm, ohne den er nie auf die Straße ging.

Kapitel 13

Maya und Daniel waren eine Weile sprachlos. Das war nichts Neues für die beiden, sie schwiegen sich öfter an. Vor allem in den letzten Monaten waren ihre Krisen so etwas wie ein trauriges Ritual geworden.

Merkt der Kerl nicht, was mit mir los ist?, überkam es Maya, ohne dass sie hätte sagen können, warum sie sich diese Frage dann ausgerechnet in jenen Momenten stellte.

Daniel wiederum befiel mitunter das Gefühl, seine Frau vernachlässige ihn, interessiere sich nicht für seine Hoffnungen und Träume, schon gar nicht für seinen Ärger, seine Ängste.

Maya wurde dann von Minute zu Minute trauriger, zog sich schließlich zurück: zu Hause in die Küche zum Tee, auf Balapitiya an den Strand zum Spaziergang, und wenn es gar nicht anders ging, dann zog sie sich in sich selbst zurück. Doch diesmal, nach der kleinen Ansprache des Ehrwürdigen, lastete auf der Stille zwischen den beiden keine Enttäuschung über den anderen. Maya und Daniel saßen einfach nur an diesem mit Blutwurst und Orangen, Müsli, Muffins und sogar Schokolade beinahe surreal gedeckten Abendbrottisch, hielten einander die Hände und sahen sich an.

Wenn nicht jetzt, wann dann, dachte Maya. »Es tut mir leid«, sie drückte Daniels Hand, »aber ich kann dir keine Kinder schenken.« Sie wartete einen Moment, als wollte sie ihm eine Chance geben zur Empörung, zur Trauer oder zu irgendeiner anderen Reaktion. Aber Daniel sah sie nur an und streichelte ihren Handrücken.

Maya spürte, wie die Anspannung von ihr abfiel, wie sich ihre Schultern wieder senkten, die sie unbewusst hochgezogen hatte, als wollte sie sich vor einem Schlag ducken. Erst jetzt, da sie endlich ausgesprochen hatte, was ihr seit Monaten auf der Seele lag, erst jetzt spürte sie, wie viel Angst sie davor gehabt hatte, diesen einen

Satz zu sagen, der nicht nur Daniels weiteres Leben mit ihr bestimmen würde, sondern vor allem ihr eigenes.

Sie würde niemals Mutter werden. Für andere Frauen mochte das die natürlichste Sache der Welt sein – nicht für sie. *Ich kann dir keine Kinder schenken.* Hatte sie mit diesem Satz nicht zugegeben, keine vollwertige Frau zu sein?

Nach dem Studium, als ihre besten Freundinnen Betty und Christine ihre Kinder bekommen hatten, erst eins, dann zwei, als hätten sie »gesund, Junge, blond« oder »gesund, Mädchen, brünett« im Universum bestellt, in jener Zeit war sie bei ihrem Vater in die Kanzlei eingestiegen, hatte sie später dann allein übernommen. Das war ihr Baby gewesen, das ihre ganze Aufmerksamkeit verlangte.

Damals, als sie noch Anfang dreißig war, hatte es ihr gut gepasst, dass Vaterwerden für Daniel kein Thema war. Vielleicht, überlegte Maya manchmal, wäre Daniel auf Vaterschaftsgedanken gekommen, wenn er seine Diplomarbeit geschrieben und danach als Meteorologe an der Uni geblieben wäre oder beim Deutschen Wetterdienst einen Job bekommen hätte. Aber das war ihm zu brav, zu bieder gewesen. Journalismus hingegen war bunt und schillernd. Und wenn Maya darüber nachdachte, dann mochte sie Daniel genau für jene kleinen und großen Verrücktheiten, die er jetzt in seinem Job ausleben konnte. Daniel und Journalismus, das passte irgendwie. Es passte viel besser als: Daniel und Vaterspielen. Darauf, tröstete sie sich, wäre es bei ihm doch hinausgelaufen: auf das Spielen von Vaterschaft. Das hätte sie nicht gewollt.

»Hallo?« Daniel rief Maya sanft aus ihren Gedanken zurück. Behutsam stand er auf, ging um den Tisch herum, setzte sich neben sie und sah sie an wie bei ihrem ersten Treffen an jenem vierzehnten Oktober vor neuneinhalb, fast zehn Jahren im Zug nach Berlin.

Daniel, auf dem Weg zu seinem Freund Albert, hatte eine Platzkarte und war schon am Dammtor-Bahnhof eingestiegen. Maya fuhr ab Hauptbahnhof, ohne Reservierung. Sie suchte sich lieber einen Platz und hatte auch immer einen gefunden. An jenem Freitagabend hatte sie kein Glück, schließlich hockte sie sich in irgendeinem Gang auf ihren Trolley.

»Bitte«, sagte jemand, der aus dem Abteil vor sie getreten war, »nehmen Sie gern meinen Platz.«

Jetzt bloß keine Anmache, dachte Maya. »Danke, ich schaffe das schon, ich bin ja noch jung«, wehrte sie ab. Erst danach blickte sie auf und musterte ihr Gegenüber: groß, weiße, makellose Jeans, weißes Hemd zu blauem Pullover, volles, dunkles Haar und ein süßes Grübchen in der rechten Wange. Vor allem aber hatte er warme braune Augen.

»Ja, das sehe ich.« Er zeigte auf die Toilettentür. »Aber hier riecht es schlimmer als einst in Versailles.«

Die Stimme gefiel ihr, sie passte zu seinen Augen. Und schlagfertig war der Typ auch.

»Quelle odeur, n'est pas, Louis?«

Daniel musste lachen. Die sah nicht nur gut aus, die hatte auch einen guten Humor.

So hatte es mit ihnen begonnen auf jener Zugfahrt, auf der Maya natürlich auf dem Gang geblieben und Daniel selbstverständlich nicht in sein Abteil zurückgekehrt war.

Daniel bemerkte, dass Maya sich am Tisch rührte, und sah sie an.

»Warum schüttelst du den Kopf?«, fragte er, legte sanft seinen Arm um sie und drückte sie an sich.

»Ich habe an Ludwig XIV. gedacht.«

»Bereust Du, dass du damals den Achtzehn-Uhr-Zug genommen hast?«

»Nein, aber du hättest eine richtige Frau verdient, eine, die dir eine Familie schenken kann.«

»Ich brauche kein Kind, um mit dir glücklich zu sein.«

»Das sagst du jetzt. Und in zehn Jahren verlässt du mich, um mit einer anderen deinen Traum zu leben.« Maya biss sich auf die Lippen. Sie wollte nicht bitter klingen. Und ganz bestimmt nicht jetzt.

Daniel küsste sie auf die Stirn, auf ihre wunderbar hohen Wangenknochen, nuschelte etwas von »meine junge Meryl Streep«, lachte ihr ins Ohr, küsste sie auf die Lippen und sah sie an wie damals im Zug.

»Ich verliebe mich gerade wieder in dich.« Er nahm ihre Hand und streichelte sie. »Magst du mir erzählen, was mit dir in den letzten Monaten los war oder seit wann auch immer?«

Maya sah, wie sich die kleinen Härchen auf ihrem Unterarm aufrichteten. Sie fühlte, wie ihre Augen feucht wurden.

»Es tut mir leid, dass ich es nicht bemerkt habe«, fügte Daniel hinzu. Er zupfte sich am Ohrläppchen. »Wahrscheinlich wollte ich es auch nicht bemerken, so wie ich mit mir und dem Sender beschäftigt war.« Daniel griff nach Mayas Händen, küsste sie.

»Übertreib es nicht«, sagte Maya. Sie musste lachen, obwohl sie wusste, dass sie gleich bitterlich weinen würde. Sie umarmte Daniel und drückte ihn ganz fest an sich. Sie wollte nicht, dass er ihre Tränen sah.

So weinte Maya um ihre ungeborenen Kinder. Ihre Tränen rannen in Daniels Haar, auf seinen Hemdkragen. Er hielt sie fest, als wollte er sie nie mehr loslassen.

Irgendwann löste sie sich aus seiner Umarmung. Und während sie ihr Gesicht mit dem Ärmel ihrer weißen Bluse trocknete, fragte sie: »Magst du uns einen Schluck Wein holen?«

»Stupido, stupido, wie konnte ich das nur vergessen?«, fragte Daniel mit italienischem Tonfall, schlug sich mit der flachen Hand vor die Stirn und schlurfte, ein buckliges Faktotum spielend, in die Küche.

Er ist der Richtige für mich, dachte Maya, als sie Daniel nachblickte. Ja, sie würde ihm alles erzählen, von ihren heimlichen Hormonkuren und von ihren damit verbundenen Hoffnungen, die sich mit jeder Regelblutung wieder zerschlugen. Und dass ihr Arzt ihr irgendwann dringend empfohlen hatte, ihrem Körper eine Auszeit zu gönnen – etwa durch eine Ayurveda-Kur.

Daniel hörte Maya zu, während er sich hin und wieder an der Abendbrottafel bediente, »um den Mönch nicht zu enttäuschen«, wie er betonte. Das war nur die halbe Wahrheit, das wussten beide. Und auch Maya bekam langsam Hunger und aß mit, »aus reiner Solidarität«, wie sie Daniel wissen ließ.

Irgendwann küssten sie einander voller Sehnsucht und, ja, voller Begierde. Und Maya nahm Daniel bei der Hand, zog ihn vom Tisch weg in die Diele, wo sie an der Wohnungstür im Vorbeigehen die Sicherungskette einklinkte und den Windfang zuzog, während sie ihn weiter ins Schlafzimmer führte.

»Ist auch für einen Mann ganz schön, mal abgeschleppt zu werden«, bemerkte Daniel, während er sich aufs Bett sinken ließ.

Es waren seine letzten zusammenhängenden Worte an diesem Abend.

Kapitel 14

Das Schönste am Yoga war für Anett das gemeinsame Singen. Die Übungen gefielen ihr zwar auch, aber ganz neu war diese Gymnastik nicht für sie. Vor einigen Jahren hatte sie in Norderstedt, wo ihre Eltern noch immer wohnten, an der Volkshochschule schon mal »Die fünf Tibeter« durchgeturnt, und sie erkannte Ähnlichkeiten. So gab es eine Bewegung, bei der sie aus dem Liegestütz nach hinten zwischen ihre Beine schaute, die damals »Der Berg« hieß und jetzt von ihrer Yogalehrerin Mo »Der herabschauende Hund« genannt wurde. Wie auch immer – die Übungen taten ihrem Rücken gut, hatten in den vergangenen drei, vier Monaten ihren Bauch gestrafft, und wenn sie ihre Pobacken anspannte, hatte Anett das Gefühl, dass auch ihre Heckpartie knackiger geworden war. Das war ein ordentliches Ergebnis für nur drei Yogaabende in der Woche. Die gleiche Zeit in einem Fitnessstudio, da war Anett sicher, hätte für ihre Figur allerdings mehr gebracht.

Was ein Gym ihr aber nicht geben konnte, war die Atmosphäre, die Stimmung, diese besondere Form von Zufriedenheit, die Mo ausstrahlte und die sich auf Anett übertrug, sobald sie den Yogaraum betrat.

Wie im buddhistischen Zentrum ihres Bhante Sören Uppsala wurde auch bei Mo gemeinsam gesungen, und die Melodien glichen einander. Allerdings hatte Anett gelernt, dass Verse wie dieses »Om Shanti om« indisch waren, weil Yoga aus Indien kam. Da kam zwar auch der Buddha her, der hatte aber kein Indisch gesprochen, sondern Pali. Das beherrschten heute, so viel wusste Anett, nur noch buddhistische Mönche wie der Ehrwürdige Siri oder ihr Bhante.

Dass ihr das Singen so gut gefiel, lag auch an der Musik, die Mo dazu spielte. Aus ihrem indischen Harmonium, einer grasgrünen Quetschkommode, die vor ihr auf dem Boden stand, holte Mo wunderbare Melodien hervor, mit der sie ihre Schüler begrüßte, wenn sie zu den Kursen eintrudelten. Anett kam oft als eine der Ersten, nur um mit geschlossenen Augen, auf dem Rücken liegend, Mo zuzuhören, besonders wenn diese dazu mit ihrer klaren Stimme sang.

Entgegen Anetts Vermutung war ihre Yogalehrerin keine Buddhistin, obwohl an der Fensterseite des Studios eine große Buddha-Statue stand, die Mo stets mit frischen weißen Lotusblüten schmückte. Auch hatte Mo ihrer Schülerin Anett nach deren ersten Stunden mal erzählt, dass der Buddha »ein wunderbar weiser Mann« gewesen sei und ihr »Achtsamkeits-Yoga« im Zeichen von Buddhas Lehre stehe.

Mo aber lebte den Buddhismus nicht als Religion. »Mir fehlt schlicht der Glaube«, hatte sie Anett einmal verraten. Das habe aber weniger mit dem Buddha und dessen Lehre zu tun, als vielmehr mit ihr selbst. Sie sei »einfach zu kritisch gegenüber allem und jedem«.

Die Klasse übte gerade Balance und Konzentration in einer Position mit dem völlig unfriedlichen Namen »Krieger Zwei«, als Anett abgelenkt wurde. Statt darauf zu achten, dass ihre Fersen auf einer Linie standen und sich im Lot unter den Knien befanden, während ihre Hüfte parallel zu ihrer Yogamatte gedreht war, starrte sie in den Hof.

»Siri«, zischte Anett ihrer Lehrerin zu, doch die korrigierte zwei Reihen weiter die Haltung eines Schülers.

»Siri!«, sagte Anett etwas lauter und deutete mit dem Kopf zum Fenster. Das war zu viel für ihr labiles Gleichgewicht als »Krieger Zwei«. Sie ruderte mit den Armen in der Luft und fand nur mit Mühe ins Gleichgewicht zurück.

Mo jedoch, die einer Schülerin gerade zeigte, was sie mit »Die Handflächen müssen nach oben zeigen« meinte, hatte den Hinweis wieder nicht gehört.

»Siri!«, rief Anett daher gepresst und fing sich eine Bemerkung von jemandem zwei Mattenreihen hinter sich ein.

»Wenn Siri nicht reagiert«, rief da ein Witzbold, »mach dein iPhone doch einfach aus.« Das Kichern von den anderen Matten ließ Anetts Gesicht rot anlaufen. Doch dann folgten die anderen Kursteilnehmer ihrem Blick – und verstummten abrupt. Durch die großen Fenster des Lofts konnten sie im hinteren, dunklen Teil des Innenhofs einen Mann in Orange erkennen, der sie bereits länger zu beobachten schien.

»Danke für deinen Hinweis, liebe Anett«, sagte Mo. »Bitte, über den herabschauenden Hund in den Lotussitz«, wandte sie sich dann an die Gruppe und ging in den Hof, um den Mönch zu begrüßen.

»Der spricht deutsch«, raunte Anett ihrer Mattennachbarin zu, einer End-Vierzigerin in einem pinken One-Piece-Jumpsuit, »den kenne ich nämlich aus unserer Kanzlei.«

»Toll«, meinte die Frau und tätschelte Anetts linkes Knie, »ganz toll.« Sie wollte Anett gerade fragen, wo der Mönch denn herkomme, als Mo vor die Gruppe trat, den Ehrwürdigen an ihrer Seite.

»Om«, sagten einige, als stand die mantrische Silbe nicht für das Erhabenste überhaupt, sondern sei eine Art »Hallo«.

Der Mönch sah in die Runde, während Mo von ihrer »berührenden Begegnung« mit dem Ehrwürdigen berichtete, bei der sie ihn um einen Besuch gebeten habe, und dass ihr Gast der Gruppe nun eine gemeinsame Meditation schenken werde.

»Om«, kam es wieder aus der Gruppe, als bedeutete es auch so etwas wie »Ja«. Mo stieß einen stillen Seufzer aus: Dass sie gerade heute Abend eine Anfängerklasse unterrichtete, wurde allmählich peinlich.

»Ich danke Ihnen, liebenswürdige Mo.« Der Mönch verneigte sich, erst vor der Lehrerin, dann vor deren Schülern. Mo faltete einige Decken zu einer kleinen Sitzerhöhung zusammen, und der Mönch nahm vor der Buddha-Figur im Lotussitz Platz.

Als die Klasse sich zu ihm ausgerichtet hatte, sagte der Ehrwürdige: »Bitte folgen Sie mir.«

Anett wollte erst fragen »Wohin?«, aber dann legte der Mönch seine Hände mit den Handflächen nach oben auf seine Knie und schloss die Augen. Anett tat es ihm gleich.

»Wir atmen ein. Wir atmen aus.«

Der Mönch atmete ein und aus.

»Wir atmen ganz normal ein und aus. Jeder so, wie er sonst auch einatmet und ausatmet.«

Der Mönch atmete ein und aus. Man hörte es nicht.

Die Gruppe schnaufte ein und aus.

Der Mönch atmete ein und aus. Man hörte es nicht.

Die Gruppe schnaufte ein und aus.

So ließ der Mönch die Gruppe schnaufen, bis die ersten unruhig hin und her rutschten. Es hatte keine Minute gedauert.

»Bitte Augen öffnen«, sagte der Mönch. Er lächelte jeden Einzelnen an. Er hatte alle Zeit der Welt. »Genug für heute. Sie können mit diesem Atmen aufhören.«

Anett, die sich in die erste Reihe vor den Mönch gesetzt hatte, schaute ihn etwas verdutzt an.

»Bitte, liebe Anett, sprechen Sie.« Der Ehrwürdige sah sie aufmunternd an.

»Ich soll aufhören zu atmen? Lieber Mönch Siri, das geht doch nicht.«

»Ha!«, rief der Mönch, »sehr gut, Anett.« Er wandte sich wieder an die Gruppe. »Ich habe gesagt: Bitte mit *diesem* Atmen aufhören.«

Er schloss die Augen. Er schnaufte ein und aus, schnaufte ein und aus, schnaufte ein und aus. »So bitte nicht. Bitte ganz ruhig einatmen und ganz ruhig ausatmen. Dann eins zählen. Bitte ganz ruhig einatmen, ganz ruhig ausatmen, dann zwei zählen.«

Der Mönch schlug die Augen auf, lächelte und sagte: »Bitte mir nachmachen.« Lächelnd schloss er die Augen und begann zu atmen.

Die Gruppe folgte ihm. Eins, zwei, drei …

Der Mönch ließ die Gruppe atmen und öffnete die Augen, um jeden Einzelnen zu beobachten. Die meisten waren Frauen, vielleicht zwischen dreißig und fünfzig Jahre alt, aber auch ein halbes Dutzend Männer saß vor ihm. Der Mönch fragte sich, was die Einzelnen wohl zum Yoga bewegt hatte, als Mo unruhig wurde.

Sie hatte sich bewusst nach hinten gesetzt. Zum einen hatte Mo mit dem Mönch schon einen ganzen Vormittag verbracht, nun sollten ihre Schüler den Vortritt haben. Zum anderen war der Rückzug in die letzte Reihe für Mo auch eine Geste der Demut gegenüber dem Mönch, einem Menschen, der sein ganzes Leben der Lehre des Buddha und der Meditation gewidmet hatte.

Ganz tief in Mos Seele gab es noch einen dritten Grund, sich gerade heute zurückzuhalten, den sie aber nicht einmal vor sich selbst zugeben wollte: Seit der vergangenen Nacht zwickte sie der Magen. Nicht immer, sondern nur manchmal. Nichts Erwähnenswertes, eher ein Völlegefühl, in das eine unbekannte Kraft kleine Nähnadelstiche setzte. Hin und wieder schien diese Macht aber auch mit einer Gabel zuzustechen oder gar einem Messer, und dann wäre Mo am liebsten durch die Decke gegangen. Genau so einen heftigen Stich bekam sie verpasst, als der Mönch auf sie blickte.

Der Ehrwürdige hatte das Gefühl, sein eigener Magen rebelliere, so sehr fühlte er mit Mo, deren Oberkörper sich blitzartig krümmte, die ihre Hände auf den Bauch drückte, als wollte sie eine klaffende Wunde zusammenpressen, die stumm nach Luft schnappte und tapfer versuchte, jede hektische Bewegung zu vermeiden, um die Atemmeditation nicht zu stören. Und bei all dem hielt Mo ihre Augen geschlossen und atmete ein und aus, bis der Mönch die Gruppe schließlich mit einem kurzen Händeklatschen erlöste.

Anett war beim Zählen zwischen den Atemzügen allenfalls bis zwanzig gekommen, dann schwirrten ihre Gedanken zu Maya und zur Kanzlei, zu ihrem Bhante und zu einem Ex-Freund und auch nach Norderstedt, zur VHS und zu ihren Eltern. Eine getuschelte Umfrage sagte Anett, dass es den übrigen nicht anders ergangen war.

»Bitte atmen Sie so jeden Morgen und jeden Abend, nur zehnmal. Es wird Ihnen guttun«, empfahl der Mönch. »Und jetzt strecken Sie sich bitte auf Ihren Matten aus, hüllen Sie sich in Ihre Yogadecken und entspannen Sie sich.«

Ohne sich mit dem Mönch abgesprochen zu haben, stand Mo auf, setzte sich vor ihr Harmonium und spielte die Melodie von »Amazing Grace«. Schon nach wenigen Takten war es im Saal so still, dass Anett nicht mal wagte, mit den Zehen zu wackeln. Irgendwo begann jemand mitzusummen. Noch einer machte mit. Und noch einer. Und dann traute sich auch Anett.

Nun stimmte auch Mo ein, und mit ihrer klaren, kräftigen Stimme sang sie von der überwältigenden Gnade, die den armen Sünder errettet, der einst verloren war und gefunden wurde, der blind war und jetzt sehen konnte. Und Mo wünschte sich, dass auch für sie gelten möge, was sie da sang.

Wie magisch angezogen von Mos Gesang und den exotischen Klängen des indischen Harmoniums näherte sich der Obdachlose Ecke aus der Dunkelheit des Innenhofs Schritt für Schritt den großen Fenstern des Yogalofts. Er wollte nicht auffallen, aber er wollte den Klängen, diesem Lied so nahe sein wie möglich. Wenn seine Ängste ihn nicht abgehalten hätten – er wäre in das Studio gegangen, hätte sich dem Mönch zu Füßen geworfen und für Erlösung gebetet.

Ecke hätte so gern mitgesungen, doch er wusste, dass mehr als ein Gurgeln nicht aus seiner Kehle kommen würde. Aber seine Tränen hatte ihm das Schicksal noch nicht geraubt, und so stark strömte ihm sein Leid über die Wangen, dass er sein Gesicht mit seinen löchrigen Wollhandschuhen kaum trockenwischen konnte.

Anett kannte zwar die Melodie des Lieds, den Text aber verstand sie nicht, in Englisch war sie auf der Handelsschule gerade so durchgekommen. Doch sie fühlte, dass dieses Lied von einer großartigen, einzigartigen Erfahrung handelte, und bekam eine Gänsehaut.

Während die Yogaschüler noch mit geschlossenen Augen sangen, summten oder ihren Gedanken nachgingen, erhob sich der Ehrwürdige Mönch lautlos, verbeugte sich vor Mo, die ihn aber nicht sah, weil sie mit einer Hingabe sang und spielte, als könnte sie über ihre Schmerzen hinwegsingen. Schließlich drehte sich der Ehrwürdige zur Fensterfront und verbeugte sich auch vor Ecke – der erschrocken in der Dunkelheit untertauchte.

Kapitel 15

Vom Yogastudio bis zur Fichtestraße waren es nur einige hundert Meter, der Mönch ging sie bedächtig. Würde er zu früh heimkommen und Maya und Daniel stören? Wäre es besser, sich erst noch Ecke zu widmen? Sollte er ihn ansprechen, gar hochbitten in die Wohnung und ihm sein Bett im Gästezimmer anbieten? Was hatte den armen Mann überhaupt in die Obdachlosigkeit getrieben? Wenn er nicht stumm zur Welt gekommen war, welches Leid hatte ihm die Sprache verschlagen?

Leid bestimmt unser Leben, dachte der Mönch und erinnerte sich an seinen Tempelbruder Kandako, der für ihn eine Art großer Bruder gewesen war, bis er den Tempel verließ, um nach Deutschland zurückzukehren. Es war Leid, das Kandako zurückrief, so viel hatte er dem jungen Siri damals erklärt. Es musste großes Leid gewesen sein, denn Kandako wusste, wie sehr sein kleiner Tempelfreund Siri unter dem Abschied leiden würde.

Doch waren sie nicht beide Mönche geworden, um das Leid zu überwinden? War das Faszinierende am Buddhismus nicht die stete Beschäftigung mit dem Leid, um sich so von ihm zu befreien? Hinter der Überwindung dieses Leids lag die Freiheit.

Freiheit – der Ehrwürdige Mönch erfreute sich an diesem schönen deutschen Wort. Ja, er hatte die Sehnsucht danach in den Augen der Yogaschüler gesehen, er hatte sie aus Anetts Worten herausgehört, er fühlte sie sogar, wenn er mit Maya und Daniel zusammen war. Sie alle wollten sich befreien, wollten dieses Verdammtsein zum Erfolg, diese unentwegte Angst vor Versagen überwinden.

Beschwingt von seinen schönen Gedanken erreichte der Mönch das Haus mit der Nummer sieben und ging die Stufen zur Haustür hinauf. Während er seinen Brustbeutel mit dem Gästeschlüssel unter seiner Robe hervorzog, beschloss er, vor dem Schlafengehen über ein Buddha-Zitat zu meditieren: »Jedes Leben hat sein Maß an Leid. Manchmal bewirkt eben dieses unser Erwachen.«

Der Ehrwürdige schloss die Haustür auf. Sie hatte zwei Flügel aus dunklem, schwerem Holz, verziert mit großen Glasflächen in Blumenform, in denen sich der Ehrwürdige und Teile der Straße spiegelten. Der Mönch konnte darin die Wagen erkennen, die auf der anderen Seite geparkt waren. Ecke sah er nicht. Aber er spürte, dass der Mann in seiner Nähe war.

Der Ehrwürdige zog den Schlüssel wieder ab, ging zurück zur Straße und entdeckte den Obdachlosen, der hinter einem Familienwagen mit Schiebetüren hervorlugte. Der Mönch ging auf ihn zu, verbeugte sich und bat Ecke mit einer einladenden Geste mitzukommen. Er musste die Geste zwei Mal wiederholen, bevor Ecke ihm folgte. Je näher er dem Haus allerdings kam, desto schwerfälliger wurden Eckes Schritte, als hingen an seinen Füßen schwere Eisenkugeln, die mit jedem Meter ihr Gewicht vervielfachten.

Der Mönch hielt die Haustür einladend auf, aber er fühlte die Panik, die in Ecke hochkroch. Die erste Stufe schaffte der Obdachlose noch, auf die zweite konnte er nur noch einen Fuß setzen, als sei das Haus eine Bedrohung und der Hausflur die Hölle. Ängstlich, geradezu panisch blickte er in das Dunkel des Treppenhauses. Sein Atem wurde immer schneller, er schluckte, öffnete den Mund, als wollte er um Gnade flehen – dann machte Ecke auf dem Absatz kehrt und rannte mit gurgelnden Geräuschen in die Nacht, gejagt von tausend Ängsten.

Hilflos sah der Mönch ihm hinterher. Wie viel Leid musste in Eckes Seele toben, dachte er, dass er keine Häuser, keine Räume betreten konnte? Was musste diesem armen Mann widerfahren sein?

Aus der Wohnung unten rechts fiel Licht in den Hausflur. Dort wohnten die Korbaneks. Leise ließ der Ehrwürdige die Haustür zufallen und stieg die Stufen zu Maya und Daniel hoch. Es war ein anstrengender Tag gewesen, und er freute sich auf die Mediation und auf einen erholsamen Schlaf.

Behutsam drehte der Mönch den Schlüssel im Schloss und öffnete die Tür. Maya und Daniel mussten schon zu Bett gegangen sein, denn sie hatten den weinroten Windfang, der innen vor der Wohnungstür hing, zugezogen. Doch weiter als einen Spalt gab die Tür nicht nach. In Augenhöhe entdeckte der Mönch eine goldene Kette, die von innen vorgehängt war. Seine Gastgeber hatten ihn ausgesperrt.

Der Mönch lächelte versonnen. Die beiden hatten also ungestört sein wollen und waren darüber wohl eingeschlafen. Das war doch ein gutes Zeichen. Es rutsche ihm sogar ein herzliches »Ho, ho!« heraus, und er musste sich anstrengen, kein lautes »Ha, ha!« hinterherzulachen. Denn er erinnerte sich gerade an ein Schild, das er an der Tür der Fleischerei Korbanek entdeckt hatte. Es zeigte einen Hund an der Leine und darunter stand: *Wir müssen draußen bleiben.* Der Mönch amüsierte sich köstlich, während er leise sagte: »Wir müssen draußen bleiben. Kein Zutritt für Mönche.« Er zog die Wohnungstür leise zu und ging kichernd die Stufen hinunter.

Über seinen Verbleib in dieser Nacht machte sich der Ehrwürdige keine Gedanken. Sorgen waren etwas für Ängstliche. Vielleicht war noch jemand im Yogastudio oder im Coffee-Shop. Er würde schon unterkommen.

Zuversichtlich zog der Ehrwürdige die Haustür auf, als er hinter sich ein leises »Mönch Siri?« hörte.

In der Tür zu ihrer Parterre-Wohnung stand die Korbanek. Sie trug einen braunen Hausanzug, und ihre geschwollenen Füße steckten in roten Frotteesandalen mit einem neckischen grünen Bommel auf der Fußspitze.

»Entschuldigung, Herr Mönch, sind Sie oben nicht reingekommen?«

Wie zufällig diese gute Frau immer zur Stelle ist, dachte der Mönch, ohne der Korbanek Neugier oder Aufdringlichkeit zu unterstellen.

»Ach, das macht doch nichts«, wich er einer direkten Antwort aus.

»Na, dann kommen Sie mal rein in die gute Stube.« Die Korbanek packte seinen Unterarm und zog ihn in die Wohnung.

»Bitte, entschuldigen Sie mich«, sagte der Ehrwürdige und versuchte, ihre Hand abzuschütteln.

»O Gott!« Als hätte sie sich verbrannt, ließ die Korbanek den Mönch los, wich einen Schritt zurück, faltete die Hände vor dem Herzen und verneigte sich so tief, dass sie beinahe vorne überkippte. »Bitte, Herr Mönch, sehen Sie mir meinen Fehler nach. Mönche berührt man nicht, ich weiß, eine Frau schon gar nicht.«

»Alles ist gut«, beruhigte sie der Mönch, »ich bin ja nicht aus Zucker.« Er wusste nicht so recht, ob die Redewendung wirklich passte, aber da die Korbanek lachte, wenngleich es leicht hysterisch klang, konnte er die Worte nicht ganz falsch gewählt haben.

Mit einer einladenden Geste trat die Korbanek zur Seite. »Mein Mann und ich beherbergen Sie gern. Es wäre uns eine Ehre.«

»Was ist denn da los?«, brüllte eine Männerstimme aus dem hinteren Teil der Wohnung.

»Wir geben dem Herrn Mönch für heute Nacht ein Obdach«, rief die Korbanek zurück, eilte dem Ehrwürdigen voraus durch die Diele, stieß eine Tür auf, sagte: »Nehmen Sie schon mal Platz« und verschwand im Nebenraum, offensichtlich dem Schlafzimmer.

Der Mönch betrat das Wohnzimmer, in dem tatsächlich ein Gemälde mit einem röhrenden Hirsch hing. Sein Klosterbruder Kandako hatte ihm einst erzählt, dass in jedem zweiten deutschen Haus ein Bild mit einem Hirsch hängen würde, manche schmückten ihre Wände sogar mit echten Geweihen.

Auf dem Bild, auf das der Ehrwürdige vom Sofa aus starrte, sah man auch noch einen Jäger, der aus dem Unterholz auf das Tier zielte. Davon hatte Kandako seinem jungen Freund damals nichts erzählt. Besser als ein ausgestopfter Hirschkopf, dachte der Ehrwürdige und schickte sein Mitgefühl allen Tieren, die für die Eitelkeit von Menschen sterben mussten. Und er bedachte auch Kandako mit den besten Wünschen, was immer auch aus ihm geworden war.

Aus dem Schlafzimmer hörte er einen kurzen Wortwechsel zwischen der Korbanek und ihrem Mann, bei dem er vor allem die Worte »reicht« und »nicht mit mir« sowie »alte Kuh« und »Stinkstiefel« verstand. Stinkstiefel, dachte der Mönch, das war ein lustiges Wort. Er sah auf seine nackten Füße und wünschte sich wärmere Schuhe als seine Sandalen.

Der Ehrwürdige hörte noch ein Rumpeln und ein Türenklappern, dann kam die Korbanek zurück ins Wohnzimmer und war vor lauter Kissen und Decken kaum zu sehen. Sie ging auf den Mönch zu und hielt ihm das Bettzeug hin. Das befremdete den Ehrwürdigen, doch natürlich griff er zu.

»Vorsichtig«, sagte seine Gastgeberin, als könnten die Bezüge Schaden nehmen.

Dann aber sah der Mönch, was die Korbanek unter dem Bettzeug verborgen hatte: eine bronzene Buddha-Figur, von der ihr Mann offensichtlich nichts wissen sollte.

»Ist mein Buddha. Ganz neu«, flüsterte sie. »Falls Sie beten wollen, nehmen Sie ihn. Wenn mein Mann fragt, dann ist das Ihrer, ja?«

»Das wäre gelogen, gute Frau«, sagte der Mönch, dem es leidtat, die Korbanek in Verlegenheit zu bringen.

»Gut, dann sagen Sie es, wie es ist. Er muss es so oder so erfahren.« Sie ging zur Tür, verneigte sich, wünschte eine gute Nacht und war schon halb aus dem Zimmer, als sie sich noch einmal umdrehte. »Reis steht in der Küche, mit Mango-Mousse.«

Ihr verschmitzter Blick zeigte, wie gelungen sie ihre Überraschung fand. »Und morgen früh ziehen Sie unsere Wohnungstür einfach zu, wenn Sie nach oben zu den jungen Leuten gehen.«

»Sie machen mir eine große Freude«, sagte der Mönch mit vor dem Herzen gefalteten Händen. Als er von seiner Verbeugung aufschaute, schloss die Korbanek bereits die Wohnzimmertür hinter sich. Eine freundliche Frau, dachte der Mönch und begann, sich sein Nachtlager auf dem Boden zu bereiten, denn das Sofa schien ihm zu hoch. Für den Buddha, den Erhabenen, war es allerdings der perfekte Platz.

Der Mönch setzte sich in den Lotussitz und konzentrierte sich auf seinen inneren Buddha.

»Heute Abend, Erhabener, meditiere ich über Eure Worte zum Leid, das zu unserem Erwachen führen kann.«

Der Buddha ließ sich Zeit, bis er fragte: »Haben die jungen Leute dir ein neues Nachtlager zugewiesen, Bhikkhu Siri?«

»Nein, Erhabener, das ist das Zimmer der edlen Nachbarin.«

Der Buddha schwieg erneut länger als gewöhnlich. Der Mönch zupfte den linken Ärmel seiner Robe glatt.

»Die Wohnung der jungen Leute ist mir verschlossen.« Er zupfte seinen rechten Ärmel. »Es ist ein Versehen, da bin ich mir sicher.«

»Vielleicht, Bhikkhu Siri, mutest du dem Paar zu viel zu.«

»Sie haben gemeinsam geatmet, in Frieden und Achtsamkeit«, sagte der Mönch in einem leicht vorwurfsvollen Ton. »Kann man sich Schöneres wünschen?«

»Du handelst in guter Gesinnung, Bhikkhu Siri, das sehe ich wohl. Gute Gesinnung ist das zweite Glied des Edlen Achtgliedrigen Pfades, die zum Erlöschen des Leids führen. Aber erinnerst du dich, was ich über den Acker und das Unkraut gesagt habe?«

Der Mönch hatte das Gefühl, der Buddha stehe vor ihm, überlebensgroß, und schaue ihn prüfend an.

»Sehr wohl, Erhabener: ›So wie der Acker verdorben wird durch Unkraut, wird der Mensch verdorben durch seine Gier.‹« Der Mönch senkte sein kahles Haupt.

»Bhikkhu Siri, ich spüre Gier in dir keimen. Du erwartest von zu vielen Menschen zu viel. Auch von dir selbst.«

»Erhabener, die Menschen sehnen sich danach zu erwachen.«

»Auch das sehe ich. Aber bewahre dir den Gleichmut. Du kannst nicht jeden auf den Edlen Achtgliedrigen Pfad führen.«

Der Ehrwürdige Mönch seufzte tief. Es war ein langer Tag gewesen, und nun bedeutete ihm der Erwachte, dass er zu viel des

Guten tue. Konnte man das denn überhaupt: zu viel des Guten tun?

»Den Weisen bringen weder Lob noch Tadel aus dem Gleichgewicht«, sagte der Buddha, und die Worte wirkten auf den Ehrwürdigen Mönch wie ein aufmunternder Klaps. »Nun widme dich der Meditation. Aber bedenke auch, dass ich gesagt habe: ›Deine Tat soll heilsam sein und kein Leid verursachen.‹«

Der Ehrwürdige Mönch freute sich, dass der Buddha in ihm einen Weisen sah, jedenfalls indirekt. War Weisheit nicht die Vorstufe des Erwachens? Zufrieden versenkte er sich in das Zählen seines Atems.

Kapitel 16

»Vierhundertdreiundfünfzig. Stimmt's?« Die Korbanek war etwas außer Atem und musste vor einer Antwort Luft holen. Sie hatte immer gedacht, für ihre einundsechzig Jahre sei sie ziemlich fit – und das war sie auch. Sie hatte ein paar Kilo zu viel auf den Rippen, gewiss. Aber die Jahre in der Fleischerei waren harte Arbeit, die sie letztlich jung gehalten hatten, dazu viel frische Luft im Schrebergarten, also über ihre Gesundheit konnte sie sich nicht beklagen. Jetzt aber kam sie sich doch recht alt vor, verglichen mit diesem Mönch, der fast zwanzig Jahre mehr auf dem Buckel hatte, sie aber anstrahlte, als sei nichts gewesen. Keinerlei Anzeichen von Anstrengung oder gar Erschöpfung. Kein Schnaufen, kein Hecheln, nichts.

»Ist das der Buddhismus?«, fragte die Korbanek.

»Nein, ich glaube, das sind gute Gene«, antwortete der Mönch, »wobei bewusst leben, vegetarisch essen, meditieren und Yoga bestimmt nicht geschadet haben.«

»Mache ich jetzt auch alles«, sagte die Korbanek und dachte daran, dass sie ihrem Alten als Erstes das Rauchen zu Hause austreiben würde. Sofort, heute Nachmittag noch.

»Und?«, fragte der Mönch. »Was ist mit den Vierhundertdreiundfünfzig?«

»Jawohl, stimmt.«

Wie schön, dachte der Mönch, dass ich mich nicht verzählt habe. Nach vierhundertdreiundfünfzig Stufen, die der Ehrwürdige als kleine Konzentrationsübung unbedingt selbst zählen hatte wollen, stand er mit der Korbanek im Turm der Kirche St. Michaelis, den die Hamburger liebevoll »den Michel« nannten. Ganz in Orange, wie ein leuchtendes Wahrzeichen des Buddhismus, blickte er an diesem kalten, aber klaren Februarmorgen auf die Stadt.

Wie immer war der Mönch auch an diesem Morgen ohne große Pläne und Erwartungen aufgewacht, diesmal bei der Korbanek im Wohnzimmer, hatte dankbar und achtsam das Frühstück verzehrt und war dann von seiner Gastgeberin zu einem Bummel eingeladen worden.

»Mein Hamburg«, hatte die Korbanek gesagt, und dass sie eine »waschechte Hamburgerin« sei. Und so dürfte sich nur jemand nennen, dessen Eltern schon gebürtige Hamburger gewesen, also in der Hansestadt geboren waren.

So ganz verstand der Mönch die Unterschiede zwischen gebürtigen und geborenen Hamburgern nicht, aber er freute sich für die Korbanek, die so stolz war auf ihr Hamburg. Außerdem zählte jetzt nur der Blick über die Stadt.

Ich bin wirklich hier, dachte der Mönch, in Kandakos Stadt.

»Da vorne, rechts vom Rathaus«, erklärte die Korbanek, »da liegt die Kanzlei der jungen Frau Meyerding. Und da hinten, rechts von der Alster, da sind die Studios von dem Sender, in dem der Herr Plötner arbeitet.«

»Sehr schön«, befand der Mönch und dachte an das junge Paar, das heute Morgen zerknirscht bei den Korbaneks geklingelt hatte.

»Wir suchen unseren Mönch«, hatte Daniel gesagt, und der Ehrwürdige hatte sich köstlich amüsiert. Als wenn man einen Mönch erst finden und ihn dann verlieren könnte. Und Daniel war ziemlich rot geworden, als der Ehrwürdige dann aus dem Wohnzimmer hinzutrat. Da der alte Korbanek schon im Schlachthof war, lud die Korbanek die beiden noch auf einen Kaffee ein, und zu viert plauderten sie über den Grindel, der doch ein Dorf für sich sei, bis Maya in die Kanzlei musste und Daniel noch etwas in der Wohnung zu tun hatte. Im Sender hatte er sich nach dem Krach mit seiner Kamerafrau Verena wegen der Wetteransage in der Autowaschstraße krankgemeldet.

»Und da drüben«, sagte die Korbanek jetzt, »da ist der Kiez.«

Kiez? Der Ehrwürdige, der stets aufmerksam zuhörte, wandte sich seiner Stadtführerin zu. Vom Kiez hatte auch Kandako gesprochen.

Das war die Gegend, in der sein Tempelbruder gewohnt oder gearbeitet hatte, vor seinem Leben als buddhistischer Mönch.

»Wo ist der«, fragte der Mönch.

»Sehen Sie gleich hier vorne unsere ›Tanzenden Türme‹?« Die Korbanek zeigte auf zwei Hochhäuser mit einem Knick in der Mitte. »Da beginnt die Reeperbahn, die sündigste Meile der Welt.« Sie zuckte mit den Schultern. »Eigentlich ist die Straße ja nur achthundert Meter lang, aber manche gehen auf ihr trotzdem verloren.« Die Korbanek blickte den Mönch finster an. »Prostitution, Drogen, Gewalt – alles Gesocks, was da verkehrt, wenn Sie mich fragen.«

»Gier, Hass und Wahn sind die Wurzeln des Bösen«, sagte der Mönch und überlegte, ob er der Korbanek die Bedeutung von Karma erklären sollte, nach der jede Tat, sogar jeder Gedanke, nicht ohne Folgen blieb. Aber gut einhundert Meter über der Elbe konnte selbst Mönch Siri nicht über die Kälte hinwegmeditieren. Und wenn einem kalt war, sollte man nicht versuchen, die große Lehre von der Gerechtigkeit zu erklären. »In jedem von uns ruht Böses wie Gutes«, sagte er aber noch, »und auch aus Bösem kann Gutes erwachsen.«

Im Aufzug, mit dem sie hinunterfuhren, weil der Korbanek die Knie wehtaten, dachte der Mönch an Kandako. War er damals, als er auf St. Pauli lebte, ein Guter unter Bösen gewesen oder selbst ein Böser unter Bösen? Hatte er gutes Karma angehäuft oder schlechtes?

Der Ehrwürdige verspürte eine ganz unbuddhistische Lust, sich diesen Kiez einmal anzuschauen. Aber hatte ein Jünger des Buddha in einer solchen Gegend etwas verloren?

Nein, es gab keinen Grund, das Böse zu suchen. Er hatte dem Vergangenen nicht nachzutrauern, und es gab auch keinerlei Grund, Kandakos Vergangenheit zu erforschen. Er war sein großer Tempelbruder gewesen. Er war gekommen, er war gegangen. Dabei sollten wir es belassen, sagte sich der Ehrwürdige, gab sich einen Ruck und fragte: »Darf ich auch die Kirche sehen?«

Die Korbanek war in Gedanken schon bei der Frage, was sie dem Ehrwürdigen sonst noch zeigen könnte, und sah ihn befremdet an.

»Interessieren Sie sich denn als Buddhist für andere Religionen?«

Nun war der Mönch irritiert, obwohl er schon oft gehört hatte, dass im Westen viele den Buddhismus für eine Religion und den Buddha für einen Gott hielten.

»Der Buddhismus ist mehr eine Lehre, eine Weltanschauung, eine stete Übung in Achtsamkeit«, erklärte der Ehrwürdige, »warum sollten wir uns nicht auf Heilendes und Stärkendes aus beiden Traditionen berufen dürfen?«

»Als mein Mann die Buddha-Figur sah, hat er gedroht: Entweder, oder!«

»Gute Frau«, sagte der Ehrwürdige, »wir beten den Buddha nicht an wie einen Gott, wir verehren ihn für seine Weisheit und für den Weg zur Überwindung des Leids, den er uns gewiesen hat. Aber er war ein Mensch – wenngleich ein besonderer.« Als der Ehrwürdige den letzten Satz ausgesprochen hatte, hielt er einen Moment inne. Hatte er diese Worte nicht irgendwann schon einmal gehört? Seltsam, dachte der Mönch und war dankbar, dass die Korbanek ihn aus seinen Gedanken riss.

»Ja, wenn beides geht«, sagte sie, »dann werde ich jetzt Buddhist. Einen Buddha habe ich ja schon.«

Der Ehrwürdige wollte noch anmerken, dass der Buddhismus kein Bus war, in den man einfach so einsteigen konnte, aber da hatte sich die Korbanek schon von ihm abgewandt, um in ihrer Handtasche zu kramen. Sie zählte aus ihrer Geldbörse ein paar Münzen ab und warf sie in einen Spendentopf, der am Eingang zum Kirchenschiff stand; sie zündete eine Kerze an, bekreuzigte sich und deutete in Richtung Altar einen Kniefall an.

»Entschuldigung, Herr Mönch, aber ich bin katholisch.«

»Das macht nichts«, meinte der Ehrwürdige lächelnd und betrat das Kirchenschiff.

Über dreihundert Jahre Geschichte umgaben ihn. Der Altar, zwanzig Meter hoch, Gold und Marmor, die schweren Stühle für die Senatoren, die geschwungene Empore – der Ehrwürdige wusste gar nicht, wohin er angesichts der Pracht zuerst schauen sollte. Sein Blick blieb vorne rechts hängen, an einer wunderschön in Blau, Rot aber auch Grün strahlenden Figur, die den Erzengel Michael zeigte: Milde lächelnd tötete er mit seinem Schwert den Drachen und besiegte damit das Böse.

Na, dachte der Mönch, das passte wirklich gut zu St. Pauli. Aber vielleicht ließ das Böse sich auch ohne Gewalt bezwingen?

Mitten hinein in die Gedanken des Ehrwürdigen rief die Korbanek schon den nächsten Punkt in ihrem Programm auf: »Das Völkerkunde-Museum, Herr Mönch, das müssen Sie sehen.«

Als sie aus dem Kirchenportal auf die Straße traten, sahen sie zuerst einmal Ecke. Er hockte auf einem der Steinquader, die den Kirchenbereich zur Straße hin abgrenzten, sein Gesicht hatte er in den Händen vergraben.

»Was macht der denn hier?«, fragte die Korbanek mehr sich selbst.

»Er folgt mir, seit ich ihn das erste Mal am Grindel gesehen habe.«

»Der Herr Mönch kennt den Penner?« Die Korbanek hielt inne und sah ihren Begleiter verdutzt an.

»Liebe Frau Korbanek«, sagte der Ehrwürdige sanft, »wenn Sie sich als Buddhistin einüben wollen, dann, bitte, respektieren Sie Herrn Ecke. Wir Buddhisten achten jeden Menschen und begegnen allen mit Offenheit und Freundlichkeit.«

Die Korbanek musste schlucken. Erst ein Mal, dann sogar noch ein zweites Mal. »Ja, da haben Sie wohl recht, Herr Mönch.« Sie schaute betreten zu Boden.

»Bitte.« Der Mönch bedeutete ihr, sich Ecke zu nähern.

Ganz geheuer war der Korbanek nicht, als sie auf den Mann mit dem dichten schwarzen Bart und dem Hut zuging, den sie seit Jahren als den Obdachlosen vom Grindel kannte. Aber sie hatte nun mal beschlossen, Buddhistin zu werden, und wenn der Mönch meinte, dass sie dann auch mit einem Bettler reden müsste, dann würde sie das tun – schon allein, um den lieben Mönch nicht zu enttäuschen.

»Kann ich Ihnen irgendwie helfen?«, fragte sie Ecke mit einer für sie selbst überraschend schwachen Stimme.

Ecke sah sie an, und die Korbanek war ganz verdattert, wie dieser Mann sie ansah. O Gott, o Gott, dachte sie, was für ein verzweifelter Blick. Und diesen Mann hatte sie gerade noch als Penner bezeichnet. Sie fühlte, wie sich ein ganzer Kübel Scham über sie ergoss.

»Ecke hört Sie«, erklärte der Mönch, der hinter die Korbanek getreten war, »aber ein großes Leid muss ihm die Sprache verschlagen haben. Er fürchtet sich vor geschlossenen Räumen.«

Wie zur Bestätigung nickte Ecke.

Der Ehrwürdige reichte ihm eine Hand und half ihm hoch. Er zeigte auf den Michel.

»Selbst dieses große Haus Gottes können Sie nicht betreten?«, fragte der Mönch.

Wieder nickte Ecke.

»Ist Ihnen mal ein Dach auf den Kopf gefallen?«, fragte die Korbanek.

Der Mönch sah sie stirnrunzelnd an.

»Kann doch sein: Grubenunglück, elfter September, so was in der Richtung, nicht wahr, Ecke, äh, Herr Ecke?«

Der Mann mit dem schwarzen Hut sah erst die Korbanek an, dann den Ehrwürdigen, dann beugte er sich vor, ganz tief hinab bis zu seinen Schuhen und zog mit zitternden Händen seine abgewetzte Hose hoch. Erst am rechten Bein. Die Korbanek stieß einen spitzen Schrei aus. Dann das linke Hosenbein.

»O mein Gott«, rief die Korbanek und schlug sich mit der Hand vor den Mund.

Der Mönch murmelte eine kurze Rezitation, die er dem Karma dieses Mannes widmete, der da vor ihm stand.

»Meine Güte«, die Korbanek zeigte auf Eckes Beine, »die sind völlig verbrannt.« Sie schüttelte sich, um die Gänsehaut loszuwerden, die sie gerade bekam. »Aus welcher Hölle kommen Sie denn?«

Statt einer Antwort bäumte Ecke sich auf und stieß einen so erbarmungswürdigen Schrei in den blauen Winterhimmel aus, dass sich die Besucher auf der Aussichtsplattform des Michel über das Geländer beugten, um zu sehen, was passiert sein mochte.

Entsetzt wich die Korbanek einen Schritt zurück. Dieses Heulen erinnerte mehr an einen Wolf als an einen Menschen.

Selbst der Ehrwürdige Mönch erschrak und bat in Gedanken den Erwachten um Beistand.

Und dann rannte Ecke davon – als jagte ihn der Teufel.

»Meine Güte«, sagte die Korbanek, mehr konnte sie dazu nicht sagen.

»Meine Güte«, sagte der Ehrwürdige Mönch. Mehr konnte auch er nicht dazu sagen.

»Kommen Sie, Herr Mönch, lassen Sie uns das wegmeditieren.« Die Korbanek sprach, als sei sie seit Jahren geübt in buddhistischer Praxis.

Der Ehrwürdige beschloss, ihr bei Gelegenheit zu erklären, dass Meditieren nicht dazu diente, Ängste oder Zweifel zu verdrängen. Aber das hatte Zeit. Zuerst einmal freute er sich, dass sich die Korbanek für die Meditation öffnete. Das war ein großer Schritt. Und der Erwachte hatte ihn ja dazu ermahnt, die Menschen nicht zu überfordern.

»Ja, lassen Sie uns nach Hause gehen. Die frische Luft wird uns wohltun.« Der Mönch sah die Korbanek freundlich an. »Und, bitte, sagen Sie doch einfach ›Mönch Siri‹ zu mir, liebe Frau.«

»Dann sagen Sie aber auch ›Doris‹ zu mir.«

»Gern, liebe Frau Doris.«

Da musste die Korbanek lachen. Und dann lachte auch der Mönch, erst ein hohes »Hi, hi!« und dann ein tiefes »Ho, ho!«. Aber beide spürten, dass sie auch gegen den Schrecken anlachten, den Eckes Geheul ihnen eingejagt hatte.

Kapitel 17

Maya schloss die Wohnungstür auf und wollte wie gewohnt »Hallo« sagen – mehr rufend als fragend, denn zumeist war Daniel schon vor ihr daheim –, als diese seltsamen Geräusche sie stocken ließen. *Ritsch. Ratsch. Ritsch.* Das hörte sich nicht nach einem Fernsehen schauenden Daniel an, auch nicht nach einem Mönch in einer Gehmeditation.

Waren da Einbrecher am Werk?

Erst vor ein paar Wochen hatte eine Jugendbande »mit Migrationshintergrund«, wie es in den Polizeiakten immer hieß, nebenan in der Schlüterstraße einige Wohnungen aufgebrochen und leergeräumt. Maya schaute auf das Schloss, suchte den Türrahmen ab. Keine Einbruchspuren. Vorsichtig stieß sie die Tür auf und lugte in die Wohnung. Ohne Hallo, vorsichtshalber.

Die Geräusche kamen aus dem Gästezimmer. Was sollten Diebe dort suchen? Was besaß so ein Mönch denn schon? Sie horchte.

Ratsch. Ritsch. Es klang nach einer Säge. *Rums.* Da war etwas auf den Boden gekracht.

Und dann ein: »O fuck!« Das war eindeutig Daniels Stimme.

»Daniel?« Maya lauschte. Nichts. Sie rief noch einmal, eher leise als laut. Aber sie hörte nichts.

Vorsichtig drückte Maya die Klinke, öffnete die Tür zum Gästezimmer. Auf dem Boden vor dem Gästebett zuckte Daniel zusammen. Mit schmerzverzerrtem Blick lutschte er an seiner linken Hand, an der Stelle zwischen Zeigefinger und Daumen. Ärgerlich blickte er zu ihr auf. Vor ihm lag eine Säge, ein neuer Fuchsschwanz.

»Entschuldigung, ich wollte dich nicht erschrecken«, sagte Maya, während sie sich neben ihn hockte. »Hast du dich verletzt?«

»Ich verblute gerade, aber sonst ist alles in Ordnung.«

Daniel besah die Schnittwunde. Offensichtlich hatte er gerade ein Bein des Bettes kürzer gesägt und musste an dem runden Holz abgerutscht sein. Die Wunde an seiner Hand war jedoch nicht zu tief.

»Da muss nichts genäht werden«, meinte Maya tröstend, obwohl es kräftig blutete. Sie sprang auf, holte aus dem Bad einen Blutstillstift sowie ein Pflaster und verarztete Daniel, während sie fragte, was er da eigentlich machte.

»Das Bett muss niedriger werden«, erklärte Daniel, »Mönche dürfen nicht so hoch schlafen.«

»So, und wie schläft er bislang?«

Daniel deutete auf eine Art Decke, die gefaltet in einer Ecke lag. »Auf seiner zweiten Robe auf dem Boden, eingehüllt in die Überdecke des Gästebettes.«

Maya sah Daniel etwas schräg von der Seite an, als wollte sie besondere Skepsis demonstrieren, blickte auf seine Verletzung, auf das schiefe Bett und lachte.

»Sei ehrlich, Danny, du hast auch Schuldgefühle, was?«

»Wieso?« Daniel spielte sein Erstaunen etwas zu dick.

»Wir haben ihn eingeladen, und dann sperren wir ihn abends aus.« Sie fuchtelte mit ihrem Zeigefinger vor seiner Nase herum. »So sieht's aus, mein Lieber.«

»Unsinn!«, sagte Daniel. »Wir waren vielleicht nicht die perfekten Gastgeber, aber …«

Maya winkte ab. »Lass es. Wir haben ihn die ganzen Tage in seinen Sandalen durch den Schnee laufen lassen.«

»Tja.« Daniel freute sich, Maya endlich mal eine Vorhaltung machen zu können: »Dann solltest du deinem Mönch endlich andere Schuhe kaufen.«

Maya sprang auf, rannte hinaus und kam mit einem lauten »Dadadada!« zurück. In der Hand hielt sie einen Schuhkarton, aus dem sie ein Paar rotbraune Halbstiefel hervorholte. »Außen bestes Nubukleder«, sie zeigte mit dem Finger auf den Schuh, von der

Spitze bis zum knöchelhohen Schaft. »Und innen«, sie sah auf ein Schild, »was immer das sein soll.«

Daniel griff nach den Stiefeln, befühlte sie, roch an dem Leder. »Die sind besser als meine«, sagte er frotzelnd, »viel zu schick für einen Mönch.«

»Er hat sie verdient, nicht nur, weil wir uns schofelig verhalten haben, sondern weil er uns auch«, Maya räusperte sich, »gutgetan hat. Oder?«

Daniel grinste. »Dann kauf ihm noch ein weiteres Paar, und häng heute Abend wieder die Kette vor die Tür.«

Maya stellte die Stiefel und den Karton vor dem Bett ab. »Heute, mein Lieber, gehe ich zum Yoga. Definitiv.«

»Und ich hocke hier mit dem Mönch bei grünem Tee und ohne Essen? Na, super!«

»Auf Sri Lanka haben dir die Gespräche mit ihm gutgetan«, stichelte Maya. Daniel machte eine Verrenkung, die aus Kopfnicken und Schulterzucken bestand. »Jedenfalls war das mein Eindruck.«

»Urlaub ist Urlaub«, konterte Daniel.

Dann nicht, dachte Maya, und zeigte auf das schiefe Bett.

»Meinst du, ein Bein reicht?«

Daniel griff zu dem Fuchsschwanz, hielt ihn Maya hin. »Willst du?«

Sie besah sich die Säge. »Ist die überhaupt für Holz geeignet?«

»Ich habe den Vormittag im Baumarkt verbracht«, rechtfertigte sich Daniel, murmelte etwas von »Frauen« und »Handwerk«, rutschte rüber zum nächsten Bettbein und sägte los.

Maya konnte nicht mitansehen, wie dicht die Säge am Pflaster seiner linken Hand, mit der er das runde Holz festhielt, entlangratschte. Behutsam stand sie auf und ging in gespielter Ehrfurcht auf Zehenspitzen rückwärts aus dem Zimmer.

Daniel hatte gerade auch das vierte Bettenbein abgesägt und sogar den angefallenen Holzstaub aufgesaugt, als es klingelte.

»Ich gehe schon!«, rief er Maya zu, denn er wollte den Mönch gleich ins Gästezimmer führen und ihm sein Werk präsentieren.

Als Maya aus der Küche herbeieilte, sah sie an Daniels nach unten zeigenden Mundwinkeln, dass es nicht Siri sein konnte, der da die Stufen hochkam.

»Hallo, ihr Lieben, Ayobowan. Wie geht's, wie steht's?« Anett nickte Daniel zu. Wie ist der denn wieder drauf?, dachte sie, als sie sein frustriertes Gesicht sah. Auch Maya schaute enttäuscht drein. »Verstehe«, sagte Anett, »ihr hattet den Ehrwürdigen Mönch erwartet.«

Daniel atmete hörbar durch und dachte, dass er in letzter Zeit sehr oft und sehr tief durchatmen musste und ihm zu seinem Glück jetzt nur noch die Korbanek fehlte.

»Anett holt mich nur ab«, erklärte Maya und suchte schon nach ihrer Sporttasche.

Daniel hatte gerade zwei, drei Belanglosigkeiten mit Anett hinter sich gebracht, als es erneut klingelte. Während er den Öffner drückte, hörte er durch die Sprechanlage die Stimme der Korbanek.

»Sehen Sie, lieber Mönch Siri, bei den jungen Leuten ist jemand zu Hause.«

»Lieber Mönch«, rief Daniel in den Hörer, »wie schön, dass Sie da sind. Wir erwarten Sie schon. Kommen Sie hoch!«

»Klar«, rief die Korbanek unten in die Gegensprechanlange, bevor Daniel auflegte. Du warst nicht gemeint, dachte er, sagte aber nichts. Was sollte er auch sagen? Die Alte hatte sich an den Mönch rangewanzt, und in dessen Anwesenheit konnte er sie unmöglich abkanzeln.

Also holte Daniel – schon wieder – tief Luft, als seine Lieblingsnachbarin mit dem Mönch die Stufen hochstieg. Aber sie schien nicht auf Patzigkeit aus zu sein, im Gegenteil. Sie faltete die Hände vor dem Herzen und verbeugte sich vor Daniel.

»Lieber Herr Plötner, bleiben Sie oder Ihre Frau«, sie verbeugte sich vor Maya und sogar vor Anett, die sich neugierig in den Türrahmen stellten, »heute Abend hier?«

Die Korbanek blickte zu Daniel auf. »Der Ehrwürdige Mönch und ich würden gern meditieren, aber Sie kennen ja die Regeln. Bei mir in der Wohnung geht es nicht, ich bin allein zu Hause.« Die Korbanek stockte, schaute betreten zu Boden. »Und falls mein Mann da sein sollte, ginge es auch nicht. Sie wissen schon, lieber Herr Plötner.«

Vor wenigen Sekunden wollte Daniel sie noch übers Treppengeländer schubsen, nun war er von ihren schlichten Sätzen berührt. »Ja, sicher, natürlich, ich bin da, eigentlich.«

»Wie schön«, sagte die Korbanek in aufrichtig klingender Dankbarkeit, während Maya und Anett zur Seite traten, um sie und den Mönch in die Wohnung zu lassen.

Es dauerte einen Moment, bis Maya merkte, was sie am Anblick des Mönchs störte, so wie er da in der Diele stand und die übertriebenen Huldigungen von Anett entgegennahm.

Es waren die Schuhe.

Der Mönch stand nicht mehr in Ledersandalen vor ihr. Er trug knöchelhohe schwarze Lederschuhe mit orangen Schnürsenkeln.

Die Korbanek, schoss es Maya durch den Kopf. Sie hatte ihm in der Stadt neue Schuhe gekauft. Sie hatte sogar Schnürsenkeln in Orange gefunden. Maya merkte, wie sich ihre Fäuste ballten. Sie hatte versucht, seine Schuhgröße anhand der Sandalen zu schätzen, extradicke Socken und auch noch Einlagen gekauft, falls die Stiefel zu groß sein sollten; sie hatte dem Mönch ihre Wertschätzung zeigen und die Vernachlässigung der vergangenen Tage wettmachen wollen. Und nun war ihr die Korbanek zuvorgekommen.

»Schöne Schuhe haben Sie da an.« Mayas Bemerkung sollte bewundernd klingen, aber der spitze Unterton war ihr selbst nicht entgangen. Sie schenkte dem Mönch ein Lächeln, es wirkte aufgesetzt.

Der Ehrwürdige betrachtete Maya und sah zu Daniel hinüber, der die Tür zum Gästezimmer schloss. Das Paar Stiefel sah er dennoch.

Es stand auf einem Schuhkarton vor dem Bett. Das Bett lag deutlich tiefer. Die Matratze schwebte geradezu über dem Boden.

Der Ehrwürdige musste aufpassen, dass er seine Entdeckung nicht durch ein zu deutliches Lächeln verriet. Er blickte einen jeden in der Runde an, senkte dann andächtig sein Haupt.

»So sprach der Erwachte: ›Würden, ihr Mönche, die Wesen die Ernte für das Austeilen von Gaben kennen, wie ich sie kenne, so würden sie nichts essen, ohne gegeben zu haben, und es würde der Makel des Geizes von ihrem Gemüte nicht dauernd Besitz ergreifen.‹«

Anett fand das alles etwas sehr gestelzt ausgedrückt. Aber sie kannte das von ihrem Bhante: Auch der sprach umständlich, wenn etwas wichtig war. Und gerade deshalb verstand man oft nicht, was er meinte. Anett fand das etwas unschlau, weil ja gerade die wichtigen Sachen besonders klar formuliert sein sollten. Aber schwülstiges Sprechen schien zum Buddhismus dazuzugehören, zumindest manchmal.

Anett sah zu der Korbanek hinüber, die sich ziemlich unbehaglich fühlte. Daniel blickte zu Boden und schien mit einem Lächeln zu kämpfen, das vielleicht dem Mönch in seinen Stiefeln galt, aber auch einer Schadenfreude gegenüber Maya entspringen konnte, die sich schwer zu beherrschen schien. Jedenfalls waren ihre sonst vollen Lippen ein einziger dünner Strich.

Der Ehrwürdige spürte die Anspannung unter seinen Zuhörern. Er klatschte in die Hände, als wollte er sie aufwecken.

»Dana, die Gebefreudigkeit, zählt zu den sechs Vollkommenheiten auf dem Weg zum Erwachen.« Er lachte sein hohes »Hi, hi!«, gefolgt von seinem tiefen »Ho, ho!«.

Anett, die Korbanek, Maya und Daniel sahen ihn etwas ratlos an.

»Aber bis zum Erwachen«, sagte der Mönch, »ist es ja noch ein weiter Weg.«

Nun musste zuerst die Korbanek lachen, dann kapierte auch Anett den Scherz, und schließlich stimmten Maya und Daniel in das Lachen des Mönchs mit ein – zu dessen stiller Erleichterung.

Mayas Reaktion und die betretene Stimmung hatten ihn doch etwas irritiert.

Es war Anett, die mit einem »Whoops« die Versammlung auflöste, Maya am Ärmel zupfte und zur Tür zerrte. »Wenn wir jetzt nicht aufbrechen, ommen die ohne uns los.«

Auf der Treppe machte Anett aber noch einmal kehrt und verneigte sich vor dem Ehrwürdigen. »Lieber Mönch Siri, wollen Sie nicht mitkommen? Sie haben das beim letzten Mal so klasse gemacht, mit dem Meditieren und Ihrer Aura und überhaupt.«

Der Mönch verbeugte sich und sah Anett an. Er mochte diese junge Frau mit ihrer erfrischend offenen Art sehr.

»Liebe Anett, es hatte sich so gefügt, und deshalb stimmte es so, wie es war. Aber ich bin nur ein kleiner Mönch, kein Lehrer für Yoga oder Meditation. Sie sind bei Ihrer Lehrerin in besten Händen.«

Anett biss sich auf ihre Lippen, wiegte den Kopf ein wenig hin und her und nickte dann. »Klar, lieber Mönch Siri, verstehe ich.« Sie sah den Mönch mit ihrem Klein-Mädchen-Blick an. »Aber wenn wir Samstag bei uns im Zentrum den neuen Stupa einweihen, würden Sie mitkommen? Bitte, lieber Mönch Siri!«

Gerührt von ihrer kindlichen Art zu fragen, hätte der Ehrwürdige ihr am liebsten über ihren roten Bubikopf gestreichelt – wenn sich das für einen Mönch nicht verboten hätte. »Ja, das ist mir eine große Freude«, sagte er und verspürte eine starke Neugier. Er hatte immer den Kontakt mit anderen Mönchen und den Menschen überhaupt gesucht, von den Touristen in Balapitiya einmal abgesehen. Die Gelegenheit, diese westlichen Buddhisten rund um Anetts Bhante Sören Uppsala kennenzulernen – oder sie sich zumindest einmal anzusehen –, wollte er nur zu gern wahrnehmen.

»Super«, meinte Anett strahlend, nickte noch einmal zur Bekräftigung und eilte Maya hinterher, die ihr unten mit einem »Komm jetzt!« die Haustür aufhielt.

Im Yogastudio erging es Maya schon nach wenigen Minuten wie vielen Menschen, die eine Sache, von der sie überzeugt sind, dass sie ihnen guttun wird, viel zu lange vor sich hergeschoben haben: Sie fragte sich, warum sie das nicht eher gemacht hatte.

Schon als Mo sie zur Begrüßung so warm und herzlich umarmte und der Gruppe sagte, wie sehr sie sich freute, »dass Maya heute Abend zu uns gefunden hat«, wusste sie, dass sie ihren Platz gefunden hatte. Zu den Klängen des Harmoniums schloss Maya die Augen, legte die Hände auf ihren Bauch und schlief ein. Tief und fest, wie zuletzt nach dem Königsguss in der Ayurvedakur.

Niemand weckte Maya, keiner störte sich an ihrem Schlaf, niemand lachte, als sie sich aufrichtete, die Augen rieb und etwas orientierungslos in die Runde blickte. Mo, die einem Glatzkopf mit Bauchansatz und Brille zeigte, was sie mit »Nacken strecken« meinte, warf ihr einen »Schön-dass-Du-wieder-unter-uns-bist-Blick« zu.

Dabei fühlte sich Mo selbst gar nicht wohl. Erst am Nachmittag hatte ihr, wie sie es nannte, innerer Messerstecher sie wieder in die Knie gezwungen. Hätte Anett ihr nicht gemailt, dass sie heute Abend endlich Maya mitbringen würde, sie hätte den Unterricht liebend gern an Flo oder Nasreen abgetreten, ihre längsten und besten Schülerinnen.

Nun aber kam Mo auf Maya zu, die gerade ihre Yogamatte aufrollte.

»Wie schön, dass du gekommen bist«, sagte sie und reichte ihr ein frisches Glas Zitronentee, »ich würde dich gern um einen Rat bitten. Entschuldige, dass ich dich so direkt darauf anspreche«, fuhr sie fort, »das ist sonst nicht meine Art, aber ich habe das Gefühl«, sie hielt inne und lachte auf, »die Zeit läuft mir davon.«

Es war auch nicht Mayas Art, Menschen, die sie kaum kannte, in den Arm zu nehmen. Doch sie stellte das Teeglas auf die Heizung neben sich und drückte Mo an sich. Einfach so, ohne Worte. Bis Anett sagte: »Na, da haben sich ja zwei gefunden.«

Maya griff wieder zu ihrem Teeglas, nippte daran und sah Mo erwartungsvoll an.

»Ich will gar nichts Großes«, sagte Mo, »ich wollte nur fragen, was du davon hältst, wenn ich euch und den Mönch zu mir einlade?« Sie sah Maya an, als würde sie eher ein »Nichts« als große Begeisterung erwarten. »Es soll ein Dankeschön an den Ehrwürdigen sein – und jetzt, wo wir uns kennen, dachte ich, du und Daniel, ihr hättet vielleicht auch Lust.«

Maya ergriff Mos Hände und drückte sie. »Was für eine schöne Idee, liebe Mo.«

»Würde euch der Sonntag passen? Mittags zum Fastenbrechen?«

Wie zur Bestärkung drückte Maya erneut Mos Hände, die sie noch immer gehalten hatte.

»Danke«, sagte Mo und wandte sich ab. »Entschuldige mich bitte …« Sie spürte, dass der innere Messerstecher gleich seine Waffe zücken würde. Auf keinen Fall wollte sie sich vor ihren verbliebenen Schülern in Krämpfen winden. Sie zwinkerte Maya zu. »Sorry, aber ich müsste mich mal zurückziehen.«

Auf dem Weg zum *Sanitärraum,* wie es auf dem alten Türschild hieß, rief Mo den verbliebenen Schülerinnen zu: »Lasst alles liegen, ich mache das nachher.«

Maya und Anett sahen sich etwas ratlos an, auch Flo und Nasreen, die noch einige Yogadecken falteten, zuckten die Schultern. Als Mo durch die verschlossene Tür noch einmal energisch »Geht jetzt, bitte!« rief, nahmen sie ihre Matten, kleideten sich im Vorraum winterfest ein und zogen die Tür des Lofts hinter sich zu.

Kapitel 18

Auch Daniel war an diesem Abend sehr bei sich – zumindest später, als Maya dazukam. Dabei hatte die Korbanek ihn zu Anfang beinahe auf die berüchtigte Palme getrieben. Kaum waren Maya und Anett aus der Wohnung, erkundigte sie sich nämlich nach einem »schönen Platz für die gemeinsame Meditation«. Daniel empfahl das Gästezimmer, wo der Mönch seinen Buddha doch schon auf dem kleinen Tisch anbetungswürdig aufgestellt habe.

»Das könnte aber eng werden«, sagte die Korbanek, »falls Sie und Maya auch mal mit uns meditieren wollen. Nicht wahr, lieber Mönch Siri?«

Der Ehrwürdige erinnerte sich an die Ermahnung des Erwachten, seine Mitmenschen nicht zu überfordern. »Vielleicht«, sagte er, »aber das muss nicht sein.«

Die Korbanek schüttelte den Kopf über diese nichtssagende Antwort und nickte Daniel zu. »Kommen Sie mal mit, junger Mann.« Sie stapfte über die Diele, als wäre es ihre Wohnung, bog hinter der Küche rechts ab und stieß eine Tür auf. »Schauen Sie mal, das kann doch alles woanders hin, oder?«

Du musst jetzt ganz tapfer sein, sagte sich Daniel, und ganz ruhig bleiben. Er sah auf sein schönes Rennrad, das er an die Wand gehängt hatte. Er sah auch Mayas »Body Shaper«, diese schreckliche Fitnesspyramide, die sie bestellt, zehnmal benutzt und dann weggeräumt hatte. Er sah einige Umzugskartons, deren Inhalt er nicht mehr genau erinnerte, eine Staffelei und zwei Malkästen aus seiner »Van-Gogh-Phase«, drei Koffer und vier Sporttaschen. Und er sah sich das alles in den Keller schleppen.

Daniel drehte sich zur Korbanek.

»Warum soll das alles weg?«

»Weil das ein Eins-a-Meditationsraum ist: ruhig, nach hinten raus, großes Fenster mit Blick in einen Baum und den Himmel und groß genug für ein Dutzend Leute, die ihre Mitte suchen.«

»Die dürfen Sie gern sonst wo suchen, meine liebe Frau Korbanek, aber bestimmt nicht hier.« Daniel hatte gehofft, seine Stimme würde entschlossen klingen. Klang sie aber nicht.

»Sie vergeuden einen wertvollen Raum, lieber Herr Plötner.« Sie stemmte ihre Hände in die Hüften. »Wir müssen dieses Zimmer einer neuen, seiner *wahren* Bestimmung zuführen.«

»Sie haben ja ein Rad ab«, sagte Daniel und war im selben Moment froh, den Satz nur gezischt zu haben. Denn ohne dass er ihn hatte kommen hören, stand der Ehrwürdige hinter ihm.

»Kann ich helfen?«, fragte der.

»Nein«, antwortete die Korbanek resolut, »der junge Mann und ich machen das schon.«

Ich brauche ganz schnell ein Mantra oder sonst etwas zur Beruhigung, dachte Daniel, während er sich den ersten Karton schnappte und in den Keller trug. Vielleicht könnte sein stahlblaues französisches Rennrad ja an der Wand hängen bleiben?

Konnte es nicht, denn die Korbanek entpuppte sich als beinharte Puristin.

Nach nicht einmal zwei Stunden war Daniel durchgeschwitzt und erschöpft, aber das Zimmer leergeräumt und durchgewischt. Ein halbes Dutzend Kissen, auf denen sogar er mit seinen langen Beinen bequem sitzen konnte, luden zum Meditieren ein; auf der Fensterbank und auf dem Boden schwammen Teelichter in Wasserschalen.

»Was für eine wunderbare Dhamma-Halle«, sagte der Ehrwürdige, als er seinen Buddha auf einem kleinen Podest abstellte, das die Korbanek aus einem alten Schemel und einigen Metern rotem Samt improvisiert hatte. Das war natürlich geschmeichelt. Doch Daniel musste zugeben, dass der Raum eine ganz eigene Atmosphäre ausstrahlte. Er war fast leer und wirkte doch erfüllt. Fülle durch Leere, dachte Daniel, was für eine interessante Erfahrung.

Der Ehrwürdige setzte sich zu Füßen des Buddha auf ein Lederkissen, das nach einem Souvenir aus einem Türkeiurlaub der Korbaneks aussah. Es war dicker als die anderen, um dem Ehrwürdigen eine herausragende Position zu geben; davor hatte die Korbanek eine bunte Sammlung von Sofa- und Gartenstuhlkissen ausgelegt.

»Bitte«, sagte der Mönch, und die Korbanek nahm sofort ihm gegenüber Platz.

»Nein, danke.« Daniel winkte ab, zog die Tür zu, begab sich ins Wohnzimmer und schaute aus dem Fenster auf die Straße. Drüben im Studentenwohnheim öffnete ein junger Mann einer Besucherin die Tür, dann zog er die Vorhänge zu.

Du Glücklicher, dachte Daniel.

Im Schatten des Wohnheimeingangs entdeckte er einen Mann mit Hut. Er schaute genauer hin und sah seinen Verdacht bestätigt. Es war Ecke, der jetzt zu ihm hochsah. Daniel wich einen Schritt zurück. Dieser Kerl war ihm unheimlich.

Daniel legte sich auf die Couch, betrachtete den Stuck an der Decke, starrte auf die Spitzen seiner schwarzen englischen Schuhe. Rahmengenäht. Ob er sich jemals komplett handgenähte Schuhe würde leisten können? Gommez schon, spätestens, wenn er den Sprung zum NDR geschafft hätte, gar ins Abendprogramm.

Aber ich nicht, dachte Daniel, nicht als Daniel, der Wettermann von Hamburg First. Er merkte, wie sich seine Gedanken wieder verdüsterten.

Daniel überlegte, ob er sich aus der Küche ein Glas Wein holen sollte, ging in den Flur, sah, dass die Tür zum Gästezimmer offen stand – und warf einen Blick hinein. Er betrachtete die Stiefel, die Maya für den Mönch gekauft hatte. Sie hatte wirklich das Feinste und Teuerste gekauft, was die Innenstadt an Stiefeln hergab. In jedem Fall waren sie besser als seine eigenen.

Daniel setzte sich auf das tiefergelegte Bett, zog seine Schuhe aus und schlüpfte in die Stiefel. Sie passten ihm tatsächlich. Er brauchte weder die dicken Socken noch die Einlagen. Er musste lachen, als er sich bei dem Gedanken ertappte, dass der Mönch bestimmt nicht zwei Paar Winterstiefel tragen würde, schon gar nicht auf Sri Lanka.

Daniel ging in den Schuhen auf und ab. Ein wirklich schönes Paar. Und sie passten. Seufzend schlüpfte er zurück in seine Rahmengenähten, nahm die Stiefel, die Socken und Einlagen und ging damit hinunter vor die Tür.

Auf der anderen Seite stand noch immer Ecke. Zaghaft winkte Daniel ihm zu. Ihre Blicke trafen sich. Daniel hielt die Schuhe hoch und ging langsam über die Straße auf den Mann mit dem Hut zu.

»Guten Abend«, sagte er, nickte und hielt Ecke die Schuhe hin. »Wir haben dieses Paar heute erst gekauft. Möchten Sie es anprobieren?«

Der Mann zog seinen Hut, verbeugte sich, stützte sich an einem parkenden Wagen ab und zog die Schuhe an. Sie waren zu weit. Er zog die roten Socken an, legte die Einlagen ein – und nickte Daniel zu, zeigte ihm: Daumen hoch.

»Bitte, nehmen Sie die Schuhe als Geschenk des Mönchs an. Er würde sich sehr freuen.«

Der Mann zog seinen Hut und blickte Daniel voller Dankbarkeit an. Aber in der Geste lag nichts Unterwürfiges.

»Ja, gut«, sagte Daniel verlegen, »ich geh dann mal wieder.«

Als er die Wohnungstür hinter sich schloss, blickte er noch einmal auf die andere Straßenseite. Ecke war gegangen. Im Studentenwohnheim schimmerte durch den Vorhang Kerzenlicht. Ob die beiden bereits nackt waren?

Daniel dachte an den Mönch, dessen Gedanken bestimmt nicht um Sex und Karriere kreisten, der sich nicht mit Beziehungsfragen aufrieb. Ein ganz anderes Leben. Ein besseres Leben? Ein glücklicheres?

Daniel wandte sich vom Fenster ab, blickte durch die offene Zimmertür in den langen Flur. Am anderen Ende der Wohnung flackerte Licht. Der neue Meditationsraum. Als sie in die Wohnung eingezogen waren, hatten sie gedacht, in dem Zimmer würde mal ein

Kinderbett stehen. Daniel zuckte mit den Schultern. Rumpelkammer statt Kinderzimmer. Und jetzt Dhamma-Halle.

Er zog seine Schuhe aus und ging auf Zehenspitzen zu dem Raum. Vorsichtig sah er durch die reichlich verzierte Glasscheibe der Tür. Die Korbanek saß im Lotussitz vor dem Mönch. Beide saßen ganz still.

Der Mönch öffnete seine Augen und blickte zur Tür.

Daniel fühlte sich ertappt und drehte seinen Kopf zur Seite. Hatte der Mönch ihn wirklich gesehen? Daniel schaute noch einmal durch das Türglas. Lächelte der Mönch ihn an? Sollte er sich eingeladen fühlen?

Behutsam öffnete Daniel die Tür.

Der Mönch machte mit einer Hand eine einladende Geste und wartete, bis Daniel sich auf ein Kissen neben der Korbanek gesetzt hatte.

»Bitte, sprechen Sie mir nach: Möge ich frei sein von Angst, Vorurteilen und Hass. Möge ich frei sein von Enttäuschungen, Unzufriedenheit und Wut.«

»Möge ich frei sein von Angst, Vorurteilen und Hass«, wiederholte die Korbanek.

Daniel spürte einen Kloß im Hals wie vor Jahren, als er das erste Mal live vor der Kamera gestanden hatte. Dann sagte auch er: »Möge ich frei sein von Angst, Vorurteilen und Hass.«

Gemeinsam sprachen alle drei: »Möge ich frei sein von Enttäuschungen, Unzufriedenheit und Wut.«

Geht doch, dachte Daniel. Er merkte, wie er sich entspannte.

Irgendwann hörte Daniel Geräusche in der Diele. Maya musste nach Hause gekommen sein. Die Tür zum Meditationszimmer ging auf. Der Mönch hielt inne. Daniel öffnete die Augen ein wenig und sah, dass Maya sich neben ihn setzte.

Der Ehrwürdige wandte sich an Maya: »Bitte sprechen Sie mir nach: Möge ich frei sein von Angst, Vorurteilen und Hass. Möge ich frei sein von Enttäuschungen, Unzufriedenheit und Wut.«

Daniel schloss seine Augen. War das nicht verrückt? Nicht mal eine volle Woche war der Mönch nun bei ihnen, und sie saßen mit der Korbanek in ihrem eigenen Meditationsraum und hofften bei Kerzenschein auf Erleuchtung.

Wohin sollte das noch führen?

Kapitel 19

Unsicher setzte sich der Ehrwürdige auf die bunte Patchwork-Decke des Gästebettes. Er lehnte sich langsam zurück. Welch seltsam ungewohntes Gefühl. Er merkte, wie die Matratze nachgab, an den Schultern, am Becken, an jenen Stellen, an denen er sonst den harten Boden besonders spürte. Jetzt lag er sehr – wie sollte er das sagen? – wohlig. Er überlegte, wann er das letzte Mal auf einem Bett gelegen hatte, und konnte es nicht sagen. Je länger er nachdachte, desto sicherer war er, noch nie auf einer Matratze geschlafen zu haben, erst recht nicht auf solch einer dicken, weichen.

Der Ehrwürdige schaute nach oben auf die glatte weiße Decke mit dem fein gearbeiteten Stuck, wie die Menschen hier diese Verzierungen nannten. Wofür die alles Zeit und Geld hatten, was die sich allein die Schönheit einer Zimmerdecke kosten ließen; und wie viel Geld sie ausgaben, um nachts bequem zu liegen. Gut gebettet – sagte man nicht so im Deutschen?

Der Ehrwürdige erhob sich, faltete die Überdecke zusammen, legte sie zur Seite und schlüpfte behutsam, wie in Zeitlupe, unter die weiße Bettdecke. Er zog sie hoch bis zur Brust und rollte sich auf die Seite. Er fand diese Art zu liegen sehr – er suchte erneut nach jenem treffenden Wort, das die Deutschen dafür verwendeten – ja, das war es: kuschelig. Vorhin hatte er Daniel schon für dessen Handwerkertalent gelobt, aber morgen würde er ihm nochmals sagen, welch große Freude ihm dieses besondere Nachtlager bereitete.

Auch dass Mayas eigens in die Stadt gefahren war, um mit Anett Winterstiefel für ihn zu kaufen, hatte den Mönch berührt. Dass nun Ecke die Schuhe trug, zeigte doch, wie gut sich alles fügte; Maya schien erleichtert, dass ihr Geschenk doch noch einem guten Zweck diente. Dem Mönch war nicht entgangen, wie bewundernd sie ihren Liebsten für seine Initiative angeschaut hatte. Ja, dem Ehrwürdigen gefiel dieses Paar – und ihm gefiel dieses Bett.

Bevor der Mönch die Augen für die Nachtruhe schloss, richtete er sich noch einmal auf und blickte hinüber zu der Buddha-Statue, die er aus dem neuen Dhamma-Raum wieder mit in sein Gästezimmer genommen hatte. In Pali widmete er dem Buddha noch eine kleine Rezitation.

»Verehrung dem Erhabenen, Befreiten, vollkommen Selbsterleuchteten!«

Zufrieden mit einem erfüllten Tag zupfte der Mönch noch ein wenig hier und dort an der Daunendecke, an deren Fülle und Leichtigkeit er sich erst gewöhnen musste, und grub sich in die weiche Matratze ein. »Kuscheln«, sagte der Mönch leise und horchte seiner eigenen Stimme nach. Ja, lächelte der Ehrwürdige, kuscheln klang schon kuschelig. Dankbar für diese kleine Freude entsandte er sein Mitgefühl an Kandako. Was auch immer aus seinem einstigen Klosterbruder geworden sein mochte, ohne ihn, dachte der Mönch, wäre mir die Schönheit der deutschen Sprache verborgen geblieben.

»Bhikkhu Siri!«

»Erhabener?« Der Mönch schreckte hoch, saß aufrecht im Bett und schaute auf die Buddha-Statue. Hatte er geträumt? Waren ihm bereits die Augen zugefallen? Oder rief da sein innerer Buddha nach einem Zwiegespräch?

Und so sprach der Mönch: »Wie kann ich Euch dienen, Erwachter, zu dieser Stunde?«

»Ja, es ist spät geworden, Bhikkhu Siri.«

Verlegen zog der Mönch die Decke höher, denn er wollte sich keine Blöße geben.

»Wir haben meditiert, die Frau Nachbarin, das junge Paar und ich. Wir haben uns Metta gewidmet, der liebenden Güte.«

»Ich weiß, was Metta bedeutet, Bhikkhu Siri.«

»Wir haben Euch ein Zimmer als Dhamma-Raum eingerichtet, Erhabener.«

»Meine Lehre braucht keinen besonderen Platz, um die Menschen zu erreichen.«

Der Mönch schwieg. Was hatte der Buddha daran auszusetzen, dass er sich mit der Korbanek und seinen Gastgebern der Meditation gewidmet hatte?

»Richtet sich der Bhikkhu Siri bereits hier ein? Wird dies hier sein neuer Tempel?«

»Erhabener, ich habe mich nicht aufgedrängt. Ich bin einer Einladung gefolgt, das wisst Ihr.«

»Du hast dir lange Zeit gelassen, der Einladung zu folgen.«

Der Mönch schwieg.

»Auch wirkte deine Ankunft nicht sehr abgesprochen.«

Der Mönch wollte die Hände zu einer Geste der Hilflosigkeit heben, merkte jedoch, dass ihm die Bettdecke von der Brust zu rutschen drohte, und blieb etwas hilflos sitzen.

»Es war eine günstige Gelegenheit: Der Onkel des kleinen Ananda aus Colombo war zu Besuch, er kannte jemanden in einem Reisebüro und konnte mich am Flughafen absetzen.« Der Mönch machte eine Pause. »Ich hatte euch davon berichtet, Erhabener. Und Ihr sagtet: ›Alles fügt sich.‹«

»Aber ich sagte nicht: Werde zum Brahmanen, lass dich in Betten für die höchste Kaste nieder.«

»Erhabener, ich bitte euch! Der junge Mann hat eigens die Beine abgesägt, damit ich niedrig schlafe, fast auf dem Boden, wie es sich eines Mönches geziemt.«

»Erinnert sich der Bhikkhu Siri noch an die acht ethischen Übungsregeln?«

»Erhabener, wie könnte ich jene Wegweiser auf dem Pfad des Erwachens vergessen?«

Der Buddha schwieg. Der Mönch setzte sich noch gerader hin, wobei ihn die weiche Matratze ins Schwanken brachte, fing sich wieder und sammelte sich für eine kraftvolle Stimme:

»Lebewesen will ich nicht töten oder verletzen.

Nicht-Gegebenes will ich nicht nehmen.

Alle sexuellen Aktivitäten will ich aufgeben.

Lügen und unheilsame Rede will ich nicht gebrauchen.

Alkohol, Drogen und Rauschmittel, da sie die Ursache für Unachtsamkeit sind, will ich nicht zu mir nehmen.

Nach dem Mittag will ich kein Essen zu mir nehmen.

Mit Tanzen, Singen, Musizieren will ich mich nicht vergnügen, und mit Blumen, Schmuck, Parfum und Kosmetik will ich mich nicht verschönern.« Der Mönch hielt inne.

»Wie lautet die achte Regel?«, fragte der Buddha.

»Hohe«, der Bhikkhu stockte, »oder luxuriöse Betten und Sitze will ich nicht benutzen.« Und er fügte gleich hinzu: »Diese Übungsregeln nehme ich auf mich.«

Der Mönch hatte mit gesenktem Haupt gesprochen. Nun sah er zum Buddha auf. »Erhabener, ich hatte nicht gedacht, dass Ihr dieses Lager luxuriös nennen würdet, da es eigens niedriger gesägt worden ist.« Der Mönch verneigte sich, so weit es für ihn im Bett sitzend möglich war. »Ich bitte um Vergebung, Erhabener. Was ich achtlos an Fehlern begangen habe: Möge mir vergeben werden, o Ehrwürdiger, aus der Soheit Gekommener von großer Weisheit. Was ich mit Körper, Rede und Geist achtlos an Fehlern gemacht habe: Möge mir vergeben werden, o Dhamma, erkennbar und zeitlos. Was ich mit Körper, Rede und Geist achtlos an Fehlern …«

»Halte ein, Bhikkhu Siri!«, mahnte der Buddha. »Richte dich auf.«

Der Mönch sah den Buddha wieder an.

»Bhikkhu Siri, dieses Bett ist luxuriös, unbestreitbar«, tadelte der Buddha. »Aber es ist euch angeboten worden, es wurde eigens für euch bereitet«, fuhr er mit gewohnt sanfter Stimme fort. »Und so wie wir Fleisch – wenn es uns als Gabe gereicht wird und das Tier nicht für uns sterben musste – nicht zurückweisen, weil wir den Schenkenden nicht beschämen, sondern seine Geste wertschätzen wollen, so nimm du nun dieses Bett an.«

»Danke, Erhabener«, seufzte der Mönch, wie von einer zentnerschweren Last befreit. »Ich werde sehr wachsam sein und mich vor den Verführungen hüten. Morgen früh werde ich über die achte der zehn Vollkommenheiten meditieren, über die Vollkommenheit der Entschlossenheit. Das wird meine Standhaftigkeit stärken.«

»Bleib wachsam!«, sprach der Buddha. »Richte dich nicht zu sehr ein!«

Der Mönch verneigte sich vor dem Buddha. Achtsam legte er sich wieder zurück auf die Matratze, bettete sein Haupt auf das Daunenkissen, rollte sich in die Decke ein. Seit er denken konnte, war er immer auf dem Rücken liegend eingeschlafen und so auch wieder aufgewacht. Nun legte er sich auf die Seite, sank in die Matratze ein, zog die Beine an und fühlte sich höchst geborgen. War das schon Luxus?, fragte sich der Mönch. Noch bevor er eine Antwort gefunden hatte, war er eingeschlafen.

Kapitel 20

Vorsichtig schob Daniel die Bettdecke zur Seite; er wollte auf keinen Fall Maya wecken, die sich an ihn geschmiegt hatte. Ihr dunkles Haar fiel in sanften Wellen auf ihre Schultern und auf das weiße T-Shirt, das sie im Winter nachts anzog. Habe ich auch mal Glück gehabt, dachte Daniel und lächelte.

Auf Zehenspitzen stieg er aus dem Bett und setzte vorsichtig einen Fuß vor den anderen. Dennoch knarrte das Parkett. So schön diese Altbauwohnung mit ihrem Stuck und den hohen Decken ist, dachte Daniel, so unmöglich macht sie es einem, sich geräuschlos davonzuschleichen. Auch in der Diele bewegte er sich vorsichtig und gelangte schließlich zur Kleiderkammer. Immerhin ließ sich deren Tür ohne Quietschen öffnen.

Im Dunklen tastete Daniel nach seiner grauen Jogginghose, die er schon eine ganze Weile nicht mehr getragen hatte, sowie nach einem Sweatshirt; bis er seine dicken Skisocken gefunden hatte, brauchte es etwas länger. Er zog sie an, hielt einen Moment inne. Ja, die Sachen waren bequem, er fühlte sich wohl in ihnen.

So leise, wie er das Schlafzimmer verlassen hatte, ging Daniel hinüber zu dem neuen Meditationsraum. Durch die Glasscheiben der Tür sah er Kerzenlicht flackern. Er hatte sich also nicht getäuscht, als er vor einigen Minuten wach geworden war: Der Mönch war aufgestanden und über die Diele gegangen.

Daniel griff zur Türklinke. Sollte er wirklich hineingehen? Wollte er sich auf so etwas Esoterisches wie Meditation einlassen? Hatte er das nicht immer abgetan als Psychokram für sinnsuchende Hausfrauen in den Wechseljahren?

Andererseits: War er nicht selbst ein Sinnsuchender? Hoffte er nicht auf einen Ausweg aus seiner Krise mit dem Sender? Wie lange wollte er so noch weitermachen? Bis er tatsächlich eines Tages von der Köhlbrandbrücke springen würde?

Nein, er wollte sein Leben ändern, und vielleicht würden der Mönch und die Meditation ihm einen Weg weisen.

Daniel holte tief Luft und atmete langsam aus. Er drückte die Klinke hinunter und betrat den Raum. Der Mönch saß mit dem Rücken zur Tür, sein Haupt vor dem Buddha gesenkt.

»Tritt ein, Daniel«, forderte der Mönch ihn auf, ohne sich umzudrehen. »Die drei Juwele, Buddha, Dhamma und Sangha, gewähren jedem Zuflucht, der sie bei ihnen sucht.«

Daniel schloss die Tür hinter sich, ging auf die Knie und rutschte hinter den Mönch, ohne jedoch zu nahe bei ihm zu sitzen.

»Ich weiß nicht, ob ich Zuflucht suche«, sagte Daniel mit leicht brüchiger Stimme. »Ich würde nur gern mein Leben ändern.«

»Das ist nicht wenig«, sagte der Mönch, und Daniel war sich sicher, dass der Ehrwürdige dabei lächelte.

»Ich komme im Sender nicht weiter«, sagte Daniel. »Was ich auch versuche, ich scheitere.«

Der Mönch nickte leicht. »Alles wird sich fügen, Daniel.« Er sprach sehr leise und sanft. »Der Buddha als Ideal menschlicher Erleuchtung und Quell aller Weisheit wird dir helfen, dich zu erkennen«, sagte der Ehrwürdige.

»Ich weiß nicht, ob ich Ihren Ansprüchen gerecht werde, lieber Mönch. Ich wäre schon dankbar, wenn ich nicht immer an den Sender denken müsste.«

»Schließ die Augen«, bat der Mönch. »Und atme ein. Atme den Frieden ein, der hier im Raum ist. Dann atme aus. Und atme die Liebe aus, die dein Herz erfüllt. Umhülle deine Mitmenschen mit einer Wolke von Liebe.«

Daniel fragte sich, ob es wirklich richtig war, sich dem Mönch anzuvertrauen. Frieden einatmen und Liebe ausatmen war genau jener Quatsch, den er gern alten Frauen wie der Korbanek überlassen würde. Oder Spätpubertierenden wie dieser Anett.

Aber wie vor vier, fünf Jahren beim Fallschirmspringen, als er in viertausend Metern Höhe in der Tür des Flugzeugs stand und das grüne Lämpchen blinkte, gab es jetzt kein Zurück mehr. Damals musste er springen, wenn er sich selbst weiter ernstnehmen wollte; jetzt musste er sich dem Mönch anvertrauen, dem Buddha anvertrauen, falls es ihm mit dem Wunsch nach Veränderung ernst sein sollte.

Und so schloss Daniel die Augen und atmete ein und wieder aus. Frieden ein und Liebe aus. Frieden ein, Liebe aus. Frieden ein, Liebe aus.

Mit der Wolke und der Liebe zu den Mitmenschen hatte er es noch nicht so.

Kapitel 21

Der Ehrwürdige Siri hatte schon vor einem halben Jahrhundert von seinem Hamburger Klosterbruder Kandako gelernt, dass es auch in Deutschland viele Anhänger Buddhas gab. Auf dem Weg zum Stupa-Fest erklärte ihm Anett, dass inzwischen weit über hunderttausend Menschen bei dem Erwachten Zuflucht suchten. Allein ihr Bhante Sören Uppsala habe über zehntausend Anhänger, vielleicht auch zwanzig- oder dreißigtausend.

Die beiden waren zu Fuß auf dem Weg zur nahen U-Bahn-Station. Anett hatte ihren Wagen in der Fichtestraße stehen lassen, denn von Maya wusste sie, dass es dem Mönch lieber war, auch in einem Auto nicht mit einer Frau allein zu sein. Zudem waren es zu ihrem buddhistischen Zentrum nur drei oder vier Haltestellen. Die neugierigen, verwunderten oder mitunter auch abschätzigen Blicke, die ihnen begegneten, störten weder den Ehrwürdigen noch Anett.

An den Stufen hinab zu den Gleisen unterbrach Anett ihre Erklärungen, weil Ecke, der ihnen treu gefolgt war, seinen ganzen Mut zusammennahm, um sich die Stufen hinunterzutasten. Nach der vierten aber überkam ihn wieder die Panik, und er rannte zurück auf die Straße. Nachdem sich Ecke wieder beruhigt hatte, verabschiedete sich der Mönch mit einer Verneigung von ihm.

In jedem Fall sei ihr »Saphirweg« der erfolgreichste Weg zur Erleuchtung überhaupt, nahm Anett ihre Ausführungen wieder auf, während sie zwei Fahrscheine zog.

»Saphirweg? Heißt Ihre Strömung wirklich so?« Der Ehrwürdige kannte den »Diamantfahrzeug«-Buddhismus, eine sehr alte und anerkannte Form der tibetischen Lehre, aber von der Saphirweg-Variante hatte er noch nie gehört.

Anett hörte aus der Frage nicht die Skepsis des Mönchs heraus.

Bis zu ihrer Station erzählte sie vielmehr alles, was man nach ihrer Meinung zum Saphirweg wissen musste. Das war vor allem, dass Sören Uppsala »ein Erleuchteter« sei, »der einzige in der ganzen westlichen Welt überhaupt«, und dass einem zweiunddreißig Seminare beim Bhante selber die Erleuchtung brachten. Allerdings hatte ihn mal jemand auf Rückzahlung der Seminarkosten verklagt, da die Erleuchtung ausgeblieben sei. Deshalb sagte der Bhante jetzt immer, dass er die Erleuchtung nicht garantieren könne; so etwas hänge ja von jedem Einzelnen ab. Und der Bhante sagte auch, dass diese Klage gegen ihn völlig unbuddhistisch war, weil es dem Buddha nie um Geld gegangen sei.

Der Ehrwürdige fand, dass der Bhante mit seinen Honoraren selbst ein nicht gerade buddhistisches Verhalten an den Tag legte, sagte dazu aber nichts. Er wäre auch kaum zu Wort gekommen in dem Andrang, auf den sie vor dem Saphirweg-Zentrum stießen.

Vor dem weit über die normalen Wohnhäuser hinausragenden weißen Bau mit einem wunderschönen Pagoden-Dach, geschmückt mit bunten Fähnchen, schoben und schubsten sich die Menschen, wie es der Mönch lange nicht mehr gesehen hatte. So viele Buddhisten, so wenig Gelassenheit; so großer Andrang, so wenig Entspanntheit.

»Hier geht es ja zu wie bei uns in Maha Nuwara«, sagte er und blieb stehen.

Anett sah den Mönch verständnislos an.

»Maha Nuwara, die Stadt ist berühmt für ihren Tempel, in dem ein Eckzahn des Buddha aufbewahrt wird. Dort verlieren selbst Mönche die Fassung, wenn sie sich dem goldenen Schrein nähern.«

Anett war es sehr peinlich, dass der Mönch nun erst einmal warten musste.

»Tut mir leid«, sagt sie zerknirscht, »aber wir erwarten den Bhante. Er kommt extra aus Amerika, um den Stupa zu weihen.«

Auch ein wenig aus Verlegenheit drehte Anett sich auf dem Absatz um. »Bitte, bleiben Sie hier stehen, ich kümmere mich kurz um die

Karten«, rief sie dem Mönch über die Schulter zu, bevor sie sich in die Menschenmenge stürzte. Mit einem »Lassen Sie mich durch, ich bin mit dem Ehrwürdigen Mönch da«, versuchte sie, sich Platz zu verschaffen. Viel mehr als ein Kopfschütteln erreichte Anett allerdings nicht.

Der Ehrwürdige verfolgte das Gedränge aus gebührendem Abstand und fragte sich, was der Bhante Sören Uppsala wohl für ein Typ sei, als sich eine junge Frau mit hellrotem, fast orangem Gewand aus der Menge löste und ihn ansah. Mit ihrem kahlrasierten Schädel und den Sandalen an den nackten Füßen sah sie aus wie eine Nonne.

Der Mönch faltete die Hände vor dem Herzen und verneigte sich tief.

»Ich grüße Sie, ehrwürdige Bhikkhuni, im Namen des dreifachen Juwels, Buddha, Dhamma, Sangha.«

Doch statt sich ihrerseits zu verneigen, starrte die Bhikkhuni den Mönch wortlos an, der da mit seinem roten Regenschirm vor ihr stand. Irritiert sah sie auf seine knöchelhohen schwarzen Lederschuhe mit ihren orangen Schnürsenkeln. Mit einem »Er ist bereits mitten unter uns!« rannte sie dann auf den Ehrwürdigen zu, kniete sich vor ihm in den Schneematsch und rief: »Großer Lama, bitte erleuchtet mich!«

Nun drehten sich auch andere aus der Menge um. Einige gingen auf den Mönch zu, vorsichtig, bewundernd; andere blieben ehrfürchtig stehen und falteten die Hände zum Gruß.

Aus der Menschentraube drängelten sich zwei Mönche hervor, beide zwischen vierzig und fünfzig Jahren alt. Wie die Nonne schienen auch sie Deutsche zu sein. Als sie den Ehrwürdigen sahen, rafften sie ihre Gewänder.

»Großer Lama, bitte erleuchtet uns«, riefen auch sie und warfen sich neben der Nonne auf den Boden.

Bei aller buddhistischen Weisheit wusste der Mönch Siri in diesem Moment nicht, wie er sich verhalten sollte. Ganz offensichtlich lag hier eine Verwechselung vor, aber sicher nicht mit dem Bhante Sören Uppsala. Der war klein und dick und ein blonder Däne oder Schwede. Und soweit er Anett verstanden hatte, war der Bhante auch kein Mönch, sondern lief statt in oranger oder roter Robe in weißer Kleidung durch die Gegend. Aber der Mönch hatte in seinem langen Leben gelernt, dass sich manche Situationen von selbst klären, wenn man einfach nichts tut.

Mit immer noch gefalteten Händen sah er milde in die Menge und dann hinab zu den beiden Mönchen und der Nonne. »Ehrwürdige Bhikkhus und Ehrwürdige Bhikkhuni, bitte erheben Sie sich. Ich bin nur ein kleiner Mönch, ein bescheidener Jünger des Erwachten und Erhabenen, der sich freut, unter Ihnen zu sein.«

Der Mönch sah wieder in die Menge, die seinen Blick mit einem ehrfürchtigen »Oh!« erwiderte.

Die beiden Mönche und die Nonne erhoben sich, klopften den Schnee und den Matsch von ihren Roben.

»Großer Lama, eure Bescheidenheit ehrt euch«, sagte der ältere der beiden Mönche. »Bitte geht voran, damit wir euch folgen können.«

Mit einem weiteren »Oh!« wich die wartende Menge einige Schritte zurück und teilte sich. Zur Rechten und Linken des Ehrwürdigen geleiteten die Mönche ihren Gast zum Eingang des Saphirweg-Zentrums. Sobald der Ehrwürdige zwei, drei, vier der Wartenden passiert hatte, schlossen sie sich ihnen an.

»Was, wie, lieber Mönch …«, stammelte Anett, die gerade an einem improvisierten Kassentisch zwei Eintrittskarten bezahlte, als sie diese seltsame Prozession sah.

»Wahnsinn«, murmelte eine junge Frau mit knabenhafter Figur und kurzen blonden Haaren, die gerade aus der Dhamma-Halle kam. Auf ihrer rechten Schulter trug sie eine Filmkamera, auf ihrer grünen uniformähnlichen Jacke stand in großen Lettern *Hamburg First.* Ohne zu fragen und zu zögern, hielt sie mit der Kamera voll auf den Mönch und dessen Gefolgschaft.

Der Mönch lächelte die Kamerafrau an, hielt dann inne und bedeutete der völlig irritierten Anett, sich an seine Seite zu begeben. Wie eine Schlafwandlerin folgte sie ihm in die große Dhamma-Halle, auf deren glänzendem Parkett sich schon einige hundert Anhänger des Bhante dichtgedrängt im Lotussitz niedergelassen hatten, die nun die Gruppe mit einem bewundernden »Oh!« begrüßten.

Hier läuft etwas total falsch, dachte Anett, als sie die gebannten Blicke der Wartenden sah, die vor dem Ehrwürdigen ihre Häupter senkten.

Hier läuft etwas total falsch, dachte auch der Bhante Sören Uppsala, als er mit seinem weinroten Bentley – einen Rolls Royce hatte er immer als zu protzig abgelehnt – am Saphirweg-Zentrum vorfuhr und keinen einzigen Anhänger entdeckte. Der Mann, der in einer orangefarbenen Robe neben dem Bhante im Wagenfond saß, sah die leere Straße und dann den Bhante an.

Hier läuft etwas total falsch, dachte auch Jamyang Dudjom. Für Uppsala und dessen Anhänger war Jamyang ein Bodhisattva, ein erleuchtetes Wesen, das eigentlich aus dem ewigen Kreislauf von Geburt, Tod und Wiedergeburt erlöst ist, aus Mitgefühl mit den Menschen allerdings noch einmal auf die Welt kommt. Auf eine undankbare Welt, dachte Jamyang, denn wofür hatte er die ganze Mühe der Reinkarnation auf sich genommen? Für ein verwaistes buddhistisches Zentrum in Hamburg-Eimsbüttel?

Nun hatten der Bhante und natürlich erst recht Jamyang in ihren vielen Jahren der Meditation Gelassenheit und Beherrschung gelernt. Bei Jamyang zeigte sich dessen Enttäuschung daher nur kurz in herabgezogenen Mundwinkeln; der Bhante behielt sein Lächeln bei, das jedoch immer etwas aufgesetzt wirkte. Nur die Heftigkeit, mit der er seine Mala, seine Gebetskette aus Bodhibaumholz, gegen die Trennscheibe zum Fahrer schlug, ließ seine Empörung erahnen.

Der Chauffeur, ein stämmiger Mann in einem schlecht sitzenden

Anzug, hielt an, eilte zum Kofferraum der Limousine und brachte Jamyang eine sehr alt wirkende Kiste, deren Ecken mit goldenen Beschlägen verziert waren. Behutsam hob Jamyang daraus einen weinroten Hut hervor, der an Höhe jede Mütze eines Drei-Sterne-Kochs übertraf, und setzte ihn sich auf. Der Bhante prüfte mit einem schnellen Blick den Sitz des Hutes, nickte und führte Jamyang in sein Zentrum.

Beide Männer hatten seit ihrer Ankunft kein Wort miteinander gesprochen. Der Bhante wusste nicht, was er sagen sollte. Und Jamyang war ohnehin ein wortkarger Mann und zudem der Überzeugung, dass ein Bodhisattva nicht zu viel reden sollte. Aber als sie die randvolle Dhamma-Halle betraten, sagte der Bhante: »Ich glaube es nicht.« Er sagte es erst in seiner Muttersprache, dann zum Lama auf Englisch. Der Lama sagte nichts; nur sein Blick verriet, dass auch er nicht glauben wollte, was er sah.

Vorne, vor der großen vergoldeten Buddha-Statue, saß ein fremder Mönch mit geschlossenen Augen im Lotussitz und meditierte. Und dieser Mönch, hochgewachsen, schlank und trotz seines Alters sehr rüstig wirkend, sah Jamyang nicht unähnlich. Sie glichen sich nicht nur von der Figur und dem Alter her; beide hatten auch eine dunkle Hautfarbe. Und hätte Jamyang nicht seinen Bodhisattva-Hut aufgehabt, wäre die leichte Ähnlichkeit ihrer Gesichter und die Tatsache, dass beide ihre Schädel kahlgeschorenen hatten, noch deutlicher geworden.

Irritiert blieben der Bhante und Jamyang stehen und hörten zu, wie der fremde Mönch auf Pali den Buddha rezitierte: »Die das richtige Wort beherrschen, sie beleidigen niemanden.«

Und die Jünger des Bhante sprachen ihm auf Pali nach.

»Und sie sprechen trotzdem die Wahrheit.«

Der Ehrwürdige verneigte sich, während zweihundert oder dreihundert Stimmen die Worte des Buddha in der heiligen Sprache wiedergaben.

Der Mönch wartete, bis wieder Stille einkehrte. Dann öffnete er die Augen und nickte den beiden Männern zu, die unbemerkt die Dhamma-Halle betreten hatten.

»Bitte, begrüßen Sie mit mir Ihren ehrwürdigen Besuch«, sagte er und deutete eine Verneigung an.

»Oh!«, rief die Gemeinde im Chor, »Oh, oh!«, und wandte sich dem Bhante und Jamyang zu. Die Ersten warfen sich den beiden zu Füßen – und fast alle folgten dem Beispiel.

Unter jenen, die im Lotussitz verharrten, war auch ein Mann mit Dreitagebart, der eine grüne Daunenjacke trug und den Mönch anstarrte. Den hatte er doch mal gefahren! Mit dem hatte er doch schon im Schnee getanzt!

Der Ehrwürdige fand den Rummel um den Bhante eine gute Gelegenheit, das Zentrum zu verlassen. Er legte keinen Wert darauf, ihn näher kennenzulernen. Er verneigte sich vor den wenigen Männern und Frauen, die noch vor ihm saßen, sah den Mann mit der Daunenjacke besonders lange an und verneigte sich vor ihm noch einmal gesondert.

Er erinnert sich, dachte der Taxifahrer und verneigte sich vor dem Mönch. Als der Mann wieder aufblickte, war der Ehrwürdige verschwunden.

Anett war gar nicht sicher, ob auch sie gehen sollte. Schließlich stand der Bhante vor ihr. Die Chance, ihm so nahe zu kommen, bekam sie bestimmt kein zweites Mal.

Anett betrachtete den Mann in Weiß, der ihren Beschützerknoten zweimal gesegnet hatte. Sie hatte ihr kleines, aus roter Schifferkordel geknüpftes Werk eigens nach Kalifornien gesandt, wo der Bhante das Hauptzentrum des Saphirwegs errichtet hatte. Mit frohem Herzen hatte sie auch fünfzig Dollar »Weihgebühr« überwiesen; die Leute, die für die vielen Saphirweg-Zentren in aller Welt arbeiteten, mussten ja auch von etwas leben.

»Schließt die Augen, liebe Schwestern und Brüder«, rief der Bhante in die Dhamma-Halle, »damit wir alle miteinander den Buddha erfahren.« Gehorsam schlossen seine Anhänger die Augen, selbst jene, die offensichtlich neu in der Runde und deshalb eher zurückhaltend waren wie der Taxifahrer.

Nur Anett blickte weiter den Bhante an, als warte sie auf irgendein Zeichen. Tatsächlich drehte sich der Begründer des Saphirweg-Buddhismus zu ihr herum und blickte ihr direkt in die Augen. Ein Lächeln umspielte seine Lippen. Es war das berühmte Bhante-Lächeln, das sie von allen seinen Bildern kannte. Doch sein Blick war der abstoßendste Blick, den Anett in ihrem Leben gesehen hatte. Eiskalt, vernichtend.

Erschrocken wandte Anett sich ab und lief dem Mönch hinterher, der bereits den leeren Kassentisch passiert hatte und auf die Straße trat.

»Nichts wie weg hier«, drängte Anett, als sie zu ihm aufschloss. Fast hätte sie den Ehrwürdigen am Ärmel seiner Robe gepackt, um ihn fortzuziehen.

»Bitte, liebe Anett, wir haben nichts Verbotenes getan«, versuchte der Mönch, sie zu beruhigen. »Wir müssen nicht fliehen.«

Anett sah den Ehrwürdigen an. Ruhig und gelassen stand er da, voll unerschütterlicher Energie und Zuversicht. Er blickte sie an mit einer Milde, in der sie versinken wollte und die sie den gehässigen Blick des Bhante vergessen ließ.

»Schließen Sie die Augen, liebe Anett, besinnen Sie sich auf Ihren Atem, und atmen Sie Frieden ein und Liebe aus. Ganz ruhig, Frieden einatmen, Liebe ausatmen. Umhüllen Sie Ihre Mitmenschen mit einer Wolke von Liebe.«

Tatsächlich spürte Anett, wie sich ihr Herzschlag beruhigte und sich ihre Gedanken sortierten. Sollte sie dem Mönch von dem Blick des Bhante erzählen? Nein, sicherlich nicht jetzt, besser später. Und dann fiel ihr ein, weshalb sie den Mönch eigentlich ins Zentrum eingeladen hatte.

»Entschuldigung, lieber Mönch Siri, Sie wollen sicher noch den Stupa sehen?«

»Nein, das muss nicht sein.« Der Mönch bemerkte ihre Erleichterung und fügte amüsiert hinzu: »In meinem Leben habe ich schon den einen oder anderen Stupa umkreist.«

Unschlüssig sah Anett den Ehrwürdigen an, dann zu Boden, danach streifte ihr Blick über das Saphirweg-Zentrum. Das große Haus mit dem traditionellen Pagodendach wirkte wie eine Trutzburg, uneinnehmbar. Eine feste Burg, aus der sie nun verstoßen war. In ihrem linken Augenwinkel schimmerte eine Träne auf und rann über ihre Wange. Sie wischte sie nicht weg. Sich vor den Augen des Ehrwürdigen zu ihrer Trauer zu bekennen, war Anetts Abschiedsgeschenk an den Bhante.

Der Mönch spürte, dass Anetts Glaube an den Saphirweg gerade einen großen Dämpfer bekam, wenn sich nicht sogar auflöste. Er wartete und betrachtete die junge Frau, die er sehr gern mochte. Nach einiger Zeit hatte er das Gefühl, Anett sei wieder ansprechbar, und sagte: »Als sich eines Tages ein Anhänger dem Buddha zu Füßen warf und ihm blinden Gehorsam versprach, schüttelte der Erhabene sein Haupt. Denn er war dagegen, jemandem blind zu vertrauen, auch wenn andere jenen einen Meister nannten.«

Der Ehrwürdige machte eine Pause, um zu sehen, ob Anett ihm zuhörte. »Der Buddha bat den Bhikkhu aufzustehen und sprach: So sprach der Erwachte.«

Anett hätte den Mönch jetzt liebend gern umarmt, in Dankbarkeit, in Zuneigung und überhaupt. Aber natürlich ging das nicht. In ihrer Verlegenheit kam Anett die Kamerafrau gelegen, die sich behutsam dem Mönch näherte, ihr schweres Arbeitsgerät baumelte an ihrer Seite wie bei anderen Frauen die Handtasche. Sie grüßte den Mönch mit vor dem Herzen gefalteten Händen – und verneigte sich dann auch vor Anett.

Ich muss hier nicht stören, dachte Anett, erwiderte den Gruß und trat einen Schritt zur Seite.

Erst verlegen, dann sehr gezielt, kramte sie in den tiefen Taschen ihres Winterparkas und holte den Beschützerknoten hervor, löste ihre Schlüssel ab und ging noch einmal zurück zum Saphirweg-Zentrum. Neben dem Eingang hing ein Schaukasten, kunstvoll geschnitzt in Form einer Pagode. Achtsam legte Anett die rote Kordel auf die Spitze des Daches, betrachtete sie eine Weile und marschierte dann zurück zu dem Mönch, der nun wieder alleine war.

Sie versucht, sich in Würde zu trennen, dachte der Mönch und hatte große Bewunderung für Anett, die ein Heulkrampf durchschüttelte. »Niemand kann uns schützen, nur wir selbst«, sagte sie, »durch Achtsamkeit.«

Der Ehrwürdige wartete, bis seine Begleiterin sich wieder gefangen hatte.

»Wollen wir ein paar Meter gehen?«, fragte sie schließlich.

Der Mönch sah auf seine neuen Stiefel mit ihren orangefarbenen Schnürsenkeln und lachte Anett aufmunternd an. »In diesen Stiefel gehe ich mit Ihnen ans Ende der Welt.«

»Bis nach Hause wäre auch schon ein gutes Stück«, sagte Anett und lächelte.

Kapitel 22

Es dauerte einige Zeit, bis Ronni zumindest dämmerte, wo sie ihn hingeschleppt hatten. Er erinnerte sich, dass er einen Schlag auf den Kopf bekommen hatte; er erinnerte sich, dass er irgendwo in einem fensterlosen Raum gelegen hatte. Einen Tag? Eine Nacht? Zwei, drei Tage? Er konnte es nicht sagen. Er konnte nur feststellen, dass er jetzt an einer Wand hing. In einem Keller, in dem er schon einmal war, weil ihn ein Kumpel mit hierhergeschleppt hatte. Ja, er musste im *S & M* gelandet sein. Der Club lag am dunklen, weniger belebten Ende der Großen Freiheit, und in seinen Kellerräumen befriedigten Sadisten und Masochisten ihre Triebe. Nix für einen wie den Ronni, das hatte ihm sein Besuch damals mit dem Kumpel nur bestätigt.

Als Ronni seine Augen halbwegs aufbekam und sich an das Dämmerlicht gewöhnt hatte, wusste er, dass seine Vermutung richtig war. Vor ihm stand ein Muskelprotz mit kahlrasiertem Schädel, der sich eine Spinne übers ganze Gesicht hatte tätowieren lassen: Bully, Herr über die Prostituierten, die im *S & M* die Kundschaften auspeitschten, mit Elektroschocks behandelten, in Cellophan einwickelten oder ihnen mit Beinahe-Hinrichtungen am Galgen sonderliche Lust verschafften.

»Du schon wieder«, sagte der Hüne, und blickte auf Ronni hinab. »Habe ich dir nicht erst vor ein paar Tagen in den Arsch getreten, als du deine verfickte Nase an meinem Shelby Mustang plattgedrückt hast?« Er packte Ronni am Revers der Lederjacke. »Und jetzt klaust du dem Kanzler seinen Sohn den Ferrari?«

»Bully, komm … mach keinen Scheiß!« Ronni hauchte es kaum hörbar.

Als brächte Ronni nicht gute hundert Kilo auf die Waage, hob Bully ihn hoch und drückte ihn einen halben Meter über dem

Boden gegen die Ziegelwand des Kellers. Links und rechts traten zwei bleich geschminkte Frauen, die eine schwarzhaarig, die andere blond, in engen Lederanzügen aus dem Dunkel und stiegen auf drei, vier an die Wand gemauerte Stufen links und rechts von Ronni. Sie griffen nach zwei eisernen Manschetten, die über seinem Kopf an der Wand hingen, und schlossen sie um seine Handgelenke.

»Na, dann genieß das mal.« Bully ließ Ronni los und an der Wand Richtung Boden rutschen, bis dessen Arme völlig überstreckt waren. Trotzdem fehlten ihm noch einige Zentimeter, um mit seinen Fußspitzen den Boden zu berühren.

»Ihr könnt mich doch nicht so hängen lassen«, jammerte Ronni, dessen massiger Körper an seinen Handgelenken zerrte. »Ich hab dem Chirurgen alles gesagt, das mit dem Kellner, alles. Ich bin dem Ferrari auf der Spur. Echt.«

»Was für 'n Kellner?«, herrschte Bully ihn an und baute sich vor Ronni auf.

Ich muss ihn in ein Gespräch verwickeln, dachte Ronni, sonst lässt der mich hier verrecken. Er hatte kaum noch Kraft zum Atmen, geschweige denn zum Reden. »Der Ferrari-Schnösel, der hatte eine Blonde dabei, die arbeitet im *Alster-Café*. Ich hab das gecheckt.« Ronni blieb die Luft weg; aber Bully war immerhin auf halbem Weg zur Tür stehen geblieben.

»Und da ist ein Pickliger, ein Kellner, ein Typ wie ein Handtuch, der kennt die Blonde«, japste Ronni mit letzter Kraft, »und der Typ, der weiß, wo der Ferrari ist.« Ronni stöhnte auf, denn in seiner Verzweiflung hatte er den Fehler begangen, sich an der Wand aufzubäumen. Nun schnitten die Stahlmanschetten in die Haut an seinen Pulsadern. »Oder der Typ weiß zumindest, wo die Blonde ist, und die weiß …«

»Ach, halt's Maul«, schnauzte Bully, ging weiter zu der mit weinrotem Samt gepolsterten Tür und schickte die beiden Ledersklavinnen hinaus. Mit einem gehässigen »Gute Nacht« schaltete er das Licht aus und schloss hinter sich ab.

»Gebt mir noch ein paar Tage, dann habe ich den Wagen. Ich finde ihn! Echt!« Ronni brüllte die letzten Worte in die Dunkelheit. Er wusste, dass ihn niemand hörte. Dass ihm niemand glaubte. Und dass ihm niemand zutraute, den Wagen zu finden. Ich werde hier abkratzen, dachte Ronni, jämmerlich verrecken. Es war das erste Mal, dass er an den Tod dachte. Er wusste nicht, wie oft er bereits zusammengeschlagen worden war; aber dass er sterben könnte, war Ronni dabei nie in den Sinn gekommen – bis jetzt, hier in diesem widerlichen SM-Puff. Und das alles nur, weil er ein Herz für schnelle und teure Wagen hatte. Mit dem Gedanken, dass die Welt ungerecht und das Schicksal gemein zu ihm war, fiel er wieder zurück in die Ohnmacht.

Als Ronni irgendwann die Augen wieder öffnete, sehnte er sich in die Bewusstlosigkeit zurück. Er hing noch immer an der Wand, seine Arme waren taub, seine Schultern glühten vor Schmerz. Was ihm aber nicht weniger weh tat, waren die Schläge, die Bully einem Mann verpasste, der gefesselt auf einem Stuhl saß. Das Gesicht des Opfers war blutverschmiert, aber an dem blonden Wuschelkopf erkannte Ronni das Opfer: den blonden Kellner aus dem *Alster-Café,* den Verbindungsmann zur blonden Barbie.

Sie hatten seine Hinweise also ernst genommen, den Kellner wahrscheinlich auf dem Weg nach Hause abgepasst und hierher verschleppt. Und so wie er zugerichtet war, hatte er wahrscheinlich eisern geschwiegen oder zumindest nicht sofort ausgepackt.

Bully schlug dem jungen Mann, dessen Kopf schlapp auf seiner linken Schulter lag, noch einmal ins Gesicht. Dann trat er mit dem Fuß den Stuhl um, so dass der Lockenkopf auf den Boden schlug.

»Der weiß nichts, Ronni«, sagte Bully mit einem Anflug von Bedauern. »Der weiß nichts von einem Ferrari. Der hat's mit Koks, nicht mit Karren.«.

Der *S & M*-Chef trat dicht vor Ronni. »Der Blödmann dachte doch tatsächlich, du wärst ein Undercover-Bulle und seinem Kokshandel auf der Spur.« Bully fand das lustig, und als er sah, wie Ronni nun klar wurde, dass er mit dem Kellner dem Falschen auf der Spur gewesen war, lachte er sadistisch auf.

Ronni schoss der Schweiß auf die Stirn.

Als habe ihr Chef ihnen heimlich ein Zeichen gegeben, erschienen wieder die zwei bleich geschminkten Frauen, die diesmal knappe Ledertops und gürtelbreite Röcke trugen.

»Wascht die Fratze«, wies Bully sie an, »zieht ihr was Sauberes an, und dann soll einer der Jungs sie unten an der Alster ablegen.«

Völlig unbeteiligt, als hätten sie so etwas schon hundert Mal gemacht, packten die SM-Dienerinnen den regungslosen Körper an den Beinen und zogen ihn mit einer blutigen Schleifspur über die weißen Fliesen aus dem Studio.

Bully hob den Stuhl vom Boden auf und stellte ihn vor Ronni, der vorsichtig, als könne Bully jederzeit zuschlagen, seine Cowboystiefel darauf absetzte. Unsicher schaute er Bully an. Ob er ihm den Stuhl gleich wieder wegziehen würde? Nein, er konnte seine Füße wirklich abstellen. Erschöpft wie er war, rutsche Ronni ein »Danke« heraus.

»Kleine Aufmerksamkeit des Hauses«, höhnte Bully, und Ronni bereute, sich bedankt zu haben. Dank war für Bully gleichbedeutend mit Schwäche. Andererseits: So, wie er da an der Wand hing, war Ronni nun nicht gerade in einer Position der Stärke. Alles an ihm schmerzte, nur seine Arme nicht. Die spürte er gar nicht mehr.

»Meine Arme«, brüllte er. »Ihr Schweine habt mir meine Arme kaputt gemacht.«

Bully schüttelte seinen kahlen Schädel, und Ronni war nicht klar, ob er ihn damit für dumm erklären wollte oder ob es nur ein schlichtes Nein bedeutete.

»Jetzt hast du ja den Stuhl«, sagte Bully hämisch, »damit du länger durchhältst.«

Ronni sah ihn entsetzt an.

»Wir holen dich, wenn es soweit ist«, meinte Bully grinsend.

Ronni war nicht gläubig. Aber einmal, nachdem er bei einer Auseinandersetzung einen Messerstich in die Schulter abbekommen hatte, und dann, später, nach dem Steckschuss, war er rübergegangen zum Pinnasberg und hatte in der kleinen Kirche von St. Pauli eine Kerze angezündet, für die er sogar Geld in den Spendenbehälter geworfen hatte.

Und jetzt dachte Ronni ein drittes Mal daran, dass es da oben einen Gott geben müsste, einen barmherzigen, der ihm die Sache mit den zwei silbernen Altar-Kerzenhaltern vergeben würde, die nach seinem Konfirmandenunterricht verschwunden waren, und dass bei einem wirklich lieben Gott auch einer wie er noch eine Chance haben müsste. Und so murmelte Ronni ein Versprechen in die Dunkelheit: »Wenn ich hier lebend rauskomme, ändere ich mein Leben. Echt.«

Kapitel 23

Seinen alten Citroen DS holte Daniel nur selten aus der Garage. Die »Madame«, wie er die ehemalige Staatskarosse aus den Beständen des französischen Außenministeriums liebevoll nannte, hatte er vor Jahren einem Freund abgekauft, der dringend Geld brauchte. Das Mittagsmahl, zu dem Mo eingeladen hatte, bot jedoch einen würdigen Anlass, das Sammlerstück wieder einmal auszufahren, zumal die Straßen endlich schneefrei waren. Und so schaukelte Daniel die weinrote Limousine mit dem schwarzen Dach an diesem sonnigen Sonntag gut gelaunt nach Eimsbüttel. Neben ihm saß eine erwartungsfrohe Maya, mit der er am frühen Morgen in fast verliebtem Einvernehmen um die Alster gejoggt war. Im Fond, in dem sich vor über vierzig Jahren Staatssekretäre durch Paris hatten chauffieren lassen, versank ein seliger Mönch in den dicken Lederpolstern.

»In so einem luxuriösen Tuc-Tuc bin ich noch nie gefahren«, freute er sich und lachte sein ansteckendes »Hi, hi!« und »Ho, ho!«.

Weil sie auf Daniels Drängen viel zu früh aufgebrochen waren und sofort einen Parkplatz gefunden hatten, standen die drei schon kurz nach elf vor Mos Haus, einem für den eher schlichten Stadtteil ungewöhnlich herrschaftlichen Altbau. Sie hätten sogar einen verspiegelten Aufzug nehmen können, um zur Dachgeschosswohnung hochzufahren. Aber der Mönch fand, dass Treppensteigen jung halte.

Einhundertzwanzig Stufen später wusste Daniel nicht, was ihn mehr beeindruckte: dass der Ehrwürdige überhaupt nicht außer Atem war oder Mos Wohnung. Schon die beiden kindergroßen Elefanten am Eingang, von denen das Gold langsam abblätterte, zeugten von Weltläufigkeit und Geschmack, ohne protzig zu wirken. Das eine Tier hatte seinen Rüssel nach oben gestreckt, das andere hielt seinen nach unten gegen die Tür.

»Der eine soll das Glück herbeitrompeten, der andere Ärger fernhalten«, erklärte Mo einem neugieren Daniel nach der Begrüßungsumarmung.

Unter den Oberlichtern im freigelegten Dachstuhl hing eine Sammlung afrikanischer Masken, wie Daniel und Maya sie allenfalls im Hamburger Völkerkundemuseum schon mal gesehen hatten.

»Gruselig«, flüsterte Maya ihrem Liebsten zu, »ich könnte hier kein Auge zutun.«

»Alles nur Schutzmasken, die das Böse vertreiben«, beruhigte Mo, die den Kommentar offensichtlich gehört hatte.

»In jedem Fall wertvoll«, sagte Daniel, der erst kürzlich irgendwo gelesen hatte, wie hoch »Tribal Art« seit einiger Zeit gehandelt wurde.

»Es ist die Sammlung meines Vaters«, erklärte Mo, »ich würde sie für kein Geld der Welt hergeben.«

Die Mitte des Raumes bildete ein schwarzer Kochblock, dahinter stand eine sandfarbene Couchlandschaft aus Leder, gefolgt von einem großen Bett, das aus einem ähnlich dunklen Holz zu bestehen schien wie die Masken und auf einer Empore gleichsam im Raum schwebte.

»Mensch, hier könnte ich einziehen.« Ein größeres Kompliment konnte Daniel nicht machen. Im Stillen sagte er sich, dass man wohl mit Yoga gutes Geld verdienen konnte.

»Ich auch, sofort«, pflichtete ihm Maya bei, »ohne die Masken und nur als Single, für zwei wäre mir das zu offen.« Tatsächlich bot dieser riesige Raum keinerlei Rückzugsmöglichkeit, von einer Tür, die wohl zu einem Bad führte, einmal abgesehen.

»Tja«, bemerkte ein kräftig gebauter Mann mit kurzen grauen Haaren und einem gezwirbelten Kinnbart, der seinem ernsten Gesicht etwas Schräges, ja sogar Neckisches gab, »ich bin hier auch nur hin und wieder zu Gast.«

Er hatte am Herd in die Töpfe geschaut, aus denen es dampfte und blubberte, und kam den beiden nun entgegen. »Ich bin Bernhard«, stellte er sich vor, »Mos Lebensabschnittspartner.« Er küsste Maya links und rechts auf die Wange, als kenne er sie ewig, drückte Daniel fest die Hand und wandte sich dem Mönch zu.

Der Ehrwürdige hatte darauf bestanden, als Letzter einzutreten, und verneigte sich vor einer Buddha-Statue aus weißem Alabaster, die eine Wärme und Reinheit ausstrahlte, wie sie der Mönch selten erlebt hatte. Er musste aufpassen, dass er Mo um diesen Buddha nicht beneidete. Obwohl die Figur auf einem offensichtlich eigens gemauerten Podest neben dem Eingang stand, hatten der vorwärtsstürmende Daniel und die nicht minder auf die Wohnung gespannte Maya sie übersehen.

»Ayobowan, lieber Mönch«, grüßte Bernhard. Er faltete die Hände vor dem Herzen und senkte seinen Blick.

»Das ist sie«, sagte Mo und wirkte verlegen wie ein kleines Mädchen, »die späte Liebe meines Lebens.« Lachend lehnte sie ihren Kopf an Bernhards Schulter.

»Glück und Liebe mehren sich, wenn man sie mit anderen teilt«, sagte der Mönch und freute sich für Mo. Sein Blick in die Wohnung zeigte ihm, dass ihre Gastgeber noch nicht alle Vorbereitungen getroffen hatten. »Darf ich noch ein wenig meditieren?«, fragte der Ehrwürdige.

»Aber gern«, antworteten Bernhard und Mo im Duett, erleichtert über den Zeitgewinn, da sie so frühzeitig nicht mit ihrem Besuch gerechnet hatten, der ihnen aber nun zur Hand ging.

Daniel half Bernhard am Herd, und der erzählte ihm beim Rühren in den Töpfen, wie er vor bald zehn Jahren auf einer Hamburger Esoterik-Messe »Moqui Marbles« verkaufte hatte – mit Zertifikat über ihre Fundstellen, wie er betonte –, während Mo zwei Stände weiter für ihr buddhistisches Yoga warb. Und wie er sich gefreut hatte, dass sie aus ihrer USA-Zeit die Legenden um diese seltenen Heilsteine der Indianer kannte und fest daran glaubte, dass Moquis täglich gestreichelt werden müssen, weil sie zerfallen, wenn sie in dunkle Kisten oder Schubladen gelegt werden.

»Sind halt lebende Steine«, sagte Bernhard, »die Zuneigung brauchen.«

Daniel fand es sonderbar, Steinen ein eigenes Leben zuzuschreiben, Bernhard aber fand er ziemlich sympathisch.

Da Mönche ihre Mahlzeiten nicht nur schweigend einnahmen, sondern nach Möglichkeit auch allein oder zumindest etwas abseits, war ein ausgebauter Dachstuhl ohne trennende Wände höchst ungeeignet für ein Mahl mit fünf Laien und einem Ehrwürdigen. Behutsam, auch um den Mönch nicht in seiner Meditation zu stören, verrückte Mo mit Maya die Sitzlandschaft und legte eine weiße Tischdecke über einen Sekretär, der unter einem gläsernen Teil des Daches stand – schon hatte der Ehrwürdige einen separaten Essplatz mit gebührendem Abstand zu den Laien, die an dem restaurierten Refektoriumstisch vor dem Kochblock sitzen sollten.

Während die beiden Frauen umräumten, gestand Mo, dass sie bei Bernhard das erste Mal das Gefühl hatte, endlich angekommen zu sein nach vielen Jahren der Beziehungs-Odyssee mit diversen »Luftschlossarchitekten«, wie sie es nannte. Nun aber verlaufe ihr Leben in einer Ausgeglichenheit, die sie früher als langweilig bespöttelt habe, inzwischen aber genieße.

Ob das an ihrem buddhistischen Yoga liege?, wollte Maya wissen.

Ja, vielleicht, meinte Mo; vor allem aber sei sie dankbar, dass in Bernhards Brust zwei Seelen wohnten: die eines geerdeten Kaufmanns, auf den Verlass sei, aber auch die eines Suchenden, der schon vor ihrer gemeinsamen Zeit Yoga praktiziert und mit Mönchen meditiert habe.

Bernhard hatte sich einen der freischwingenden Stühle geschnappt und plazierte ihn vor dem eingedeckten Sekretär. Er entfaltete ein weißes Tuch und legte es über die geflochtene Sitzfläche, die Rückenlehne und die beiden Armlehnen des Freischwingers.

»Wozu soll das gut sein?«, fragte Daniel.

»Ich ›bereite‹ den Stuhl«, erklärte Bernhard. »Das Tuch steht für die Reinheit, damit ein Ehrwürdiger Platz nehmen kann.«

»Ach, du meine Güte«, entfuhr es Maya, »bei uns zu Hause sitzt der Mönch auf einem ganz ordinären Stuhl.«

»Das ist auch kein Drama«, beruhigte sie Bernhard, »selbst in dem strengen Waldkloster, in dem ich mal war, haben wir Laien die Sitzplätze für die Mönche nur zu besonderen Gelegenheiten so hergerichtet. Und unser heutiges Essen ist so eine besondere Gelegenheit.«

Daniel wollte eigentlich nachfragen, in welchem Wald Bernhard denn welches Kloster besucht hatte, aber in dem Moment klingelte es, und Bernhard eilte zur Sprechanlage, um Anett ins Haus zu lassen. Nahezu zeitgleich erhob sich der Mönch von seiner stillen Meditation vor der Buddha-Statue und freute sich, dass auch Anett noch gekommen war. Sie begrüßte den Mönch und hielt Mo mit einem »Lieben Dank für die Einladung« ein samtbezogenes Kästchen hin.

»Lotusblüten-Samen«, erklärte sie, »zum Selberzüchten. Ist ganz einfach, am besten in einem Mörtelkübel.« Dankbar schloss Mo ihre eifrigste Yoga-Schülerin in die Arme.

Maya, aber auch Daniel sahen sich betreten an, waren sie doch mit leeren Händen gekommen. Während Daniel noch in Gedanken an einer Erklärung oder zumindest Entschuldigung bastelte, sagte der Mönch: »Danke für den so wunderbar hergerichteten Platz«, und setzte sich.

Weil Mönche sich nicht von Frauen bedienen lassen dürfen, servierte Bernhard dem Ehrwürdigen, wie er es aus dem Waldkloster kannte: Jede Speise füllte er in eine kleine vorgewärmte Schale, trat mit jeder einzeln von der Seite an den Tisch, hielt die Schale leicht geneigt und sagte: »Es ist für euch bereitet, Ehrwürdiger.« Mit einer Verneigung setzte er sie dann auf dem Tisch ab.

Sie meinen es gut, dachte der Ehrwürdige und schickte ein wohlwollendes Lächeln in die Laienrunde.

Sie meinen es zu gut, dachte er, als er sah, was seine Gastgeber alles auftischten: Linsensuppe, Möhrensuppe, Reis – geschält wie ungeschält – und Kartoffeln – gepellt und ungepellt. Ferner alles, was die Vier Landen vor den Toren Hamburgs an frischem Gemüse zu bieten hatten, von Butterrüben bis Wirsingkohl.

Der Ehrwürdige wartete, bis alle Schalen vor ihm ausgerichtet waren, und bedeutete Bernhard, nun auch die anderen zu bedienen. Das war zwar ein Verstoß gegen die Regel, dass Laien erst essen dürfen, wenn die Mönche ihr Mahl beendet haben, aber der Ehrwürdige fand es unhöflich und damit geradezu unbuddhistisch, seine Gastgeber so lange warten zu lassen.

Während Bernhard am großen Tisch auftrug, amüsierte den Ehrwürdigen, der mit dem Rücken zum Refektoriumstisch saß, wie wichtig alle das Zeremonielle nahmen, wie sie zu ihm herüberstarrten und auf eine Geste von ihm warteten. Niemand wird das Besteck anrühren, dachte der Mönch, solange ich nicht wenigstens ein Korn Reis zu mir genommen habe.

Am Tisch wiederum ruhten alle Blicke auf Daniel, der am Kopfende Platz genommen hatte und von dort am besten sehen konnte, was der Mönch machte. Als der Ehrwürdige die Hände vor dem Herzen faltete, wohl um für die Speisen zu danken, faltete auch er die Hände und dankte im Stillen für die Mahlzeit. Die anderen taten es ihm gleich.

Dann streckte der Mönch die rechte Hand aus und hielt sie über die dampfende Schale mit dem ungeschälten Reis. Diese Geste kannte selbst Bernhard nicht, aber nach einem kurzen Moment des Zögerns streckte auch er seine rechte Hand aus und hielt sie über die Schale mit dem ungeschälten Reis. So machten es auch die anderen.

Nun wanderte die Hand des Mönchs hinüber zur nächsten Reisschale. Auch Daniel hielt seine Hand über die Schale mit dem geschälten Reis. Außer Anett taten es alle anderen dem Mönch gleich – bis sie in höchster Achtsamkeit alle Schalen berührt hatten, wobei es nicht ganz vermeidbar war, dass sich mitunter zwei Hände über einer Schale berührten.

Der Mönch führte die Hände wieder vor dem Herzen zusammen,

verneigte sich vor den Speisen und begann zu essen. Kleine Happen, die er langsam kaute. So machten es denn auch alle anderen. Auch Anett. Und dem Mönch war, als hörte er besonders Daniel seufzen, weil ihm an Beherrschung und Achtsamkeit fehlte, was er an Gier zu viel hatte. Und weil er vermutlich auf die Uhr sah und merkte, dass es bald zwölf und das Mahl beendet sein würde. Ja, dachte der Mönch, Daniel stand erst am Anfang eines langen Weges.

Der Ehrwürdige brauchte keine Uhr, um zu wissen, wann die Zeit des Fastens begann. Er musste auch nicht stopfen, um satt zu werden. Er nahm von jeder Schale nur ein wenig und hatte dennoch so viel gegessen wie zuletzt auf der Hochzeit von Maya und Daniel, als die beiden das halbe Dorf verköstigt hatten.

»Es war ganz vorzüglich«, sagte der Mönch in die Stille hinein und freute sich, dass ihm das schöne Wort »vorzüglich« wieder eingefallen war. Nach fast einer Dreiviertelstunde des Schweigens war der Satz wie ein Dammbruch. Alle sahen Anett an und wollten wissen, warum sie nicht ihre Hand über die Speisen gehalten hatte.

Anett war still, und man merkte ihr an, dass sie mit ihrer Antwort kämpfte.

»Bitte, lieber Mönch Siri«, fragte sie schließlich, »diese Geste, die war doch nichts Buddhistisches, oder?«

Der Mönch sah sie an, und Anett las aus seinem Blick heraus, dass er sehr zufrieden mit ihr war.

»Nein, liebe Anett, das war kein Ritual. Es gab keinen Grund, es mir gleich zu tun.«

»Das verstehe ich jetzt nicht«, meinte Daniel, und er konnte eine gewisse Ungehaltenheit in der Stimme nicht unterdrücken.

Der Mönch schaute Anett aufmunternd an. Sie trank noch einen Schluck grünen Tee: »Als sich mal jemand dem Buddha vor die Füße warf und versprach, ihm bedingungslos zu folgen, schüttelte der Erleuchtete …«, Anett sah den Mönch entschuldigend an und fuhr dann fort, »… schüttelte der Erwachte sein Haupt und sagte: ›Niemand soll irgendeinem Meister blind vertrauen.‹«

»Also, lieber Daniel«, sagte der Mönch, um die Bedrückung im Raum aufzuheben, »wenn Sie das nächste Mal einen Mönch sehen und der tunkt seine Finger in die Suppe, um zu überprüfen, ob sie noch zu heiß ist, dann soll der sich allein die Finger verbrennen.« Weil der Mönch dazu auch noch kurz auflachte, »Hi, hi!«, musste selbst Daniel mitlachen.

»Es tut mir leid.« Er schüttelte den Kopf über sich selbst. »Ich wollte es nur rechtmachen.«

»Grämen Sie sich nicht, lieber Daniel«, riet der Mönch, »Sie stehen nicht allein, nicht wahr, Anett?«

Anett atmete leise durch, fast war es ein Seufzen, doch dann erzählte sie vom Bhante und von dessen Lama und dem »blinden Eifer« der Jünger, der zur »Anbetung falscher Meister« führe.

Daniel wollte nachfragen, ob Anett den Bhante meinte oder die Verwechselung von Mönch Siri mit dem Mönch aus dem Gefolge des Bhante. Aber dann merkte er gerade noch rechtzeitig, dass Ironie wohl fehl am Platze war. Außerdem erzählte Anett im nächsten Moment schon von der »Begegnung mit dieser blonden, fast weißhaarigen Kamerafrau von Hamburg First«.

»Verena?«, fragte Daniel verwundert nach. »Was wollte die denn da?«

»Sie war für das Stupa-Fest gekommen«, erklärte Anett, »wurde aber vom Bhante rausgeworfen und hat spontan einen ›Aufsager‹ mit Mönch Siri gemacht. Damit war sie dann sehr zufrieden.«

»Womit, mit was war sie zufrieden?« Daniel hob regelrecht vom Sitz ab.

»Mit der Wetteransage des Mönchs.«

Daniel glaubte, sich verhört zu haben. Machte der Mönch jetzt seinen Job? Sollten jetzt irgendwelche Amateure das Wetter ansagen? Versuchten Gomez oder gar Kruse den Konflikt zu eskalieren?

»Das geht gegen mich.« Daniel schlug mit der Faust auf den Tisch, und alle sahen ihn verständnislos an. »Entschuldigung, aber das ist eine bodenlose Sauerei.« Daniel sagte es lauter als gewollt.

»Lieber Daniel, bitte«, mahnte der Mönch. »Versuchen Sie, Frieden einzuatmen und Liebe auszuatmen.«

»Einen Scheiß werde ich«, sagte Daniel, der gar nicht richtig zugehört hatte, vom Tisch aufgestanden war und in der Garderobe sein Jackett suchte. Er musste Verena anrufen. Was Anett erzählt hatte, konnte er nicht so stehen lassen.

Maya wusste, dass es keinen Sinn hatte, Daniel hinterherzugehen. Beschwichtigungen regten ihn eher noch mehr auf. Wispernd klärte sie Mo, Bernhard und Anett über Daniels Ärger im Sender auf, über seinen Frust mit einem Kollegen namens Gommez und einem neuen Chef, der Kruse hieß. Der Mönch aber ging Daniel hinterher.

Und dann geschah im Windfang an der Wohnungstür, wo die Garderobe den anderen die Sicht nahm, etwas höchst Seltsames. Daniel hatte die Nummer von Verena eingegeben, das Smartphone wählte schon, als der Mönch neben ihn trat und ihm in die Augen sah.

Unwirsch wollte Daniel sich abwenden. Er musste jetzt Verena Bescheid sagen. Was fiel der ein, mit seinem Mönch einen Clip zu drehen?

In diesem Moment aber legte der Mönch seine Hand auf Daniels Arm. Ganz leicht, vielleicht sogar nur die Fingerspitzen. Noch nie zuvor hatte der Mönch ihn berührt.

Für den Ehrwürdigen war es die erste Berührung eines Menschen, seit er sich vor seinem Abflug von Ananda verabschiedet hatte. Und das war nun auch schon über zwei Wochen her. Aber Ananda war ein Kind, war wie ein Enkel für den Mönch.

»Ja, bitte?« Daniel wandte sich dem Mönch wieder vollends zu, als sei nichts geschehen.

Der Mönch sah Daniel weiter an. Und Daniel drückte fast unbewusst den Anruf weg, obwohl aus dem Apparat Verena zu hören war: »Hallo? Daniel? Bist du das? Rufst du mich gerade an?«

»Bitte, Daniel, schließen Sie die Augen, und atmen Sie Frieden ein und Liebe aus.«

Und Daniel schloss die Augen und atmete ein, ganz langsam, und atmete aus, ebenso langsam.

Der Mönch kehrte an den Tisch zurück, und wenig später folgte auch Daniel. Er setzte sich und trank einen Schluck Tee. Als er die gebannten Blicke der anderen bemerkte, sagte er, für Maya überraschend gefasst: »Ich werde morgen in den Sender fahren und mit Verena reden. Mögen Sie mich begleiten, lieber Mönch?«

»Sehr gern, lieber Daniel«, antwortete der Mönch. Er blickte in die etwas betretene Runde, erhob sich und deutete in Richtung des Buddha am Eingang: »Wollen wir noch gemeinsam meditieren? Und dann aufbrechen?«

Es waren nur ein paar Schritte, und dennoch wirkte es wie ein Entenmarsch, als die fünf dem Ehrwürdigen zu dem Buddha folgten. Hätten sie einander an die Schulter gefasst, sie hätten eine gute Polonaise abgegeben. Allerdings wäre dann auch mehr aufgefallen, dass Mo nicht Schritt halten konnte, weil diese Krämpfe sie wieder erwischt hatten, die diesmal schon zu Anfang schmerzhafter waren als je zuvor.

Dennoch nötigte sich auch Mo in den Lotussitz, schloss die Augen und hoffte, dass niemand sah, wie sie gegen die Krämpfe ankämpfte.

Aber natürlich war Bernhard nicht entgangen, welcher Schmerzschub seine Liebste gerade überkam. Sie war in der vergangenen Nacht schon von Krämpfen heimgesucht worden, deshalb hatten sie beide in den Morgen hineingedämmert, um ein wenig Schlaf nachzuholen. Daher war es mit ihren Vorbereitungen des Mönchsbesuches auch etwas eng geworden.

Während die Meditation Mo leichte Linderung verschaffte, schweiften Bernhards Gedanken immer wieder ab, zermarterte er sich mit Selbstvorwürfen. Denn in der Nacht war es auch zu einer ihrer seltenen Streitigkeiten gekommen, weil Bernhard den Notarzt rufen wollte und Mo ihm ein absolutes »Nein!« entgegengeschleudert hatte. Und natürlich führte Mo in der Nacht wieder das Schicksal ihrer Freundin Lisa an. Die hatte in ihrer Brust kleine Knoten ertastet und war von Mo darin bestärkt worden, nicht zur Mammographie zu gehen. Das sei ein »Freifahrtschein für die Amputation«, hatte Mo behauptet. Als sich die Knoten bei Lisa nach einer Ernährungsumstellung tatsächlich aufgelöst hatten, hatte Mo zu Bernhard nur »Siehst du!« gemeint, und er hatte sich geschlagen gegeben. Auf immer. Auch in der vergangenen Nacht.

Aber jetzt? Wäre es jetzt nicht besser, Mos Meinung zu ignorieren, in ihrem eigenen Interesse? War es nicht absurd, Magenkrämpfe mit Meditation kurieren zu wollen?

Auch dem Mönch war nicht entgangen, dass Mo litt. Aber ihm war auch nicht die Achtsamkeit entgangen, die Bernhard seiner Partnerin schenkte. Mo war in guten Händen, dachte der Mönch und begann eine kleine Rezitation. Er sprach noch leiser und ruhiger als sonst. Im Stillen schickte er sein ganzes Mitgefühl der leidenden Mo, um deren Gesundheit, um deren Leben er fürchtete.

Ein Stöhnen, schmerzbehaftet und unheilvoll, riss alle aus ihrer Meditation und Bernhard aus seinen Gewissensnöten. Er brauchte gar nicht zu sehen, wie Mo sich neben ihm krümmte. Er ergriff ihre Hand, sagte: »Ruhig, Mo, ganz ruhig, alles wird gut«, dabei sah er zu Daniel hinüber, der auf seinem Smartphone bereits den Notruf wählte.

Kapitel 24

»Aha, der Herr Mönch, wie schön, dass Sie überhaupt noch den Gedankenaustausch suchen.«

Im ersten Moment glaubte der Ehrwürdige, er hätte sich verhört. Seit wann siezte ihn der Buddha?

»Erhabener, warum sprecht Ihr mich an, als sei ich ein Fremder?«

»Weil mir mein Bhikkhu fremd geworden ist.«

Den Mönch beschlich eine gewisse Unbehaglichkeit. »Erhabener, ich wüsste nicht, womit ich den Verlust Eurer Güte verdient hätte.«

»Brauchst du meine Güte noch, jetzt, da du dich als Lama feiern lässt?«

»Ihr seid ungerecht, Erhabener. Diesen Tadel habe ich nicht verdient.« Die Bemerkung war dem Ehrwürdigen so herausgerutscht. Er hatte für einen Moment vergessen, dass er mit dem Erwachten sprach.

Es war ein prächtiger Buddha, vor dem der Mönch im Dhamma-Zimmer der Fichtestraße saß – so groß, dass er für jeden Garten, ja für jeden Park, eine Zierde gewesen wäre. Die Figur stand auf einer altarartigen Erhöhung aus Apfelsinenkisten, über die liebevoll ein Tuch in hellem Orange gelegt war und um die im Halbkreis handtellergroße Teelichter brannten. In seiner grellorangen Robe, mit seinem rosigen Gesicht, den wachen Augen sowie seinem breiten Lachen strahlte der Buddha sogar im flackernden Kerzenschein eine raumfüllende Heiterkeit und Güte aus – allerdings nicht für den Mönch Siri.

Je länger der Ehrwürdige den Buddha anschaute, desto schmallippiger erschien er ihm, desto ernster wirkte dessen Blick. Schmerzlich wurde dem Bhikkhu Siri bewusst, dass heute Abend im inneren Dialog ein strenger Buddha zu ihm sprechen würde.

»Verzeiht mir meine unbedachten Worte«, bat der Mönch den Erwachten, »ich bin sicher, Eure Kritik war nicht unbegründet.«

Im Gesicht Buddhas konnte der Mönch keine Regung erkennen.

»Wie war das, als sich die Bhikkhuni vor dir in den Schnee warf?«, fragte der Buddha. »War mein Bhikkhu da frei von Gefühlen? Als ihm eine ganze Dhamma-Halle zu Füßen saß? Was hat der Bhikkhu Siri da empfunden? Etwa Stolz?«

Der Erhabene schwieg. Aber der Mönch spürte, dass die Lektion noch nicht beendet war.

»Und brauchte der Bhikkhu wirklich diesen ›Hand-über-die-Speisen‹-Auftritt beim Mittagsmahl? Musste er so tadelnd mit den Laien sprechen? Hatten die Guten das verdient?«

Betreten senkte der Mönch sein Haupt. Was sollte er sonst auch tun? Konnte er deutlicher zeigen, dass er gefehlt hatte?

»Mein Bhikkhu«, sagte der Buddha mit seiner jetzt weicheren Stimme, »wie heißen die fünf Geistesgifte? Was müssen wir überwinden auf dem Weg zur Weisheit?«

Erleichterung erfasste den Mönch, denn natürlich kannte er die Antwort.

»Es sind: Ignoranz und Unwissenheit, zudem Zorn, Wut, Hass oder auch Widerwille. Das dritte Geistesgift ist Begierde und das Festhalten an Altem; dann Neid sowie Eifersucht. Ferner überwinden sollten wir auch Stolz und Überheblichkeit.«

»Das hast du gut aufgezählt, Bhikkhu Siri. Ich hatte daran keinen Zweifel …«

»… aber es gilt, diese Störungen nicht nur aufzuzählen, sondern sie auch zu überwinden«, führte der Mönch fort – und schwieg betreten. Er merkte, wie er auf seiner Lippe kaute. Erst auf der oberen, dann auf der unteren. Das hatte er lange nicht mehr getan. Dann sagte er: »Und ich habe sie nicht überwunden.« Der Mönch ließ die Schultern hängen, fühlte sich kraftlos und matt.

»Ach, Erhabener«, sagte er dann, und er musste achtgeben, dass seine Stimme nicht so wehleidig klang, wie ihm eigentlich zumute war, »ich bin dem Erwachen ferner denn je. Wenn ich eines Bhikkhus nicht mehr würdig bin, so nehmt mir meine Robe.«

»Bhikkhu Siri, nun werdet nicht närrisch. Ihr seid mein bester Mann – hier in Hamburg und weit darüber hinaus.«

Der Mönch sah zu dem Buddha auf.

»Geh deinen Weg, mein Bhikkhu«, sprach der Erwachte, »aber sei achtsam, hier und jetzt.«

»Danke, Erhabener.« Der Mönch lächelte den Erhabenen an und hatte das Gefühl, der Buddha lächelte zurück. Aber vielleicht, dachte er, vielleicht lächelte der Erwachte auch jemand anderen an?

Denn der Mönch saß nicht allein vor dem Buddha. Im Lotussitz, wenn auch weniger geübt und daher etwas unruhiger, saßen hinter dem Ehrwürdigen Mönch noch Maya und Daniel sowie Anett. Und dann saß da auch noch die Korbanek, die den Buddha anschaute wie ein verliebtes Mädchen. Für sie war das *ihr* Buddha, vor dem sich alle versammelt hatten. Jedenfalls wäre es ohne sie wohl kaum zu dieser gemeinsamen Meditation gekommen und ganz bestimmt nicht vor diesem beeindruckenden Buddha.

Einer Eingebung folgend, hatte sich die Korbanek nämlich gestern hinter das Steuer ihres Fleischereiwagens geklemmt und war den ganzen Tag durch die Stadt gefahren, auf der Suche nach einem Buddha, der gut in das Dhamma-Zimmer passen würde. In einem Gartencenter am Stadtrand hatte sie dann kurz vor Geschäftsschluss jener lebensfrohe Buddha angelächelt.

»Als wären wir füreinander bestimmt«, wie sie Daniel erklärte. Nach dessen Rückkehr von diesem Yoga-Brunch, zu dem man sie nicht mitgenommen hatte, »natürlich nicht«, wie sie leicht schnippisch anmerkte, hatte sie Daniel zu ihrem Lieferwagen gebeten, um ihm die Gipsfigur zu zeigen, die sie am Tag zuvor gekauft hatte.

Tatsächlich gefiel der Buddha auch allen anderen, und so hatte der Mönch die Figur mit einer Rezitation geweiht und danach zu einer gemeinsamen Meditation eingeladen. Erst atmeten alle Frieden ein und Liebe aus, aber dann schweiften doch alle ab.

Maya hatte immer wieder Mo vor Augen, wie sie auf den Fliesen ihre Wohnung lag, sich krümmte und stöhnte und dann ganz still liegen blieb. Wie tot.

Was würde von Mo bleiben, wenn sie wirklich sterben sollte? Ihr Yoga-Studio? Es würde in andere Hände übergehen. Vielleicht würde der nächste Mieter das Loft zum Fotoatelier umbauen oder ein Sonnenstudio reinsetzen. Warum hatte Mo eigentlich keine Kinder? Garantierten Kinder ihren Eltern nicht die Unsterblichkeit, irgendwie? Und was würde von ihr selbst einmal bleiben? Was war mit ihrem eigenen Kinderwunsch?

Maya dachte an die Geschichte der Nonne Kisa Gotami, die ihr der Mönch erzählt hatte. Der Traum vom Kind brannte noch immer in ihr.

»Nur wer loslässt, hat beide Hände frei«, hatte der Mönch gesagt. Maya schmeckte das Salz ihrer eigenen Tränen. Sie öffnete die Augen und schaute zu dem Buddha. Er sah sie an, und je länger er sie anblickte, desto fester glaubte Maya, dass der Erwachte mit ihr fühlte.

Viermal konnte Daniel Frieden einatmen, aber schon nach dem dritten Ausatmen war er beim Gegenteil von Liebe. Er war wieder da, wohin er seit Monaten immer wieder zurückkehrte. In den Abgründen seiner Seele. Daniel öffnete die Augen und sah, dass seine Hände nicht entspannt auf den Knien lagen. Er hatte sie zu Fäusten geballt.

Ich muss raus aus diesem Sender, dachte er, sonst gehe ich vor die Hunde. Wenn Mo jetzt sterben sollte, und aus irgendeinem Grunde war Daniel sicher, dass Mo nicht wieder gesund werden würde, dann hatte sie immerhin fünfzig Jahre lang ein gutes Leben geführt. Gereist, gekifft, gevögelt. Sie hatte ihr Ding gemacht. Und wenn er jetzt abkratzen würde? Worauf könnte er zurückblicken? Auf beschissene Jahre als Wetterclown. Daniel blickte den Buddha an. Konnte er ihn nicht retten? Daniel ließ den Buddha nicht aus den Augen. Es war ihm, als sähe er ein Nicken. Seufzend schloss Daniel die Augen und versuchte, sich wieder auf seinen Atem zu konzentrieren.

Was der Bhante wohl seinen Anhängern erklärte hatte, nachdem Mönch Siri gegangen war? Und der Lama? Musste er nicht enttäuscht sein, dass seine Gemeinde Mönch Siri mit ihm verwechselt hatte? Anetts Gedanken kreisten um das Stupa-Fest und ihre Enttäuschung über den Bhante. Sie konnte diesen kalten, vernichtenden Blick nicht vergessen. Sie sah den Buddha an, der mit den Schultern zu zucken schien, voller Gleichmut und Nachsicht für den Bhante, und ihr kam eine Frage in den Sinn, die der Buddha einmal seinen Bhikkhus gestellt hatte: »Wie viele heilige Worte du auch liest, wie viele du auch sprichst, was werden sie Gutes tun, wenn du nicht nach ihnen lebst?« Der Bhante mochte tausendmal mehr Bücher gelesen haben als sie und Buddhas Leben besser kennen als alle Menschen im Saphirweg-Zentrum zusammen – aber ein Erleuchteter, oder besser: ein Erwachter war er nicht.

Anett sah den Buddha an und bedankte sich, dass er sie an diese Frage erinnert hatte. Und dann überlegte sie sich, wann sie vielleicht am besten Mo besuchen könnte, und ob Maya oder Daniel wohl wüssten, wo sie Bernhard erreichen könnte.

Die Erste, die sich erhob, war die Korbanek. Nach einigen Atemzügen war sie unruhig geworden, ohne zu wissen, warum eigentlich. Sie hatte den Buddha angeschaut und um eine Antwort auf ihre Frage gebeten – sofern man eine Gipsfigur um so etwas bitten konnte. Natürlich hatte der Buddha geschwiegen. Aber die Korbanek hatte nicht lockergelassen und ihn weiter angeschaut. So einfach kam bei ihr keiner davon, auch der Buddha nicht. Sie hatte ihm in die Augen geschaut, hatte sich ihn genau angesehen, sich sogar ein wenig zur Seite gelehnt, erst nach rechts, dann nach links, auf der Suche nach einer Erklärung für ihre Unruhe. Und dann war ihr Blick an den buschigen Augenbrauen des Buddha hängengeblieben. Und sie wusste, was sie irritiert hatte: Der Buddha hatte buschige Brauen wie Ecke. Das war ja wohl die natürlichste Sache der Welt, dass man nicht in Ruhe meditieren konnte, wenn einen der Buddha vor der Nase an einen Obdachlosen erinnerte. Andererseits war der Buddha ja auch einer, der nichts besessen hatte.

Die Korbanek fand ihre Gedankensprünge von dem Buddha zu Ecke und wieder zurück höchst seltsam, aber sie kam nicht dazu, länger darüber nachzudenken, denn ihr fiel auch noch ihr Alter ein, der zum *Tatort* seine Wurstbrote geschmiert bekommen wollte. Sie faltete die Hände vor dem Herzen und verneigte sich vor dem Buddha. Als sie sich behutsam erhob und noch einmal zu dem Buddha blickte, glaubte sie für einen Moment, der Erwachte habe sie angesehen – und dabei seine Augenbrauen gehoben.

Kapitel 25

Das Ungeheuerliche war vor vielen Jahren geschehen. Es hätte Ecke beinahe selbst das Leben gekostet. Aber er war davongekommen, schwer gezeichnet hatte er seine Haut gerettet, zumindest einen Teil. Er selbst wusste nicht mehr, was geschehen war. Sie mussten es ihm erzählen, nachdem er irgendwann wieder ansprechbar gewesen war. Er hörte, was sie ihm sagten, aber die Informationen erreichten ihn emotional nicht. Sie hätten ihm das Telefonbuch vorlesen können. Seine Seele war taub geworden. Totale Depersonalisation. Er wusste nicht, wer er war, woher er kam – und wusste auch nicht, was er wollte. Das schreckliche Ereignis hatte seine Familie ausgelöscht und auch ihn – obwohl er, medizinisch gesehen, noch lebte.

Die Ärzte sagten ihm seinen Namen; sie erzählten ihm aus seiner Biographie. Aber für ihn war es, als erzählten sie ihm irgendetwas über irgendwen. Manche feierten ihre Rettung vor dem scheinbar sicheren Tod als Wiedergeburt. Er war eine Totgeburt.

Er war einfach nur unterwegs, seit er irgendwann vom Krankenbett aufgestanden war, sich angezogen hatte und hinausgegangen war aus dem Klinikum, in dem er viele Wochen, wenn nicht gar viele Monate verbracht hatte. Oder waren es Jahre? Er hatte niemanden fragen können. Es ergab schon auf seltsame Weise Sinn, dass er nicht nur seine Vergangenheit, sondern auch seine Stimme verloren hatte. Ein Krächzen, ein Gurgeln, ein Aufheulen – mehr brachte er nicht heraus.

In den ersten Wochen hatte er mit Gebäuden oder geschlossenen Räumen noch keinerlei Probleme gehabt. Von dem Geld, das er in seinem Jackett gefunden hatte, konnte er sich das Nötigste kaufen und war ohne Scheu in Kaufhäuser und Supermärkte gegangen. Aber dann beschlichen ihn diese Beklemmungen, wenn er sich abends in einer U-Bahn-Station auf eine Bank legte. Dann konnte er nicht mehr die Treppen hinuntersteigen; schließlich bekam er schon Panik, wenn er sich nur irgendeinem Eingang näherte. Selbst die ihm so vertraut gewordene Obdachlosenunterkunft konnte er nicht mehr betreten. So war er tatsächlich gezwungen, ein Leben unter Brücken und auf der Straße zu führen.

Irgendwann hatte ihn der Strom der Heimatlosigkeit ins Grindel-Viertel gespült. Und er war geblieben, warum auch immer. Seither stand er tagein, tagaus an der Ecke zwischen Supermarkt und Coffee-Shop. So war der Mann mit dem schwarzen dichten Bart und dem dunklen verfilzten Hut zu »Ecke« geworden, der bei Wind und Wetter an seinem Platz stand und auf Almosen wartete – bis der Mönch gekommen war, dem Ecke seither nachlief.

Was unser Leben bestimmte, so hatte der Erwachte gelehrt, war »Karma«, die Tat und ihre Folgen, denn für den Buddha war alles Geschehen die Folge von etwas anderem, und alles hing mit allem zusammen.

Aus buddhistischer Sicht war es also kein Zufall, dass die Korbanek just in jenem Moment auf den Balkon trat.

»Moin«, rief sie dem Mann mit dem Hut über die Hecke ihres Vorgartens zu und hoffte, dass er in ihre Richtung schauen würde, denn hören konnte er ja.

Die energische Stimme ließ Ecke zusammenzucken, zumal er niemanden sah. Erst auf den zweiten Blick entdeckte er den Kopf der Korbanek über irgendetwas Grünem, das den kleinen Garten der Parterrewohnung vor den Blicken der Passanten schützte. Mit einem gurgelnden Laut, der statt eines »Moin, Moin!« aus seiner Kehle kam, nickte er zu der Frau herüber.

Stimmt, dachte die Korbanek, als sie Ecke ins Gesicht sehen konnte, der Mann hatte tatsächlich Augenbrauen wie der Buddha im Dhamma-Zimmer: An der einen Seite waren sie buschig und berührten sich fast an der Nasenwurzel, an der anderen liefen sie mit einem kessen Schwung in die Stirn.

Der Buddha-Figur im Dhamma-Zimmer gaben diese Brauen etwas Verschmitztes im Gesicht von Ecke hingegen wirkten sie diabolisch, was aber auch mehr an dessen schwarzem Vollbart liegen mochte.

Wie dieser Rübezahl wohl aussah, wenn er sich mal rasieren würde?, fragte sich die Korbanek, während Ecke langsam auf sie zuging. Als nur noch die Hecke und der handtuchschmale Vorgarten sie trennten, sah die Korbanek auch wieder diesen warmen, weichen Blick, der sie schon bei ihrer ersten bewussten Begegnung vor dem Michel irritiert hatte. Diese warmen Augen, die nicht zu dem düsteren Vollbart, dem dunklen verfilzten Hut und dem gänzlich in Schwarz gekleideten Mann passten.

»Wollen Sie nicht mal raus aus den Klamotten?« Eigentlich hatte die Korbanek das nur denken wollen, aber dann war ihr die Frage so rausgerutscht. »Und rasieren könnten Sie sich auch mal«, fügte sie hinzu, als wäre sie nicht schon bei der ersten Frage puterrot geworden. Was geht dich dieser Kerl an?, schoss es ihr durch den Kopf. Lass den armen Mann in Frieden!

Aber hatte der Mönch nicht gesagt, dass der Buddha allen Menschen offen und freundlich begegnet war und dass es weniger Elend auf der Welt geben würde, wenn sich alle Menschen mehr in dieser »Zugewandtheit« übten?

Ecke sah die Frau an, die da in einem etwas ausgeleierten grünen Rollkragenpullover auf ihrer Terrasse stand, und wusste nicht, was er von ihr zu halten hatte. So oft es ging, nahmen Kumpel seine Sachen mit zum Obdachlosenheim und ließen sie waschen. Früher hatte er sich auch selbst dort gewaschen und rasiert. Aber jetzt, mit seiner Panik, wie konnte er sich da waschen?

Er zuckte mit den Schultern und wandte sich ab.

»Herr … Herr … guter Mann, warten Sie doch!« Es war die Korbanek, die hinter ihm herrief.

Ecke ging schneller. Wozu sollte er warten? Worauf? Warum?

»Ich habe eine Lösung!« Die Korbanek schrie den Satz über die Straße hinweg. »Kommen Sie doch wieder her. Bitte!«

Bitte? Ecke überlegte, wann er das Wort zuletzt gehört hatte. In der ersten Begegnung mit dem Mönch?

Er kommt zurück, dachte die Korbanek, als Ecke wieder an der Hecke stand und zu ihr hochsah.

»Laufen Sie jetzt nicht weg«, sagte die Korbanek. »Auch wenn es dauert, bleiben Sie stehen. Ja? Bitte?« Sie flüsterte fast, und ihre Stimme klang nun viel freundlicher, geradezu einladend. Sie zwinkerte Ecke zu, drehte sich um und verschwand in ihrer Wohnung.

Es dauerte einige Zeit, und Ecke war kurz davor, doch zu gehen, als die Haustür aufging und die Korbanek mit zwei großen Tüten die Stufen hinunterging.

»Entschuldigung – hat länger gedauert, als ich dachte«, sagte sie, schritt an der Hecke entlang, bis sie fast mit dem Gesicht in den Nadeln der Eibe stand, und winkte Ecke dann mit einem schelmischen Lachen zu sich.

Die Korbanek öffnete ein Tor, das Ecke im Grün der dichten Eibenhecke zunächst gar nicht gesehen hatte, und bedeutet ihm, ihr in den Garten zu folgen.

Mit vorsichtigen Schritten ging Ecke durch die Öffnung und stand in dem kleinen Vorgarten, wo ihm die Korbanek eine weiße Tüte hinhielt, auf der ihn ein Schwein angrinste und auf der *Fleischerei Fachbedarf Tucht* stand.

»Da sind Sachen drin«, erklärte sie, »die mein Alter nicht mehr anzieht. Können Sie hier wechseln. In den Garten kann keiner reinsehen.« Als sie Eckes verdutztes Gesicht sah, lachte sie ihn an, und für einen Moment ahnte man, dass die Korbanek früher vielleicht sogar mal eine lebenslustige Frau gewesen sein mochte. »Ich guck Ihnen schon nichts weg.« Sie nickte zu ihrer Wohnung hoch. »Ich gehe solange rein.«

Sie machte eine Pause und wartete auf eine Reaktion. Aber was sollte Ecke dazu sagen, selbst wenn er hätte sprechen können? Immerhin glaubte die Korbanek, hinter dem Vollbart ein Lächeln zu sehen. Die Augen dieses Rübezahls schienen ohnehin stets zu lächeln.

Die Korbanek hielt die zweite Tüte hoch, holte Pinsel, Rasierschaum und Rasierer, Duschgel und zwei Handtücher daraus hervor, ein kleines und ein großes. »Hiermit können Sie sich waschen und – wenn Sie wollen – das Gebüsch aus dem Gesicht entfernen. Die alten Sachen stopfen Sie dann wieder in die Tüte, und ich entsorge die, wenn's recht ist.«

Die Korbanek stemmte ihre Fäuste in die Hüften und sah Ecke herausfordernd an. Ecke stellte beide Tüten auf den gefrorenen Rasen und schlug sich so heftig mit den Händen auf die Brust, dass die Korbanek einen Schritt zurückwich. Er zerrte an seiner schwarzen Wolljacke, rieb sich mit den Händen unter den Achseln, deutete auf die Korbanek-Wohnung, schüttelte sich, stieß einen Laut aus, der vielleicht ein »Nein!« oder »Geht nicht!« hätte bedeuten können und ließ dann abrupt die Schultern hängen.

»Ha«, sagte die Korbanek, »Sie meinen, duschen geht nur oben?« Sie klang leicht triumphierend: »Nun, warten Sie mal ab.«

Sie stieg die fünf Stufen zur Terrasse hoch, kniete sich auf den Boden und führte einen Gartenschlauch durch die Gitterstäbe, an dessen Ende eine Sonnenblume steckte, hantierte irgendwo rum, und die Blume wurde zum Duschkopf, aus dem heißes Wasser schoss.

»Ziemlich gut, stimmt's?«, fragte die Korbanek und lehnte sich stolz über das Geländer hinunter zu Ecke.

Der Mann mit dem schwarzen Hut sah sie misstrauisch an, schüttelte sich und knöpfte seine Jacke auf. Nach den ersten zwei Knöpfen blickte er wieder hoch zur Terrasse. Erleichtert stellte er fest, dass die Frau im grünen Rollkragenpullover verschwunden war. Drei Minuten später stand er unter der improvisierten Gartendusche.

Die Korbanek saß in ihrem Wohnzimmer auf dem Sofa, blickte auf das Bild mit dem röhrenden Hirsch und hörte aus dem Vorgarten Laute, die sie als »Ahs« und »Ohs« deutete, zumindest als Zeichen der Zufriedenheit. Mensch, Korbanek, sagte sie sich, während sie sich selig zurücklehnte, da hast du heute ja viel gutes Karma angesammelt.

Kapitel 26

Daniel musste an Herbert Wehner denken, als er den Sender betrat. »Wer rausgeht, der muss auch wieder reinkommen«, hatte der frühere SPD-Fraktionsvorsitzende mal zu Zeiten der Bonner Republik Abgeordneten zugerufen, die unter Protest den Bundestag verlassen hatten. Und nun, nachdem sein Hausarzt ihn nicht länger krankschreiben wollte, musste auch er wieder rein in den Sender, zurück an die Arbeit, die er nach dem Streit mit seiner Kamerafrau Verena hingeschmissen hatte.

Inzwischen wusste er, dass Verena auch gute Ideen gehabt hatte, vor allem seit ihm selbst immer weniger einfiel, in den letzten Monaten, ja, eigentlich auch schon im gesamten vergangenen Jahr. Und mit dem Wetter-Aufsager des Mönchs hatte Verena sogar einen kleinen Scoop gelandet. Die Aufnahme war tatsächlich ausgestrahlt worden – und der Mönch hatte eine Kamerapräsenz, die faszinierend war. Daniel hatte sich die Aufnahme mehrfach in der Mediathek des Senders angesehen und konnte sich vor dem Mönch nur verneigen. Und auch vor Verena musste er seinen nicht vorhandenen Hut ziehen.

Als würde ihm die Rückkehr in den Sender also nicht schon schwer genug fallen, musste er gleich in den ersten Minuten auch noch seiner Nemesis über den Weg laufen.

»Unser Lazarus ist wieder da!«, höhnte Gommez über den Flur, kaum dass Daniel den Aufzug verlassen hatte.

»Na, du Gottschalk für Arme«, parierte Daniel, aber das interessierte Gommez schon nicht mehr. Denn er hatte Daniels Begleiter entdeckt und ging forsch auf den Ehrwürdigen zu, betrachtete ihn, während er sich seinen Dreitagebart kratzte und sagte: »Mein lieber Mönch, wie Sie auf dem Buddhisten-Treffen das Wetter angesagt haben, das war spitze.« Gomez blickte zu Daniel, der sich fremdschämte, schaute wieder zum Mönch und fügte hinzu: »Wenn wir mehr solch origineller Typen hätten wie Sie, unsere Einschaltquote würde abgehen.«

Der Ehrwürdige faltete die Hände vor dem Herzen und verneigte sich.

»Lieber Herr, ich grüße Sie im Namen des dreifachen Juwels, Buddha, Dhamma, Sangha.«

»Ich Sie auch«, sagte Gommez mit seinem Schwiegermutters-Liebling-Lächeln und zog den Mönch an dessen Robe in Richtung Redaktion. »Kommen Sie, ich zeige Ihnen mal, wie man Fernsehen macht.«

Gommez überlegte einen theatralischen Moment lang. »Fernsehen!«, rief er dann aus, »kennen Sie aber, oder? Diese Kästen, aus denen nette Leute wie ich in Ihr Wohnzimmer gucken …«, er grinste, »… oder in Ihr Kloster.«

Daniel drängte sich zwischen die beiden und schob den Moderator zur Seite. »Erstens, Gommez, gebietet es der Respekt, einen Mönch nicht zu berühren«, zischte er. »Zweitens weiß der Ehrwürdige, so redet man ihn nämlich an, besser über die Welt Bescheid als du … du …« Daniel machte eine abwertende Geste mit der Hand und wandte sich dem Mönch zu. »Verzeihen Sie, Ehrwürdiger.«

Gommez ließ sich Zeit für den nächsten Satz, weil er wusste, dass er Daniel treffen würde. »Pass mal auf, mein schwer Erleuchteter, bevor du mich weiter belehrst, schau erst mal bei Kruse vorbei. Der sagt schon seit Tagen, dass er dich sofort sprechen will – falls du jemals wieder aufschlagen solltest.« Er grinste Daniel an. »Sofort.«

Daniel krampfte seine Finger, vielleicht ballte er sie auch zu Fäusten. Er zog die stickige Luft des Redaktionsflurs ein. Nein, er würde Gommez jetzt nicht ins Gesicht schlagen. Er wandte sich einfach ab, machte sich auf den Weg zu Kruse.

Verena ging auf den Mönch zu, der abwartend im Gang stand, und faltete die Hände vor dem Herzen. »Lieber Mönch, erinnern Sie sich an mich?«

»Aber sicherlich, Fräulein Verena, Sie haben doch vor dem Saphirweg-Zentrum mit mir …«, er zögerte bewusst einen Moment, »… diesen ›Take‹ gemacht.«

»Das haben Sie sich aber gut gemerkt.« Sie verneigte sich tief. »Darf ich Ihnen den Sender zeigen, solange Daniel noch im Hause unterwegs ist?«

Der Mönch sah zu Daniel herüber, der nur mit den Schultern zuckte, und sagte aufmunternd: »Na, dann mal los.« Im Stillen wünschte er seinem jungen Freund viel Gelassenheit, denn er spürte, dass Daniel einen schweren Gang ging.

In den zwei Jahren, die Kruse jetzt schon den Sender führte, hatte er viel von »Change« gesprochen, von Veränderung; so viel, dass die meisten in ihm keinen Journalisten sahen, sondern einen Change Manager. Doch statt Hamburg First neuen »Input« oder »Content« zu geben, zwei Begriffe, mit denen Kruse unablässig um sich warf, war ihm nicht viel eingefallen außer streichen. Kruse hatte die Maskenbildnerinnen eingespart – und die Maßnahme damit camoufliert, dass der Zuschauer auf »natural look« stehe; er hatte das Callcenter für Zuschaueranfragen abgeschafft, so dass Anrufe mit Anregungen und Beschwerden auf einer Mailbox landeten – die dann niemand abhörte. Und an diesem Morgen eröffnete Kruse seinem Redakteur Daniel Plötner, dass es sich »ausgewettert« habe.

»Was, bitte, heißt das?«

»Wir lassen unsere Zuschauer das Wetter ansagen. Sender-Empfänger-Bindung, schon mal gehört?« Kruse legte die Beine auf den Schreibtisch. »Und unser Danny organisiert das. Einer muss ja die Leute finden, sie irgendwo hinstellen und sie etwas sagen lassen. Aber wir wollen originelle Typen, wie diesen Mönch, den Verena aufgetrieben hat.«

»Das ist *mein* Mönch!« Es war Daniel rausgeplatzt, zu laut, zu aggressiv. »Der Mönch lebt bei mir …«, ergänzte er ruhiger und wollte von seinem besonderen Gast erzählen.

»Plötner«, schnitt Kruse ihm das Wort ab, »mir ist egal, wessen Mönch das ist und mit wem Sie zusammenleben. Wichtig ist, dass Sie solche Freaks vor die Kamera bekommen und die dann ganz schlicht das Wetter von morgen ansagen. Verstehen Sie, Plötner, das ist ›unique‹. So wollen wir sein.« Kruse nahm die Beine wieder vom Schreibtisch: »Lassen Sie sich von Gommez das Prinzip noch mal erklären. Machen Sie ein paar schöne Aufsager, am besten mit dem Mönch, mit *Ihrem* Mönch, danach sehen wir weiter.«

Daniel erhob sich, nickte und hörte sich selbst: »Geht klar, Herr Kruse« sagen. Dann stand er schon am Aufzug, und sein Zeigefinger zitterte, als er den Knopf für die Redaktionsetage drückte. Sie machen mich fertig, dachte er, sie wollen mich loswerden. Ja, er hatte sein Leben ändern wollen, aber die Veränderung wollte er selbst bestimmen. Nun bestimmten andere über ihn.

Als Daniel zwei Etagen tiefer aus dem Aufzug stieg, war es mit seiner Beherrschung zu Ende. Mit der blanken Faust schlug er auf den Kaffeeautomaten ein, rammte sein Knie in die Glasfront, die prompt ein Netz von Rissen zeigte. Seine Zukunft. Vorbei. Seine Knöchel schwollen an, sein Knie schmerzte. Egal.

»Bitte, loslassen.« Es war die ruhige Stimme des Ehrwürdigen Mönchs.

Daniel hört die Worte kaum. Er schlug und trat den Automaten erneut. Scheiß doch auf das splitternde Glas. Auch auf die Schmerzen und die blutenden Knöchel.

»Lass los. Warum willst du mehr als einmal verletzt werden?« Der Ehrwürdige ging einen Schritt auf ihn zu und wartete, bis er sich beruhigt hatte. »Ich verstehe deine Gefühle gut«, sagte der Mönch dann mit seiner gleichmäßigen Stimme, die Daniel aus den Rezitationen kannte. »Aber Groll mit sich herumzutragen ist wie das Greifen nach einem glühenden Stück Kohle, das wir nach anderen werfen wollen. Wir selbst sind es, die sich verbrennen.«

Daniel rieb sich die Augen.

»Ich soll mich vernichten lassen und noch ›Danke‹ sagen?«

Der Mönch trat noch dichter an Daniel heran. »Ein großer Trost liegt in einer Gesetzmäßigkeit, die schon der Buddha lehrte und die wir Karma nennen: ›Gute Taten haben gute Folgen, schlechte Taten haben schlechte Folgen. Wer Böses sät, wird daher Böses ernten.‹«

Regungslos stand der Mann in Orange vor Daniel, der ihn zweifelnd ansah.

»Wissen Sie, wie oft ich hier gestanden habe?« Daniel sprach erregt, aber es war ihm egal, ob jemand um die Ecke bog oder aus dem Fahrstuhl kam. Sollten sie ihn ruhig hören. »Wissen Sie, dass ich hier, in diesem Sender, mal als Moderator stehen wollte? Wenigstens einmal.«

»Ich weiß das«, sagte der Mönch. »Aber es nutzt nichts, um Verlorenes und Vergangenes zu trauern: Karrieren vergehen, Beziehungen brechen, Eltern sterben. Es nutzt auch nichts, von Positionen zu träumen, die wir nie erlangen, oder von Liebe, die nicht erfüllt wird oder von Kindern, die nie das Licht der Welt erblicken werden.«

Daniel sah den Mönch an, nein, er sah durch ihn hindurch. Er setzte sich auf den Rand des Abfalleimers neben dem Kaffeeautomaten. Das Plastik knirschte unter seinem Gewicht. Er merkte es nicht.

Und während der Mönch weitersprach, fuhr Daniel in Gedanken noch einmal mit Maya zum Arzt, an jenem Donnerstag vor einem Jahr, an dem sie wieder »Poch-Poch« hören wollten. So hatten sie das kleine Wesen genannt, nicht viel mehr als einige geteilte Zellen, aus denen eine Familie erwachsen sollte. Doch dann war da diese tödliche Stille. Kein Herzschlag. Nichts. Nichts mehr zu messen, nichts mehr zu hören. Das kleine Leben, ihr ersehnter Hoffnungsträger – Vergangenheit. Zurück blieben eine Frau und ein Mann, die über ihr Unglück kein Wort mehr verloren.

Und er ging noch einmal, damals selbst ein Kind, an das offene Grab seiner Mutter, küsste die Rose, die er mit seinen Tränen getränkt hatte, und warf sie ihr hinterher, als Zeichen seiner Liebe, die unerfüllt geblieben war.

Und er stieg noch einmal allein die Stufen hinunter in den Friedhofskeller, in dem sein Vater in einer Zinkwanne lag und nicht mehr spürte, wie sein Sohn, inzwischen selbst ein Mann, ihm über das schüttere Haar strich. So waren diese Leben geendet – viel zu früh. Beiden hatte das Herz versagt. Zurück ließen sie ihren Sohn, ihren großen Hoffnungsträger, auch er ein Unvollendeter. In der Beziehung. Im Beruf. Im Leben, von dem er gar nicht wusste, was es eigentlich war.

Daniel wischte sich die Tränen aus den Augen. Nicht, weil er sich schämte, sondern weil er den Ehrwürdigen sehen wollte, der zu einem orangen Fleck verschwommen war.

Der Mönch ergriff Daniels Hände, sah ihm in die Augen, bis er sicher war, dass er wieder gehört wurde.

»Daniel, es gibt nur eine Zeit, in der es wesentlich ist, zu erwachen – und diese Zeit ist jetzt.«

Der Mönch hielt den Blickkontakt noch einen Moment, bis Daniel ausgeschluchzt hatte, dann ließ er los – und Daniel allein zurück.

Kapitel 27

Frisch geduscht und neu eingekleidet lief Ecke über den Grindel. Er trug eine braune Cordhose und einen dicken grauen Wintermantel mit einem blauen Schaal und auf dem Kopf eine braun-weiße St.-Pauli-Mütze mit einem Brandloch am umgeschlagenen Rand. Die Kleidung sah etwas zusammengewürfelt aus, war aber sauber und ordentlich. Er stellte sich wieder an seinen Platz beim Supermarkt und hielt seine Mütze hin. Er vermisste seinen schwarzen Hut, aber er hatte einen guten Lauf und nach zwei Stunden genug Geld, um sich beim Hofbäcker zwei Brötchen und einen Kaffee zu leisten.

Der Besitzer der Bäckerei, ein kleiner, kräftiger Mann aus dem Libanon mit Namen Samir, gab ihm das Wechselgeld raus und sagte: »Vielen Dank, und lassen Sie es sich schmecken.« Dann sah er noch einmal seinen Kunden an, den er offensichtlich nicht sofort erkannt hatte. »Ecke, Mensch!« Samir stemmte seine Fäuste in die Hüfte und schüttelte ungläubig den Kopf. »Steht dir gut, so neu rasiert. Und die Haare weg.«

Ecke zeigte auf einen leeren Kasten für Wasserflaschen, der neben Samir am Boden stand, und stieß Laute aus, die so viel bedeuten konnten wie: Den Kasten könnte ich brauchen.

»Bringst du ihn wieder?«, fragte Samir, während er den Kasten über die Theke reichte.

Ecke nickte und machte sich davon in Richtung Fichtestraße. Vor dem Haus mit der Nummer sieben wechselte er auf die gegenüberliegende Straßenseite, hockte sich, versteckt zwischen einem Famili-en-Van und einem kleinen Lieferwagen, auf den Kasten und schaute zu dem Haus hinüber. So saß er da, auf seinem Wasserkasten, und starrte auf die andere Seite und starrte und starrte. Noch etwas später stellte er sich eine Frage: Was mache ich hier eigentlich?

Ecke wundert sich, dass er sich diese Frage stellte. Eine Frage stellen. Sich etwas fragen. Eigentlich die natürlichste Sache der Welt. Nicht für Ecke. Er hatte sich nie Fragen gestellt, jedenfalls nicht seit damals, seit es passiert war.

Er nahm die Mütze ab, die er von der Korbanek bekommen hatte. Sie wärmte seinen Kopf, sie wärmte ihn. Er streichelte die Mütze. Er sah wieder hinüber auf die andere Seite, wo die Frau wohnte, die so gut zu ihm gewesen war. Unten links. Dann dorthin, wo die jungen Leute wohnten, die den Mönch zu Besuch hatten und die ihm die Stiefel geschenkt hatten. Erste Etage rechts.

Ecke streichelte die Mütze, er sah auf seine Schuhe und wischte mit seiner Hand den Schmutz von der Kappe. Er sah auf seine Hand, verwundert, als hätte er nie zuvor gewusst, überhaupt eine Hand zu haben. Er sah hinüber zu dem Haus, in dem Menschen wohnten, die gut zu ihm waren.

Wie magisch angezogen stand Ecke auf und überquerte die Straße. Er könnte klingeln, bei der guten Frau oder bei dem jungen Paar. Nein, das sollte er nicht tun. Niemand wollte Besuch von einem wie ihm. Er gehörte in kein Haus. Er gehörte unter die Brücke an der Alster. In sein Zelt. Aber er könnte schauen, welche Namen auf dem Klingelbrett standen.

So sehr er sich die ersten Meter angezogen gefühlt hatte von dem Haus mit den hilfsbereiten Bewohnern, so heftig überkam ihn plötzlich die Angst vor dem Gebäude, als er seinen Fuß auf die erste Stufe vor der Haustür setzte. Er konnte das Haus nicht betreten. Es machte keinen Unterschied, ob da gute Menschen wohnten oder nicht.

Ecke wich zum Bürgersteig zurück. Sollte er es mit Anlauf versuchen? Konnte er durch Entschlossenheit seinen Widerstand überwinden? Er hatte sich das nie gefragt, seit es passiert war.

»Hey, Sie da! Zu wem wollen Sie?«

Erschrocken über den harschen Ton drehte sich Ecke um – und sah den Fleischermeister. Ecke wandte sich ab, wollte weg von diesem Unsympathen.

»Hey, Freundchen, stehen bleiben!«, brüllte der Korbanek und erwischte Ecke am Ärmel.

Der Alte war zwar untersetzt, hatte etliche Kilo zu viel auf den Rippen, und einen Bauch hatte er auch. Aber er hatte mal geboxt, beim »BC Heros Germania«, und war flink auf den Beinen. Mit der Rechten hielt er Eckes Arm. Er hatte einen so festen Griff, dass Ecke keine Chance hatte, sich loszureißen.

»Halt still«, schnauzte der Korbanek und schaute Ecke dabei ins Gesicht, nein, er schaute mehr auf dessen Mütze. »Ach ne, gib mal her.«

Mit einer frappierenden Flinkheit griff er mit der Linken nach Eckes Mütze, unter der ein kahlrasierter Schädel blitzte. »So«, sagte er zufrieden, »nun wollen wir mal sehen.«

Der Korbanek schubste Ecke zur Seite, untersuchte sein Beutestück, schrie: »Du Schwein!«, ließ die Mütze fallen und griff nahezu zeitgleich mit beiden Händen nach den Mantelrevers Eckes und zog ihn ganz dicht an sein Gesicht. »Die hat ein Brandloch. Das ist meine. Wo hast du die Mütze her, du Penner?«

Er schüttelte Ecke, der bislang keinen Ton gesagt hatte. »Ich hab dich was gefragt?« Korbanek schubste den Mann mit einer Mühelosigkeit hin und her wie seine Frau sonst einen nassen Feudel.

Und dann geschah etwas erschreckend Einmaliges, zumindest hatte der Korbanek so etwas noch nicht erlebt. Sein Gegenüber bäumte sich auf und stieß dabei einen so markerschütternden Schrei aus, so animalisch und überirdisch, dass Korbanek für einen kurzen Moment die Beine wegknickten.

Als ehemaliger Boxer kannte Korbanek diese Schrecksekunde, wenn man von einem Konter überrascht worden war. Er wusste, dass er jetzt nicht lockerlassen durfte. Und er musste vom Gehsteig weg, bevor die Nachbarn die Fester aufrissen. Deshalb packte er sich nun diesen Schreihals und zerrte ihn in den Abgang zum Keller.

»Wo ist die Mütze her?«, schrie er, als Ecke verstummt war. »Hat meine Alte dir die geschenkt?«

In jähem Zorn prügelte Korbanek auf Ecke ein, während er ihn anbrüllte: »Rammelst du Penner meine Alte etwa? Ist der Mantel auch von mir? Ja – du Drecksau trägst meine Klamotten!«

Ecke wehrte sich, so gut er konnte, aber gegen Korbanek hatte er keine Chance. Wie früher die Schweinehälften auf dem Schlachthof schulterte der nun sein Opfer, fingerte den Schlüssel zum Keller aus seiner Hosentasche und stieß mit dem Fuß die Tür auf.

»Dir werde ich's besorgen!«, brüllte Korbanek und trat in den dunklen Gang.

Als hätte er erst jetzt begriffen, was ihm drohte, schlug Ecke wild auf Korbaneks Rücken ein. Die panische Angst vor einem Raum, noch dazu einem Kellerraum, verlieh ihm ungeahnte Kräfte. Er krächzte, schrie und jaulte, als verbrenne er bei lebendigem Leib, und so ähnlich fühlte er sich auch, während Korbanek ihn mit eisernem Griff immer tiefer in den dunklen Keller schleppte.

Irgendwann glaubte der Korbanek, aus den Lauten des Mannes so etwas wie »Feuer!« rauszuhören. »Schnauze!« brüllte er und schlug dessen Kopf gegen die Kellerwand. Es klatsche hässlich, und Ecke war ruhig.

Korbanek trug den Bewusstlosen in den alten Luftschutzkeller, legte den Hebel an der Sicherheitstür um und beschloss, wieder ins Geschäft zu gehen. Der Korbanek hatte sich schon lange nicht mehr so sauwohl gefühlt. Seine Alte würde er sich nach Feierabend vorknöpfen. Ganz in Ruhe.

Kapitel 28

Keine zwei Stunden, nachdem der Mönch zu ihm gesprochen hatte, saß Daniel auf der Rückbank von Verenas H1-Wagen und versuchte, es Kruse und Gommez weiter rechtzumachen. Und mit Hilfe des Mönchs konnte er vielleicht sogar verlorenen Boden wiedergutmachen. Denn er hatte den Ehrwürdigen dafür gewinnen können, noch einmal das Wetter anzusagen – im Elefantengehege des Tierparks.

»Elefanten, Sri Lanka, Mönch«, hatte er dem Ehrwürdigen erklärt, »das passt doch wunderbar.« Und der hatte dem Vorschlag zugestimmt. »Wenn ich dir, lieber Daniel, damit eine Freude machen und den Hamburgern Buddhas Weisheit näherbringen kann – gern.«

Verena hatte den Auftritt mit dem Direktor des »Tierparks Hamburg« abgesprochen, aber nicht gesagt, mit welchen Tieren sie drehen wollten und dass sie unbedingt ins Elefantengehege wollten. Und deshalb rückte sich Zoo-Chef Stiller jetzt zum dritten Mal seine braune Hornbrille zurecht und schüttelte den Kopf: »Es tut mir leid, aber Elefanten geht leider gar nicht, jedenfalls nicht heute.« Stiller war ein hochgewachsener Mann, der in die Familiendynastie der Tierpark-Betreiber eingeheiratet hatte; und nach den Jahren mit Maya wettete Daniel darauf, dass er Jurist war – was den Umgang mit Stiller nicht leichter machen würde.

»Dann wäre nicht nur unser Dreh gestorben, sondern auch die kostenlose Werbung für Ihren Zoo«, wandte Daniel ein, ganz der Journalist, der seine Ziele nicht so schnell aufgab. »Wollen Sie wirklich, dass wir uns an den Hafen stellen und irgendwelche Schiffe zeigen, statt eines schönen Kameraschwenks über Ihre herrliche Anlage?«

Nein, das wollte Stiller nicht. »Aber zwei Elefanten haben die Musth bekommen, das ist ein Hormonschub bei Bullen, der die Tiere gefährlich macht«, erklärte Stiller. »Gestern hat eines der Tiere sogar einen Wärter angefallen.« Er setzte eine entschlossene Miene auf. »Da kann ich Sie und Ihren Herrn Mönch nicht an die Tiere ranlassen.«

»Aber jetzt sind wir den ganzen Weg zu Ihnen rausgefahren, da können Sie uns nicht einfach wegschicken.« Daniel unterdrückte seinen Ärger nicht.

»Stellen Sie sich doch zu den Zebras oder den Giraffen ins Gehege«, bot Stiller an. »Hängen Sie sich eine Schlange um die Schultern, aber bitte erst nach der Fütterung, oder lassen Sie sich von unseren Delphinen durchs Becken ziehen. Machen wir alles mit.«

»Verzeihen Sie«, sagte der Mönch in das betretene Schweigen hinein, »in meinem Dorf lebe ich seit vierzig Jahren mit Elefanten. Noch nie ist mir ein Tier aggressiv begegnet – auch nicht in der Musth.«

»Lassen Sie uns gemeinsam zu den Elefanten gehen«, schlug Daniel vor, »dann sehen wir, ob die Tiere aggressiv sind oder nicht.«

Der Ehrwürdige lächelte Stiller an und marschierte los, als wüsste er, wo das Elefantengehege sei. Das hatte allerdings weniger mit Erleuchtung zu tun, als mit der Aufmerksamkeit, die der Mönch den Wegschildern schenkte.

In den fünfzehn Monaten, die der Tierpfleger Walter schon im Hamburger Zoo arbeitete, hatte er Direktor Stiller noch nie zu Gesicht bekommen. Bei weit über dreihundert Mitarbeitern, die sich um etwa zweitausend Tiere kümmerten, war das kein Wunder. Doch Stiller war für seine blauen maßgeschneiderten Anzüge und getupften Krawatten bekannt, und deshalb stand der Pfleger Walter sofort stramm, als er einen Mann mit grau meliertem Haar in die Elefantenhalle einmarschieren sah, der einen feinen blauen Mantel über einer blauen Flanellhose trug und unter dessen grauem Schal etwas Getupftes hervorlugte.

»Nee, da gehe ja selbst ich im Moment nicht rein«, maulte der Pfleger wenig später und schüttelte sich, um seinen Widerwillen zu unterstreichen. »Schauen Sie nur, wie unruhig die Tiere sind, wie scheu.«

Der Mönch schaute sich die Elefanten in der Halle an, die einer Tempelruine nachgebaut und größer war, als der Mönch sie sich vorgestellt hatte. Die Tiere waren nicht übermäßig nervös, nur ein Elefant scharrte mit dem rechten Vorderfuß. »Wie heißt der Bulle außen rechts?«, fragte der Mönch den Wärter.

»Rumba«, antwortete Walter. »In seinem Hormonkoller hat er versucht, mich mit seinen Stoßzähnen aufzuspießen.«

»Ich werde Rumba bitten, zu uns an den Wassergraben zu kommen«, sagte der Mönch. »Falls er das tut, darf ich dann zu ihm, um ihm für seine Güte zu danken?«

»Ha!«, höhnte der Pfleger und wandte sich an Stiller. »Niemals macht Rumba das, da können Sie drauf wetten, Herr Direktor.«

»Sie hat keiner gefragt«, blaffte Stiller, der als Jurist von Wetten nichts, aber auch gar nichts hielt. Dann sah er den Mönch an. »Bitte, versuchen Sie Ihr Glück.«

Der Ehrwürdige wollte kurz etwas zum Thema Glück sagen, ließ es dann. Stattdessen stellte er sich etwas abseits und versuchte, Blickkontakt zu Rumba aufzunehmen.

Ganz ruhig stand der Mönch am Geländer, das den Wassergraben an der Besucherseite umgab. Daniel vergaß für einen Moment alles um sich herum. Er sah nur den Mönch. Nein, eigentlich sah er nur eine orange Erscheinung.

Verena ärgerte sich, ihre Kamera nicht schon eingeschaltet zu haben. Schnell schulterte sie das Gerät und drückte den »On«-Knopf. Der Mönch und der Elefant. Yoda in Orange. May the force be with you. Was für ein Duell!

Stiller und Walter waren beide auf ihre Weise nervös. Der Direktor sah alle paar Sekunden auf seine goldene Uhr und wippte auf seinen polierten Schuhen vor und zurück. Der Pfleger fingerte nach seinen Zigaretten, erinnerte sich an das Rauchverbot, steckte die Packung zurück in die Brusttasche, schob sich ein Kaugummi zwischen die Zähne und rückte seine Hamburger-Zoo-Mütze vor und zurück.

Nur der Ehrwürdige stand ganz ruhig da und sah Rumba an. Nach einer für Daniel gefühlten Ewigkeit wandte der Elefant seinen Kopf. Und setzte sich in Bewegung.

»Er greift an!«, warnte Walter.

Selbst Stiller konnte nicht anders, als ihm ein »Unsinn!« entgegenzuhalten.

Der Elefant trottete zum Wassergraben und blieb vor dem Mönch stehen. Beide schauten sich an.

»Genug mit dem Theater!«, rief der Pfleger Walter.

»Ruhe«, wies ihn Stiller zurecht.

Es dauerte wieder eine scheinbare Ewigkeit. Aber dann ging Rumba einen Schritt zurück und in die Knie. Das massige Tier legte sich vor dem Mönch in den Staub.

Der Ehrwürdige verneigte sich vor Rumba und sprach eine kleine Rezitation. Er verneigte sich erneut vor dem Elefanten und wandte sich seinen Begleitern zu.

Inzwischen hatten sich andere Besucher in der Halle eingefunden und das Schauspiel still verfolgt. Sie applaudierten, als habe es sich um eine Zirkusnummer gehandelt.

»Ich gehe dann mal.« Der Mönch schritt auf die Tür mit dem Schild *Nur für Personal* zu, die ins Gehege führte.

»Auf gar keinen Fall«, rief Walter und stellte sich ihm in den Weg. Doch der Ehrwürdige ging unbeirrt weiter, und auch wenn er es nicht wollte, im letzten Moment wich Walter dem Mönch aus und gab die Tür frei.

Aus den Jahrzehnten mit den Elefanten in seinem Dorf wusste der Mönch, dass die Musth auch dem friedliebendsten Dickhäuter aufs Gemüt gehen konnte. Aber noch nie hatte der Mönch gesehen, dass ein Elefant einen Menschen angegangen wäre, weil er in der Musth war.

Ein Blick in die abgetrennten Stallungen, in denen die Tiere nachts untergebracht waren, bestärkte ihn in seinem Misstrauen. Anders als bei dem zweiten Bullen der Zoo-Herde war der Urin von Rumba klar und rein; auch fehlte ihm der typische Musth-Schaum.

Vorsichtig trat der Ehrwürdige ins Gehege. Rumba kniete noch immer am Wassergraben und schaute auf Daniel, der dicht bei Verena stand, und auf den Direktor, dessen Blicke nervös hin und her wechselten zwischen dem Mönch im Gehege und dem Pfleger neben ihm. Einige Zuschauer applaudierten erneut, als Siri zu dem Bullen trat, ihn hinter den Ohren kraulte, ihm die Füße streichelte, den Rüssel umarmte und ihn schließlich sogar auf die Stirn küsste.

Nachdem sich der Mönch noch einmal vor Rumba verneigt hatte, erhob sich das Tier, während der Mönch das Gehege verließ.

»Rumba hat niemanden angefallen, jedenfalls nicht wegen der Musth.« Der Mönch hatte den Satz ganz leise gesagt, aber sechs Paar Augen sahen ihn gebannt an. Nur der Pfleger Walter wandte sich ab.

»Das Tier ist misshandelt worden. Hinter den Ohren und in den Kniekehlen hat es Fleischwunden. Wahrscheinlich von einem Haken oder Spieß.« Der Mönch hatte noch leiser gesprochen. Seine Worte trafen den Pfleger, aber auch den Direktor wie Peitschenhiebe.

»Das war Notwehr«, rief Walter, »echt, Herr Direktor, das Vieh wollte mich aufspießen.«

»Oh, haben wir hier einen Fall von Tiermisshandlung?« Verena schritt forsch mit der geschulterten Kamera auf Stiller zu. »Ich finde unsere Fahrt zu Ihnen hat sich in jedem Fall gelohnt: Entweder wir haben einen schönen Skandal um Ihren Zoo, oder wir bekommen einen tollen Wetter-Aufsager.« Sie grinste Daniel an. »Wie sieht das der zuständige Redakteur?«

Na, schönen Dank, dachte Daniel. Auf so eine Erpressernummer hatte er null Bock. Und so schwieg er.

»Meine Dame, meine Herren«, begann Stiller. Er fühlte sich wie früher als Anwalt in hoffnungslosen Fällen. »So dürfen Sie das doch nicht verzerren.«

Verena wusste, dass sie entweder jetzt ins Gehege losmarschieren musste, oder dass sie sich hier verzetteln würden.

Sie verneigte sich vor dem Mönch: »Hätten Sie die Güte, mir zu folgen, lieber Mönch?«

Der Mönch musterte einen Augenblick den Pfleger.

»Ich habe Rumba versprochen, dass ihm Gerechtigkeit widerfahren wird.« Er sah nun den Direktor an, freundlich lächelnd wie immer.

»Also … das ist …«, Stiller plusterte sich auf, »… ungeheuerlich, unmöglich. Das ist unglaublich.«

Stiller war anzusehen, wie sehr er nach einem Ausweg suchte. Dann fiel der Direktor in sich zusammen wie ein Soufflé. »Sagen Sie … Rumba, dass Walter ihn nie wieder pflegen wird. Dass Walter überhaupt nie wieder ein Tier pflegen wird, jedenfalls nicht in meinem Zoo.«

Zwei Stunden später saßen Verena, Daniel und der Mönch im Schneideraum von Hamburg First und sahen einen Clip, in dem Rumba zum Vergnügen der Zuschauer, inklusive eines etwas steif wirkenden Zoo-Direktors, am Ende Staub über den Wassergraben pustete, während der Ehrwürdige Mönch Siri Schneeschauer prophezeite, um dann lächelnd in die Kamera zu sagen: »Wildheit führt auf keine gute Bahn. Dient den Guten, so kommt Ihr auch auf eine gute Bahn.«

Kapitel 29

Ach, du liebe Güte! Die Korbanek blickte auf die Uhr und richtete sich auf. Nach ihrer guten Tat an Ecke hatte sie sich so wohlig und zufrieden gefühlt, dass sie sich ihre gute Stimmung nicht durch das ewige »Darf's noch ein wenig mehr sein?« hinter der Theke kaputtmachen lassen wollte. Deshalb war sie erst ein wenig spazieren gegangen und hatte dann das »Feueratmen« ausprobiert, das der Mönch ihr und den jungen Leuten von oben gezeigt hatte. Das ging aber nur ohne den Alten, wenn sie sich nicht vorhalten lassen wollte, dass sie da »Schweinkram« treibe.

Die Korbanek hatte sich also, solange ihr Mann noch im Geschäft war, im Lotussitz auf den Flokati in ihrem Schlafzimmer niedergelassen und mit geschlossenen Augen langsam und tief über die Nasenflügel eingeatmet, mal rechts, mal links, um dann die Luft mit einem kurzen, mehrfachen Hecheln über den Bauch wieder auszustoßen. Und sie hatte zugeben müssen, dass es sich wirklich ein wenig nach Ehepflicht anhörte.

Hundertmal hatte die Korbanek die Übung gemacht oder zumindest versucht. Das würde das Zwerchfell, die Lungen und das Sonnengeflecht stärken, was immer das nun schon wieder war, jedenfalls wäre man danach viel frischer, hatte der Mönch gesagt. Der Korbanek war jedoch nur schwindelig gewesen, und sie hatte sich erst mal aufs Bett legen müssen – und war eingeschlafen.

Noch war es aber nicht zu spät, und so frischte sie sich ein wenig fürs Einkaufen auf, vielleicht sogar ein wenig frischer als sonst, da sie daran dachte, dass sie vor der Tür Ecke treffen könnte. Gründlich geduscht und neu eingekleidet machte der Gute einen, wie sollte sie sagen, feschen, nein, kernigen Eindruck. Der Mann wollte neu anfangen, das hatte die Korbanek ihm angesehen nach der Dusche, denn er hatte sich sogar sein verfilztes Haar abrasiert.

Wie immer schloss die Korbanek ihre Wohnungstür sorgfältig ab, erst recht, nachdem kürzlich gegenüber bei den Montineros eingebrochen worden war. Wie immer rüttelte sie auch an dem Gitter, das den Abgang zum Keller sicherte. Es war ja nie ganz auszuschließen, dass sich Diebe über den äußeren Kellerzugang ins Haus schlichen. Aber das Schloss an dem Gitter war zu, und anderes hatte die Korbanek auch nicht erwartet.

Schon erwartet, jedenfalls ganz tief in ihrer Seele, hatte sie allerdings, dass vor der Haustür Ecke stehen würde. Tat er aber nicht, wie die Korbanek mit klitzekleiner Enttäuschung feststellen musste.

Sie war schon am Ende der Fichtestraße und wollte gerade auf den Grindel einbiegen, als sie innehielt. Sie hatte den Müll nicht mitgenommen. Der Alte hasste volle Mülleimer in der Küche. Und bestimmt war er sowieso schon genervt, weil sie zu Hause geblieben war.

Es ist mein Geschäft, dachte die Korbanek, und ich soll mich bei ihm entschuldigen, wenn ich mal zwei Stunden meine Ruhe haben will? Und mache mir Gedanken wegen des Mülls? Sie schüttelte über sich selbst den Kopf. Und ging weiter.

Am *Casa Mia,* wo sie in den guten Jahren oft mit dem Alten gesessen hatte, blieb sie erneut stehen. War es klug, ihn weiter zu reizen? War er nicht ohnehin schon grundsauer, weil sie sich für »so einen Kokolores«, wie er den Buddhismus nannte, interessierte?

Seufzend drehte sie sich um und ging zurück. Sie ärgerte sich über ihre Nachgiebigkeit. Das muss ein Ende haben, mahnte sie sich, als sie mit dem Abfallbeutel Richtung Keller ging und von seltsamen Geräuschen aus ihren Gedanken gerissen wurde. Sie horchte am Abgang. Hatte sich wieder eine der Katzen aus der Nachbarschaft in ihr Haus geschlichen? Sie schloss die Gittertür auf, schaltete das Licht ein und stieg in den Keller hinab.

Ja, da war ein Wimmern zu hören. Aber das kam von keiner Katze.

Vorsichtig setzte die Korbanek einen Fuß vor den anderen und hielt sich dicht an der Wand. Sie war in diesem Haus alt geworden und kannte jeden Verschlag. Die Geräusche kamen aus dem Luftschutzbunker.

Sollte sie die Polizei rufen? Oder selbst den Sicherungshebel an der Stahltür umlegen und nachsehen? Und was, falls sich dort ein Einbrecher versehentlich eingeschlossen haben sollte? Wenn er sie anfallen würde?

Die Korbanek war eine unerschrockene und praktisch veranlagte Frau. Deshalb ging sie zu dem Verschlag mit dem Emaille-Schild *Korbanek,* räumte einige Kartons beiseite, bis sie eine Kiste mit der Aufschrift *Schlachthof/Tucht* fand, in der sie Erinnerungsstücke an ihren Vater aufbewahrte. Schließlich hievte sie etwas heraus, das aussah wie eine übergroße Pfeffermühle oder wie ein altes Rohr mit einer Schraube und einem Hebel oder einer Kurbel. Es war das Bolzenschussgerät ihres Vaters selig. Sie fand auch noch eine Kiste mit Patronen und Bolzen. Jetzt könnte sie sich eine ganze Horde Einbrecher vom Halse halten.

Die Korbanek legte den Hebel um und zog die Tür auf. Ihre Augen mussten sich erst an das Dunkel gewöhnen. Sie erkannte einen Körper. Einen Mann. Dann schlug sie die Hände vor den Mund. Blutüberströmt und zusammengekrümmt lag da ein übel zugerichteter Ecke. Er blinzelte ins Kellerlicht, das durch den Türspalt auf sein Gesicht fiel. Ein Auge war zugeschwollen, über dem anderen klebte eine zentimeterdicke Blutkruste.

Die Korbanek öffnete die Tür ganz, stellte das Bolzenschussgerät ab und kniete nieder. Vorsichtig hob sie den Kopf des Mannes an. Sie sah und fühlte Beulen. Meine Güte, dachte sie, welches Scheusal hat das getan?

Ecke sah die Korbanek an, soweit er überhaupt noch etwas sehen konnte. Er räusperte sich, er schluckte und krächzte: »Feuer.« Er schluckte, räusperte sich erneut. »Feuer.«

»Nichts brennt. Alles ist gut«, beruhigte ihn die Korbanek. »Ich bin da. Du bist sicher, ganz sicher.«

Erst dann wurde ihr klar, dass Ecke gesprochen hatte. Nur ein Wort. Feuer. Meine Güte, dachte sie, er findet seine Sprache wieder. Sie lächelte den Mann an, streichelte ihm über den geschundenen Kopf, auf dem schon bald wieder sein dunkles Haar wachsen würde.

Heute Morgen war er noch der Obdachlose Ecke gewesen. Nun würde er ihr bald seinen Namen sagen und seine Geschichte erzählen. Und er würde ihr auch sagen, wer ihn so zugerichtet hatte – obwohl die Korbanek dazu bereits eine böse Ahnung beschlich.

Eckes Kopf sackte zur Seite, und die Korbanek sprang auf, um Handtücher zu holen, Eis und Schmerztabletten. Auch Jod, um die Wunden zu desinfizieren. Und vielleicht sollte sie auch bei den jungen Leuten klingeln. Allein würde sie diesen armen Menschen jedenfalls kaum aus dem Keller rausbekommen.

Den Notarzt und damit auch die Polizei wollte die Korbanek auf keinen Fall rufen. Nein, wenn sich ihre Befürchtung bestätigen sollte, dann würde sie das selbst regeln. Sie warf einen Blick auf das Bolzenschussgerät. Es war rostig, aber deutsche Wertarbeit.

Kapitel 30

Die Korbanek rannte die Stufen in den ersten Stock zu Maya und Daniel hoch, als ginge es um Leben oder Tod. Und irgendwie stimmte das ja auch.

Als auf ihr Klingeln niemand öffnete, sah sie auf die Uhr. Natürlich, die jungen Leute waren noch im Büro. Und Mönch Siri? War vielleicht in einer Meditation versunken oder spazierte durch die Stadt. Obwohl sie schon ganz schön außer Atem war, stürzte die Korbanek die Stufen wieder hinunter.

»Ich komme, ich bin schon da«, rief sie in Richtung Keller, obwohl Ecke es nicht hören konnte.

Nun war die Korbanek als Metzgerstochter und Fleischermeisterin zwar eine kräftig gebaute Frau, die einen Lieferwagen mit Schweinehälften allein ausräumen konnte. Aber diesen großen, ohnmächtigen Mann vom Boden aufzuheben trieb sie nicht nur an ihre Grenzen, sondern darüber hinaus. Obwohl die Kellertreppe nur ein Dutzend Stufen hatte, brauchte sie viele Minuten, die sie Kraft kosteten, als seien es Stunden, um Ecke ins Parterre zu schaffen. Sie würde nicht umhinkommen, den Notarzt zu rufen, schon allein, weil sie nicht wusste, wohin mit Ecke. Sie schloss ihre Wohnung auf, um ihr Handy zu holen, ließ die Tür aber offen, um so lange wie möglich nach Ecke schielen und lauschen zu können, ob er sich rühren oder gar rufen würde.

Natürlich lag das Mobiltelefon nicht da, wo es liegen sollte. Die Korbanek hatte schon zwei Handtaschen und ihren Einkaufskorb durchwühlt und suchte nun in der Küche nach ihrem Telefon, als sie Maya ausrufen hörte: »O mein Gott!« Nach einige Sekunden folgte: »Frau Korbanek? Frau Korbanek! Hilfe!«

»Keine Panik, Mädchen«, rief die Korbanek aus der Diele ins Treppenhaus.

Nun hatte Maya als Anwältin schon das eine oder andere übel zugerichtete Gewaltopfer gesehen. Aber in ihrem eigenen Hausflur, am helllichten Tag?

»Wer ist das?«, fragte Maya die Korbanek, die aus ihrer Wohnung stürzte.

»Das ist …«, die Korbanek zögerte, »… das ist Ecke.«

»Das … der sieht gar nicht aus wie Ecke.« Maya ging in die Hocke, ergriff die Hand des Mannes und ließ sie entsetzt wieder los.

»Er ist nicht tot«, sagte die Korbanek. »Er ist nur bewusstlos.« Sie sah Maya an: »Bitte, können wir Ecke zu Ihnen hochtragen, um ihn dort zu versorgen?«

Maya sah sie irritiert an. »Warum nicht zu Ihnen? Er liegt fast vor Ihrer Wohnungstür.«

»Aus Sicherheitsgründen«, erwiderte die Korbanek.

Maya sagte: »Nun, gut«, und gemeinsam schleppten sie den Bewusstlosen in den ersten Stock.

Die beiden Frauen hatten Ecke gerade im Wohnzimmer auf der Couch abgelegt, und die Korbanek wischte ihm mit einem warmen Waschlappen das Blut aus dem Gesicht, als Daniel und der Mönch in die Wohnung kamen.

Es dauerte eine ganze Weile, bis Maya den beiden erzählt hatte, was sie wusste, während die Korbanek Eckes Wunden versorgte und erleichtert feststelle, dass er sie dabei immer wieder aus einem halbwegs offenen Auge anblinzelte. Auch konnte er offensichtlich alle Gliedmaßen vorsichtig bewegen. Seinen Brustkorb durfte die Korbanek allerdings nicht einmal leicht berühren.

»Danke.« Eckes Stimme war leise. So leise, dass alle Anwesenden gar nicht glauben konnten, sie gehört zu haben. »Danke«, wiederholte Ecke. Seine Stimme klang gebrochen und rauh, als ob ihre Bänder erst wieder lernen mussten zu schwingen.

»Seine Stimme«, sagte die Korbanek.

»Er spricht wieder«, sagte Maya.

»Ich glaube es nicht«, sagte Daniel.

»Willkommen im Hier und Jetzt«, sagte der Ehrwürdige und fand, dass seine spontane Begrüßung sehr treffend war für einen Mann, dem ein Schock offensichtlich einmal die Sprache verschlagen hatte und der sie jetzt nach einer Art Gegenschock wiederzufinden schien.

»Danke«, sagte Ecke ein drittes Mal. Er suchte den Blick der Korbanek, suchte auch ihre Hand, drückte sie.

Die Korbanek fuhr sich mit der Hand durchs Gesicht. »Schon gut. Ruhen Sie sich aus!«

Der Mann, den sie Ecke nannten, sah die Korbanek noch einmal an. Dann fielen ihm die Augen zu, eine gewaltige Erschöpfung erfasste ihn und zog ihn in einen komatösen Schlaf.

Daniel sah Maya an. Maya blickte zum Mönch. Der Mönch schaute zur Korbanek. Alle schwiegen betreten, niemand wollte sagen, dass als Täter nur der alte Korbanek in Frage kam.

Manchmal war es besser, Dinge einfach auf sich beruhen zu lassen. Und weil Ecke jetzt erst einmal viel Schlaf, Ruhe und Zeit benötigte, kamen alle im Stillen überein, nichts zu sagen.

Kapitel 31

Leise schloss die Korbanek die Tür zu ihrer Wohnung auf und horchte. Im Wohnzimmer lief der Fernseher. Der Alte war also heimgekommen. Vorsichtig schloss sie die Tür wieder und ging noch einmal in den Keller. Sie sah die Blutflecke auf dem Boden und an der Wand des alten Luftschutzbunkers. Dort musste der Täter den armen Ecke mit dem Kopf gegengeschlagen haben. So ein Schwein!

Sie nahm das Bolzenschussgerät, das noch immer an der Wand lehnte, richtete es auf den Blutfleck und drückte ab. Mehr als ein »Plop« wie beim Öffnen einer Sektflasche war nicht zu hören. Kalk und Mörtel rieselten auf den Boden. Der Bolzen hatte sich in die Wand gebohrt. Das Gerät funktionierte noch.

Die Korbanek stieg die Treppen wieder hoch, schloss die Tür zu ihrer Wohnung auf und marschierte schweigend ins Wohnzimmer, wo ihr Alter im Sessel schnarchte. Im Fernsehen stöhnten nackte Frauen: »Ruf mich an!«

Die Korbanek jagte einen Bolzen in das TV-Gerät.

Der Alte schreckte hoch.

»Spinnst du?«, brüllte er, doch da bohrte sich der nächste Bolzen bereits in den Sessel, genau an jene Stelle, an der er gerade noch gesessen hatte.

»Du verschwindest. Für immer«, zischte die Korbanek.

»Doris, mach keinen Scheiß«, erwiderte der Korbanek, aber da spürte er schon den Luftzug des nächsten Bolzens und fühlte das Blut an der Hand, mit der er an sein heißes Ohr fasste.

»Ich blute!«, schrie er.

»Wie ein Schwein«, stellte seine Frau lakonisch fest – und lud nach.

Der alte Korbanek wusste, dass er verloren hatte. In seinen abgeschabten braunen Lederpantoffeln rannte er aus der Wohnung, in die er vor bald dreißig Jahren zu seiner Frau gezogen war. Er rannte den Grindelhof hinunter, ohne sich umzusehen. Er hielt sich sein Ohr, aber er schrie nicht. Er wusste, dass es besser war, einfach zu verschwinden. Für immer. Nun, zumindest bis auf weiteres.

Kapitel 32

Maya ging neben Anett über den Flur des Krankenhauses und schämte sich dafür, nicht an Mo gedacht zu haben. Aber was da vor zwei Tagen mit Ecke passiert war, jener Gewaltexzess des alten Korbanek, hatte sie zu sehr beschäftigt. Warum tat der Korbanek das einem Menschen wie Ecke an? Aus Eifersucht? War er gestört? Oder beides?

Aber eigentlich war der Korbanek allen egal. Selbst seiner Frau. Sie hatte ihn davongejagt.

Aber Eckes Schicksal berührte sie alle. Wie viel Leid kann ein Mensch ertragen? Warum scheißt der Teufel immer auf den größten Haufen? Und, ganz handfest: Würde Ecke seine Stimme wirklich wiederfinden? Und was würde er dann über sich erzählen?

Es war Anett, die Maya daran erinnerte, dass es da noch einen anderen Menschen gab, dessen Leben eine dramatische Wende genommen hatte.

»Willst du mitkommen, Mo besuchen?«, hatte Anett sie heute Morgen in der Kanzlei gefragt, als sie Maya den ersten grünen Tee brachte. Und Maya hatte nur gedacht: Verdammt. Wie konnte sie nur Mo vergessen? Und geantwortet hatte sie: »Ja, sicherlich, klar doch, keine Frage.«

Warum hatte sie Mo vergessen? Dass sie nicht gern in Krankenhäuser ging, war keine Erklärung. Niemand ging gern in Krankenhäuser. Trotzdem vergaß man darüber nicht den Kranken. Auch die Aufregung um Eckes Schicksal ließ Maya vor sich selbst nicht als Entschuldigung gelten.

Für die Klinik war Mo schon so gut wie tot.

»Inoperabel«, hatte der Stationsarzt Bernhard erklärt. Sachlich. Er hätte genauso gut sagen können: drei Uhr fünfzehn. Es sei eine

Frage von allenfalls zwei, drei Tagen. Als Maya und Anett jetzt die Chancen der Patientin in Zimmer 806 von ihm wissen wollten, schwieg der Arzt vielsagend.

Sie würden nun also eine Todgeweihte besuchen. Maya wurde erschreckend klar, wie begrenz das Leben war. Nicht nur Mos. Auch ihr Leben. Daniels, Anetts.

»Nun komm schon«, flüsterte Anett und zog sie am Ärmel in das Krankenzimmer.

Maya blieb am Fußende des Bettes stehen, an dem ein DIN-A4-Blatt klebte, auf dem *Monique van Veen* stand. Es fiel ihr schwer, mit diesem blassen Körper jene wunderbare Frau zu verbinden, zu der sie aufgeschaut hatte, die noch vor einer Woche ihr Vorbild war für ein Altern in Attraktivität und Würde. Sie sah auf den Monitor, der Mos Herztöne aufzeigte, hörte das leise »Piep, Piep«.

»Poch, Poch.« Sie musste nicht überlegen, wann sie dieses Signal das letzte Mal gehört hatte. Sie würde es nie vergessen. So hatte sich ihr Kind angekündigt, ihr kleines Poch-Poch. Sie hätte Mo gern gefragt, wie das Leben so war, ohne Kinder. Hatte Mo nie Kinder gewollt? Hatte sie es bereut? Oder hatte Mo sich Kinder gewünscht, und sie waren ihr versagt geblieben? Hatte es an ihr genagt?

Maya blickte auf Mo hinab, das, was von ihr geblieben war und irgendwie Leben genannt wurde und doch keins mehr war. Sie dachte, dass nichts bleibt von einem Menschen, der keine Kinder hat. Kinder machten ihre Eltern unsterblich – es sei denn, sie starben vor ihren Eltern. Dann machten sie ihre Eltern tödlich unglücklich.

Ohne es zu wollen, mehr in einer unbewussten Reaktion auf ihre Gedanken, schlug Maya mit der flachen Hand auf den Handlauf am Ende des Bettes. Immer kreisten ihre Gedanken um diese verdammte Kinderfrage. Sie hatte genug davon. Da starb eine Frau, die eine liebe Freundin hätte werden können – und sie dachte wieder nur ans Kinderkriegen. Und an Poch-Poch. Und sie ahnte, dass sie genau wegen dieser Gedanken nicht an Mo und den Krankenbesuch hatte denken wollen.

Während Maya die Distanz brauchte und am Fußende des Bettes stehen blieb, hatte Anett einen Stuhl ans Bett herangezogen und saß dicht neben Mo. Sie wollte ihr so nahe sein wie möglich, gleichsam auf Augenhöhe, obwohl Mos Augen geschlossen waren. Sie berührte mit ihren Fingerkuppen Mos Unterarme, die aus dem Engelchenhemd des Krankenhauses herausragten.

»Hallo, liebe Mo«, sagte sie leise. Mo reagierte nicht.

Anett wäre am liebsten hineingekrochen in Mo, um den Tod aus ihr herauszutreiben. »Was fällt dir ein, einfach zu gehen?« Sie sprach leise, aber direkt in Mos Ohr. »Ich wollte dich noch so viel fragen, über Yoga und ob ich das auch machen soll, Yoga-Lehrerin werden, statt Diktate abtippen und so.« Anett stockte, und ihre nächsten Worte gingen in einem Schluchzen unter.

Die Tränen überkamen sie so heftig, dass sie nicht bemerkte, wie die Tür aufging und der Mönch das Krankenzimmer betrat. Zwei, drei Schritte hinter ihm ging Daniel, der die Tür geräuschlos schloss.

Der Mönch blieb an der Tür stehen, verneigte sich und rezitierte lautlos. Er spürte, dass Anett ihre Yoga-Lehrerin nicht gehen lassen wollte. Er verstand das, denn wer lässt schon gern einen Menschen ziehen, den er liebt? Aber das war die egoistische Liebe, die halten und behalten wollte; wahre Liebe würde loslassen, würde dem Geist helfen, den dahinsterbenden Körper zu verlassen.

Auch Daniel blieb an der Tür stehen. Er hatte nicht damit gerechnet, auf Maya und Anett zu treffen. Heute Vormittag beim Telefonat mit Bernhard hatte der nur erwähnt, er wolle nach Holland fahren, um Mos Mutter abzuholen. Sie sei weit über achtzig und die Anreise auch ohne die Sorgen um ihre Tochter beschwerlich genug.

Warum er Mo besuchte, wusste Daniel selbst nicht so recht. Wollte er den Abschied von seiner Mutter nachholen? Mo hatte nicht die geringste Ähnlichkeit mit seinem »Ruthchen«. Die einzige Gemeinsamkeit war, dass auch seine Mutter im Krankenhaus gestorben war, an Herzversagen, wie es offiziell hieß. Er selbst sprach eher von gebrochenem Herzen – und gab sich selbst zumindest eine

Mitschuld. Die letzten Worte waren im Streit gefallen, dann war er fortgefahren, ohne zu ahnen, dass es kein Wiedersehen geben würde. Seine Mutter war mit Ende vierzig gestorben, zu jung, zu plötzlich.

Mo war vielleicht etwas älter, aber auch zu jung zum Sterben; ihre Mutter hingegen war alt geworden.

Aber was hatte man vom Altwerden, wenn man die eigenen Kinder überlebte? Kinder, die starben, ohne ihren Eltern wenigstens Enkel zu hinterlassen. Zum Trost sozusagen.

Kinder und keine Kinder. Daniel schüttelte sich, weil er es schrecklich fand, wie sehr diese Kinder-Frage sich selbst hier, im Angesicht des Todes von Mo, in seine Gedanken drängte. Waren Kinder so wichtig? War die Karriere so wichtig? Scheiß Karriere. Wenn das Schicksal ihn fragen würde: Lieber Chefredakteur oder Vater von, sagen wir mal drei Kindern, was würde er wählen?

Daniel schüttelte sich. Er war über seine Gedanken entsetzt: Da vorne starb jemand, und er stellte sich zynische Fragen. Er faltete die Hände zum Gebet und bat den lieben Gott um Verzeihung.

Als Daniel wieder aufsah, traf ihn Mayas durchdringender Blick. Als sei er weniger berechtigt hier zu stehen als sie. Er versuchte zu lächeln und merkte, dass es ihm nicht so recht glückte.

Vorsichtig schritt er auf Maya zu, stellte sich neben sie, nicht zu dicht, er wollte sich nicht aufdrängen. Er tastete nach ihrer Hand, umschloss sie vorsichtig. Maya ließ es geschehen, dann drückte sie seine Hand.

Daniel glaubte, dass Maya jetzt lächelte. Aber er sah sie nicht an. Beide schauten sie auf Mo und auf Anett, die an Mos Seite saß und deren Hand drückte.

Der Mönch betrachtete das junge Paar, und es entging ihm nicht, dass Maya mit ihrer Linken das Metallgestell des Bettendes umfasste. Alles ist mit allem und jeder mit jedem verbunden, dachte der Ehrwürdige und spürte das Mitgefühl, das den Raum erfüllte.

Am Abend, als Maya und Daniel zu Bett gingen, drehte er sich nicht zur Seite, um auf seinem E-Book ein paar Seiten seines Einschlafkrimis zu lesen, und sie hielt keinen dicken Herz-Schmerz-Schinken vor der Brust, als müsste sie sich vor Annäherungsversuchen schützen. Vielmehr hatten sich beide nahezu zeitgleich zurückgezogen, Daniel von der Couch, wo er wieder ein paar Seiten in Melvilles *Der Schreiber Bartelby* gelesen hatte, Maya aus der Küche, wo sie mit Anett telefoniert hatte. Beide legten sich auf den Rücken und schauten erschöpft an die Decke und dachten, ein jeder für sich, dass sie ihr Leben ändern müssten. Und jeder verband damit im Stillen seine eigenen Vorstellungen: Maya sah sich ein Kind in ihren Armen wiegen; Daniel moderierte in seiner Phantasie eine große Samstagabend-Show.

Die beiden sahen sich an und wussten, was der jeweils andere gedacht hatte. Und dass den Gedanken Taten folgen mussten.

Ich will nicht länger Briefe an nie geborene Kinder schreiben, dachte sie.

Ich will nicht länger von der Gnade eines Kruse abhängig sein, dachte er.

Unter der Decke suchte Daniel dann irgendwann die Hand seiner Frau. Er lächelte, als er merkte, dass Maya auch nach seiner suchte. Sie drückte seine Hand, er zog sie sanft näher. Sie gab nach, widerstandslos. Sie vereinigten sich mitten im tiefen, dunklen Wald ihrer Ängste, durch den sie hindurch mussten, irgendwie. Aber für einige Minuten fanden sie im Miteinander eine Lichtung, überwanden ihre Körper die Sprachlosigkeit und schliefen schließlich ein in einer Innigkeit, die sie schon lange nicht mehr verspürt hatten.

Kapitel 33

Es war still geworden in der Fichtestraße Nummer sieben, als hätten Mos Dahinsiechen und der Gewaltausbruch des alten Korbanek allen die Sprache verschlagen, was insofern eine Ironie des Schicksals war, da der Mann, den sie lange Zeit Ecke genannt hatten, gerade dabei war, seine Stimme wiederzufinden. Aber das geschah unter Ausschluss von Maya und Daniel, und selbst der Mönch blieb außen vor. Denn gleich an jenem Abend noch, an dem die Korbanek ihren Alten verjagt hatte, war Ecke zu ihr ins Parterre gezogen, hatte seither viel geschlafen und zwischendurch anfangs einige Worte und schließlich sogar ganze Sätze gesprochen.

»Er isst gut, trinkt viel, aber nur Säfte, Wasser und Kaffee«, sagte die Korbanek und nahm selbst einen Schluck aus dem Becher, den Maya ihr gereicht hatte. Mit ihrem typischen »Ich bin's!« hatte die Korbanek wenige Minuten zuvor geklingelt, »um den jungen Leuten mal zu erzählen, was mit dem Mann los ist, den wir immer Ecke genannt haben«.

Nun saß die Korbanek also mit Maya in der Küche – Daniel stand an den Eisschrank gelehnt, die Arme verschränkt – und erzählte, wie gut ihr Gast sich erholte, aber dass er immer noch nicht wusste, wer er war.

»Ich war sogar mit ihm an der Alster unter der Brücke in seinem Zelt«, sagte die Korbanek.

Maya sagte: »Aha!«

»Wie bitte?«, fragte Daniel.

»Na, klar«, meinte die Korbanek, ohne auf die Kommentare einzugehen. »Erstens musste der ganze Mist ja entsorgt werden …«

Sie sah Mayas und Daniels Naserümpfen.

»… das war übrigens der sauberste Brückenplatz, den man sich vorstellen kann. Und zweitens hatte ich gedacht, er hat in seinem Schlafsack oder in seinem Seesack irgendetwas, das einen Hinweis auf seine Vergangenheit gibt. War aber nichts.«

Die Korbanek nahm einen großen Schluck Kaffee und sah Daniel erwartungsvoll an.

»Nichts«, sagte Daniel. »Ich habe im Netz recherchiert. Es gab so viele Brandkatastrophen, Autounfälle und andere Unglücke, in denen sich … ähm … Ecke seine Verbrennungen hätte holen können, dass ich nicht weitergekommen bin.«

»Tja«, sagte die Korbanek, »nichts für ungut, aber da hatte ich jetzt doch etwas mehr erwartet.«

»Bin halt nur ein Wetterfrosch, kein Journalist«, sagte Daniel. Er brauchte den Blick von Maya nicht, um einzusehen, dass die Bemerkung überflüssig war.

»Ich wollte Sie nicht verletzen.« Die Korbanek sah Daniel an und nahm noch einen Schluck Kaffee. »Aber wir müssen herausfinden, wer er ist, oder war, und was damals passiert ist.« Sie stand auf und stemmte die Fäuste in die Hüften. »Ich schlage vor, wir gehen jetzt eine Runde meditieren.« Sie machte eine einladende Geste zu Maya, die gedankenverloren in ihren Teebecher schaute, und zu Daniel, während sie schon halb in der Diele war. »Vielleicht bringt uns der Buddha auf eine Idee.«

»Kann man machen«, sagte Daniel und dachte an die erste Regel aus dem Handbuch für angehende Buddhisten, das mal jemand schreiben müsste: Wenn dir nichts einfällt, dann meditier einfach.

Die Korbanek hielt inne und drehte sich noch einmal zu Maya und Daniel. »Ist Mönch Siri denn da?«

»Nein«, erwiderte Maya, »der ist wahrscheinlich beim Iraner und führt mit ihm religionsphilosophische Gespräche.« Sie war froh, dass der Ehrwürdige inzwischen am Grindel bekannt war wie ein oranger Hund und Anschluss gefunden hatte.

»Dann meditieren wir allein«, sagte die Korbanek, und ihr

»Kommt jetzt!« ließ Maya und Daniel eigentlich keine Chance, sich zu drücken.

So saßen sie still und stumm vor dem Buddha im Dhamma-Zimmer, gemeinsam und doch irgendwie allein und verloren. Ohne den Mönch war es nur ein kahler Raum mit einem prächtigen Buddha, aber kein Platz der Lehre und Erfüllung. Irgendwann, alle drei hoben schon etwas unruhig mal die linke, mal die rechte Seite ihres Sitzfleisches, hörten sie, dass die Wohnungstür aufgeschlossen wurde. Weil man aus der Meditation auch als Anfänger nicht einfach aufspringt, blieben alle drei sitzen, aber natürlich öffneten sie die Augen und sahen erwartungsvoll zur Tür.

»Ayobowan«, grüßte der Mönch, und »Ayobowan« sagte auch der Mann, den sie alle noch vor kurzem Ecke genannt hatten. Sein Gesicht war noch immer verschrammt, aber man sah deutlich, dass ihm die Tage der Ruhe und der sorgsamen Pflege durch die Korbanek gutgetan hatten.

Unter den fragenden Blicken von Maya, Daniel und der Korbanek setzte sich der Mönch auf seinen leicht erhöhten Platz und bat Ecke, sich ihm gegenüber zu setzen. Mit seiner gleichförmigen Rezitationsstimme erklärte er der Gruppe, dass Ecke ihn im Treppenhaus angesprochen und gefragt habe, ob man mit Hilfe der Meditation seine verlorene Erinnerung wiederfinden könne.

»Aber selbst der Buddha konnte keine Wunder vollbringen«, fuhr der Mönch fort, »ich als kleiner Mönch kann das noch weniger. Außerdem suchen wir Buddhisten in der Meditation die Loslösung vom Ich. Sie aber, lieber Ecke, wenn ich Sie noch so nennen darf, suchen hingegen Ihr wahres Ich.«

Der Ehrwürdige seufzte und wünschte, er könnte den Buddha um Rat fragen. »Aber wenn es dem Buddha gelungen ist, in der Meditation seinen anderen Leben zu begegnen, die er vor seiner Wiedergeburt gelebt hat, nun, vielleicht finden Sie in der Meditation zurück zu jenem Unglück, das Sie zu Ecke werden ließ.«

Ecke nickte.

Der Mönch sah den Mann an, der vor ihm im Lotussitz saß. »Sind Sie wirklich bereit, sich auf eine solche Reise in die Vergangenheit einzulassen?«

Ecke nickte erneut.

»Spüren Sie in sich hinein«, sagte der Mönch. »Wollen Sie wirklich wissen, wer Sie waren? Wollen Sie wirklich wissen, was passiert ist? Wollen Sie das ganze Leid noch einmal erleben?«

Ecke schloss die Augen.

Der Mönch wartete. Er war ein Meister im Warten.

Ecke nickte erneut. »Ich suche Zuflucht beim Buddha.« Er hielt inne. »Hier und jetzt.«

Von der Korbanek war ein Seufzer der Erleichterung zu hören.

Der Mönch schloss die Augen. Und alle taten es ihm gleich.

Der Ehrwürdige sprach, den Buddha zitierend, über das Feuer, das in der Seele brennt: das Feuer des Begehrens, des Hasses, der Verblendung.

Ecke hörte zu und tauchte mit jedem Wort des Mönchs ein Stück tiefer hinab in sein innerstes Ich. Zunächst war dort nur Schwärze, doch dann, mit jedem neuen Wort des Mönchs, jedem weiteren ruhigen Atemzug, den er selbst tat, wurde es heller, greller, dann wieder dunkler; er tauchte durch Wellen des Bewusstseins, erst verschwommen, dann immer klarer, hinab in jene Schichten, in denen die Bilder erst deutlich, dann lebendig wurden. Er sah sich in seinem Haus, in seinen Arbeitsräumen unten, für deren große Fenster er selbst einmal Teile des Gartens ausgehoben hatte. Er sah sich an einem Zeichentisch, sah sich schnuppern, Rauch riechen. Er sah ein Feuer, ein gewaltiges Lodern und Brennen. Er stürmte Stufen hoch, rief nach Leonard und Noika. Doch seine Kinder antworteten nicht. Er rief nach Marianne. Er sah seine Frau am anderen Ende des Dachgeschosses. Sie rief nach ihm, rief: »Manuel!« Sie ruderte mit den Armen, er kämpfte sich vor zu ihr, durch die Flammen.

Doch er konnte auch sie nicht retten. Er kam nie bei ihr an.

Er sah sich in einem Bett liegen, umgeben von Ärzten. Er stand auf, ging durch Straßen, übernachtete auf Campingplätzen, auf Bahnhöfen, unter Brücken.

Und dann sagte die Korbanek: »Alles ist gut, lieber Manuel.« Er öffnete die Augen und blickte in das freundliche Gesicht dieser liebevollen Frau. Sie tupfte ihm mit einem Tuch die feuchte Stirn ab. Er lag auf dem Boden des Meditationszimmers. Er sah die Buddha-Statue und erkannte erst jetzt, wie farbenfroh sie war.

»Darf ich bleiben?« Manuel hätte nicht sagen können, wem die Frage eigentlich galt. Dem Buddha? Dem Mönch? Der Korbanek? Oder Daniel und Maya?

»Bleiben Sie bei sich, Manuel«, sagte der Mönch.

Kapitel 34

Alles, dachte Daniel, was er in den letzten Wochen vorgeschlagen hatte, war von Gommez abgelehnt worden: Hatten wir schon, kennen wir schon, wussten wir schon. Ja, er hatte gerade nicht seinen besten, seinen kreativsten Lauf.

In seiner Einfallsnot hatte er sogar überlegt, von der Köhlbrandbrücke zu springen. Am besten als finaler Auftritt. Könnte eine tolle Quote geben und Kruse gefallen. »Er hat alles für den Sender gegeben«, würde Kruse sagen.

»Ich trauere um meinen besten Kollegen«, würde Gommez heucheln und auf seiner Beerdigung das Alster-Journal moderieren, mit einer halben Zwiebel im Taschentuch, um sich für die Kamera ein paar Tränen abzuringen.

Für den nächsten, und vielleicht allerletzten, Dreh mit dem Mönch ging es auf die Reeperbahn. Jetzt, um die Mittagszeit, verströmte sie allerdings Tristesse pur. Und das lag nicht nur an dem grauen Himmel, in den Daniel schaute, während Verena den Hamburg-First-Wagen durch den Verkehr steuerte. *Eine Kultmeile? So ein Unfug. Es ist eine der schmutzigsten Straße Hamburgs.* Wirklich nicht mehr?

Du formulierst nicht scharf genug, dachte Daniel, der sich den Vorlauftext zum Aufsager des Mönchs überlegte. *Hier regiert das Verbrechen, die Gesetzlosigkeit, hier herrscht der Abschaum.* Schon besser, sagte er sich und lachte über seine Zaghaftigkeit. Ja, vielleicht war er zu nachsichtig, zu versöhnlich – zu ängstlich?

Du bist ein Angsthase, sagte er sich. Du bist konfliktscheu, risikoscheu, verantwortungsscheu. Du traust dich nicht, ein Kind in die Welt zu setzen. Du traust dich nicht zu kündigen. Wahrscheinlich hättest du auch nicht geheiratet, wenn es nicht auf so eine exotische, entrückte, unrealistische Weise geschehen wäre.

Denk positiv!, redete er sich zu. Eigentlich hast du keinen Grund, dich über dein Leben zu beschweren. Hatte er in Maya nicht eine wunderbare Frau? War sie nicht nur attraktiv, sondern auch klug und mit ihrer Kanzlei zudem erfolgreich? Brachte sie ihm nicht wirklich Verständnis und Liebe entgegen sowie hin und wieder auch Begehren? Gab es nicht Momente der absoluten Zusammengehörigkeit, so wie gestern vor dem Einschlafen?

Und konnte er eigentlich nicht auch mit seinem Job zufrieden sein? Müsste er nicht nur etwas fleißiger und kreativer sein? Und vielleicht auch seine Ansprüche runterschrauben, seine Erwartungen seinem Talent anpassen?

Du bist nicht erwachsen geworden, sagte er sich. Aber ein Gommez? War der erwachsen? Ein Kruse? Zeigte der Reife? Verantwortung? Jedenfalls bettelten sie nicht um Liebe und Anerkennung.

Es gibt nur eine Zeit, in der es wesentlich ist, zu erwachen – diese Zeit ist jetzt. Der Mönch hatte gut reden.

Du bist nicht fair gegenüber Siri, ermahnte sich Daniel. Hatte sich der Mönch nicht bereiterklärt, vor die Kamera zu treten, nur um ihm die Chance zu geben, bei Gommez und sogar bei Kruse zu punkten? Und hatte ihnen der Mönch nicht damals in Sri Lanka eine Riesenfreude bereitet?

Daniel konnte ihre Tempelzeremonie vor seinem geistigen Auge abspulen wie einen Film. Er sah den mit Fähnchen und Girlanden geschmückten Tempel. Sogar Teile des Daches hatte der Mönch von Helfern aus dem Dorf aufklappen lassen. Wie große Luken gaben sie den Blick in den blauen Himmel frei. Vor der Buddha-Statue brannten dennoch die Kerzen, und Weihrauch erfüllte die Luft. Und auf einmal tauchten kleine Mädchen auf, in ihren besten weißen Kleidchen bildeten sie ein Spalier und streuten weiße Lotusblüten vor ihnen aus.

»Daniel«, Maya hatte seinen Blick gesucht. »Daniel, was soll das?«

Ja, die Überraschung war ihm gelungen. Sie hätten über den Mönch eine Einladung zu einer Hochzeit erhalten, hatte er Maya erzählt. Und mit dem Hinweis auf die Sitten und Bräuche sowie den Respekt vor der singalesischen Kultur hatte er sie zu einem Dorfschneider gelockt, wo sie sich beide in traditionelle Gewänder hüllten.

Daniel hatte Mayas Arm gefasst und ihr bedeutet, nichts weiter zu fragen, sondern nach vorne zu schauen. Vor der Buddha-Statue saß der Mönch mit geschlossenen Augen auf einem kleinen Podest und rezitierte. Daniel führte Maya zu zwei Kissen, die vor dem Ehrwürdigen ausgebreitet waren.

Daniel erinnerte sich noch genau an Mayas ungläubigen Blick, als ihr bewusst wurde, dass sie nicht Gast auf irgendeiner Dorfhochzeit, sondern dass dies hier ihre eigene Hochzeit war. Sie war ihm in die Arme gefallen.

»Daniel, mein Daniel«, stammelte sie, während sie sich auf einem der beiden Kissen niederließ, leise schluchzend.

Der Mönch sprach ruhig, sehr melodisch und wie im Schlaf, als habe er diese Texte tausendmal und mehr gesprochen, und Maya hatte sich beruhigt.

Ein Glöckchen erklang schließlich. Es war Ananda, der Tempeljunge, der läutete.

Mayas Augen waren wieder feucht geworden, und vielleicht hätte sie vor Glück wieder angefangen zu weinen, wenn der Mönch sich jetzt nicht der Buddha-Statue zugewandt hätte. In deren Schoß lag ein Stück Holz, umwickelt mit weißem Faden. Der Mönch hob zu einem neuen Singsang an, während er den Faden abspulte und über einer Kerze zwei ellenlange Stücke abtrennte. Mit den beiden Fäden hatte sich der Mönch zu ihnen vorgebeugt. Daniel erinnerte sich, wie er ihm seinen Arm entgegengestreckt und Maya zugeflüstert hatte: »Halt ihm deine offene Hand hin.«

»Im Namen des dreifachen Juwels, Buddha, Dhamma, Sangha, des Erhabenen, der Lehre und der Gemeinschaft jener, die Buddha folgen«, hatte der Mönch auf Deutsch gesagt, »bleibt einander verbunden in Achtsamkeit, liebender Güte und Mitgefühl.«

Während der Ehrwürdige den Faden drei Mal um Daniels Handgelenk wickelte, schien er diesen Satz auf Pali wiederholt zu haben. Er legte den zweiten Faden in Mayas Hand und nickte Daniel zu.

»Ich liebe dich«, flüsterte Daniel und band den Faden drei Mal um Mayas Handgelenk. Und jedes Mal schien der Mönch auf Pali das dreifache Juwel, Buddha, Dhamma, Sangha, zu beschwören. Und jedes Mal hatte Daniel geflüstert: »Ich liebe dich.«

Daniel merkte, wie die Erinnerung ihn lächeln ließ, und meinte im Grau des Himmels über der Reeperbahn ein Stück Blau zu entdecken, als ihn ein: »He, wir sind da!« aus seiner Erinnerung riss. Verena hatte den H1-Wagen in eine Seitenstraße gefahren und ließ ihn in eine unerwartete Parklücke rollen. Noch bevor sie die Handbremse anziehen konnte, war Daniel ausgestiegen und riss die hintere Wagentür auf.

»Lieber Mönch Siri, willkommen auf dem Spielbudenplatz, dem Herz von St. Pauli.« Daniel breitete die Hände aus, als sei er der Direktor des Hotels St. Pauli.

»Wunderbar, lieber Daniel, berichten Sie mir.«

Und so erzählte Daniel von den Gauklern und Künstlern, die sich Ende des achtzehnten Jahrhunderts mit hölzernen Buden auf dem Platz niedergelassen und ihm so seinen Namen gegeben haben. Und es war auch hier, wo einmal ein Carl Hagenbeck exotische Tiere vorgeführt hatte, woraus der berühmte Tierpark hervorgegangen war. Und natürlich zeigte Daniel auch auf die berühmte Davidwache und in Richtung Herbertstraße, in der Frauen halbnackt in Fenstern saßen.

»Rotlicht und Blaulicht, Herbert und David, dicht an dicht«, amüsierte sich der Mönch.

Verena suchte währenddessen eine gute Stelle für den Aufsager und fand sie an der wegen einer Currywurst-Bude so genannten *Scharfen Ecke,* wo die kleine Hein-Hoyer-Straße auf die Reeperbahn traf. Nach einer munteren Ankündigung von »Schneeregen« und »Glättegefahr« sowie »Temperaturschwankungen« blickte der Mönch ernst in die Kamera und sagte mit seiner getragenen Rezitationsstimme: »So ist es: Gemeines ist da, und Edles ist da. Aber es gibt eine Freiheit, die höher ist als alle sinnliche Wahrnehmung.«

Das machte er richtig gut, dachte Daniel angesichts der Wandlungsfähigkeit des Mannes in Orange, der mal wie ein Kind lachte und dann wieder wie ein Heiliger sprach.

Der Mönch verneigte sich mit gefalteten Händen in die Kamera und auch vor Daniel, während Verena sofort den Wagen holte. Sie mussten noch in den Sender, um den Beitrag zu bearbeiten.

»Lieber Daniel, Sie sind in Eile«, sagte der Mönch, »ich aber würde gern noch ein wenig verweilen. Dieses Viertel …«, der Mönch zögerte ein wenig, »… dieser Kiez hat das Leben meines einstigen Klosterbruders Kandako geprägt. Ich würde ihm gern eine Gehmediation widmen.«

»Ich weiß nicht, lieber Mönch Siri«, gab Daniel zu bedenken, »finden Sie denn heim?«

Verena hielt mitten auf der Straße. »Alles einsteigen«, rief sie durch das offene Beifahrerfenster. Ungeduldig hupte hinter ihr ein weinroter Maybach mit abgedunkelten Scheiben.

Daniel wandte sich dem Ehrwürdigen zu. »Das ist eine üble Gegend, lieber Mönch Siri, besser Sie fahren mit uns zurück.«

»Ach was«, beschwichtigte ihn der Mönch, »ich gehe einfach die Reeperbahn hoch bis zu den Tanzenden Türmen. Am Michel dann links, da war ich schon mit der guten Frau Korbanek, geradeaus bis zum Bahnhof Dammtor, dort die Rothenbaumchaussee hoch, dann in die Hartung …«

Der Maybach hupte zum dritten Mal.

Der Ehrwürdige allein auf dem Kiez, konnte er das verantworten? Daniel war unsicher, aber nach dessen detaillierter Wegbeschreibung gab er sich geschlagen. Er verneigte sich vor dem Mönch, sagte: »Bis nachher dann!« und stieg zu Verena in den Wagen.

Der Mönch sah Daniel nach. So jung und so gehetzt, dachte er. Und, ja, er sorgte sich um seinen jungen Freund, dessen Seele so schwankte: Auf der einen Seite biederte er sich Kruse oder Gommez an, auf der anderen sprach er von Kündigung. Und über all dem lag eine Traurigkeit, die in Sätzen gipfelte wie: »Dann mache ich meinen letzten Aufsager eben im freien Fall von der Köhlbrandbrücke.« War das nun Anlass zu schlimmsten Befürchtungen oder nur bittere Ironie?

Und schwankte Daniel nicht auch in der Beziehung? Mal sprach er von seiner Sehnsucht nach Geborgenheit, dann geriet er mit Maya über Kleinigkeiten aneinander und wollte »diesem ganzen Beziehungsmist ein Ende bereiten«.

Musste man solche Sätze ernst nehmen oder waren solche Drohungen heutzutage unter jungen Paaren normal? Dem Ehrwürdigen jedenfalls gaben diese Stimmungsschwankungen zu denken.

Langsam gehend versuchte der Mönch, sich auf eine Meditation über seinen einstigen Klosterbruder Kandako einzustimmen. Doch es gelang ihm nicht. Obwohl die Bürgersteige um diese Tageszeit nicht annährend so voll waren wie etwa die Gehstreifen auf dem Jungfernstieg, wurde der Ehrwürdige schon nach wenigen Metern angerempelt. Niemand dachte auch nur im Geringsten daran, auf einen wandelnden Mönch Rücksicht zu nehmen.

Ein zweiter Rempler war besonders heftig. Und es folgte noch nicht einmal eine Entschuldigung, sondern nur ein rotzfreches: »Ey, du Tomate, weg da!«

Der Mönch sah auf. Der Schreihals war weitergegangen: ein junger Mann mit an der einen Seite sehr langem Haar, an der anderen war sein Kopf rasiert. Auf dem kurzen Mantel stand über die ganze Schulter *Leck mich,* DU *Arsch!.* Es schien mit einem dicken Stift geschrieben zu sein. Die dünnen Beine steckten in zerschlissenen schwarzen Hosen, und an den Füßen trug er schwere schwarze Stiefel mit dicken Ketten. Ist das bequem, fragte sich der Mönch, so durch die Straßen zu laufen? Waren solche Sätze auf dem Mantel höflich?

Der junge Mann hielt inne, nahm einen großen Schluck aus einer Bierflasche, die er aus seinem Mantel holte. Dann drehte er sich um, sah den Mönch an, nahm noch einen Schluck und warf ihm die

Flasche vor die Füße. Das Glas zersplitterte und hätte den Ehrwürdigen getroffen, wäre er nicht so behende einen großen Schritt zurückgesprungen. Wie gut, dachte der Mönch, dass ihm die Korbanek diese hohen Schuhe geschenkt hatte, denen Glassplitter und Bierspritzer nichts ausmachten.

Der junge Mann sah den Mönch an, brüllte noch einmal: »Ey, du Arsch-Tomate!«, drehte sich um und lief pöbelnd weiter.

Der Mönch war stehen geblieben und musste sich erst einmal sammeln. Das waren also die Folgen der Nervengifte, mit denen sich die Menschen schadeten. Er hatte gehört und auch gelesen, dass Alkohol und Drogen die Menschen überall auf der Welt zerstörten, auch in Balapitiya. Selbst in seinem Dorf gab es einen Mann, der Alkohol trank. Aber dass jemand im Rausch so böse zu anderen Menschen war, das hatte der Mönch noch nicht erlebt.

Als hätte der Vorfall seinen Blick geschärft, sah der Mönch auf einmal das geballte Elend der Heimatlosen und Verlorenen, die in Hauseingängen hockten oder Toreinfahrten schliefen. Junge Männer, alte Männer, junge Männer, die aussahen wie alte Männer; und auch Frauen, die mit diesen Männern tranken, stritten und sich sogar küssten, während Alkohol oder Sabber ihnen übers Kinn lief.

Der Mönch dachte an Manuel. Er war zu »Ecke« geworden, vom Menschen zur Ortsbezeichnung. Aber in seinen Augen hatte ein Hoffnungsschimmer gelegen, in ihm war noch nicht alles erloschen. Diese Elenden jedoch, die hier zu seinen Füßen in ihrem eigenen Urin lagen, sie schienen endgültig verloren.

An eine Hauswand hatte jemand eine Frage gesprüht, die den Mönch lächeln ließ: *What the fuck would Buddha do?* Eine gute Frage, dachte der Mönch. Der Buddha hatte niemanden verlorengegeben.

Der Ehrwürdige dachte gerade darüber nach, wie unabhängig des Buddhas Lehre von Zeit und Raum war, als Rufe von der anderen Straßenseite ihn ablenkten.

»Mein Süßer, komm mal her!«, schrie eine blonde junge Frau in einem sehr kurzen Rock.

»Zeig uns mal, was *du* unter deinem Rock hast!«, rief ihm eine andere Frau zu. Sie lachte schrill auf, steckte sich ihre Zigarette in den Mundwinkel, damit sie beide Hände frei hatte, riss ihren Rock hoch, der mehr ein breiter Gürtel war, und zeigte ihren blanken Schoß.

Der Mönch blieb stehen. Er hatte noch nie in seinem denkenden Leben einen weiblichen Schoß gesehen. Und er sah ihn auch jetzt nicht. Er sah die Seele einer jungen Frau, die verzweifelt um Hilfe schrie, die im Feuer aus Sucht und Gier verbrannte.

Der Mönch sah immer noch hinüber auf die andere Straßenseite. Eine andere Frau zog den Reißverschluss ihrer Bluse auf und rief: »Mönchlein, Mönchlein, schau mal rein!« Die halbe Straße lachte.

Sie lachten den Mönch aus. Aber der Ehrwürdige hörte kein Lachen. Er hörte nur das Flehen armer Seelen. Wie viel schlechtes Karma mussten diese Mädchen angehäuft haben, dass ihre Seelen jetzt so litten?

In leiser Rezitation überquerte der Ehrwürdige die Straße. Er achtete nicht auf den Verkehr, denn er wusste, dass die Fahrer ihn beachteten. Und tatsächlich hielten die Wagen, ohne empört zu hupen, und ließen den Mönch auf die Huren zugehen. Und stumm vor Staunen verfolgten die Männer und Frauen hinter ihren Steuern, aber auch die Passanten auf beiden Seiten der Straße, wie die kreischenden Mädchen verstummten und ihre Blicke senkten. Die eine, die ihren Schoß entblößt hatte, zerrte ihren Rock so tief runter, wie sie nur konnte, die andere zog nicht nur den Reißverschluss ihres Pullovers bis zum Kinn, sondern auch den ihrer Daunenjacke.

Der Mönch ging auf die Frauen zu, sah sie an, wie sie schon lange nicht mehr von einem Mann angesehen worden waren. Denn der Mönch sah sie nicht als Objekte der Begierde, sondern sah in ihre Seelen. Die jungen Frauen spürten, dass sich hier jemand näherte, der es gut mit ihnen meinte.

»Liebe Damen«, sagte der Ehrwürdige mit seiner klaren, warmen Stimme, »ich bin ein buddhistischer Mönch aus Sri Lanka.« Der Ehrwürdige wartete, ob sich Verwunderung breitmachte, weil er

Deutsch sprach. Aber niemand sagte etwas, kein Lachen, kein Ton, und der Mönch fuhr fort: »Alles, was ich weiß, verdanke ich der Lehre des Erhabenen. Er sah in jedem Menschen das Gute. Denn, so sprach der Buddha: ›Wer in Sünde lebte und dann nicht mehr sündigt, der erleuchtet die Welt wie der Mond, wenn er frei von Wolken ist.‹«

Der Mönch verneigte sich vor den Huren, richtete auch seinen Gruß an die Autofahrer, die nun mit ihren Wagen weiterfuhren, und grüßte auch alle Passanten, die stehen geblieben waren. Dann schritt er weiter den Bürgersteig entlang, durch ein Spalier von Straßenhuren, die ihn ansahen, wie sie vielleicht zuletzt als Kinder auf den Tannenbaum geschaut hatten: ungläubig, staunend, verzückt und verunsichert zugleich.

Als der Mönch in eine Seitenstraße einbog, hörte er hinter sich eine Männerstimme brüllen: »Los, ihr Hühner. Arbeitet, oder wir schlagen euch Krankenhaus.«

Der Mönch wusste, dass keine der Frauen ihr Leben ändern würde. Jedenfalls nicht heute und nicht morgen. Aber er spürte auch, dass er sie berührte hatte, dass er ihr Innerstes, das, was die Menschen Seele nannten, erreicht hatte. Vielleicht war ein Samen gelegt. Vielleicht erwuchs irgendwann aus dem Schlamm eine Lotusblüte.

In seinem Mitgefühl für die armen Seelen hatte sich der Ehrwürdige verlaufen. Auf der Reeperbahn mit ihren bunten Neonreklamen war dem Mönch die einsetzende Dämmerung gar nicht aufgefallen. Hier, abseits des Touristenstroms, lag Dunkelheit über den Häusern und Gassen. Manchmal ließen breite Tore spärlich erleuchtete Hinterhöfe erahnen. Wagentüren wurden zugeschlagen, Mülltonnen schepperten, Stimmen riefen irgendetwas. Dem Mönch schienen die Rückseiten der Häuser auszuspucken, was die Neonreklamen auf deren Vorderseite anlockten und dann von den Kneipen und Casinos, den Bars und Bordellen verschluckt und verdaut wurde. Der Ehrwürdige fragte sich, was er hier, auf der dunklen Seite des Kiezes, zu suchen hatte.

Kapitel 35

Die Beziehung zwischen Ronni und dem lieben Gott war alles andere als eng und gut. Aber irgendwie musste sein Versprechen da oben gehört worden sein, denn seine Qualen als Angeketteter hielten sich in Grenzen. Die meiste Zeit hatten sie ihn in eine isolierte Folterzelle gesperrt, wo er – neben dem Nagelbett und einer echten Toilette für Freunde von Natursekt- und Kaviarspielen – sogar Platz fand, sich auf den kalten Boden zu kauern. Nur wenn sich der Kanzler oder Bully zu einer Befragung anmeldeten, musste er sich an die Wand hängen lassen.

Wahrscheinlich eine Idee des perversen Bully, dachte Ronni, denn der *S & M*-Besitzer schien sich wirklich an dem angeketteten Ronni zu erfreuen. Zudem waren die beiden Ledersklavinnen alle paar Stunden vorbeigekommen, um sich devot nach seinem Befinden zu erkundigen. Zwei Mal brachten sie ihm Wasser, und als er beim dritten Mal nach einer Cola fragte, bekam er auch die.

Aber als er sie ausgetrunken hatte, musste er sich wieder an die Wand ketten lassen. Bully-Time, dachte Ronni und fragte sich, wie der Tätowierte ihn heute quälen würde.

Ein paar Minuten später, die Ronni allerdings wie Stunden vorkamen, war er schlauer.

»Wirst erwartet«, herrschte Bully ihn an, ließ ihn von den Ledersklavinnen abketten, schubste ihn zum Ausgang und zog Kabelbinder hervor, die er so fest um Ronnis Handgelenke zurrte, dass dessen Finger schon taub waren, bevor er vor Bullys Shelby Mustang stand.

»Du wolltest doch immer mal mit so einer Kiste fahren«, sagte Bully, spuckte ein Kaugummi auf die Straße und schob sich ein neues rein. »Also, steig ein!« Wie die Polizei das bei ihm selbst schon so oft gemacht hatte, packte er Ronni am Kopf und drückte ihn auf den Beifahrersitz. »Nix anpacken, nix einsiffen, sonst mache ich dich fertig, bevor wir da sind.«

Der Kanzler wartete auf ihn, Ronni wusste das. Sein Kopf oder der Ferrari. Er war erledigt.

Ronni überlegte, die Fahrertür aufzustoßen und wegzulaufen oder um Hilfe zu rufen. Aber wie weit würde er kommen? Wer würde ihm helfen? Würde auch nur einer dieser Touristen aus Gladbeck, Gera oder Grumbach zum Handy greifen und die Polizei rufen? Nee, kein einziger.

»Mensch, Bully, du kennst mich«, sagte Ronni, denn aus Krimis wusste er, dass Opfer eine Chance hatten, wenn sie mit dem Täter redeten, wenn sie zu ihm eine Verbindung aufbauten.

»Genau«, erwiderte Bully. »Ich kenn dich. Das ist dein Problem.«

Nein, in Krimis haute so etwas vielleicht hin, dachte Ronni, aber nicht mit ihm und Bully. Aber er wollte sich auch nicht zu seiner Hinrichtung fahren lassen, ohne irgendetwas zu versuchen.

Bully war inzwischen in eine Seitenstraße abgebogen. Hier irgendwo fanden manchmal Hundekämpfe statt. Und hier hatte der Kanzler mal zwei Albaner von Pitbulls zerfleischen lassen. Wenn er abtauchen könnte und es bis zum Bahnhof schaffte, raus aus Hamburg, raus aus Deutschland, vielleicht nach Brasilien, dann hatte er eine Chance, vielleicht. Brasilien? Kam seine scharfe Nachbarin nicht aus Südamerika? Ja, mit Schuschu an die Copabanana, das wäre es. Ronni biss sich auf die Lippen. Sie würden ihn gleich irgendwelchen Kampfhunden zum Fraß vorwerfen, und er dachte an die schnuckelige Nutte von nebenan. Reiß dich zusammen, ermahnte er sich. Erst die Türöffner, dann die Copabanana.

Ronni fingerte nach irgendwelchen Griffen, Klinken. Irgendwas musste doch da sein. Er versuchte, unbeteiligt aus dem Fenster zu starren. Bully war nicht dämlich. Aber er selbst langsam wahnsinnig. Oder schimmerte da tatsächlich ein oranger Fleck in der Dunkelheit auf? Der Mönch? Was trieb der Typ auf dem Kiez? Noch dazu in so einer dunklen Gasse?

Ronni rieb sich die Augen, so gut das mit Kabelbinder möglich war. Gleich würden sie zu dem Mönch aufgeschlossen haben. Er ging mit auf dem Rücken gefalteten Händen und schien in Gedanken versunken.

Ronni riss an der Klinke und warf sich mit seinen ganzen einhundert Kilo gegen die Tür.

»Hilfe, Mönch, helfen …«

Bullys rechter Ellenbogen zuckte hoch und knallte gegen Ronnis linke Schläfe, die rechte knallte gegen die Fensterscheibe. Ronni kam nicht mal mehr dazu, »Scheiße« zu denken, so schnell war er ohnmächtig. Langsam, wie eine große Kugel Speiseeis, rutschte sein blasses Gesicht an der Fensterscheibe hinab.

Kapitel 36

»So, ich wäre dann so weit.« Maya staunte über sich selbst. Normalerweise führten nur Menschen, die schon lange allein lebten oder allmählich vergreisten, Selbstgespräche. Morgens fragten sie ihre Kleiderschränke, was sie denn heute nur anziehen sollten, abends schimpften sie mit dem leeren Kühlschrank, weil er ihnen mal wieder rein gar nichts zu bieten hatte. Nun bin ich also auch so ein Fall, dachte Maya und schaute zu der Buddha-Figur, der sie gerade gesagt hatte, dass sie bereit sei zur Meditation.

Maya zuckte mit den Schultern. Hatte sich nicht viel Seltsames ereignet, seit der Ehrwürdige bei ihnen eingezogen war? Setzte sich der Mönch nicht auch vor den Buddha und fragte ihn um Rat? Aber war das nicht mehr ein innerer Dialog? Und konnte sie sich überhaupt mit dem Mönch vergleichen? Wahrscheinlich kam ihr Gast der Erleuchtung schon ziemlich nahe, während sie und Daniel doch allenfalls Glühwürmchen waren, falls sich bei ihnen überhaupt etwas getan haben sollte in den letzten Wochen.

Du bist ganz schön von der Rolle, hatte sich Maya erst heute Nachmittag gesagt, als sie sich erneut dabei ertappte, dass ihre Gedanken abschweiften. So wie sie sonst keine Selbstgespräche führte, war sie normalerweise nämlich eine hochkonzentrierte Arbeiterin. Ob an der Uni oder in den Kanzleien, in denen sie gearbeitet hatte, bevor sie das zweite Meyerding bei »Dr. Meyerding & Meyerding« wurde. Auf eines hatte sich Maya immer verlassen können: dass sie sich selbst in Krisen durch Aktenberge hindurchfressen konnte, während andere verzweifelten. Jetzt aber dachte sie mitten in Diktaten über ihr Leben nach, kamen ihr Zweifel, ob sie wirklich so weitermachen sollte – mit der Arbeit, mit Daniel, mit ihrer Sehnsucht nach einem Kind, nach einer Familie.

Berührt von dem nahenden Tod Mos, die sterben würde, ohne sich durch Kinder mit einer Illusion von einem Weiter-Leben trösten zu können, erinnerte sich Maya an diesem Nachmittag an die Geschichte der Nonne, die sie von dem Ehrwürdigen kannte. Sie hatte an die Flamme der Begierde gedacht, die in ihr brannte und die sie mit ihren Wünschen immer wieder befeuerte – und die sie nicht zur Ruhe kommen ließ.

Doch anders als sonst hatte sie ihre abschweifenden Gedanken an diesem Nachmittag nicht zu verdrängen versucht, sondern war nach Hause gefahren, war ins Dhamma-Zimmer gegangen und hatte den Buddha begrüßt, als sei er ein alter Bekannter – und irgendwie war er ihr ja auch vertraut geworden.

Maya verneigte sich vor der Statue mit vor dem Herzen gefalteten Händen, zündete die Kerzen an und ließ sich im Lotussitz nieder.

Wenn Maya ein Zwiegespräch mit dem Buddha hätte führen können, so wie der Mönch das häufiger tat, dann hätte ihr der Erhabene gesagt, dass er sich über ihr Kommen sehr freute und er ihren guten Willen zu schätzen wüsste. Und er hätte ihr geraten, sich einfach vor ihm niederzulassen und ihn anzuschauen. Doch solche Gespräche führten nur jene mit dem Erhabenen, die selbst kurz davor standen zu erwachen.

Maya sah den Buddha an. Es war ein farbenfroher, freundlicher, geradezu lachender Buddha, und Maya dachte daran, dass ausgerechnet die biedere Korbanek die bunte Statue gekauft hatte. Wie man sich in Menschen täuschen konnte. Aber sie hätte der Korbanek ja auch nicht zugetraut, dass sie ihren Alten vom Hof jagte. Einfach so. Zack.

Maya fragte sich, ob sie Daniel vom Hof jagen sollte. So alt war sie nun auch nicht, dass sie nicht noch einen anderen Mann finden könnte. Aber hatte sie mit Daniel nicht gerade eine ganz gute Phase? Würde sie mit einem anderen Mann nicht vielleicht andere Probleme haben, vielleicht sogar größere?

Maya sah den Buddha an und sagte: »Bitte, lieber Buddha, zeige mir einen Weg. Gib mir ein Zeichen.«

Maya senkte den Blick und wartete. Vergebens. Nie hatte der Buddha jemandem eine Entscheidung abgenommen. Eigenverantwortung war ein Pfeiler seiner Lehre.

Während Maya darauf wartete, dass der Buddha ihr helfen würde, kam Daniel aus dem Sender nach Hause und wunderte sich, dass die Wohnungstür nicht richtig zugezogen war. Aber letztlich war das in diesem Moment auch egal, nach dem Krach mit Gommez war alles egal.

»Gequirlte Kacke« hatte er die buddhistische Botschaft des Mönchs genannt und sich geweigert, sie als sendetauglich abzunehmen. Daniel versuchte zu erklären, dass der Mönch von Freiheit sprach, von wahrer Freiheit, und was für ein schöner Gegensatz das sei zur Großen Freiheit, der bekanntesten Seitenstraße der Reeperbahn.

Aber Gommez ließ ihn gekonnt auflaufen. »Warum habt ihr Deppen dann nicht in der Großen Freiheit gedreht?«

Da war Daniel aufgesprungen, er hätte fast heulen können vor Wut, war aus dem Sender gestürmt und nach Hause gefahren. Auf der U-Bahn-Fahrt hatte er versucht, sich zu beruhigen, aber eigentlich war seine Unruhe eher größer geworden. Er fühlte sich elend und matt, und die Angst schnürte ihm die Kehle zu. Wie sollte er nach diesem Eklat mit Gommez weiter beim Sender arbeiten? Hatte er Kruse nicht gerade den idealen Vorwand zu seiner Kündigung geliefert?

Er warf sich im Wohnzimmer auf die Couch und starrte an die Decke. War er mit Mitte dreißig schon am Ende? Er schloss die Augen, als ihn ein »Hallo« zusammenzucken ließ.

»Verdammt, was soll das denn?«, herrschte er Maya an.

»Entschuldige, ich wollte dich nicht erschrecken.« Sie strich ihm übers Haar, aber er wischte ihre Hand weg und richtete sich auf.

»Was machst du denn überhaupt schon hier?«, fuhr er sie an.

»Es tut mir leid«, sagte Maya, »ich hatte nicht mit dir gerechnet.«

»*Ich* hatte nicht mit *dir* gerechnet«, erwiderte Daniel, »du bist sonst nie vor acht zu Hause.«

»Bitte, Danny, lass uns nicht streiten. Ich bin mit einer Akte nicht weitergekommen und bin zum Meditieren nach Hause gefahren.«

Daniel legte den Kopf schief. »Du hast dich da hinten hingesetzt?« Der Spott in seiner Stimme war nicht zu überhören. »Hast dich vor den Buddha gehockt und einen auf Korbanek gemacht?« Daniel wusste, dass er sich den letzten Satz hätte sparen können. Aber er war nicht in der Stimmung, sich zurückzunehmen. Kruse nahm sich ihm gegenüber ja auch nicht zurück. Immerhin schob er noch nach: »Ich hatte Ärger im Sender.«

Daniel hatte erwartet, dass Maya ihn nun fragen würde, was für einen Krach er denn hatte und wie der ausgegangen sei. Aber Maya war in Gedanken noch bei sich und bei dem, was ihr in der Meditation eingefallen war zu Anhaftungen, Neid, Begierden, Sehnsüchten und Ängsten, und sie hatte dabei ganz viel an den Mönch gedacht. Deshalb fragte sie: »Wo ist eigentlich der Mönch?«

»Auf dem Kiez«, sagte Daniel.

»Auf dem Kiez?«, fragte Maya ungläubig.

»Was dagegen?«, fragte Daniel zurück. »Wir haben da einen Aufsager gemacht. Aber den hat Gommez gekillt.«

Es war Daniels zweiter Versuch, Mayas Interesse zu wecken, aber auch diesmal ging sie nicht auf ihn ein.

»Du gehst mit dem Mönch auf den Kiez? Du drehst mit ihm mitten unter Huren und Zuhältern einen Aufsager für deine Wetteransage?« Maya hatte alle Gelassenheit verloren, über die sie gerade noch meditiert hatte.

»Das hat Siri gern gemacht«, rief Daniel. »Er war neugierig auf die Szene dort, weil sein alter Klosterbruder mal auf St. Pauli gelebt hatte. Wo ist da dein Problem?«

Maya ging Daniels aggressiver Ton langsam auf die Nerven. Und seinen Umgang mit dem Ehrwürdigen fand sie genauso unangemessen. »Du hast ihn allein gelassen. Das ist verantwortungslos, Daniel!« Sie stand jetzt im Türrahmen zum Wohnzimmer. »Für diese Kiez-Typen ist ein Mönch ein rotes Tuch, eine Provokation.«

Wenn schon, dann ein oranges Tuch, dachte Daniel, seufzte demonstrativ und richtete sich auf der Couch auf. »Meine Liebe«, sagte er, »das ist ein erwachsener Mann und nicht dein Kind.«

»Der Mönch ist ein alter Mann, den du für deine Karriere ausnutzt und der sich auf dem Kiez nicht auskennt.«

»Im Gegensatz zu dir versucht der Mönch wenigstens, mir zu helfen.«

»Du beutest seine Freundlichkeit aus, du interessierst dich nicht für ihn, nicht für seine Lehre. Dir geht es nur um dich und deinen Job.«

Nun reichte es Daniel. Er stand auf und ging auf Maya zu.

»Das ist doch wohl ein schlechter Witz: Du hängst die ganze Zeit in der Kanzlei rum und wirfst mir vor, ich nähme meinen Job zu wichtig?« Daniel baute sich vor Maya auf. »Wem ist denn die Arbeit, die Kanzlei, wichtiger als alles andere? Na?«

Maya spürte, wie ihre Augen drohten, feucht zu werden. Sie hatte keinen Krach gewollt, ganz bestimmt nicht, aber was Daniel jetzt machte, war zutiefst verletzend.

»Und wer redet die ganze Zeit davon, sich verändern zu müssen?« Maya ging nun ihrerseits einen Schritt auf Daniel zu. »Wer tönt rum, dass alles Scheiße ist, und ändert trotzdem nichts daran?« Sie ballte ihre Hände zu Fäusten und stemmte sie in die Hüften. »Der feine Herr Plötner schwadroniert von Verantwortung übernehmen, und dann fehlt ihm der Mumm, es auch zu tun.«

Maya ging noch einen Schritt auf Daniel zu und bot ihm jetzt, im Wortsinne, die Stirn. »Meinst du, ich hätte Bock, mit so einem Maulhelden ein Kind zu bekommen?«

Maya wusste, dass sie ihm sehr weh tat. Aber er hatte damit angefangen.

Daniel suchte Mayas Blick. Er sah ihr in die Augen, mit urplötzlicher Eiseskälte. Sie hätte nicht sagen können, wann sie ihn in all den Jahren, die sie nun schon zusammen waren, so erlebt hatte.

»Weich doch nicht von unserem Thema ab, meine Liebe.« Seine Stimme war leise und flach. »Warum kann sich der Mönch denn nicht auch mal nützlich machen – wenn du ihm schon das Ticket für den Flug bezahlt hast?«

Maya wollte nicht schlucken. Sie wollte nicht zurückweichen. Sie wollte sich auch nicht auf die Lippe beißen. Aber sie konnte nicht anders. Sie wollte etwas sagen, aber sie wusste nicht, was. Dafür setzte Daniel nach.

»Hast du dich nicht gewundert, warum ich dich nicht einmal gefragt habe, wie der Mönch an sein Ticket gekommen ist? Und an das Visum?« Er machte eine Pause. »Oder warum hast du mich das nicht gefragt?« Daniel lächelte Maya schief an. »Für wie blöd hältst du mich eigentlich?«

»Woher? Wieso … weißt du?« Maya wich unbewusst einen weiteren Schritt zurück.

»Ich habe ihn gefragt. So einfach ist das.« Daniel grinste gehässig. »Und er hat es mir erzählt. Das Ticket von dir. Dein Brief für die Botschaft mit der Einladung an ihn.«

»Aber du hattest ihn doch eingeladen«, sagte Maya und ärgerte sich über das Kreischen, das sich in ihre Stimme geschlichen hatte.

»Ja, in Absprache mit dir, nicht hinter deinem Rücken.« Daniel wandte sich von Maya ab und wollte sich wieder aufs Sofa setzen. »Und zugegeben, ich hatte nicht gedacht, dass er wirklich kommt, nach über siebzig Jahren in seinem Tempel.«

Maya schlug mit der flachen Hand gegen den Türrahmen, in den sie zurückgewichen war, als böte er ihr Schutz. Sie schlug nicht aus Wut gegen das Holz, sondern aus Verzweiflung. Sie hatte es mit der Einladung gut gemeint. Und sie hätte mit Daniel darüber gesprochen, wenn der Mönch sich vorher gemeldet, seinen Besuch angekündigt hätte. »Daniel, bitte, ich war selbst überrascht, als er plötzlich vor der Tür stand.«

Sie schlug noch einmal mit der flachen Hand gegen den Türrahmen. »Verflucht noch mal, er hat sich auch bei mir nicht angemeldet.«

Zu spät, sie spürte es. Ihr Eingeständnis kam zu spät. Sie hätte eher damit rausrücken müssen. Sie hätten beide mehr miteinander reden müssen. Nicht nur über den Mönch. Sie erreichte Daniel nicht mehr.

»Meine Spenden für den Tempel, meine Einladung an sein halbes Dorf«, er zeigte mit dem Finger auf sie, »es war dir mal wieder nicht gut genug.«

»Dem Mönch verdanke ich den schönsten Tag meines Lebens. Ich wollte ihm zeigen, dass wir es ernst meinten mit unserer Einladung.«

Daniel sprang wieder auf. »Es ist dir ja nie genug, was ich mache.« Er sagte es ihr ins Gesicht mit all dem Widerwillen, der in ihm hochschoss. »Wir hätten es besser lassen sollen.«

Er schob sich an ihr vorbei. Er wollte raus aus dem Zimmer, wollte Maya nicht mehr sehen.

»Was hätten wir lassen sollen?« Maya schrie es ihm über die Diele hinterher. »Die Hochzeit? Die Einladung?«

Daniel blieb Maya die Antwort schuldig. Er war die Diele entlanggestürmt, hatte die Tür zum Dhamma-Zimmer aufgerissen, tief durchgeatmet und die Tür sanft geschlossen. Er faltete die Hände vor dem Herzen und grüßte den Buddha. Maya glaubte nicht, dass er sich ändern würde? Dass er Entscheidungen fällen könnte? Oh, sie würde sich noch wundern. Alle würden sich noch wundern.

Kapitel 37

Seit Ronni klargeworden war, dass er sich vermutlich im hinteren Raum eines jener Szenerestaurants befand, die zum Imperium des Kanzlers gehörten, fragte er sich zwei Dinge: Würde sein Zinken jemals wieder eine normale Nase werden? Eine, mit der er niesen konnte, ohne dass sie ihm abfiel? Denn während der Fahrt war Bully mit seinem Ellenbogen noch mal »drübergerutscht«, wie er sagte.

Die andere Frage lautete, ob der Mann vor ihm wirklich der Kanzler war. Ronni kannte Gerhard Schröder nun schon ziemlich lange, und bereits in seinen Anfängen galt der immer als der Feine: Bei den Silverboys, die Schröder gegründet hatte, war er als Einziger aus der Gang immer glattrasiert gewesen, trug die teuersten Jeans, jeden Tag frisch gewaschen und gebügelt. Später als Hartgeldlude hatte er die besten Jacketts und Hemden mit Knöpfen an den Kragenspitzen, für die es auch einen englischen Namen gab, den Ronni sich nie hatte merken können. Dem Mann aber, vor dem Ronni gefesselt auf einem Stuhl saß, standen Schweißperlen auf der Stirn, das weiße Hemd klebte ihm am Körper, der Kragen, der immer noch komisch festgeknöpft war, stand so weit offen, dass Ronni das dunkle Brusthaar erkennen konnte, die Ärmel, an denen sonst goldene Manschettenknöpfe blinkten, waren aufgekrempelt. Wirkt fiebrig, hatte Ronni im ersten Moment gedacht, als Bully ihn dem Kanzler vorführte. Aber dann sah Ronni den Pokertisch, und er kapierte: Schröder war im Zockerrausch.

Um den grünen Filz herum, auf dem die Karten lagen, saßen drei Männer und zwei Frauen, eine Blonde und eine Brünette, die nicht vom Kiez kommen konnten, dafür waren sie zu elegant gekleidet. Die Männer trugen Smoking. Zwei sprachen Russisch miteinander. Der dritte sah aus wie ein Chinese.

»Ronni«, sagte der Kanzler in väterlichem Ton, »mein Junge hatte Geburtstag, weißt du das?«

Ronni nickte. »Ja, Kanzler, das weiß ich.«

Ronni hatte jegliches Zeitgefühl verloren, aber dem Kanzler zu sagen, dass er den Geburtstag von dessen Sohn und damit das Ultimatum vergessen hatte, wäre ziemlich dumm gewesen.

»Und ich hatte keinen Ferrari für meinen Jungen.« Der Kanzler beugte sich zu ihm hinunter – und nahm die Brille ab.

Diesmal bin ich wirklich so gut wie tot, dachte Ronni, als er zum zweiten Mal in seinem Leben in diese eiskalten Augen sah. Er merkte, wie ihm der Harn in die Blase schoss, und dachte: Ich bepiss mich gleich.

»Da war ich sehr, sehr traurig.« Der Kanzler setzte die Brille wieder auf, drehte sich auf dem Absatz wie ein Balletttänzer und breitete die Arme aus. »Aber heute Abend bin ich sehr, sehr glücklich. Ich kann nämlich guten Freunden etwas ganz Besonderes bieten.«

Der Kanzler schnippte mit den Fingern. Bully brachte ihm eine Schatulle, öffnete sie, und Schröder holte einen Revolver hervor. »Dieses kostbare Sammlerstück, ein Nagant M1895, hat mir der gute Artjom im vergangenen Jahr geschenkt.« Der Kanzler nickte einem Mann mit einem funkelnden Diamanten im Ohr zu. »Als kleines Dankeschön, lieber Artjom, spielen wir heute Abend Russisch Roulette.«

Der Kanzler schob eine Patrone in den Lauf, drehte die Trommel und verneigte sich wie ein Zirkusdirektor. Die Männer klatschten beifällig, die Blonde kaute an ihren langen roten Fingernägeln, die Brünette zündete sich eine Zigarette an, die sie in einer Spitze rauchte.

Der Kanzler entnahm der Schatulle einen Schalldämpfer und schraubte ihn bedeutungsvoll auf den Revolver. »Beginnen wir, lieber Ronni, mit deinem kleinen Zeh.«

»Nein!« Ronni versuchte, vom Stuhl aufzustehen, kippte um und wimmerte: »Nein, Kanzler, das kannst du nicht machen. Nicht nach dreißig Jahren.«

Bully zerrte Ronni wieder hoch. Der Kanzler legte ihm die Hand auf die Schulter und flüsterte ihm ins Ohr: »Wenn du noch mal so einen Aufstand machst, fang ich mit deinen Eiern an. Capisce?«

Ronni nickte, schluckte und fühlte, wie seine Hose im Schritt nass wurde. Scheiße! Er kniff die Schenkel zusammen, damit niemand sein Malheur sah.

Der Kanzler wandte sich mit dem Revolver seinen Gästen zu. »Jeder von Ihnen, liebe Freunde, darf die Trommel einmal drehen.« Der Kanzler machte eine Kunstpause. »Falls er sich traut.« Er sah seine Gäste an und bot jedem die Waffe an. »Wer möchte?«

Die Blonde kaute jetzt an zwei Nägeln gleichzeitig. Die Brünette blies den Rauch in kunstvollen Kreisen in die Luft. Die Russen flüsterten sich etwas zu. Der Chinese bohrte in seiner Nase, mit zwei Fingern gleichzeitig.

Vielleicht hätte der Kanzler noch den einen oder anderen Gedanke darauf verschwendet, ob Chinesen größere Weicheier waren als Russen, wenn nicht der Chirurg mit seinen beiden Schmerzfreien das Separee betreten hätte – und einer seltsamen Gestalt in ihrer Mitte.

»Sorry, Kanzler«, sagte der Asiate, »aber der Mönch will«, er deutete lächelnd auf Ronni, »›Herrn Wulf‹ sprechen.«

Der Kanzler schüttelte den Kopf, sehr langsam, und schnalzte mit der Zunge. »Ich hatte darum gebeten, nicht gestört zu werden, Han«, erwiderte er so leise und scharf, dass Ronni die Luft anhielt.

»Ich bitte um Verzeihung« oder so etwas Ähnliches glaubte Ronni zu hören. »Wir Thailänder verehren Mönche sehr. Ich gebe Ihnen eher mein Blut, als das des Mönchs zu vergießen.« Der Asiate hielt sein Schmetterlingsmesser in der Hand, ohne dass jemand gesehen hatte, wie er es gezogen hatte. Er wirbelte damit durch die Luft, warf es hoch, fing es wieder und setzte es an seiner Pulsader an. Selbst der

Kanzler, der eigentlich durch so gut wie nichts mehr zu beeindrucken war, spitze die Lippen zu einem kaum hörbaren Pfiff.

»Nein, Han, das brauchst du nicht.« Der Kanzler legte dem besten Leibwächter, den er kannte, begütigend eine Hand auf den Unterarm. »Frag den Kaspar, was er will, und schafft ihn raus.«

Han schenkte Schröder ein Lächeln, das einem frechen Grinsen gleichkam, und der Kanzler dachte kurz daran, ihm doch noch eine Lektion zu erteilen, da meldete sich der Mönch zu Wort.

»Ich danke Ihnen im Namen des dreifachen Juwels, Buddha, Dhamma, Sangha.« Er faltete die Hände und verneigte sich. »Ich möchte gern Herrn Wulf von seinem Leid erlösen.«

Das wird ja eine tolle Show, dachte der Kanzler, und reichte dem Mönch seinen Revolver. »Ich dachte immer, ihr Buddhisten seid gewaltfrei.« Schröder lachte kurz auf. »Aber nicht in den Kopf schießen, das macht eine richtige Sauerei.«

Der Mönch hob abwehrend die Hände. »Nein, bitte, ich rühre keine Waffe an. Ich wollte Herrn Wulf mit nach Hause nehmen.«

Der Kanzler wirbelte den Revolver um den Abzugfinger. »Habt Ihr das gehört, liebe Freunde?« Er wandte sich der Pokerrunde zu. »›Ich möchte Herrn Wulf mit nach Hause nehmen‹, sagt der zu mir!« Er lachte auf, als hätte jemand einen guten Witz gemacht.

Der Kanzler wandte sich dem Mönch zu, so abrupt eiskalt, wie er zuvor in Lachen ausgebrochen war. »Nee, mein Bester, ich bin kein Buddhist, bei mir kriegen Sie nicht jeden Wunsch erfüllt.«

Bitte nicht, dachte Ronni. Gerade noch hatte er gehofft, er könnte mit dem Mönch in die Nacht hinausgehen, nun sackte sein Herz wieder in die nasse Hose.

»Lieber Herr«, sagte der Mönch, der nach wie vor mit gefalteten Händen dastand, »ich werde dieses Zimmer nicht ohne Herrn Wulf verlassen.« Er verneigte sich tief.

Ganz langsam beschlich den Kanzler das Gefühl, dass dieser Mönch ihn lächerlich machte. Und wenn er eins nicht leiden konnte, und zwar auf den Tod nicht, dann, dass man ihn lächerlich machte. Ganz langsam trat er auf den Mönch zu, noch langsamer nahm er den Arm mit dem Revolver hoch, bis dessen Mündung die Kinnspitze des Mönchs berührte, der sich noch immer verneigte.

Der Kanzler drückte den Kopf des Mönchs mit dem Revolverlauf nach oben, bis er ihm ins Gesicht sehen konnte. In die milden braunen Augen.

Der lächelt mich an, dachte der Kanzler. Zuckt mit keiner Wimper. Verärgert registrierte er, dass sein Gesicht sich verzogen hatte und er sich auf die Lippen biss.

Der Kanzler beschloss, ein Exempel zu statuieren wie zuletzt vor fünf, sechs Jahren. Im Bruchteil einer Sekunde setzte er dem Mönch die Waffe auf die Stirn.

Am Pokertisch kreischte die Blonde auf, die Brünette betrachtete die Glut ihrer Zigarette. Der Chinese zupfte sich jetzt die Nasenhaare einzeln aus, während die Russen sich über den Pokertisch lehnten, um das Schauspiel besser verfolgen zu können. Der Chirurg und die beiden Schmerzfreien rückten ein wenig näher an die Gäste heran. Bully blieb bei Ronni.

»Pass mal schön auf, mein Mönchlein …« Der Kanzler sagte es viel zu schnell, viel zu erregt, und ärgerte sich darüber. Er zwang sich, ganz ruhig zu atmen, bevor er den Satz vervollständigte. »… ich könnte dir jetzt dein vorwitziges Hirn wegblasen.«

Der Ehrwürdige sah den Mann an, der ganz verschwitzt vor ihm stand und dessen Stimme zitterte, obwohl er sich bemühte, möglichst ruhig zu sprechen. Er empfand großes Mitgefühl für diesen armen Tropf, der glaubte, er könnte ihm mit dem angedrohten Tod Angst machen.

»Und ich, lieber Mann«, sagte er mit seiner gleichmütigen Rezitationsstimme, »ich würde mir mein Leben nehmen lassen, ohne mit der Wimper zu zucken.«

Der Kanzler erinnerte sich an einen Serben, der mal in einer ähnlichen Situation den Coolen markiert hatte. Aber als der Balkanese den Schlaghahn klicken hörte, hatte er sich in seine verfurzte Hose geschissen. Der Kanzler spannte den Hahn. Klick.

Der Mönch lächelte ihn an. Er hatte mit keiner Wimper gezuckt.

Die beiden Russen waren um den Tisch herumgekommen, standen jetzt mit Han, den beiden Schmerzfreien und Bully im Halbkreis um den Kanzler und den Mönch. Der Chinese blieb am Tisch, hielt sich die eine Hand vor die Augen, mit der anderen popelte er weiter. Die Brünette blies die Asche ihrer Zigarette ganz sanft über den Pokertisch, die Blonde knabberte an allen fünf Fingern. Und Ronni, der so gern etwas gesehen hätte, sah nur das breite Kreuz von Bully. Er wagte nicht, sich zu beschweren.

Der Kanzler wiederum fragte sich, warum dieser Mönch nicht mal zuckte.

»Bitte, lieber Herr, drücken Sie ab.« Der Ehrwürdige sagte es so ruhig, als würde er die Zeit ansagen: Beim nächsten Ton ist es …

Die Blonde sprang auf, kreischte: »Ich will hier …« Einer der Schmerzfreien zuckte mit seinem rechten Arm, traf die Blonde mit der Faust an der Schläfe, und sie sackte zusammen.

Der Mönch ließ seinen Blick über den Pokertisch schweifen, als hätte er keinen Revolverlauf am Kopf.

»Lieber Mann«, wandte er sich dem Kanzler zu, »ich sehe, Sie spielen gern. Auch mit dem Leben anderer. Lassen Sie davon ab, sonst verlieren Sie alles. Vielleicht schon heute.«

»Du Schlaumeier verlierst gleich dein Leben«, zischte der Kanzler, »wenn du nicht die Klappe hältst und dich sofort vom Acker machst.« Er wollte dem Mönch eine letzte Chance geben – aber auch sich selbst. Er hatte schon ein paar Mal Leuten, die nicht parierten, in den Fuß oder ins Knie geschossen. Und einmal jemandem in die Schulter, aber das war Notwehr gewesen, damals in den Anfängen. Erschossen hatte der Kanzler noch nie irgendjemanden. Und in den Kopf machte sowieso eine Riesensauerei.

Ach, dachte der Mönch, dieser gute Mann ist ein schwerer Fall. »Verlieren kann man nur das, woran man sich klammert.« Er blickte den Kanzler an. Einige Sekunden lang. Seinem Gegenüber perlte der Schweiß auf der Stirn. Der gute Mann hatte sein ganzes Mitgefühl, hatte er sich in seiner Gier nach Größe doch in eine so schwierige Lage gebracht.

Irgendetwas polterte, alle drehten sich um und sahen Ronni, der versuchte, mit seinem Stuhl in den Halbkreis zu ruckeln.

Bully trat gegen den Stuhl, Ronni rief: »Eh!« und kippte rückwärts um. Es war ein dumpfer Knall, als Ronnis Kopf auf die Terrakotta-Fliesen knallte und regungslos liegen blieb.

»Ich mache Ihnen einen Vorschlag«, sagte der Mönch, als plauderte er mit dem Kanzler über das Wetter. »Sie drücken jetzt ab.« Er sah den Kanzler an. »Und danach lassen Sie Herrn Wulf bitte laufen. Sind Sie einverstanden?«

»Mensch Mönch, machen Sie keinen Scheiß!« Ronni war zu sich gekommen. Er lag wie ein Käfer auf dem Rücken.

Woher kam der Typ?, fragte sich der Kanzler. Wieso sprach der überhaupt Deutsch? Er verdrängte die Fragen. Er musste sich jetzt konzentrieren. Verlieren kann man nur, woran man hängt, hatte der Mönch gesagt. Und offensichtlich hing der Mann in Orange nicht an seinem Leben. Aber er an seinem Ansehen als Kanzler. Sein Ruf war sein Kapital. Wenn er jetzt kniff, war er erledigt, so gut wie tot.

»Sie wissen, dass ich abdrücken werde?«, fragte er den Mönch. Aber eigentlich machte er sich damit selbst Mut.

»Ich bitte darum«, sagte der Mönch. »Aber bitte lassen Sie Herrn Wulf nicht so entwürdigend liegen.«

Der Kanzler gab Bully einen Wink. Der *S & M*-Betreiber machte Ronnie los und schubste ihn in den Halbkreis.

»Ich grüße Sie, lieber Herr Wulf.« Der Mönch verneigte sich.

Der ist wahnsinnig, dachte Ronni. Aber er dachte es mit dem größten Respekt. Seit seinem alten Deutschlehrer, dem netten Herrn Winterscheid, der immer alles wusste und trotzdem gut zu ihm war, hatte er noch vor keinem derart Hochachtung gehabt.

»Sie geben mir Ihr Wort, dass Herr Wulf wirklich gehen darf?«

Der Mönch sah den Kanzler an, aber auch alle anderen in der Runde.

»Ja, egal was passiert. Ronni darf gehen.«

»Krieg ich den Ferrari, wenn ich ihn finde?«, fragte Ronni den Kanzler.

»Fresse!«, blaffte Bully ihn an.

Ronni zuckte zusammen, aber dann schubste er Bully weg. »Bitte, Herr Mönch, sagen Sie dem Kanzler das, bitte: Ich bin frei, und der Ferrari gehört mir. Bitte, sonst hat er mich wieder am Arsch.«

Dieser Ronni. Der Mönch musste sich beherrschen, nicht zu lachen.

»Ja, so sollte es sein«, sagte der Mönch. »Ronni und der Ferrari. Falls er ihn findet, sollte er ihm gehören.« Er sah den Kanzler an. »Sagen Sie Ja, und drücken Sie endlich ab.«

Schröder musste schlucken. Diese beiden Wanzen krabbelten ihm tatsächlich die Hosenbeine hoch. Und er konnte sie nicht aufhalten.

»Einverstanden.«

Der Kanzler sah den Mönch an. Er hatte mal auf einer Illustrierten ein berühmtes Foto gesehen. Ein General schoss einem Asiaten in den Kopf. Er musste das jetzt auch tun. Er musste der Kanzler bleiben. Ob im Knast oder nicht. Der Mönch zuckte mit keiner Wimper. Er hatte die Hände vor dem Herzen gefaltet und lächelte.

»Haben Sie keine Angst, Herr Kanzler«, sagte der Mönch. »Es ist nur mein Leben. Drücken Sie einfach ab. Es passiert Ihnen nichts.«

Der Kanzler biss die Zähne zusammen, drückte die Augen zu – und krümmte den Zeigefinger. Klick.

Als Schröder die Augen wieder öffnete, sah er ungläubig, dass der Mönch noch vor ihm stand. Kein Schuss war gefallen. Die Kammer war leer gewesen. Kein Tropfen Schweiß stand auf der Stirn des Mönchs.

Die Blonde, wieder bei Bewusstsein, lachte hysterisch und patschte die Handflächen zusammen. Die Brünette drückte die Zigarette aus, lehnte sich zurück und leckte sich die Lippen. Der Chinese rief: »Bravo!«, sprang auf den Tisch, dann in den Halbkreis und warf sich dem Mönch zu Füßen.

»Schafft den Affen raus«, befahl der Kanzler den beiden Schmerzfreien, die den Chinesen zappelnd raustrugen. Die Russen applaudierten. Auch die Brünette klatschte nun.

Schröder fragte sich, wem der Beifall und die Begeisterung galten. Ihm, dem Kanzler? Oder dem Mönch? Und war das jetzt wichtig?

Nur Ronni machte aus seinem Herzen keine Mördergrube. »Alter, Alter, Alter, das war ja eine geile Nummer!« Er stürzte auf den Mönch zu, schlug ihm auf die Schulter, drückte ihn und flüsterte: »Wir machen hier jetzt ganz schnell die Biege.«

Tatsächlich machte niemand Anstalten, sie aufzuhalten.

Der Chirurg verneigte sich vor dem Mönch und selbst die beiden Schmerzfreien, die den Chinesen zuvor entsorgt hatten und bereits zurückgekehrt waren, falteten die Hände vor der Brust.

Schröder sah den Mönch an, etwas versteckter als die anderen. Ja, er hatte den Mann in Orange unterschätzt. Dieses Duell hatte ihn mehr Kraft und Nerven gekostet als gedacht.

Schröder spürte, dass ihm der Kreislauf wegzusacken drohte. Er wurde alt. Zu alt für diese ganze Scheiße hier. Aber hier war er der Kanzler. Und was war er, wenn er irgendwo auf Malle sitzen würde? Ein Rentner.

Der Kanzler sah, dass Ronni den Mönch zur Tür drängte.

»Halt!«, rief er. Im Raum herrschte sofort Stille. Schröder konnte fast hören, wie Ronni das Herz in die Hose sackte.

»Ja, Kanzler, was kann ich tun?«

Schröder ging zu einem antiken Sekretär, zog eine Schublade auf und holte einen Fahrzeugschein raus. »Die Papiere für den Ferrari.«

»Danke, Kanzler«, sagte Ronni, tippte sich an die Stirn wie ein Droschkenfahrer nach gutem Trinkgeld.

Schröder krempelte seine Ärmel runter, ließ die Manschettenknöpfe blitzen, zog sein Jackett über und ging auf den Ehrwürdigen zu. Er wirkte jetzt sehr ruhig und abgeklärt. Er nahm seine Sonnenbrille ab und blickte den Mönch an, so warm es seine kalten Augen zuließen.

»Ich bin noch nie einem Menschen begegnet, dem sein Leben so gleichgültig war.« Die Stimme des Kanzlers verriet Anerkennung.

»Oh, lieber Mann, da irren Sie sich gewaltig«, sagte der Mönch fröhlich. »Ich liebe das Leben und die Menschen. Aber«, und dabei verneigte sich der Mönch, »was geboren ist, stirbt wieder; was gestorben ist, lebt wieder.« Der Mönch sah den Kanzler wieder an. »Weil ich weiß, dass es so ist, wie der Buddha es erkannt hat, fürchte ich den Tod nicht.«

Der Kanzler sah den Mann an und dachte sich, dass er so einen klugen Kopf zum Berater haben müsste oder zum Schachspielen, um dabei über ein paar Sachen zu reden. Etwa, warum sein Sohn trotz aller Internate sein Abitur nicht schaffte und lieber Drogen nahm. Oder warum seine Frau damals depressiv war, sich schließlich sogar umgebracht hatte, obwohl ihr der Kiez zu Füßen lag.

Der Mönch schaute den Kanzler noch einmal an. Und während sich ihre Blicke trafen, sagte er: »Wenn das nächste Mal Zorn in Ihnen aufkommt: Atmen Sie Frieden ein und Liebe aus. Und umhüllen Sie Ihre Mitmenschen mit einer Wolke von Liebe.«

Der Kanzler schüttelte sich unmerklich, was aber nur der Mönch bemerkte, und setzte seine Brille wieder auf. Er verneigte sich vor dem Ehrwürdigen.

»Darf ich Ihnen, Herr Mönch, meinen Respekt erweisen? Kann ich Ihnen einen Gefallen tun? Irgendetwas, was Sie brauchen?«

Der Ehrwürdige schüttelte den Kopf. »Nichts zu haben und nichts zu wollen ist die größte aller Freiheiten.« Er verneigte sich, und der Kanzler faltete seinerseits die Hände vor dem Herzen.

In der Tür wandte sich der Mönch noch einmal um.

»Sagen Sie, lieber Herr, kennen Sie einen Friedbert, der nach dem Krieg hier gelebt hat, dann Mönch in Sri Lanka wurde und wieder hierher zurückgekehrt ist?«

Der Kanzler lebte nun auch schon seit über einem halben Jahrhundert auf dem Kiez, aber von so einem Typen hatte er nichts gehört. Er zuckte mit den Schultern.

»Das tut mir leid, Herr Mönch, aber damit kann ich Ihnen nicht dienen.«

»Macht nichts«, sagte der Mönch, »Vergangenes sollte ohnehin ruhen.« Er verneigte sich noch einmal in die Runde, die in absoluter Stille zugehört hatte, und folgte Ronni nach draußen.

Als die beiden bereits die kalte Luft der Nacht spürten, fasste sich Ronni unauffällig in den Schritt. Es waren nur ein paar Tropfen in die Hose gegangen, Gott sei Dank. Und ihm fiel ein, dass er sein Leben ändern wollte. Zumindest hatte er das versprochen. Und deshalb dachte er an diese doch wirklich echt nette Nutte von nebenan, und wie warm das jetzt wohl schon bei Schuschu zu Hause an der Copabanana sein müsste. Dann aber schüttelte der Ronni seinen Kopf, so heftig, dass der Pferdeschwanz wippte, denn eigentlich wollte er jetzt erst einmal wissen, wie das mit dem Buddha war und was das denn für ein Typ gewesen sei.

Und so erzählte der Mönch bis zu den Grünanlagen von »Planten un Blomen« von dem Erhabenen und dessen Weisheit, erklärte ihm geduldig, warum es keine Zufälle gäbe und was denn eigentlich Karma sei. Und der Ronni hörte zu. Er hatte das bisher nicht gewusst, dass man Gutes anhäufen konnte für sein weiteres Leben oder für sein nächstes. So was könnte man doch nicht wissen, entschuldigte der Ronni seine vielen Fragen, so etwas müsse einem doch mal gesagt werden. Aber der Mönch hatte ja unendlich viel Zeit und offensichtlich noch mehr Geduld.

Als sie in der Nähe der Grünanlage an einer Ampel warten mussten, hielt eine Taxe, die Scheibe auf der Beifahrerseite fuhr herunter, und der Fahrer rief dem Mönch zu: »Ehrwürdiger, darf ich Sie mitnehmen?«

Hinter dem Steuer saß ein hagerer Mann mit Dreitagebart, der seine tiefen Magenfalten etwas kaschierte. Seine grüne Daunenjacke glänzte in der Dunkelheit.

»Wir kennen uns doch, oder?«, fragte der Fahrer.

»Ich weiß«, sagte der Mönch.

»Was für ein Zufall«, grinste Ronni.

Der Mönch lachte sein herzlich naives »Ho, ho!« und »Hi, hi!« und sah Ronni mit aufgesetzter Empörung an. »Habe ich nicht gerade erklärt: Es gibt keinen Zufall?«

»Doch, doch!«, beeilte sich Ronni um Schadensbegrenzung, »alles hängt mit allem zusammen. Ich sag nur: Kramar.«

Der Mönch seufzte, aber wollte es dabei belassen. Ronni hatte ja gerade erst angefangen, sich mit Buddhismus zu beschäftigen. Und hatte der Buddha ihn nicht kürzlich ermahnt, er solle die Menschen bitte nicht überfordern?

»Steigen Sie ein, mein Lama«, sagte der Fahrer, »ich fahre Sie gern in die Fichte. Umsonst, selbstverständlich.«

Zu dem »Lama« sagte der Mönch nichts, nicht zu so später Stunde.

»Mich auch!«, raunzte Ronni den Fahrer an, wie er gewohnt war, andere anzuraunzen. Nach einem Blick des Mönchs sagte er dann noch: »Würden Sie mich vielleicht auch fahren? Freundlicherweise.«

»Na klar. Nach Altona in die Klinik?«, fragte der Fahrer und deutete auf Ronnis Nase oder was davon übrig war.

»Nee, hier auf'n Kiez, zum Nuttenbunker.« Ronni blickte entschuldigend zum Mönch. »Wird echt so genannt.«

»Ich bringe auch Sie heim, für lau«, sagte der Fahrer. Er lachte den Mönch an: »Ich arbeite nämlich an meinem Karma.«

Kapitel 38

Daniel schlug die Augen auf und fragte sich, was ihn geweckt hatte. Der schreckliche Traum, in dem er erst Gommez verprügelt und danach Kruse aus dem Fenster geworfen hatte? Oder die heftigen Rückenschmerzen, die ihn bei der geringsten Bewegung heimsuchten? Er richtete sich auf, stemmte beide Hände in den unteren Bereich seiner Wirbelsäule, als linderte das den Schmerz.

Ich bin zu alt für diese Nächte auf der Couch, dachte er. Es war nicht seine erste Nacht auf der Couch. Er hatte es nach Meinungsverschiedenheiten schon einige Male vorgezogen, nicht mit Maya unter eine Decke zu schlüpfen und so zu tun, als sei nichts geschehen. Aber diesmal ging es nicht um eine eskalierte Rechthaberei, sondern um die Frage, ob sie einander wirklich liebten. Und was das wiederum für ihre Zukunft hieß.

Daniel sah auf die Uhr des Fernsehers. Kurz vor drei. Er vergewisserte sich, dass die Tür des Wohnzimmers wirklich geschlossen war, zog seinen Laptop aus der Ablage unter dem Couchtisch hervor und surfte seine Pornoseiten an. Masturbieren gegen die Angst. Er kam sich so elend vor. Aber diese diffuse Panik, die ihm aus dem Herzen die Kehle hochkroch, war schlimmer als das Gefühl, ein elender Wichser zu sein.

Daniel hörte über seinen Kopfhörer das Stöhnen der Frauen, die Lust simulierten. Die meisten schauspielerten grottig, aber manche spielten ihre Rollen als immer geile Lustobjekte auch gut.

Er sah auf sich selbst hinab, auf einen Mann von Mitte dreißig, der in Boxer-Shorts auf der Couch saß, auf seinen Computer starrte und manisch Videoclips aufrief, auf der Suche nach einer Erektion, auf der Flucht vor dem, was sonst in ihm hochkochen würde. War das seiner würdig?

Daniels Augen waren schwer, lagen wie bleierne Murmeln in ihren Höhlen, brannten. Er klappte den Laptop zu, duschte kalt, zog seine langen Joggingpants sowie seinen Hoodie an und setzte sich im Dhamma-Zimmer vor den Buddha. Er verneigte sich.

»Ich nehme Zuflucht zum Buddha.« Er sprach jedes Wort so bewusst aus, als sei Deutsch ihm fremd. »Ich nehme Zuflucht zum Dhamma. Ich nehme Zuflucht zur spirituellen Gemeinschaft, zum Sangha.« Er atmete tief durch. Obwohl er im Lotussitz saß, zitterten seine Knie.

Daniel schloss die Augen und konzentrierte sich auf seinen Atem. Ein. Aus. Ein. Aus. Er musste sich zwingen, langsam zu atmen. Zwei, drei Atempaare schaffte er es, sich zu konzentrieren. Ein. Aus. Ein. Aus. Dann schweiften seine Gedanken wieder ab zu Gommez und Kruse. Sollte er kündigen? Sollte er durchhalten? Konnte der Buddha ihm wirklich helfen?

Ein. Aus. Ein. Aus.

Sollte er ausziehen? Trennung auf Probe? Von wem sollte er sich zuerst trennen? Von Maya? Von Gommez und Kruse?

Ein. Aus. Ein. Aus.

Daniel öffnete die Augen und sah den Mönch. Der Ehrwürdige saß zwischen ihm und dem Buddha.

»Ehrwürdiger … Mönch Siri … warum … Was machen Sie hier?«

»Wenn der Schüler bereit ist, sollte der Lehrer zugegen sein.«

Daniel beugte sich vor, bis seine Stirn den Boden berührte.

»Richte dich auf, Daniel!« Der Mönch sagte es in einem strengen Ton. Und fügte etwas sanfter hinzu: »Sitz aufrecht, deines Selbst bewusst!«

Als Daniel aufrecht saß, den Rücken durchgedrückt, ohne dass er ihn schmerzte, sprach der Mönch mit seiner sanften Rezitationsstimme, die keinerlei Schwankungen kannte: »›Ich lehre einzig, was der Erkenntnis des Pfads dient. Was diesem Ziel nicht nützt, wird von mir nicht gelehrt. Nur eine Wahrheit hat Bestand: die Wahrheit vom Leiden. Das Leiden entsteht aus Ursachen, die verstanden und beseitigt werden können. Ich lehre, was nützlich ist zur Erlösung vom Leiden, zur Erlangung des Gleichmuts, des Friedens und der Befreiung. Was dem Pfad nicht nützlich ist, davon rede ich nicht.‹«

Der Mönch machte eine Pause und leitete Daniel an, wieder bewusst ein- und auszuatmen. Dabei erzählte er ihm vom Edlen Achtfachen Pfad.

Der Mönch wusste aber, dass es für Daniel nicht damit getan war, diese Sätze zu hören. Sie mussten einsickern in sein Unterbewusstsein, mussten Teil seiner Natur werden. Aber der Mönch dachte auch an die Mahnung des Buddha, die Menschen nicht zu überfordern. Deshalb wiederholte er seine Sätze noch einmal, langsam und deutlich, schmückte seine Erklärungen noch etwas aus.

Der Ehrwürdige achtete auf Daniels Atem. Ein und aus. Ein und aus. Der Mönch war mit der Gleichmäßigkeit sehr zufrieden. Auch wirkte Daniel ruhig und ausgeglichen.

Ich sollte mich auf die erste Botschaft des Edlen Achtfachen Pfads beschränken, dachte der Ehrwürdige. Sein junger Schüler, der sich mit der Entschlossenheit des Verzweifelten auf die Lehre des Erhabenen stürzte, setzte sich selbst schon viel zu sehr unter Erfolgszwang. Er lächelte über die Vorstellung, dass manche Menschen glaubten, Erleuchtung erzwingen zu können.

Nach einer Pause fuhr der Mönch fort: »Das Leben annehmen bedeutet, den steten Wandel zu akzeptieren.«

»Dann kann ich nichts festhalten?« Daniel fragte es mit brüchiger Stimme.

»Loslassen führt zur Befreiung vom Leid«, antwortete der Mönch.

Daniel atmete. Ein, aus. Ein, Aus. Er achtete schon gar nicht mehr darauf, er tat es einfach.

»Wir alle sehnen uns nach einer Welt ohne Veränderung, schon von Kindesbeinen an«, sagte der Mönch. Er sprach jetzt wie ein Vater, der versuchte, seinem Sohn eine Ahnung vom Leben zu vermitteln. »Kinder brauchen diese Beständigkeit, sie gibt ihnen Sicherheit, Geborgenheit. Die Unbeständigkeit würde sie überfordern. Erwachsen werden heißt zu lernen, dass es das Unwandelbare, das Beständige nicht gibt. Aber das Kind in uns stemmt sich gegen diese Einsicht. Es sehnt sich nach Beständigkeit. Nach Sicherheit. Unser inneres Kind glaubt, diese Sicherheit durch äußere Werte, durch Macht, Erfolg und Reichtum wieder zurückzuerlangen. Doch das Leben akzeptieren, heißt Wandel akzeptieren.«

Kapitel 39

Wie in den ersten Tagen nach seiner Ankunft war der Ehrwürdige in dieser Nacht dankbar, die kleine Buddha-Statue, die sonst daheim neben seinem Nachtlager stand, mit auf die Reise genommen zu haben. Er verneigte sich vor dem Erhabenen und schloss die Augen, bereit zum Dialog mit seinem inneren Buddha. Er hatte diese Zwiesprache aufgrund der Ereignisse viel zu lange hinausgeschoben.

»Wie fühlst du dich, Bhikkhu Siri?«, fragte der Erhabene.

»Etwas erschöpft«, antwortete der Mönch.

»Nun, mein Bhikkhu, du hast ja auch viel erlebt«, sagte der Buddha.

»Ja«, entgegnete der Mönch. »Ich habe einem Menschen das Leben gerettet und einem weiteren den Edlen Pfad näher gebracht.« Der Mönch machte eine Pause und gab ein leises »Puh!« von sich.

»Es scheint so, als hättest du ›rechte Gesinnung‹ gezeigt, ganz im Sinne des zweiten Schritts auf dem Edlen Achtfachen Pfad.«

Der Mönch fragte sich, ob der Buddha ihn gerade gelobt hatte oder ob der Erhabene mit diesem »Es scheint so« Zweifel an seiner rechten Gesinnung andeuten wollte. Aus der Erfahrung der vergangenen Wochen wusste er, dass der Buddha ein sehr kritischer Beobachter seines Handelns in der Fremde geworden war.

»Heilsame Gedanken haben mich geleitet, Erhabener, ganz in Eurem Sinne«, sagte der Mönch, der sich keiner Abweichung vom Edlen Achtfachen Pfad bewusst war.

Der Buddha schwieg, und den Ehrwürdigen überkam nun doch eine gewisse Unsicherheit. »Habe ich in Euren Augen dennoch gefehlt?«

»Unterscheiden wir nicht zwei Arten der rechten Gesinnung?«, fragte der Buddha. »Jene, die noch den weltlichen Trieben unterworfen ist, und jene, die triebfrei ist, edel, überweltlich.«

Der Mönch überlegte, worauf der Buddha mit seinen Worten hinauswollte. Er wusste es nicht. Da der Buddha eine Antwort erwartete, sagte er: »Ja, so ist es.«

»Nun, so nenne mir die Geistesgifte, die ein Bhikkhu meiden soll.«

»Gier, Hass und Verblendung verschmutzen unseren Geist«, antworte der Mönch, dankbar, sein Wissen zeigen zu dürfen.

»Sehr schön, mein Bhikkhu«, sagte der Buddha, »ich zweifelte auch nicht an deinem Wissen.«

»Erhabener«, entgegnete der Mönch so hastig, dass er dem Buddha fast das Wort abschnitt, »woran zweifelt Ihr dann? An meiner rechten Gesinnung?«

Der Buddha antwortete mit einer Gegenfrage: »Was, Mönch Siri, hat dich auf den Kiez gezogen? Ging es dir allein um den kleinen Freundschaftsdienst für Daniel? Warum bist du dem Wagen mit Ronni gefolgt? Allein, um ihm zu helfen? Warum ist mein Bhikkhu überhaupt der Einladung nach Hamburg, nach Deutschland, gefolgt? Allein, um der jungen Frau eine Freude zu machen?«

Der Mönch hatte das Gefühl, seine Robe würde auf einmal nicht mehr richtig sitzen. Er rutschte vor und zurück, zupfte hier und da an dem Stoff.

»Ich war neugierig«, sagte er schließlich verdruckst.

»Neu-Gier-ig?«, fragte der Buddha. »Be-Gier-ig? Auf Neues?«

Warum sprach der Erhabene die Worte so seltsam aus? Neu-Gier-ig, wiederholte der Mönch in Gedanken. Be-Gier-ig. Schweiß trat ihm auf die Stirn. Die Gier. Jetzt erkannte der Mönch, worauf der Buddha hinauswollte: Das Geistesgift der Gier hatte ihn befallen. Nun schossen dem Mönch die Schweißperlen aus den Poren.

»Ja«, entgegnete der Mönch, »neu-Gier-ig. Ich gierte allerdings nicht auf Neues, nicht auf Kommendes, sondern auf Vergangenes.«

Er verneigte sich vor dem Buddha, tief und lange. Dann erst antwortete er: »Ich hoffte, etwas über Kandakos Schicksal zu erfahren. Deshalb bin ich nach Hamburg gekommen. Deshalb bin ich freudig mitgegangen auf den Kiez. Ja, ich habe mich noch nicht einmal gescheut, jenen Mann, den sie ›Kanzler‹ nennen, nach meinem alten Klosterbruder zu fragen.«

»So wie der Acker verdorben wird durch Unkraut«, sagte der Buddha, »so wird der Mensch verdorben durch seine Gier.«

Der Mönch wagte nicht, den Buddha anzusehen. Er empfand tiefe Scham, denn seine Art von Gier war kein geringeres Gift als die Gier nach Geld oder Ruhm. »Erhabener«, sagte er mit matter Stimme, »vergebt mir, mein Gleichmut hat mich verlassen«.

Der Mönch fühlte sich matt und alt. »Ich sehne mich nach meinem Tempel«, sagt er mit leiser Stimme. »Ananda vermisst mich sicherlich sehr.« Er machte eine Pause und räusperte sich: »Ich jedenfalls vermisse Ananda.« Der Mönch sah den Buddha an. »Zu der Neu-Gier auf das, was hier noch geschieht, kommt so die Sehnsucht heimzukehren.«

Der Mönch lachte auf und rief: »Sehn-Sucht! Sucht!«

»Auch die Sehn-Sucht«, lehrte der Buddha, »legt uns Fesseln an wie die Gier.«

Der Buddha schwieg, und nach einiger Zeit sagte der Mönch: »Ich habe die Meditation vernachlässigt, sträflich vernachlässigt. Ich gelobe, verstärkt über die Sehnsucht zu meditieren.«

»Wohl an, mein Bhikkhu«, sprach der Buddha, »aber erwarte nicht das Ende deiner Sehnsucht. Denn das Ende aller Sehnsucht bedeutet Erwachen.«

Der Mönch verneigte sich vor der Buddha-Statue, bereitete sich auf die Nachtruhe vor und schlüpfte unter die Bettdecke. »Das Ende aller Sehnsucht bedeutet Erwachen«, wiederholte der Ehrwürdige und hatte das Gefühl, dem Erwachen so fern zu sein wie an seinem allerersten Tag im Tempel.

Mit einer Behendigkeit, von der er zu so später Stunde selbst überrascht war, schlug der Mönch die Decke zurück, schwang sich aus dem Bett, griff nach seiner Winterrobe, die über dem Stuhl hing, und breitete sie für das Nachtlager aus. Ich gehöre hier auf den Boden, dachte er, und verspürte wieder die gewohnte Zuversicht. Auf dem harten Holz war er wieder ganz bei sich.

Kapitel 40

Als Kind hatte Daniel vor der Dunkelheit Angst gehabt. In seiner Fantasie war der Wald hinter ihrem Haus zum Totenreich geworden, der Keller zum Verlies. Sogar in seinem Bett hatte er damals das Gefühl, von magischen Mächten bedroht zu werden, wenn in der Nacht nicht ein Notlicht brannte. Diese kindliche Angst vor der Finsternis befiel ihn mitunter noch heute.

Trotzdem ließ Daniel die Beleuchtung aus, als er mitten in der Nacht aus dem Aufzug in den Studio-Flur des Senders trat. Diesmal kam ihm die Dunkelheit gelegen, denn sie erlaubte ihm, sich in jene Rolle hineinzusteigern, die er so gern gespielt hätte.

»Guten Abend, liebe Zuschauer, herzlich willkommen zu Ihrem Alster-Journal.« Daniel nickte in Richtung Kamera eins. Dann drehte er sich zur Seite, sah in Kamera zwei. »Wie geht es Ihnen? Haben Sie es sich daheim gemütlich gemacht? Sehr schön, denn wir haben Ihnen heute Abend eine ganze Reihe von wirklich interessanten Beiträgen zu bieten …«

Ja, er sprach mit seinen Zuschauern, suchte den Dialog. Er moderierte nicht kalt lächelnd gestanzte Sätze weg. Für ihn saßen vor dem Fernseher keine Einschaltquoten, sondern Menschen aus Fleisch und Blut, die persönlich angesprochen werden wollten. Für ihn waren Zuschauer so etwas wie Freunde, für die er sich interessierte, an deren Leben er Anteil nahm, für die selbst eine kleine informative Sendung wie das Alster-Journal ein Lagerfeuer sein sollte, an dem sie sich wärmen konnten.

Geradezu ehrfürchtig strich Daniel mit den Fingerkuppen über die Maserung des Moderatorentisches, an dem sonst Gommez saß. In den Jahren, die er nun bei dem Sender war, hatte er hier nie Platz genommen. Er hätte sich ja lächerlich gemacht. Für alle anderen im

Sender war das ein ganz normaler Tisch, zusammengehauen aus ein paar Furnierbrettern, nicht einmal ein Gesellenstück des Schreinerhandwerks. Für ihn aber wäre es die Erfüllung eines Traums gewesen, wenn das sein Arbeitsplatz geworden wäre.

Aber Kruse hatte Gommez gewählt.

Daniel formte aus seinen Armen ein Kissen, legte seinen Kopf darauf ab und wartete. Er spürte, wie sich die ersten Tränen ihren Weg bahnten. Er weinte um alles, was er verloren hatte. Um seine Mutter, seinen Vater, seine abgebrochene Diplomarbeit. Und er weinte um Maya, um ihre Beziehung, die sie verbockt, um ihr Kind, das sie verloren hatten. Ja, und er beweinte auch, dass er niemals wieder an diesem Tisch würde sitzen können. Er trug nicht nur seine Beziehung zu Grabe, er begrub auch alle Hoffnungen, jemals der gute Journalist sein zu können, der er wirklich war.

»Jedes Leben hat sein Maß an Leid«, hatte der Mönch gesagt. »Und manchmal bewirkt genau dieses Leid unser Erwachen, unser Erwachsenwerden.«

Was hieß das für ihn? Sollte er wirklich kündigen? Den Sender verlassen? War das hier der Abschied von seinem Journalisten-Leben? Wohin würde die Reise danach gehen?

Seine Knie zitterten. Er hatte Angst. Wer da draußen wollte ihn? Es wartete ja noch nicht einmal Maya auf ihn.

Daniel stand auf und schaute in das leere, dunkle Studio. Was sollte er nur tun?

Er ging durch das Studio und streichelte die Kameras wie ein Reiter seine Pferde. Er berührte noch einmal die Multimedia-Wand, vor der er seine ersten Wetter-Aufsager gemacht hatte, bevor ihm die Idee kam, das Wetter draußen anzukündigen und dazu kleine Actionszenen zu drehen, die dem Sender viel Aufmerksamkeit und ihm eine gewisse Lokalprominenz eingebracht hatten. Nein, seine Hoffnungen, der neue Moderater des Alster-Journals zu werden, waren nicht unberechtigt gewesen.

Schließlich ging er, sehr langsam, eine Etage höher ins Großraumbüro. Von außen fiel Straßenlicht auf die Schreibtische. Er sah sich noch einmal um. Laptops, dazwischen ein paar Stellwände, an denen Fotos von Menschen hingen, die lachten, sich umarmten, in die Kamera winkten, Post-its mit Notizen, kleinen Herzen, Smileys. Hatte er bislang gar nicht wahrgenommen, auch nicht die Pferdezeichnung mit der Widmung *Für Pabu.* Kleine Zeichen der Offenheit, der Menschlichkeit. Kruse würde sie den Kollegen schon austreiben.

Daniels Blick blieb an Verenas Schreibtisch hängen. Sie hatte ihre Kamera nicht weggeschlossen – wie nachlässig. Er setzte sich auf ihren Platz, schaltete die Leselampe ein und stellte die Kamera auf »On« und richtete sie auf sich.

»Hallo, Lieblingskollegin!«, er räusperte sich. »Es ist mitten in der Nacht. Ich bin noch einmal in den Sender gekommen, um Abschied zu nehmen. War eine schöne Zeit mit dir, auch wenn du mit deinen Ideen mitunter ›a pain in the ass‹ warst. Ich werde dich vermissen. Melde dich mal.«

Er hielt den rechten Daumen hoch und führte ihn langsam vor die Linse, bis er sie ganz zudeckte. Aus dem Off sagte er noch lachend: »Bitte schneid das Räuspern raus!« Dann schaltete er mit links die Kamera ab.

An seinem eigenen Schreibtisch nahm Daniel sein Hochzeitsbild im versilberten Rahmen in die Hand und betrachtete Maya auf dem Foto. In ihrem Sari sah sie aus wie die junge Sonia Gandhi. Wunderschön. Er steckte das Bild ein. Sonst sah er nichts, was ihm wichtig gewesen wäre.

Er fuhr seinen Laptop hoch, tippte Kruses Mailadresse ein, setzte sich selbst auf Blind-C und schrieb:

Sehr geehrter Herr Kruse,

in unserem letzten Gespräch über die Neustrukturierung des Programms hatten Sie erwähnt, dass es Sie nur »ein paar lumpige Euro«

kosten würde, mit den Wetterteams auch mir zu kündigen. Ich möchte Ihnen hiermit mitteilen, dass ich Ihr Abfindungsangebot grundsätzlich akzeptiere. Über die Höhe des Betrags wird sich die Kanzlei Bauermeister, Kachur & Walter, Fachanwälte für Arbeitsrecht, mit Ihnen auseinandersetzten.

Mit freundlichen Grüßen,
Daniel Plötner

Sollte er die Mail wirklich abschicken? Dann war er draußen, unwiderruflich. Dann würde er den Sender nie wieder betreten.

Das Aufflackern der Deckenbeleuchtung riss Daniel aus seinen Gedanken. Am Ende des Großraumbüros stand der dicke Herr Mohr neben dem Lichtschalter. Vorhin hatte sich der Nachtportier gewundert, was Daniel morgens um vier Uhr im Sender wollte, hatte ihn aber mit einem »fleißig, fleißig« passieren lassen.

»Entschuldigung, Herr Plötner«, rief er nun über die Schreibtische hinweg, »ich hatte nur Umrisse gesehen und da …«

»Schon gut«, sagte Daniel. »Ich habe hier alles erledigt und komme mit Ihnen runter.«

Er sah auf die Mail an Kruse. Er sah hinüber zu Mohr, der irgendwem über Funk sagte: »Alles in Ordnung!«

Ja, dachte Daniel, es ist alles in Ordnung.

Er schob den Mauspfeil auf *Senden,* und die Mail verschwand von seinem Schirm – in Richtung Kruses Postfach. Unwiderruflich.

Er wechselte auf die Systemebene und tippe drei Kommandos ein. »Delete all.« Sein Freund Tobias in Bremen hatte ihm das mal gezeigt, als Daniel sein privates Laptop vor dem Verkauf gesäubert haben wollte. Nun sah er, wie der Computer alles löschte. Alle Mails, alle jemals aufgerufenen Webseiten, alle Adressen. Alles ausgelöscht. Verweht. Ganz im Sinne des Buddha. Zumindest auf dem Laptop.

Kapitel 41

Auf dem Weg nach Hause hatte Daniel das Gefühl zu schweben, so erleichtert fühlte er sich. Endlich hatte er sich selbst ernst genommen, hatte gehandelt und sich aus der Opferrolle befreit. Um Maya und den Mönch nicht zu wecken, zog er vor der Tür die Schuhe aus, schlich auf Socken in die Küche, um ein Glas kalte Milch zu trinken, und danach ins Dhamma-Zimmer. Er zündete die Kerzen vor dem Buddha an, ließ sich im Lotussitz nieder, begrüßte den Erhabenen achtsam und platzte dann mit jener Neuigkeit heraus, die ihn so euphorisch stimmte: »Endlich bin ich befreit vom Leid. Ohne Euch und Eure Lehre hätte ich niemals den Mut zu diesem Schritt gefunden. Ich danke Euch, Erhabener, für die wunderbare Erleuchtung.«

Daniel verneigte sich, schloss die Augen und wartete auf eine Antwort des Buddha. Er wusste sehr wohl, dass der Erhabene vor ihm eine Gipsfigur war, die nicht sprechen konnte. Aber er wusste auch von den Zwiegesprächen, die der Mönch mit seinem »inneren Buddha« führte, um Antworten zu bekommen.

Doch auf Daniel schien der Erhabene nicht zu reagieren. Jedenfalls hörte Daniel keine innere Stimme. Kein Lob, keine Ermutigung. Nichts.

Aber seine Euphorie trug ihn darüber hinweg. Vielleicht wollte der Buddha ja erst einmal ihm zuhören?

So erzählte Daniel ihm von seinem Besuch im Sender. Und einmal im Gedanken- und Redefluss, erzählte Daniel dem Buddha auch von Maya und ihrem Streit um ihre Zukunft als Paar. Zum einen musste er sowieso irgendjemandem mal erzählen, wie sehr sich Maya in ihren Kinderwunsch verrannt hatte, und zum anderen war er überzeugt, dass der Buddha ihm auch in Bezug auf Maya einen Wink geben könnte.

»Ich bitte Euch, Erhabener«, schloss Daniel seine Schilderungen, »helft mir, dieses Leid zu überwinden.« Er verneigte sich tief und wollte eigentlich in der Position verharren, als er sich für einen letzten Satz, der ihm wichtig schien, noch einmal aufrichtete: »Erhabener, ich verspreche Euch, ich werde so viel meditieren wie kein anderer, aber bitte erleuchtet mich auch beziehungstechnisch.«

Daniel hoffte, dass der Buddha »beziehungstechnisch« verstehen würde, und wartete in tiefer Verneigung. Er war sicher, dass der Erhabene ihn erhört hatte. Er musste ihn einfach erhört haben, denn jemanden, den er zuvor erleuchtet hatte, konnte der Buddha doch jetzt nicht einfach so hängenlassen oder richtiger: sitzenlassen.

Je länger Daniel vor dem Buddha verharrte, desto stärker wurden seine Zweifel, desto bewusster wurde ihm, dass der Buddha schon auf seine ersten Fragen nicht reagiert hatte.

Kurz bevor er sich wegen seines langsam schmerzenden Rückens wieder aufrichten wollte, schien der Erhabene ein Einsehen zu haben und sprach: »Ich glaube, lieber Daniel, hier liegt ein Missverständnis vor.«

»Wie meint Ihr das, Erhabener?« Die Frage kam Daniel so spontan, dass er erst danach erschrocken die Augen aufriss. Hatte er tatsächlich eine Stimme gehört? Er starrte auf die Buddha-Figur. Der Buddha thronte vor ihm, so freundlich lächelnd und so unbewegt wie an dem Tag, als die Korbanek ihn aufgestellt hatte. Die flackernden Kerzen verliehen den Gesichtszügen des Erhabenen allerdings eine gespenstige Lebendigkeit.

Doch so sehr Daniel auch den Buddha anstarrte – die Figur verzog keine Miene. Du sitzt vor einem schnöden, blöden Gips-Buddha, sagte sich Daniel, als er aus den Augenwinkeln eine Bewegung wahrnahm und erschrocken aufschrie, während ihm das Herz bis zum Halse schlug.

»O mein Gott, Mönch Siri«, japste Daniel, »wie habt Ihr mich erschreckt.«

»Beruhige dich, Daniel«, sagte der Ehrwürdige und verneigte sich, als bäte er um Entschuldigung. »Du warst so in deiner Buddha-Welt versunken, dass ich es für ratsam hielt, dich aus diesen Gedanken und Erwartungen herauszureißen.«

»Ich hatte mich auf den Buddha konzentriert, um ihm von meiner Erleuchtung zu berichten«, sagte Daniel, »und wollte ihn zudem um einen Rat bitten.«

»Eine Gipsfigur?« Der Mönch musste aufpassen, Daniels Antwort ernst zu nehmen. »Wie sollte eine Gipsfigur dir antworten?«

»Aber Ihr sprecht doch auch mit dem Buddha.« Daniel sah den Mönch mit dem vollen Selbstbewusstsein an, das ihm sein Erleuchtungserlebnis verliehen hatte. »›Wer die Wahrheit in meiner Lehre sieht, der sieht auch mich.‹« Daniel versuchte, seiner Stimme die Gleichförmigkeit zu geben, mit der sonst der Mönch rezitierte. »Hat der Buddha das nicht gesagt?«

Der Ehrwürdige spürte die Aggressivität, mit der Daniel seinem Blick standhielt, als würde es ihm um ein Duell gehen.

»Lieber Freund«, sagte er und sah Daniel dabei weiter an, um ihn in der Tiefe seiner Seele anzusprechen, »du hast in den vergangenen Wochen viel meditiert und deine Störgefühle ergründet. Aber jene Bhikkhus, an die der Erhabene seine Worte gerichtet hatte, waren ihm und ihrer eigenen Erleuchtung durch viele, viele Jahre der Meditation so nahe, dass der Buddha ihnen in Momenten der Besinnung tatsächlich erschien – vor ihrem geistigen Auge.«

Daniel wandte sich enttäuscht ab, ja geradezu beleidigt. »Bitte, versteh das nicht als Entmutigung, lieber Daniel«, fuhr der Ehrwürdige besonders sanft fort, »denn jede Sekunde mit dem inneren Buddha ist all die Jahre der Übung wert.«

»Mhm«, machte Daniel, und weil er nicht wusste, ob er nun verärgert sein sollte oder nur enttäuscht, machte er noch zwei weitere Male »Mhm«. Er kaute auf seinen Lippen, reckte das Kinn vor und sah den Mönch an.

»Ich finde, bei meiner Erleuchtung im Sender war ich schon dicht davor, selbst den inneren Buddha zu sehen.«

Dem Ehrwürdigen entging der trotzige Unterton nicht. Er wusste, dass die nächsten Minuten für Daniel schwer werden würden. Aber der Mönch fühlte sich der Wahrheit verpflichtet, gerade weil er es gut meinte.

»Ist das Wort ›Erleuchtung‹ für heute Nacht nicht etwas zu hoch gegriffen?«, fragte er vorsichtig.

»Was soll das heißen?«, schnappte Daniel. »Gönnt ihr mir meine Erleuchtung nicht?«

»Nichts würde ich dir mehr gönnen, lieber Freund. Ich fürchte nur, du hattest heute Nacht keine Erleuchtung, sondern eher eine Erkenntnis, allerdings eine sehr wichtige: dass du in diesem Sender keine Perspektive mehr hast – und du hast mutig und konsequent gehandelt.« Der Mönch machte eine Pause und suchte erneut Daniels Blick. »Aber Erleuchtung oder richtiger: Erwachen geht über eine bloße Erkenntnis weit hinaus.«

Als der Mönch sah, wie Daniel die Augen zusammenkniff und seine Hände auf den Knien zu Fäusten ballte, fragte er sich, ob es wirklich so weise gewesen war, ihn hier und jetzt mit der Wahrheit konfrontiert zu haben.

»Ich habe mich vom Leid befreit«, sagte Daniel, und jetzt war die Wut in seiner Stimme nicht zu überhören. »Darum geht es doch in Eurer Lehre, oder?«

Nun hatte der Ehrwürdige keinen Zweifel mehr, dass Schweigen besser gewesen wäre. Aber da er nun einmal mit seiner Erklärung begonnen hatte, wollte er auch dieses alte Missverständnis über das Leid ausräumen.

»In der Lehre des Erhabenen unterscheiden wir zwischen dem körperlichen Leid, lieber Daniel, und dem, das entsteht, wenn wir versuchen, an Angenehmem festzuhalten – obwohl wir wissen sollten, dass nichts dauerhaft so bleiben kann, wie es ist.«

Der Mönch machte eine Pause und legte Daniel, entgegen allen strengen Sittlichkeitsgeboten, die Hand auf die Schulter. »Dass du den Sender verlässt, lieber Freund, zeigt, dass du nicht mehr festhältst, dass du die Veränderung sogar selbst suchst. Damit setzt du diesem Leid ein Ende. Darüber darfst du erleichtert sein. Das ist eine große Leistung.« Der Mönch legte eine Pause ein, um die Bedeutung seines nächsten Satzes zu betonen: »Aber das Leid, das wir mit dem Erwachen abschütteln, ist ein viel größeres, nämlich das Leid des ewigen Kreislaufs von Geburt, Tod und Wiedergeburt.«

Daniel sank in sich zusammen. Er fühlte sich um alles beraubt, worauf er so stolz gewesen war. Warum tat dieser Mönch ihm das nur an? Sah er nicht, was er in ihm anrichtete? Aber es schien diesen Siri nicht im Geringsten zu kümmern. Statt innezuhalten, fuhr er einfach fort mit seinen zerstörerischen Sätzen.

Daniel schüttelte den Kopf. Siri machte ihm alles kaputt. Alles. Getrieben von purem Neid auf sein Erleuchtungserlebnis gönnte ihm dieser Mönch nicht mal einen Moment der Freude über das Erreichte. Am liebsten wäre er aufgesprungen und rausgelaufen, die Tür knallend.

Wenngleich es zur Erleuchtung nicht gereicht haben mochte, so hatte Daniel doch dazugelernt. Er würde nicht aus dem Dhamma-Zimmer herausstürmen. Das wäre unwürdig dem Buddha gegenüber, gegenüber dem Mönch und sich selbst gegenüber. Aber er würde hier auch nicht sitzen bleiben, als sei nichts geschehen. Selbst wenn der Buddha ihm nicht geantwortet hatte, war er von dessen Lehre doch weiterhin zutiefst überzeugt. Und wer sagte, dass nur Siri ihn unterweisen konnte?

Daniel verneigte sich vor dem Buddha und verneigte sich auch vor dem Mönch. Tief und respektvoll. Doch als sich ihre Blicke trafen, spürte der Ehrwürdige, dass in Daniels braunen Augen keine Wärme lag.

»Ich wünsche dir einen erholsamen Schlaf«, sagte der Mönch, während auch er sich verneigte.

»Danke«, erwiderte Daniel, erhob sich, verließ das Dhamma-Zimmer und zog die Tür behutsam hinter sich zu.

Kapitel 42

»Möchtest du einen grünen Tee?« Mayas Frage war rein rhetorisch, denn sie hatte Anetts Becher längst gefüllt. Ohne eine Antwort abzuwarten, stellte sie ihn auf dem kleinen Rezeptionstresen ab, hinter dem ihre Sekretärin saß.

»Passt schon, danke«, sagte Anett und nahm den Becher in beide Hände. Sie kannte Maya gut genug, um bei so einer Geste hellhörig zu werden. Was sie wohl wollte?

Maya lehnte sich mit ihrem Becher auf den Tresen, ließ ihren Blick über Anetts Schreibtisch streifen und blieb an dem kleinen Sims hängen, auf dem Anett Persönliches abstellte. Neben einer kleinen Buddha-Figur, die dort schon vor Monaten ihren Ehrenplatz gefunden hatte, stand jetzt ein gerahmtes Selfie von Anett und Mönch Siri. Das Bild mit dem Mann in Weiß im Lotussitz war verschwunden.

»Der Bhante hatte es nicht länger verdient«, sagte Anett, als könnte sie Mayas Gedanken lesen. »Sein Saphirweg war nicht mehr mein Weg.«

»Ich habe diesen Uppsala ja ohnehin für einen Bauernfänger gehalten«, sagte Maya und merkte zu spät, wie verletzend ihre Abschätzigkeit war.

»Mir haben die Meditationen in seinem Zentrum gutgetan«, meinte Anett, »aber alles hat seine Zeit.« Sie spürte, dass Maya schlecht drauf war. Anett wollte sich nicht mit ihr streiten und lächelte sie an.

»Alles hat seine Zeit«, wiederholte Maya nachdenklich.

Anett kannte diese Signale des Herz-ausschütten-Wollens von anderen Freundinnen, und irgendwie war Maya in der letzten Zeit mehr und mehr von der Chefin zur Freundin geworden. Oder konnte man sich mit einer Chefin in den Armen liegen, so wie sie und Maya sich nach dem Besuch bei Mo auf dem Parkplatz des Krankenhauses eng umschlungen ausgeweint hatten?

»Ja, und wir können die Zeit nicht anhalten, nichts festhalten.« Anett wunderte sich selbst ein wenig über ihre Worte, die ja fast weise klangen, aber sie hatte dem Mönch aufmerksam zugehört.

»Ich überlege, mich von Daniel zu trennen.« Maya nippte an ihrem Tee und sah Anett über den Becherrand hinweg an.

Anett sagte nichts.

»Er hat beim Sender gekündigt. Einfach so. Über Nacht.«

»Aber du hattest ihm bei eurem letzten Krach doch vorgeworfen, dass er von Veränderung immer nur redet?« Anett konnte ihre Stimme bei den letzten Worten gerade noch anheben, so dass sie nicht zu vorwurfsvoll klang.

»Ich hatte mit Veränderung gemeint, dass er endlich mal sagt: ›Schatz, ich will eine Familie!‹« Maya nahm noch einen Schluck Tee. »Dass er mehr auf mich eingeht, nicht immer um sich selbst kreist.«

Anett hätte Maya jetzt gern gesagt, dass Daniel auf der Suche nach seinen Weg war, oder dass man Veränderung am ehesten dort vornahm, wo der Druck am größten war. Bei Daniel war das offensichtlich im Job. Und am liebsten hätte sie Maya sogar gesagt, dass sie selbst überlegte zu kündigen, da ihre Zeit als Anwaltsgehilfin dem Ende entgegenging. Aber Anett hatte gelernt, dass es bei Maya manchmal besser war, nichts zu sagen, egal ob sie als Chefin vor einem saß oder als Freundin.

»Und dann gluckt er den ganzen Tag mit dem Mönch zusammen«, redete sich Maya in Rage, »und der bestärkt ihn auch noch in seinen Flausen.« Maya setzte ihren Becher so heftig ab, dass der Tee überschwappte. »Jetzt will er sogar ein richtiger Buddhist werden.«

Anett überlegte, ob es auch falsche Buddhisten gab, und ganz kurz kam ihr dabei der Bhante in den Sinn. Aber nun wurde sie aus eigener Enttäuschung gegenüber Sören Uppsala genauso ungerecht wie Maya gegenüber Daniel.

Immer diese blöden Anhaftungen, diese nervenden Störgefühle, dachte Anett und musste aufpassen, dass sie ernst blieb. »Vielleicht hat ihm die Meditation geholfen, sich endlich zu entscheiden«, wandte sie ein.

Falls Anett anfangen sollte, Daniel zu verteidigen, dachte Maya, dann konnte sie sich die Frage sparen, die ihr eigentlich auf dem Herzen lag. Andererseits hatte Anett nicht völlig unrecht. Hatte ihr selbst die Meditation nicht auch gutgetan? Hatte nicht erst der Mönch ihr die Augen dafür geöffnet, auch in einem Leben ohne Kinder etwas Schönes und Sinnvolles zu sehen?

»Sag mal, Anett, meinst du, ich könnte bei dir ein paar Tage Asyl finden?« Maya atmete demonstrativ laut aus.

»Nun ist es raus«, lachte Anett, »und es hat auch nicht weh getan, mal Schwäche zu zeigen, oder?«

Maya zuckte mit den Schultern. Sie wusste, dass sie nicht gut um Hilfe bitten konnte.

»Ist nur eine Frage, muss nicht sein«, sagte sie.

Anett hob ihren Becher. Mit einem fröhlichen »You are most welcome« prostete sie Maya zu. »Soll ich mitkommen, wenn du bei dir zu Hause ein paar Klamotten holst?«

Maya schüttelte den Kopf. »Ich habe schon einen Trolley gepackt, und Daniel hat es nicht einmal gemerkt.«

Zumindest hat er nichts gesagt, dachte Anett, die Mayas Reaktion überzogen fand, und noch überlegte, ob sie dazu jetzt oder später etwas sagen sollte, als es klingelte.

»Ich bin nicht da«, winkte Maya ab, ging in ihr Büro und zog die Tür hinter sich zu. Wenn ich eins nicht brauchen kann, dachte sie, dann eine heulende Scheidungskandidatin. Zuzuhören, wie ihr jemand von Frust, Fremdgehen und verzweifelten Rettungsversuchen einer Beziehung erzählte, war das Letzte, was sie jetzt brauchen konnte. Dann würde sie nämlich gleich mitheulen.

»Nein!«, rief Maya denn auch sofort, als es an der Tür klopfte.

Anett steckte dennoch den Kopf herein und flüsterte Maya zu: »Es ist Bernhard, der Partner von Mo.« Sie sah Maya fast flehentlich an. »Er ist völlig verzweifelt. Ich glaube, den dürfen wir nicht wegschicken.«

Maya sah ihren gepackten Trolley, der hinter der Tür stand und der für Ende oder Aufbruch stand, ganz wie man es sehen wollte. Und Maya sah Mo, wie sie in ihrem Krankenhausbett lag, mehr tot als lebendig.

Sie stand auf, ging zum Besprechungsraum, in dem Bernhard am Fenster stand und in den Hof starrte, umarmte ihn und führte ihn in ihr Büro. »Komm, hier redet es sich persönlicher.«

Was folgte, war ein Gespräch, wie Maya es an diesem Tag am allerwenigsten gebraucht hätte. Mit manchmal stockender Stimme erzählte ihr Bernhard nämlich, dass jene Mo, die Maya so bewunderte und gern zur Freundin gehabt hätte, auch hatte völlig verbohrt und verbissen sein können. Zum Beispiel, wenn es um die Ablehnung der modernen Apparatemedizin ging. Mo verachtete die etablierte Medizin geradezu, seit sie als Zehnjährige mitansehen musste, wie ihr Vater nach seiner Magen-Darm-Krebserkrankung »von den Ärzten zerschnibbelt wurde«, wie sie Bernhard einmal erzählt hatte.

Seit einem längeren Aufenthalt bei einem indianischen Medizinmann in Utah, der ihm auch das erste Mal Moqui Marbles gezeigt hatte, stand Bernhard der Schulmedizin selbst kritisch gegenüber. Mos strikte Ablehnung von Arztbesuchen und Vorsorgeuntersuchungen aber hielt er nicht nur für kindisch, sondern für verantwortungslos.

»Und nun verlängern diese Schulmediziner, die gesagt haben, sie wäre in zwei bis drei Tagen tot, Mos Leben, das sie selbst sicherlich nicht mehr als Leben bezeichnen würde.« Bernhard, der während seines Berichts auf den hellen Sisalteppich geschaut hatte, blickte Maya an, die neben ihm saß. Er nahm einen Schluck von dem Mineralwasser, das sie ihm eingeschenkt hatte, leckte sich über die

Lippen. »Ich möchte die Apparate abstellen lassen«, sagte er dann in einem überraschend harten Ton. »Ich kann nicht zulassen, dass Mo derart entwürdigend stirbt.«

Maya ergriff Bernhards Hände. Es war nicht das erste Mal, dass ein verzweifelter Angehöriger vor ihr saß, der das Siechtum eines geliebten Menschen nicht mehr ertragen konnte – und der noch dazu seine eigene Hilflosigkeit ertragen musste, weil ihm die Vollmacht, die Patientenverfügung, fehlte, ohne die er nichts entscheiden konnte.

Je mehr er einsehen musste, dass er nichts tun konnte, desto stiller, desto verzweifelter wurde der große kräftige Mann. Er stand auf und mit einem letzten Funken Wut fragte er Maya: »Darf man hier noch nicht einmal in Würde sterben?«

»Niemand kann Mo ihre Würde nehmen«, sagte Maya, die ebenfalls aufgestanden war. Sie umarmte Bernhard. »Ihre Würde ist in unseren Herzen und unantastbar.«

»Danke, Maya«, sagte Bernhard, der sich mehr auf sie stützte, als sie seinerseits zu umarmen, »lieben Dank für alles.«

Wieder einer, dem wir nicht helfen konnten, dachte Maya. Dankbar nahm sie den Becher mit frischem Tee, den Anett ihr reichte. »Er will Mo in Würde sterben lassen«, sagt Maya, während sie zum Fenster ging, um Bernhard nachzusehen, der durch die Abenddämmerung zur Bushaltestelle ging.

»Und ohne Vollmacht oder Verfügung ist er aufgeschmissen«, ergänzte Anett.

Maya beobachtete Bernhard, der an der Ampel auf Grün wartete, um zur Haltestellen-Insel hinüberzuwechseln, und wegen der Kälte von einem Bein aufs andere trat. Sie führte den Becher zum Mund und wollte gerade den viel zu heißen Tee durch Pusten abkühlen, als sie unter den Menschenmassen des Feierabendverkehrs einen orangefarbenen Fleck entdeckte. Der Mönch stapfte in seinen immer noch glänzenden Stiefeln mit den orangen Schnürsenkeln die Stufen aus der U-Bahn hoch. Und neben ihm, fast noch weniger zu übersehen, ein bulliger Kerl mit Lederjacke und Pferdeschwanz. Mönch Siri und der Ronni – schräger ging es nicht.

Kommen die zu mir?, fragte sich Maya und wollte Anett schon sagen, dass sie auf das nächste Klingeln nicht reagieren dürfe. Bernhards Fußgängerampel sprang auf Grün, und er hatte die Haltestelle schon fast erreicht, als er stehen blieb und in Richtung Orange schaute. Der Mönch war nun mal nicht zu übersehen, dachte Maya und wartete ab.

Bernhard gestikulierte in Siris Richtung, lief zurück und verneigte sich vor dem Mönch. Und auch Ronni faltete die Hände vor dem Herzen und verneigte sich.

Ich glaube es nicht, dachte Maya, winkte Anett heran und deutete auf die Straßenszene. »Zufälle gibt es«, sagte sie dabei und schüttelte den Kopf.

»Es gibt keine Zufälle«, entgegnete Anett, und als sie Mayas kritischen Blick sah, fügte sie hinzu: »Hat der Buddha gesagt.«

Kapitel 43

Seit dem Tsunami hatte der Ehrwürdige allein im Tempel gelebt oder besser in jenem Teil, den die Flutwelle nicht fortgespült hatte. Doch obwohl er die Mitbrüder vermisste, denen das Wasserbeben den Tod gebracht hatte, und er danach keine neuen Novizen mehr angenommen hatte – einsam hatte sich Siri in all den Jahren nicht gefühlt. Das lag an den Zwiegesprächen mit seinem inneren Buddha. Und das lag an dem Tempeljungen Ananda, dem er Deutsch beibrachte und für den er eine Art Ersatzvater war. Oder besser: Ersatzgroßvater.

Hier in Hamburg jedoch war das Allein-gelassen-Sein wie Gift in die Seele des Ehrwürdigen geträufelt. Jeden Tag nur ein paar Tropfen, die sogar ein mit sich selbst höchst achtsamer Mensch wie der Mönch nicht spürte; doch wie eine stete Dosis Curare zeigte es letztlich seine tödliche Wirkung. So fühlte sich der Mönch an diesem Morgen beim Aufwachen schlapp, traurig und verlassen.

Ja, er hatte Kontakt zu Bernhard und zu Ronni, er meditierte mit der guten Frau Korbanek und Manuel, wie der alte Ecke jetzt von allen genannt wurde, und hin und wieder auch mit Anett. Auch hatte er am Grindel den einen oder anderen lieben Menschen kennengelernt. Der thailändische Imbiss schenkte ihm immer frischen Reis und lud ihn zur Rezitation in den Keller, wo neben den Bierfässern und der Gefriertruhe ein Buddha stand. Ansonsten sprach man wenig miteinander, denn das Deutsch der thailändischen Köche beschränkte sich auf die Nummern der Speisekarte, und Englisch wiederum war nicht die Sprache des Mönchs.

Umso munterer unterhielt sich der Ehrwürdige im *Casa Mia,* dem familienfreundlichen Italiener von gegenüber. Wann immer die Kellner Marco und Sebastiano den Mönch sahen, winkten sie ihn herbei und philosophierten mit ihm über das Leben, wobei den

Mönch verblüffte, wie klug, ja geradezu weise die beiden waren. Beispielsweise hatte ihm Sebastiano kürzlich gesagt: »Glück oder Unglück – man weiß es nicht.« Und Marco hatte dann die Geschichte erzählt von dem Mann aus seinem Dorf auf Sizilien, der sich die Schulter gebrochen hatte. »Das war ein großes Unglück«, sagte Marco in seinem amüsanten Tonfall.

»Aber wegen der kaputten Schulter konnte er nicht mit dem Bus fahren«, ergänzte Sebastiano, der aus einem Nachbardorf stammte.

»Und dann stürzte der Bus in einen Abgrund«, fuhr Marco fort. Und als hätten sie es geprobt, sagten dann beide: »Glück oder Unglück – man weiß es nicht.« Und der Mönch dachte, dass diese Sätze auch gut in einem buddhistischen Buch stehen könnten, und fragte sich, ob die beiden auf dem Weg zur Erleuchtung waren.

Nein, dem Mönch fehlte es nicht an Anschluss im Viertel, eher würde der Mönch dem Grindel fehlen, sollte er irgendwann wieder heimkehren.

»Wem darf ich dann die Robe machen?«, hatte ihn die gute Frau Helene aus der Chemischen Reinigung gefragt, als er vergangene Woche angedeutet hatte, vielleicht mal an die Heimkehr in den Tempel zu denken, wo ihn sein Tempeljunge Ananda bestimmt schon vermisste.

Was den Mönch aber wirklich an die Abreise denken ließ, war die Entfremdung zwischen seinen Gastgebern und ihm, denn mittlerweile wohnte er so gut wie allein in der Fichtestraße. Maya war »vorübergehend« zu Anett gezogen, um ihre Beziehung »aus der nötigen Distanz zu bewerten«, wie sie dem Mönch erklärt hatte. Und Daniel saß zwar stundenlang vor dem Buddha im Dhamma-Zimmer, tauschte mit dem Ehrwürdigen aber nur noch Höflichkeiten aus und verbrachte ansonsten viel Zeit außer Haus, um neue berufliche Perspektiven auszuloten.

Wie sehr er und das junge Paar sich auseinandergelebt hatten, wurde dem Ehrwürdigen jedoch erst bewusst, als er nun in die Küche kam und vor einem leeren Tisch stand. Nachdem das Mango-

Mousse und die frisch zubereiteten Früchte bereits seit Mayas Auszug fehlten, gab es jetzt nicht einmal mehr eine Schale mit gekochtem Reis, zu der sich Daniel bis zu diesem Morgen noch aufgerafft hatte.

Für einen so kurzen Moment, dass er selbst dem Buddha entgangen wäre, überlegte der Ehrwürdige, sich zum ersten Mal in seinem Leben das Essen selbst zuzubereiten. Aber zum einen geziemte sich das nicht für einen Bhikkhu, und zum anderen stand der Mönch vor einem funkelnden Kochfeld, an dem er keine Klappe sah für Holz oder Kohle wie in seinem Tempel, keinen Hebel für die Gaszufuhr wie bei Anandas Mutter und auch keinen Einschaltknopf wie bei dem Elektroherd seines Bruders in Galle. Alles, was er sah, war eine spiegelglatte Glasplatte mit Strichen, Punkten und Zeichen.

Immer diese Erwartungshaltungen, tadelte sich der Ehrwürdige, als er merkte, wie die Enttäuschung über das fehlende Frühstück in ihm aufstieg. Obwohl sein Magen knurrte, war die Überwindung dieses Anflugs von Hunger für ihn ein Leichtes. Dieses andere Störgefühl jedoch, dieses Verlassen-worden-Sein, nagte an dem Mönch.

In der Morgenmeditation besann sich der Ehrwürdige auf die therapeutische Wirkung des Bettelgangs, obwohl er für diese Woche schon seine Almosenrunde gedreht hatte. Doch die Runde würde ihm guttun, denn die meditative Demut dabei war etwas anderes, als einfach loszuspazieren.

Allerdings konnte man auch nicht mehr wirklich von Betteln sprechen, wenn der Mönch mit seiner Schale vor dem Bauch loszog, da er in jedes Geschäft eingeladen und reichlich beschenkt wurde. Wie immer verweilte der Ehrwürdige auch an diesem Morgen besonders lange bei dem freundlichen iranischen Obst- und Gemüsehändler, der ihm diesmal zwei Flug-Mangos in die Bettelschale packte. Auch Herr Schahpour hatte inzwischen erfahren, dass der alte Korbanek verschwunden war.

»Von heute auf morgen abgehauen«, berichtete Herr Schahpour. »Ist das nicht seltsam?«

Der Mönch überlegte gerade, ob er Herrn Schahpour ein wenig aufklären sollte, um der Grindel-Gerüchteküche, der alte Korbanek sei tot, entgegenzuwirken, als ein Mann von etwa fünfzig Jahren in einem grauen Anzug den Laden betrat, auf den Mönch zuging und seine graue Chauffeurmütze zog.

»Verzeihen Sie«, fragte er in einem ausgesucht höflichen Ton, »sind Sie der buddhistische Mönch Siri?«

»Ayobowan«, erwiderte der Ehrwürdige, »der bin ich.« Er faltete die Hände zum Gruß.

»Mein Name ist Yoster. Ich bin der Fahrer von Herrn Schröder. Dürfte ich Sie bitten, mir nach Ihrem Einkauf zum Wagen zu folgen?«

Der Mönch sah Herrn Schahpour an, der den Mann in Grau auch nicht zu kennen schien.

»Worum geht es denn? Und wohin soll es denn gehen, lieber Herr?«, fragte der Mönch.

»Ich soll Sie nach Ohlsdorf fahren. Sie werden dort erwartet.«

Der Mönch wusste nicht, warum sein Herz auf einmal so heftig schlug, aber seine Hände griffen zur Schnalle seines Bauchgürtels mit der Bettelschale, die ihm der Herr in Grau zuvorkommend abnahm, um ihn auf die Straße zu einer weinroten Luxuslimousine mit schwarzem Dach zu geleiten.

Kapitel 44

Zuerst hatte der Mönch gedacht, der Fahrer würde ihn aus der Stadt bringen, in ein Dorf, dieses Ohlsdorf eben. Aber dann erfuhr er von dem sehr höflichen Yoster, dass Ohlsdorf ein Stadtteil Hamburgs war, ein sehr besonderer, wie der Fahrer betonte.

Der macht es aber spannend, dachte der Mönch und wollte schon nachfragen, was das Besondere an Ohlsdorf sei, mahnte sich dann aber zu buddhistischer Gelassenheit und schloss die Augen. Ob Yoster ihn zu Ronni fahren würde? Er hatte Ronni jetzt ein paar Tage nicht gesehen und nur von Daniel gehört, dass er mit ihm bei Mo am Krankenbett gewesen war – und dass selbst einem so harten Burschen vom Kiez das Schicksal der guten Mo naheging.

Seltsam, wie sich manchmal so höchst unterschiedliche Menschen wie Daniel, Bernhard und der Ronni fanden. Das konnte doch kein Zufall sein, dachte der Ehrwürdige lächelnd. Natürlich nicht.

Die Limousine hielt, aber diesmal nicht an einer Ampel, wie der Mönch bemerkte, als er die Augen öffnete, sondern vor einem alten Turm.

»Das ist der alte Wasserturm von Ohlsdorf, also vom Friedhof«, erklärte Yoster, der sich dem Mönch vom Fahrersitz aus zuwandte. Er sah das verwunderte Gesicht des Mönchs. »Das hier ist der größte Parkfriedhof der Welt, fast vierhundert Hektar und beinahe eine Viertelmillion Gräber.«

Der Mönch blickte aus dem Fenster, und was er sah, waren vor allem Bäume, Sträucher, Wiesen, rund um diesen wirklich hübschen alten Turm. Ein wunderschöner Friedhof, dachte er. Selbst als Tote lebten die Menschen hier im Luxus. Er musste lächeln, als er merkte, wie absurd seine Formulierung war. Aber sie gefiel ihm, und er lachte sein wunderbar herzliches, ja geradezu kindliches Lachen.

Der Fahrer war um den Wagen herumgegangen und hielt dem Ehrwürdigen die Tür auf.

»Herr Reißig müsste gleich eintreffen«, erklärte er und sah sich um.

Tatsächlich näherte sich ihnen wenig später ein großer dürrer Mann. Er ging gebeugt, als quälten ihn Rückenschmerzen, und er stützte sich auf einen Stock. Als er näherkam, erkannte der Mönch, dass seine Haut blass war. Nein, eigentlich war sie gelb. An seinem faltigen Hals schwabbelte der Kragen eines verblichenen weißen Hemdes. Die dicke goldene Uhr, die an seinem Handgelenk schlackerte, musste aus besseren Zeiten sein, wie auch der Ledermantel, der bestimmt einmal sehr teuer gewesen war.

»Moin, Reißig«, sagte der Mann und sah dabei weder den Mönch noch den Fahrer an. »Sie wollten mich sprechen?«

»Ayobowan«, erwiderte der Mönch, »ich grüße Sie im Namen des dreifachen Juwels Buddha, Dhamma, Sangha.« Er lachte Reißig an und verbeugte sich. Reißig schaute weiter gallig. Wieder so ein verbitterter, alter Mann, dachte der Mönch und schwieg.

»Ich dachte, Sie hätten Fragen.« Reißig klang ungehalten. »Sie wollten doch alles über diesen Bohn wissen.«

Der Mönch sah den Mann fragend an. »Vielen Dank, dass ich Sie kennenlernen darf«, sagte der Mönch, »aber wer ist dieser Bohn?«

Reißig trommelte mit den Fingern gegen seine Manteltasche. »Na, Ihr alter Kumpel, der Friedbert, Nachname Bohn.«

»Ach«, meinte der Mönch. Nun würde er also erfahren, was aus seinem Klosterbruder Kandako geworden war. Er dachte an den Kanzler, diesen schwitzenden Spieler, der nur überlebte, weil er jeden Tag aufs Neue bewies, der Beste, der Stärkste, der Brutalste zu sein. Ausgerechnet dieser Mensch, der für jede Menge Unheil verantwortlich war, hatte ihn nicht vergessen und ihm den Herrn Reißig geschickt.

»Kannten Sie Kandako?«, fragte der Ehrwürdige.

»Den Bohn kannte ich«, antwortete Reißig, »wir waren beide Polizisten, auf der Davidwache. Er trug einen Stern mehr als ich, damals. Er war in Ordnung, im Großen und Ganzen.«

Im Großen und Ganzen?, wunderte sich der Ehrwürdige und hoffte, dass Kandako sich nicht als der schlechteste Polizist aller Zeiten entpuppte.

»Wie meinen Sie das?«, hakte er nach.

Reißig ließ sich Zeit mit seiner Antwort. »Also, ich sehe das so: Er war ein Überkorrekter, ein Hundertfünfzigprozentiger.« Reißig lehnte seinen Kopf zurück und schaute in den Himmel.

»Sie müssen mir nichts erzählen«, sagte der Mönch sehr leise. »Ich bin dankbar, dass ich Sie als alten Freund Kandakos treffen darf.«

»Wir waren keine Freunde«, blaffte Reißig. Er lehnte seinen Kopf zurück, schloss die Augen. »Er hat mich angeschwärzt. Wegen einer Uhr, die mir ein, äh, Hotelier vom Kiez zum Geburtstag geschenkt hatte.« Reißig wandte sich dem Mönch zu. »Bestechlichkeit hat er mir vorgeworfen«, blaffte er. »Ein kleinkarierter Pisser war Ihr Freund.« Reißig atmete durch, fingerte nach seinen Zigaretten, steckte sie wieder weg. »Entschuldigung. Aber das musste mal raus.« Er schloss die Augen wieder, und tatsächlich glaubte der Ehrwürdige, eine gewisse Entspannung in Reißigs Gesichtszügen zu entdecken.

Der Mönch ahnte, wie viel Überwindung es Reißig gekostet haben musste, ihn heute hier zu treffen. Und er fragte sich, wie viel Macht der Kanzler über einen alten Mann wie Reißig haben musste, dass er dennoch gekommen war.

»Es tut mir leid, dass Ihnen mein Tempelbruder solch einen Schaden zugefügt hat.« Er verneigte sich demütig.

»Den Akteneintrag habe ich nie mehr wegbekommen«, sagte Reißig. »Bohn hat mich mindestens einen Stern gekostet.«

Der Mönch sah Reißig skeptisch an. »Sprechen Sie tatsächlich von Friedbert, von dem Menschen, der ins Kloster ging und zu Kandako wurde, zu einem Bhikkhu?«

»Ja, er war dann weg, nachdem das alles mit dem Jungen passiert war. Seine schöne Scheißkarriere war …« Die letzten Worte gingen unter in einem Anfall von »Scheiß Husten«, wie Reißig es fluchend nannte.

Der Mönch wartete, bis Reißig sich etwas entspannt hatte.

»Mögen Sie mir erzählen, was damals vorgefallen ist?«

»Lassen Sie uns hingehen. Es ist nicht weit.« Reißig wandte sich ab und schlurfte voran, den Rücken tief gebeugt. Der Mönch blieb einen Schritt hinter ihm, aus Höflichkeit. Reißig mochte zwar nur einige Jahre älter sein als der Ehrwürdige, aber wer die beiden gesehen hätte, würde eher auf ein paar Jahrzehnte tippen, die sie trennten.

Der Mönch nutze den kurzen Weg zur Selbstbefragung: Wäre er Mayas und natürlich auch Daniels Einladung gefolgt, wenn sie in München gelebt hätten? War er um des Paares Willen gekommen? Oder hatte er in dem Besuch die Chance gesehen, das Schicksal Kandakos aufzuklären? War er nach so vielen Jahren der Meditation, der Befolgung des Edlen Achtfachen Pfades, wirklich immer noch so egoistisch?

»Hier ist es.« Selbst die drei Wörter konnte Reißig nur japsen.

Der Ehrwürdige trat neben Reißig und sah auf einen bemoosten Grabstein hinab.

TIMO SAMMAT
4. Juli 1940–18. November 1954

»Das ist aber nicht das Grab von Kandako«, sagte der Mönch.

»Nee«, grinste Reißig, »das ist der Junge, den er erschossen hat, Ihr feiner Klosterbruder.« Reißig kramte aus seinem zu weiten Ledermantel eine Plastiktüte hervor und drückte sie dem Mönch in die Hand. »Können Sie alles nachlesen.«

Er zündete sich eine Zigarette an und betrachtete den Grabstein.

Der Ehrwürdige spürte die Genugtuung, die sein Gegenüber empfand: Reißig war bestochen worden von einem Kiez-Typen, vermutlich dem Kanzler, aber die viel größere Verfehlung hatte der Mann begangen, der ihn angezeigt hatte. Der Ehrwürdige sah erneut auf den Grabstein. Er wusste nicht, was ihm die Schrift darauf sagen wollte.

TIMO SAMMAT

4. Juli 1940–18. November 1954

Und dann fiel es ihm auf. Der Junge war vierzehn Jahre alt geworden. Und er selbst musste in etwa so alt gewesen sein, als Kandako zu ihnen in den Tempel kam und ihre Freundschaft begann. War er für Kandako so eine Art Wiedergänger von Timo Sammat gewesen? Oh, er musste heute Abend viel mit dem Erhabenen besprechen.

Reißigs Husten rief den Mönch zurück auf den Ohlsdorfer Friedhof. Als hätte er nicht gerade seine halbe Lunge ausgespuckt, nahm Reißig einen letzten Zug, so lang und tief, als wäre es sein allerletzter, und schnippte die Kippe in die Koniferen, die Timo Sammats Grabstein von anderen abtrennte. Er schob den linken Mantelärmel hoch, klickte das Band seiner Uhr auf und ließ sie in seine rechte Hand gleiten. Er besah die goldene Uhr sehr genau, dann holte er aus, schrie auf vor Schmerz, aber versuchte dennoch, die Uhr in einem hohen Bogen fortzuwerfen. Sie flog aber nur ein paar Meter weit und landete in den dichten Büschen auf der anderen Seite des Grabes.

Reißig drehte sich dem Mönch zu, das Gesicht verzerrt.

»Mit meinem Buckel kann ich noch nicht mal eine scheiß Nuttex wegwerfen.« Er lachte bitter. »Sie war die ganzen Jahre weggeschlossen, ich habe sie für unser Treffen das erste Mal wieder angelegt.«

»Aber nun haben Sie sich befreit«, sagte der Mönch. »Vielleicht können Sie jetzt sogar wieder etwas aufrechter gehen.«

»In jedem Fall gehe ich jetzt.« Reißig zog den Schal enger um seinen Hals, weil ein scharfer Wind aufgekommen war. »Eigentlich war Friedbert okay. Ich hätte die Uhr nicht annehmen dürfen. Friedbert wollte, dass ich ein guter Polizist werde.« Er zuckte mit den Schultern. »Ich bin kein guter Polizist geworden.«

Reißig stapfte zum Weg zurück. Als er an einem Papierkorb vorbeikam, blieb er stehen, kramte in seiner Hosentasche, holte die Zigarettenpackung hervor und warf sie weg.

Das war das Letzte, was der Ehrwürdige von Reißig sah.

Kapitel 45

Ronni und die Frauen – das wäre ein Kapitel für sich. Ein kurzes Kapitel, denn Frauen spielten in Ronnis Leben keine große Rolle. Seine Mutter war seine Mutter gewesen, hatte ihn geliebt, jedenfalls so weit Ronni sich erinnern konnte. Sie hatte ihn großgezogen, ohne ihn jemals geschlagen zu haben, selbst damals nicht, als Pfarrer Beckmannshagen behauptet hatte, Ronni hätte in den Klingelbeutel gegriffen. Und sie hatte ihn sogar im Knast besucht, als er wegen dummer Missverständnisse gesiebte Luft atmen musste.

Aber es gab auch niemanden auf dem Kiez, der je gesagt hätte, dass Ronni vom anderen Ufer wäre. Ronni hatte zahlreiche Bekanntschaften gehabt, wie die Biggi, die zu gut aussah, um bei Netto an der Kasse zu verblühen, und der Ronni einen Fensterplatz in der Herbertstraße besorgt hatte. Oder die Adelina, die erst mal neue Papiere brauchte, nachdem sie aus Albanien gekommen war. Und vielleicht wäre Ronni auch bei Maleika aus Ghana geblieben, hätte er nicht nach und nach erfahren, dass sie drei Kinder von vier Männer hatte oder umgekehrt, so genau wusste Maleika das selbst nicht.

Ob er bei Schuschu bleiben würde? Ronni merkte, dass sich seine Stirn kräuselte. Wieso kam ihm so ein Quatsch in den Sinn? Nur weil sich die Maus ein paar Tage nach seiner Lektion für die handgreiflichen Freier mit einer Flasche Schampus bedankt hatte für seine kleine Hilfestellung im Clinch mit den beiden Freiern? Oder weil er sie, als sie sich dann noch mal eher zufällig sahen, zu einer Currywurst an die *Heiße Ecke* eingeladen hatte? Nee, Ronni schüttelte sich fast unmerklich, er war kein Mann für feste Sachen. Und die Schuschu war keine Frau für feste Sachen.

Aber sie war auch keine, zu der er nur zum Wegstecken kam. War nicht seine Art, hatte er ihr auch gesagt, als sie ihn »auf eine Suppe«

eingeladen hatte. Und so wie sich der Ronni beim Gedanken an eine »Schönen-Dank!«-Nummer jetzt sogar merklich schüttelte, durfte Schuschu ihrem Gast durchaus glauben, dass es ihm wirklich ums Essen ging und ums Reden, als er an diesem frühen Nachmittag auf ihrem Bett saß und zusah, wie sie an der kleinen Kochzeile für ihn Tacacá zubereitete.

»Was Leckeres vom Amazonas«, hatte sie ihm in ihrem Steinbruch-Deutsch erklärt, bei dem sie die Wörter nach Klang und Laune zusammenzustellen schien, wodurch Ronni größte Probleme hatte herauszuhören, was Schuschu ihm sagen wollte. Dabei rührte sie allerdings so rhythmisch mit dem Kochlöffel im Suppentopf, dass er ihr alle grammatikalischen und sonstigen Schwierigkeiten gern vergab, zumal er ja selbst nun »auch nicht ein Akadenemiker« war, wie er ihr erklärte, als sie sich für ihre schlechten Sprachkenntnisse entschuldigte. So also schaute der Ronni der Schuschu auf ihr Hinterteil, das zusammen mit ihren langen Beinen in einer engen Jeans steckte, und dachte darüber nach, dass Schuschu ein scharfer Schuss war – und sein letzter Sex schon einige Monate zurücklag.

Aber Ronni war ein Kind des Kiezes und wusste, dass Nutten, wenn es um privaten Sex ging, zurückhaltend waren wie Klosterschwestern. Außerdem war er nicht für ein Stößchen gekommen, sondern um Schuschu etwas zu fragen.

»Sag mal, Süße«, begann er, verlegen am Reißverschluss seiner Lederjacke spielend, »willst du mir helfen, etwas für mein Kama zu tun? Ich würde dir auch was abgeben.«

Nun kannte sich Schuschu mit ziemlich vielen Drogen aus, doch Kama musste ein ganz neuer Stoff sein.

»Ist kein Stoff, Süße, ist was aus dem Buddhismus«, erklärte ihr Ronni in fast väterlichem Ton. »Du machst was Gutes und bekommst was Gutes zurück. Du machst Scheiße, und du bekommst Scheiße zurück. So geht Kama.«

Ronni fand seine Erklärung ziemlich gut. Aber Ronni wollte eigentlich nicht über Karma reden, sondern erzählen, wie »wirklich cool« er sich gegen den Kanzler behauptet hatte und wie noch viel cooler der Mönch gewesen war. Und weil ihm das so wichtig war, wartete er, bis Schuschu aufgetischt hatte.

Als sie endlich die Suppe löffelten – die gar nicht so schlecht schmeckte, wie sie aussah –, erzählte Ronni, was das alles mit dem Mönch auf sich hatte und wie relaxt einen dieser Buddhismus machte, man müsste nur genug mediieren. Vor allem aber, sagte Ronni, brauchte man Kama – allein schon, um den Ferrari zu finden.

»Du hast doch den Ferrari versteckt«, meinte Schuschu schließlich, »darum dreht sich doch alles, oder?«

Ronni hätte fast in den Tisch gebissen, so wütend machte ihn diese Frage. Selbst Schuschu glaubte also, dass er den Wagen geklaut hatte.

»Ich hab die Schleuder nicht«, blaffte er. Dann kratzte er sich am Kinn und brummte: »Entschuldigung, war nicht so gemeint.«

»Mir tut es auch leid«, sagte Schuschu, »aber wie willst du das Auto finden?« Am Tonfall hörte Ronni, dass die Frage wirklich nicht böse gemeint gewesen war.

»Null Ahnung.« Ronni zog die Lederjacke aus, krempelte die Ärmel über seinem Anker-Tattoo links und den drei Würfeln rechts hoch und ließ Wasser ins Spülbecken laufen. »Also, hilfst du mir beim Kama-Sammeln?«

»Du hast mir geholfen, ich helfe dir, aber was ist dein Plan? Ohne Plan geht gar nichts.«

Da hatte die Süße natürlich recht, dachte Ronni, während er den Tacacá-Topf schrubbte und Schuschu sich auf die Bett-Couch setzte. Nun hatte er bislang zwar eine vage Idee, wie er beim Karma mal Full House bekommen könnte. Aber von einem richtigen Plan war er noch weit entfernt.

Beruhigt sah er, dass Schuschu sich einen Joint drehte.

»Erst mal spüle ich das hier weg«, sagte er, auch um Zeit zu gewinnen, »und du rauchst dich ein bisschen locker.«

Schuschu rauchte langsam, Ronni spülte schnell, und als er den letzten Teller abgetrocknet und weggestellt hatte, zog Schuschu das Rollo vor dem Fenster runter und schaltete ihre Lava-Lampe ein.

»Also, der Plan geht so …«, weiter kam Ronni nicht.

Schuschu legte ihm einen Finger auf die Lippen und drückte ihn sanft nach hinten auf den Rücken.

Selbst das Karma und der Ferrari waren Ronni mit einem Mal egal. Völlig egal.

Kapitel 46

Maya sah aus dem Fenster der Dachgaube hinaus in den Himmel. Dichte Wolken schluckten die letzten Sonnenstrahlen, es war duster da draußen, obwohl es noch nicht Abend war. Zu spät für Tageslicht, zu früh, um nach dem Mond oder gar Sternen Ausschau zu halten. Und irgendwo da oben, bei Sonne, Mond und Sternen und dem lieben Gott, war jetzt Poch-Poch, das kleine pochende Herz, das plötzlich nicht mehr geschlagen hatte. Was wohl aus Daniel und ihr geworden wäre, wenn sie das Kind nicht verloren hätte?

»Ich weiß es nicht«, sagte sie halblaut und sah Anett mit gerunzelter Stirn an.

»Mach dir nicht so viele Gedanken.« Anett reichte Maya einen Becher mit Ingwertee. »Trink, ist gut gegen Übelkeit.«

»Danke, aber es liegt nicht am Magen. Ich finde es einfach zum Kotzen, wie Daniel sich verhält.« Maya klappte den Laptop zu, schob ihn zur Seite und mummelte sich in eine der vielen Decken ein, mit denen Anett ihre Kuschelecke unter der Gaube ausgelegt hatte.

Sie hatte sich den ganzen Tag schon schlapp gefühlt, war mit Anett früher aus der Kanzlei gegangen, und sie hatten es sich in deren kleiner Dachwohnung gemütlich gemacht. Maya fand die Einrichtung zwar ein wenig zu kruschtelig. Mit all dem Nippes hier und Krimskrams da wirkte alles arg zusammengewürfelt. Und doch strahlten Anetts kleine Zimmer eine Wärme und Geborgenheit aus, die Maya guttaten in dieser Phase der Erschöpfung und der »Neuorientierung«, wie sie es nannte. Abends, oder wie heute bereits am späten Nachmittag, ein, zwei Stunden ganz friedlich und harmonisch so zu liegen, zu reden, auszuspannen, sich richtig fallen zu lassen, wie Anett meinte, das war genau das, was sie dringend brauchte.

Maya sah in die ruhige Flamme der lila Kerze, sog den leichten Patschuli-Duft ein, den Räucherstäbchen im Raum verteilten.

»Gibt's denn Neues?«, frage Anett mit Blick auf den Laptop.

Maya zog die Mundwinkel nach unten, gab so etwas wie »Mhm« von sich, zog die Beine dicht vor ihre Brust und schlang ihre Arme um die Knie. Noch mehr konnte sie sich nicht zusammenkauern.

»Aha«, grinste Anett, »was hast du denn zu ›Kusala‹ gefunden?«

Maya kaute auf ihrer Unterlippe und ärgerte sich über sich selbst. Sie musste Daniel vergessen. Sie scherte sich zu viel darum, was er trieb. Warum googelte sie nach Kusala? Nur weil Anett im Yoga-Studio mitbekommen hatte, dass Daniel darin eine Perspektive sah? Sollte er doch machen, was er wollte! Sie musste endlich loslassen.

Denn was, außer Selbstvorwürfen, hatte sie nun von ihren Nachforschungen? Sie wusste, dass Kusala aus den alten Sprachen Sanskrit und Pali stammte und sinngemäß »heilsame Tat« oder auch »hilfreich« bedeutete. Und dass es einen Kusala Bhikkhu gab, einen berühmten Meditationslehrer in Los Angeles. Einen Guru.

Daniels neuer Guru?

Ja, das würde sie ihm zutrauen. Gestern Atheist, heute Buddhist und morgen gleich ab zu dem berühmtesten Meditationsmeister der amerikanischen Westküste. Klar, wenn schon, denn schon. Kalifornien, darunter macht's ein Herr Plötner nicht.

Maya schüttelte den Kopf. Auch darüber, dass sie in letzter Zeit zu viel den Kopf geschüttelt hatte. Nein, Daniel neigte zu übertriebenen Reaktionen, aber zu einem wildfremden Mönch nach Kalifornien zu pilgern, das konnte sie sich nicht vorstellen. Aber sie hatte sich manches von dem, was sie erlebt hatte, nicht vorstellen können.

Anett sah Maya an und fragte sich, wie seltsam doch das Leben spielte. So viele Jahre war Maya ihre ziemlich zielstrebige, ja bisweilen sogar verbissene Chefin gewesen, die Frau, der alles glückte, im Studium, im Beruf, selbst mit den Freunden, die, sofern Anett es mitbekommen hatte, allesamt gutaussehende und nette Typen gewesen waren. Und Daniel war sogar ein Sahnehäubchen, mit seinem vollen Haar, den warmen braunen Augen, dem Grübchen, wenn er lächelte, und seinem tollen Job beim Fernsehen. Und nun suchte diese Erfolgsfrau bei ihr Asyl, saß vor ihr wie ein Häufchen Elend und jammerte über ihr verpfuschtes Leben.

»Ich muss jetzt los«, sagte Anett und stupste Maya an. »Komm mit, Yoga wird dir guttun.«

Maya schüttelte den Kopf. Womöglich würde sie dann im Studio Daniel treffen, der mit Bernhard einen auf ziemlich beste Freunde machte. Das musste sie sich wirklich nicht antun. »Yoga ist dein Ding, Anett«, sagte sie, beugte sich zu der Kanne auf dem Stövchen vor und schüttete sich heißes Ingwerwasser nach. »Solltest du mal den Laden übernehmen, ohne dass Daniel da rumturnt, dann bin ich dabei.«

Anett hatte sich schon ihre Yoga-Matte geschnappt und war halb aus dem Zimmer raus, als sie sich noch einmal umdrehte.

Konnte Maya Gedanken gelesen? Hatte sie ihr gegenüber vielleicht schon unbeabsichtigt angedeutet, dass sie sich tatsächlich mit dem Gedanken trug, aus dem Kanzlei-Job auszusteigen und Yoga-Lehrerin zu werden? Bernhard hatte vor ein paar Tagen angedeutet, dass er eine Perspektive suche für das Studio in der Zeit nach Mo.

Der Gedanke an Mos Schicksal schüttelte Anett. Sie wollte nicht an die Zeit ohne Mo denken.

Anett suchte vergeblich, in Mayas Blick zu lesen, ob das gerade nur eine zufällige Bemerkung gewesen war oder ein Testballon.

Aber ihre neue Mitbewohnerin starrte entrückt in die Flamme der lila Kerze in der Lambrusco-Flasche. Maya hörte auch nicht, als Anett sagte: »Puste die Kerzen bitte aus, bevor dir die Augen zufallen« und dann die Wohnungstür hinter sich zuzog. Maya war in Gedanken bei ihrem nie geborenen Kind, beim Glauben an die Liebe, den sie verloren hatte. Sie sah in die Flamme, verfolgte die Tropfen, die den Flaschenhals entlangrannen, bevor sie sich auf dem Bastetikett festsetzten. Vom harten Wachs zum warmen Schein. Erst hart, dann weich, schließlich nur noch Schein. Verbrannt, erloschen, tot.

Maya dachte an die Bhikkhuni Kisa Gotami, an die Worte des Buddha, die der Ehrwürdige zitiert hatte. Sie hatte sie sich aufgeschrieben an jenem Abend und seither immer wieder gelesen. Jetzt kramte sie den Zettel aus ihrer Jeans hervor, aus der fünften Tasche vorne rechts, die ursprünglich mal für Uhren gedacht war. Sie war Mayas Tasche für besondere Notizen.

»Unsere Leben sind wie die Flammen«, hatte sie notiert. *»Manche brennen so, andere so; denn es ist, wie es ist. Und alle werden wir immer wieder entzündet im ewigen Kreislauf der Geburten und Begierden. Erst wenn das Öl unseres Begehrens, unserer Wünsche und Erwartungen aufgebraucht ist, hören wir auf zu brennen.«*

Sie hatte die Sätze laut gelesen. Wie beschwörend hatte sie anschließend in die Flammen geschaut. Sie suchte nicht das Nirwana, sie wollte nicht den Kreislauf von Geburt, Tod und Wiedergeburt durchbrechen. Daran glaubte sie nicht. Ihr Nirwana wäre das Erlöschen dieses brennenden Wunsches nach einem Kind.

Sie setzte sich in den Lotussitz und konzentrierte sich auf ihren Atem. Ein und aus. So wie der Mönch es sie gelehrt hatte. Sie suchte Frieden mit sich selbst.

Sie spürte ihrem Atem nach, der sie in die Tiefe ihrer Seele führte, der ihr Herz pochen ließ. Poch, poch, poch. Poch-Poch. Sie sah ein kleines Herz, sie sah das Gesicht eines Neugeborenen. Sie sah sich. Sie fühlte, wie ihr Atem dem kleinen Herz Flügel verlieh, wie es Wolken durchstieß und hinaufstieg zu Sonne, Mond und Sternen.

Sie atmete weiter. Ein und aus.

Sie öffnete die Augen, stand auf, ging mit der Kerze zur Gaube und öffnete das Fenster. Sie hielt ihren Zettel in die Flamme und ließ Begehren, Wünsche und Erwartungen in Flammen aufgehen. Sie sah der Asche nach, die der Wind verwehte.

Sie schloss das Fenster, blies die Kerze aus, hüllte sich wieder in ihre Decken und blickte zum Himmel.

Eine Sternschnuppe zog vorbei. Maya wünschte sich – nichts.

Kapitel 47

Der Ehrwürdige hatte sich von Yoster an die Alster fahren lassen. Zum einen mochte er nicht in der Luxuskarosse des Kanzlers über den Grindel chauffiert werden; er war ja nicht der Bhante. Zum anderen brauchte er Zeit, um über Kandako nachzudenken und sich selbst zu prüfen. So stieg der Mönch auf einem Parkplatz dicht am Wasser aus, dankte dem Fahrer mit einer tiefen Verneigung, gab ihm herzlichste Grüßen an Herrn Schröder mit auf den Weg und marschierte los.

Doch seine Seele war aufgewühlt wie die Alster vom Wind, und die Gehmeditation entlang des Ufers beruhigte seinen Geist nicht. Immer wieder drängten sich die Fragen auf, die den Mönch seit Wochen beschäftigten, ihn aber nach der Begegnung mit Reißig nicht mehr losließen: War er zu weit gegangen mit seinem Vorstoß in die Vergangenheit? Hatte er den Pfad der Lehre verlassen? Hatte er sich um jegliche Erleuchtungshoffnung gebracht?

Unsicher, ob er sich überhaupt noch auf die Geschichte Kandakos einlassen sollte, wagte der Ehrwürdige nicht einmal einen Blick in die Einkaufstüte, die Reißig ihm übergegeben hatte. Wo war nur seine buddhistische Gelassenheit geblieben?

Zurück in der Fichtestraße fand der Ehrwürdige wieder alle Zimmer leer vor. Kein Licht brannte, kein lieber Zettel von Maya, keine Nachricht von Daniel. Das Glas Tee in der Spüle, die leere Flasche Milch auf dem Sideboard, der Teller mit den letzten Resten Reis aus dem Großkochtopf – alles stand noch so rum, wie es der Mönch zurückgelassen hatte.

Es ist, wie es ist, versuchte er sich zu trösten und begab sich ins Dhamma-Zimmer. Wie immer begann der Mönch sein Gespräch mit dem Erhabenen mit einer Schilderung seiner Erlebnisse, berichtete von seiner Begegnung mit dem verbitterten ehemaligen Polizisten, sprach von seinen Zweifeln am eigenen Verhalten und sagte schließlich: »Erhabener, ich bin nicht würdig, Euer Bhikkhu zu sein.«

»Woher rühren deine Zweifel?«, fragte der Buddha.

»Aus der Einsicht, dass ich nicht mehr im Hier und Jetzt lebe«, entgegnete der Mönch mit ungewohnt brüchiger Stimme.

»Es ist richtig, mein Bhikkhu, dass sich die Ängstlichen in der Vergangenheit verlieren oder in die Zukunft flüchten. Erwachen können wir nur in der Gegenwart.«

»Aber warum erliege ich der Vergangenheit? Warum spüre ich dem Vorleben meines einstigen Mitbruders nach, als sei das Gestern von irgendeiner Bedeutung?«

»Weil es dir nun einmal etwas bedeutet«, sagte der Buddha.

Der Mönch wunderte sich über die Gelassenheit des Erhabenen. Hatte er nicht verstanden, wie sehr sein Bhikkhu gefehlt hatte?

»Auf dem Friedhof konnte ich die Begierde, endlich mehr über Kandako zu erfahren, kaum unterdrücken. Bis jetzt, bis zu diesem Gespräch, beherrschen mich die Störgefühle, obwohl ich die Alster drei Mal in Meditation umschritten habe.«

»Der hohe Grad deiner Bewusstheit berührt mich sehr. Aber erinnerst du dich an meine erste Ansprache nach dem Erwachen?«

Der Ehrwürdige Siri nickte eifrig, schluckte seine Aufgeregtheit hinunter und sprach: »›Zwei Extreme sind, ihr Mönche, von Hauslosen nicht zu pflegen. Sich dem Anhaften am Sinnenwohl hingeben und sich der Selbstqual hingeben.‹«

Der Mönch senkte seinen Blick und wartete.

»Vortrefflich hast du mich wiedergegeben«, lobte der Erhabene. »Nun sag mir, was mag die Stelle mit dir zu tun haben?«

Der Mönch memorierte die Sätze des Buddha noch einmal im Stillen. Er hatte sich keinem »Sinnenwohl« hingegeben, keinem Rausch und keinem Luxus. Auch die Fahrt in der teuren Limousine konnte der Buddha nicht meinen. Sie war unumgänglich gewesen, denn sonst wäre er nie zu dem vereinbarten Treffpunkt gelangt.

»Meint Ihr die Selbstqual?«, fragte der Mönch.

»Genau die meine ich«, sagte der Buddha, »und ich verurteile sie nicht weniger als die Sinnen-Völlerei.«

Ein kleiner Seufzer erfüllte den Raum, und der Mönch spürte, wie seine Schultern herabsanken.

»Erst wenn wir auch dem Erwachen mit Gleichmut begegnen, sind wir reif für das Erwachen«, sagte er schließlich und versenkte sich noch tiefer in die Meditation. Ja, der Wunsch zu erwachen beherrschte ihn zu sehr. Gleichmut bedeutet auch Gleichmut gegenüber dem Erwachen. Es war so, wie es war. Vielleicht würde er Erwachen – vielleicht aber auch nicht.

Der Mönch erhob sich, bereitete sich in der Küche einen Tee und setzte sich an den großen Tisch des Esszimmers. Er betrachtete die Einkaufstüte, die Reißig ihm übergeben hatte. Dann griff er entschlossen hinein und zog einen Stapel Zeitungen hervor.

Aufmerksam las der Mönch die Artikel, die vor mehr als einem halben Jahrhundert geschrieben worden waren. Er tauchte ein in das Leben des jungen Polizisten Friedbert Bohn, fand dessen Hochzeitsbild, das ihn an der Seite einer jungen Frau zeigte. Sie waren ein schönes Paar, die blonde Dänin Krista, die offen in die Kamera lachte, und der hochgewachsene Polizist Friedbert, der so stolz auf seinen Beruf war, dass er in Wachtmeisteruniform geheiratet hatte. Siri erfuhr von jenem 18. November vor über sechzig Jahren, an dem zwei Bankräuber am helllichten Tag die Sparkassenfiliale an der Reeperbahn überfallen hatten und mit einem Beutel voller Bargeld davongelaufen waren. Sie wären entkommen, wenn sich der Streifenbeamte Bohn ihnen nicht in den Weg gestellt hätte. Es kam zum Schusswechsel auf einem Hans-Albers-Platz, auf dem sich Timo Sammat mit anderen Jugendlichen verabredet hatte. Aus welchem Grund auch immer hatte sich der Junge in einer der Erdgasröhren versteckt, die dort bis zu ihrer Verlegung gelagert waren. Und die den Räubern auf ihrer Flucht als Deckung dienten. Als Timo in

Panik seinen Kopf aus einer der Röhren steckte, traf ihn eine abgeprallte Kugel. Sie hatte aus Friedbert Bohns Waffe gestammt.

Die Berichterstattung der Boulevard-Presse (»Ehrgeiziger Polizist erschießt spielendes Kind«) glich einer Treibjagd. Im Prozess war er zwar freigesprochen worden. In späteren Berichten zum Todestag des Jungen hieß es, Bohn habe den Dienst quittiert und sei im Ausland untergetaucht. Selbst seine Frau wisse nicht, wo er lebe, die Ehe sei zerbrochen.

Tief in der Nacht legte der Mönch alle Artikel wieder zusammen und zurück in die Tüte. Mit besonderer Achtsamkeit verstaute er sie in seinem Koffer. Danach begab er sich ins Dhamma-Zimmer und stimmte eine lange Rezitation an. Für Friedbert Bohn. Und Timo Sammat.

Kapitel 48

Auch für die Korbanek hatte es mal eine Zeit gegeben, in der sie noch die Doris gewesen war: Doris Tucht, Tochter des Fleischermeisters Uwe Tucht. Sie war immer groß und kräftig gewesen, aber nie dick oder gar unförmig, sondern »gerade gewachsen« und ein »lecker Mädchen«, wie ihr Vater nicht ohne Stolz sagte. Und sie war, wie ihr alter Herr auch gern verkündete, eine gute Partie: mittlere Reife, Fleischerfachausbildung, sogar Meisterin, im Familienbetrieb die anerkannte rechte Hand des Vaters. Doris Tucht hatte alle Voraussetzungen, eine zufriedene Frau zu werden, mit einem netten Mann und zwei wohlgeratenen Kindern und einem eigenen, gut gehenden Geschäft.

Aber dann war die Beziehung mit dem Jochen schiefgelaufen. Er wollte sie heiraten, wollte mit ihr etwas Eigenes aufmachen. Er wollte so viel, und vor allem wollte er weg aus Hamburg. Weit weg. Und das wollte die Doris nicht, die doch das Geschäft übernehmen sollte, wofür der Vater alles schon vorbereitet hatte.

Ja, und dann war der Bruno gekommen, hatte sie auf den Dom eingeladen, den großen Jahrmarkt auf St. Pauli, hatte ihr eine Rose geschossen und zwanzig Lose gekauft. Sie konnte den riesigen Teddybären kaum tragen.

So hatte das angefangen mit der Doris und dem Bruno.

Der Bruno arbeitete damals noch auf dem Schlachthof und wusste, was er wollte: die Doris und das Geschäft. Beides hatte er dann bekommen. Nur ein Kind hatte er nicht bekommen, obwohl er unbedingt einen Sohn haben wollte. Schon in der Hochzeitsnacht hatte er ihr gesagt, sie solle sich Mühe geben. Sie hatte sich Mühe gegeben, aber mit dem Sohn, das wurde nichts.

»Nicht mal ein Mädchen kriegst du gebacken«, hatte der Bruno später gesagt, aber da war es dann schon zu spät, zu spät für Kinder, für eine gute Ehe, für eine zweite Chance mit einem anderen Mann. Da war aus Doris Tucht schon »die Korbanek« geworden und aus dem Bruno »der Alte«.

»Möchtest du noch einen Schluck?« Manuel hob die Flasche Rotwein an, wartete aber mit dem Einschenken. Unsicher sah er sich um. Aber keiner erkannte in ihm den alten Ecke. Und falls doch? Auch das geht in Ordnung, dachte Manuel, denn die Jahre als Ecke waren seine Jahre. Er würde sie nicht verleugnen.

»Danke, gern«, sagte die Frau, die ihm gegenübersaß und nicht mehr ganz so aussah wie die Korbanek. Aus der Wischmob-Frisur war ein flotter Kurzhaarschnitt geworden, und die Bluse war etwas Farbenfrohes, Tailliertes. So richtig sicher war sich Doris Korbanek beim Kauf nicht gewesen, ob ihr diese Bluse wirklich gut stand, aber sie war eine deutliche Verbesserung gegenüber den Rollkragenpullovern und Schürzen aus ihrem Fleischerfrau-Leben. Und das erste Mal seit Jahren trug sie wieder einen Rock. Er fiel vielleicht noch etwas zu glockig, aber, sagte sie sich, ein Anfang war gemacht.

Auch Manuel hatte sich verändert. Auf dem kahlrasierten Schädel wuchs nun festes dunkles Haar nach, mit, so weit es sich erahnen ließ, kräftigen grauen Strähnen. Die dunkle Hornbrille, die der Augenarzt ihm verschrieben hatte, ließ ihn klug dreinblicken. Auch der Zahnarzt hatte gute Arbeit geleistet. Wer nicht ganz genau hinsah, würde nicht glauben, dass der gepflegte Herr an dem Fenstertisch der *Espresso Bar* etwas gemein haben könnte mit dem Obdachlosen, der früher an der Ecke des Supermarktes ein paar hundert Meter weiter gestanden hatte.

Vorsichtig schenkte Manuel etwas Wein in das Glas seiner Tischdame.

Aus den Augenwinkeln bemerkte Valentino, dass sich der Gast selbst nachschenkte, eilte herbei, nahm Manuel die Flasche ab und füllte auch dessen Glas.

»Gracie«, sagte Manuel und lächelte Valentino dankbar an.

»Prego«, sagte der Chef des italienischen Restaurants, das eine Institution war am Grindel. Er blickte zu der Frau am Tisch.

»Ich freue mich, liebe Frau Korbanek, dass Sie endlich einmal die Zeit gefunden haben, vorbeizuschauen.« Er deutete eine Verbeugung an. »Es ist mir eine Ehre.«

Doris Korbanek sah Valentino nach, blickte Manuel an, musterte die anderen Gäste in dem kleinen Restaurant. Die meisten waren Paare: junge Menschen, die sich gerade kennengelernt zu haben schienen, Ältere, die wohl einen Abend ohne die Kinder genossen.

»Ich habe so viel verpasst im Leben.« Sie hatte es kaum ausgesprochen, als sie an die rund zehn Jahre dachte, die Manuel nach dem Brandunglück auf der Straße gelebt hatte, und bat um »Entschuldigung«.

Manuel schüttelte den Kopf. »Es ist nie zu spät«, meinte er, und seine Finger spielten mit dem Stil des Weinglases.

»Ich bin jetzt einundsechzig«, sagte Doris Korbanek, »ein verblühtes Mädchen.« Sie lachte auf, vielleicht einen Tick zu hell.

»Ich bin Mitte fünfzig, das ist nicht viel jünger.« Manuel machte eine Pause, nippte an seinem Wein. »Und doch fühle ich mich wie … wie … neugeboren.« Er lächelte melancholisch in sein Weinglas, dann sah er hoch. »Und als ich die Augen aufschlug, da sah ich dich.«

Doris Korbanek wusste nicht, was sie sagen sollte. Verlegen nahm sie einen großen Schluck Wein.

Seine Finger suchten nach ihren Händen. Ganz langsam tasteten sie sich vor.

Sie wollte ihre Hände zurückziehen. Seit vielen Jahren war sie einem Mann nicht mehr so nahe gewesen. Sie wusste nicht mehr, wie man Händchen hielt, wie man sich in den Arm nahm, wie man küsste. Und jetzt saß ihr sogar ein Mann gegenüber, der jünger war als sie. Der gut aussah, während sie sich doch mehr wie Mutter Beimer aus der Lindenstraße fühlte.

Er bemerkte ihr Zögern. Und er verstand es. Was da gerade geschah, war völlig verrückt. Er musste an seine Frau denken, an seine

Kinder. An seine tote Familie. Er hatte Leonard und Noika geliebt. Sie hatten diesen Tod nicht verdient. Kein Kind auf dieser Welt hatte den Tod verdient. Kein Mensch. Auch Marianne hätte nicht sterben dürfen. Er hätte gern sein Leben gegeben für die drei. Aber mit dem Schicksal konnte man nicht verhandeln.

Manuels Finger tasteten sich vor, hinüber auf die andere Seite des Tisches. Doris zog ihre Hände nicht weiter zurück – sie wären sonst unter den Tisch gefallen. Nach einer kleinen Unendlichkeit berührten sich ihre Hände. Dann blickten sie sich an.

»Du bist«, Manuels Stimme wurde rauher, als er erwartet hatte, »eine sehr attraktive Frau.«

Doris wurde rot, das war selbst im schummrigen Licht der *Espresso-Bar* zu sehen. Manuel lächelte.

»Es ist wunderschön, dich erröten zu sehen.«

Die Korbanek löste ihre rechte Hand aus seinen Händen, sehr behutsam, führte sie zum Glas und trank einen Schluck.

Manuel tat es ihr gleich.

Sie sahen sich über die Weingläser hinweg an, während sie ganz langsam tranken.

Doris setzte das Weinglas entschlossen ab. »Komm, lass uns gehen.« Sie sagte es in einem Ton, den sie von sich selbst schon ganz, ganz lange nicht mehr gehört hatte.

Und auch Manuel konnte sich nicht erinnern, wann eine Frau das letzte Mal so zu ihm gesprochen hatte. Von Marianne hatte er das in ihren letzten Jahren jedenfalls nicht mehr gehört.

Doris schob diskret zwei Geldscheine unter die Serviette, nickte Valentino zu und stand auf. Auch Manuel erhob sich, half Doris in ihren Mantel und folgte ihr hinaus in die Abendluft. Er legte seinen rechten Arm um ihre Schulter, sie ihren linken um seine Hüfte. Als seien sie ein Paar wie jedes andere, gingen sie über den Zebrastreifen, hinüber in die Fichtestraße.

Kapitel 49

Der Ronni hatte mal einen Film gesehen, damals, als er noch zu Hause wohnte, »bei Muddi«, wie er sagte. Da war es darum gegangen, dass eine ziemlich gute Truppe in England einen Postzug überfallen wollte und das dann auch gemacht hat. Es sollte der größte Geldraub aller Zeiten gewesen sein, weil das alles in echt so passiert war. Aber besser als der Raub selbst hatte Ronni diese Planerei gefallen, die ganze Vorbereitung. Wie James Bond. Echt tricki. Wie diese Gäntelmän das damals in London gefingert hatten, genauso fühlte sich Ronni in den letzten Tagen, denn auch er plante das ganz große Ding. Obwohl, eigentlich plante der Bernhard das Ganze, aber er war mit von der Partie, denn ohne den Ronni wäre der Bernhard aufgeschmissen gewesen – und vor allem die arme Mo.

Mit der war nämlich genau das passiert, was sie selbst nie gewollt hatte und Bernhard nicht verhindern konnte: Sie war operiert worden.

Ohne lange zu fackeln, hatten die im Huyssenstift an ihr »herumgeschnibbelt«, so hatte es der Bernhard dem Ronni erzählt, obwohl da nichts mehr zu machen war, obwohl sie so oder so sterben musste. Auf Drängen von Bernhard war Mo danach aber immerhin verlegt worden, in einen Seitentrakt des Krankenhauses, in dem nur Patienten lagen, die ihrem Ende entgegendämmerten, aber aufgrund irgendwelcher Vorschriften trotzdem nicht nach Hause durften. Der Ronni verstand das nicht, aber wenn er wiedergeboren werden sollte, und der Mönch meinte ja, dass alle wiedergeboren werden würden, dann würde er Jura studieren und gegen solche unmenschlichen Vorschriften klagen.

Jetzt, in diesem Leben, blieb Ronni allerdings nichts anderes übrig, als das zu tun, was er zu Bernhards Plan beitragen konnte, und deshalb stand er nun im gottverdammten Lurup, am nordwestlichsten Rand der Stadt, und knackte das Tor zum Fuhrpark der »Ambulanz Deuble«. Er suchte sich unter den auf einem eingezäunten Parkplatz stehenden Krankentransportern den saubersten und neuesten aus, knackte auch diesen und fuhr den Wagen auf die Straße und schob das Tor wieder zu.

Also, Teil eins war schon mal sehr sauber gelaufen.

Ronni schaltete das Radio ein, erwischte den Oldi-Sender und fuhr mit Meat Loaf und Jonny Cash im Ohr auf den Kiez, um seine Beifahrerin aufzupicken. Und tatsächlich stand vor dem Nuttenbunker, wie besprochen, die schärfste Krankenschwester, die Ronni sich vorstellen konnte. Einerseits sah sie ganz bieder aus, wie Krankenschwestern nun mal aussehen, mit weißem Kittel, Socken und Schlappen. Ihre schwarzes wallendes Harr war brav zusammengebunden unter einem Häubchen, auf dem *Huyssenstift* stand. Andererseits hatte diese Krankenschwester eine Ausstrahlung – Hammer!

Ein vorbeitorkelnder Tourist klatschte Schuschu gerade auf den Hintern und hätte sich wohl eine Backpfeife eingefangen, wenn Ronni nicht gerade langsam vorgerollt wäre, die Beifahrertür aufgedrückt und »Nun mach schon!« gerufen hätte.

Ronni sah Schuschu an, dass ihr die Nummer, die sie in den Vorbesprechungen noch so cool gefunden hatte, nun doch etwas zu heiß wurde. Stirnrunzelnd schaute sie in das Fahrzeug hinein, besah sich den Ronni ganz genau und sagte: »Nicht schlecht.«

Mit seinem vernarbten Gesicht und dem breiten Pflaster auf der Nase hätte man Ronni zwar nicht unbedingt für einen Gehirnchirurgen gehalten, aber als Krankenpfleger ging er allemal durch in seinem weißen Kittel, unter dem oben ein weißes Hemd und unten eine frisch gebügelte Jeans hervorschauten. Selbst seine Cowboystiefel mit der Silberspitze hatte er gegen flache weiße Schuhe eingetauscht.

»Sorry fürs Warten«, sagte Ronni, während sich Schuschu in den Autositz fallen ließ, »aber wegen des Fußballspiels ist alles dicht, musste sogar das Blaulicht einschalten.«

»Aha«, bemerkte Schuschu und blickte nach hinten in den Wagen. Sie sah die volle Notfall-Einrichtung und schluckte. »Wo hast du den Wagen her?«

»Ausgeliehen«, erklärte Ronni, »von einem der größten privaten Krankentransporter hier in Hamburg.«

Als er merkte, dass Schuschu anfing, sich Sorgen zu machen, fügte er hinzu: »Vor morgen früh werden die gar nicht merken, dass da ein Wagen auf dem Hof fehlt.« Zumindest an der Front fühlte Ronni sich tatsächlich sicher. Aber was, falls die Sache im Krankenhaus schieflief? Schuschu würden sie wahrscheinlich nach Rio abschieben. Und würde er den Rest seines Lebens hinter Gittern verbringen? Knast statt Kama?

Ronni rief sich den schönen Dieter in Erinnerung und wie er sich seine Kiez-Karriere vermasselt hatte, vor vielen Jahren, als der ihm eine Chance geben wollte. Es sollte ein todsicheres Ding sein, vor den Toren Hamburgs, in den Vierlanden, ein Sparkassenüberfall mit drei Leuten. Ronni wäre der Fahrer gewesen. Aber beim Ausbaldowern hatte er die Anfahrtszeit des Geldtransporters nicht richtig notiert. Der schöne Dieter, der den Coup seines Lebens landen wollte, war ausgerastet – und Ronni raus aus dem Team, bevor es richtig losging.

Insofern ging es Ronni an diesem Abend nicht nur um Kama und eine gute Tat für Mo und Bernhard; für Ronni ging es auch um die Ehre. Er wollte die Sache perfekt durchziehen.

Am Tor des Huyssenstifts wurden sie gleich durchgewinkt und konnten nicht nur unbehelligt bis zum alten Trakt fahren und dort wie von Bernhard angewiesen in der Tiefgarage parken, sie gelangten auch, ohne irgendwem zu begegnen, fast bis zu Mos neuem Zimmer, das im Erdgeschoss am Ende eines Seitenflurs lag.

Also wirklich, dachte der Ronni, das hatte Bernhard ziemlich professionell vorbereitet.

Wie er Ronni noch fünf Minuten zuvor am Telefon bestätigt hatte, saß im Stationszimmer nur ein einziger Pfleger. Ronni nickte

Schuschu zu, gab ihr das Daumen-hoch-Zeichen und hielt sich zurück, während sie auf den Pfleger zuging.

Gerade hatte Schuschu noch Angst gehabt, sie könnten auffliegen, aber als sie den Mann mit der dicken Brille, dem Doppelkinn und dem kleinen Bauch sah, der da, Nägel kauend, vor Monitoren saß, wusste sie, dass alles gut werden würde. Wie Bernhard gesagt hatte, saß da genau der Typ Mann, der als Freier zu Schuschu kam und den um den Finger zu wickeln ihr tägliches Geschäft war. Und mit ihrem Gang, ihrem Blick und ihrer Stimme, mit all ihren Talenten, mit denen sie sonst potenzielle Kunden lockte, kam Schuschu nun auf den Mann zu, sah auf das Namensschild, das an dem Hemd seines blauen Pfleger-Anzuges angesteckt war, und sagte: »Hallo, Titus, hilfst du mir mal?«

Als Ronni eine Minute später durch die große Glasfront in das Stationszimmer linste, sah er, wie Titus bereits die Augen überquollen, nur weil Schuschu an den obersten Knöpfen ihres Schwesternkittels nestelte. Und Ronni sah auch noch, wie die schärfste Krankenschwester aller Zeiten oder zumindest des Huyssenstifts in die Seitentasche ihres Kittels griff und die Flasche mit dem Chloroform hervorzog.

Ob er mich noch sieht?, fragte sich Ronni, als er an dem Stationszimmer vorbeiging und dem Pfleger zunickte. Oder ob er als letztes Bild vor der Narkose nur Schuschus schönen Busen erinnern würde? Aber zum einen waren das müßige Fragen, zum anderen hatte Ronni inzwischen die Tür zu Mos Zimmer geöffnet und sah erleichtert, dass Bernhard an Mos Bett saß und ihr die Hand hielt.

»Alles klar?«, fragte Bernhard, küsste die bewusstlose Mo auf die Stirn und löste dabei eine der Infusionsflaschen aus ihrer Halterung über dem Bett.

»Alles roger«, antwortete Ronni und löste eine andere Infusion aus einem Ständer neben dem Bett.

Schuschu trat gerade wieder auf den Krankenhausflur und streifte ihren Kittel glatt, als Ronni Mo vorbeischob, assistiert von Bernhard, der die zwei Infusionsflaschen hochhielt, um den Tropfenfluss nicht zu unterbrechen. Schuschu rannte vor zum Transportaufzug.

Auf der Fahrt hinunter in die Tiefgarage konnte Schuschu die Frau auf dem Transportbett endlich in Ruhe betrachten. Sie hatte die Augen geschlossen, ihre Hände lagen gefaltet auf der Decke. Sie wirkte wie aufgebahrt. Nur das feine Lächeln in ihren Mundwinkeln ließ erahnen, dass sie noch lebte.

Schuschu bekreuzigte sich und faltete die Hände zu einem kurzen Stoßgebet. Auf Portugiesisch flehte sie den Herrn an, die Frau überleben zu lassen.

Ronni und Bernhard sahen irritiert zu der murmelnden Schuschu hinüber. Die aber hatte nur Augen für die Sterbenskranke vor ihr, die jetzt ihre Mundwinkel bewegte. Tat sie das wirklich? Ja, Schuschu hatte da keine Zweifel: Die Patientin lächelte sie an. Schuschu lächelte zurück, stolz, ihre Talente für ein gutes Werk genutzt zu haben.

Auch Ronni war mit sich zufrieden, als er kurz darauf den Krankenwagen vom Hof steuerte. Vor lauter Übermut schaltete er das Einsatzlicht ein. Er hätte auch gern noch die Sirene heulen lassen, so erleichtert war er über seinen Coup. Kamamäßig stand er doch jetzt ziemlich gut da. Oder?

Kapitel 50

Erst als sich auch Ronni, der als Letzter im Yoga-Studio eingetroffen war, in den Lotussitz niedergelassen hatte, unterbrach der Mönch seine Rezitation. Der Ehrwürdige öffnete die Augen und betrachtete die Buddha-Statue, die Bernhard schon gestern mit Lotusblüten geschmückt hatte. Der Mönch lächelte den Buddha an. Er fühlte sich eins mit ihm wie nie zuvor.

Der Ehrwürdige erhob sich, mühelos, obwohl er schon Stunden rezitiert hatte, und wandte sich der kleinen Gruppe zu, die im Halbkreis um den Buddha versammelt war. Alle saßen auf dem Boden, nur eine alte Frau hatte auf einem Stuhl Platz genommen. Sehr würdevoll, sehr gefasst blickte sie den Mönch an. Sie war als Erste heute Nacht eingetroffen. Fast lautlos hatte Bernhard sie ins Studio geführt und neben Mo gesetzt, die auf einer Bahre aus gestapelten Yogamatten ruhte, eingehüllt in eine der sandfarbenen Meditationsdecken, die sie selbst so oft ihren Schülerinnen und Schüler gereicht hatte.

Regungslos war die alte Frau über Stunden der Rezitation gefolgt, als sei sie bereits viele Jahre geübt im stillen Sitzen und im Sich-Versenken. Nun wandte sich der Mönch ihr zu und sagte: »Ehrenwerte Frau van Veen, ich grüße Sie im Namen der drei Juwele, Buddha, Dhamma, Sangha, im Namen des Erwachten, seiner Lehre und seiner Gemeinde.« Er verneigte sich tief und lange, richtete sich auf und verbeugte sich nacheinander vor jedem, der sich zu Ehren Mos eingefunden hatte. Zuletzt verneigte er sich vor Mo selbst, die mit geschlossen Augen, die Hände auf der Brust gefaltet, dalag wie aufgebahrt.

Es war Mos letzter Wunsch gewesen, daheim zu sterben, begleitet von einer Rezitation des Mönchs. Bernhard hatte den Ehrwürdigen erst gestern am späten Abend darauf angesprochen, kurz bevor er mit Ronni und Schuschu zum Huyssenstift fuhr, um Mo in ihr Studio zu bringen. Einen Transport in ihre Dachgeschosswohnung hatte er ihr nicht zumuten wollen. Der Ehrwürdige hatte aus vollem Herzen eingewilligt, denn wie es sich fügte, hatte er wenige Tage vor seiner Reise nach Deutschland noch einmal die Meditation des großen Ajahn Chah über »Unsere wirkliche Heimat« gelesen, mit der der Ehrwürdige eine Laienbuddhistin in deren letzter Stunde begleitet hatte. Um auch Bernhard Beistand zu leisten, war der Mönch sofort ins Studio geeilt.

Der Frage, ob »Beistand« das richtige Wort gewesen war oder ob er bei einer Patientenverlegung unter Führung des selbsternannten Krankenpflegers Ronni nicht treffender von »Beihilfe« hätte sprechen sollen, wollte der Mönch nicht weiter nachgehen.

Der selbsternannte Krankenpfleger Ronni kniff derweil nervös seine Augen zusammen. Er erinnerte sich nämlich nicht nur an die Euphorie, dass der Plan geklappt hatte. Auf der Fahrt mit Mo hatte Ronni auch gedacht, dass er sich mit dieser Aktion verhoben haben könnte. Ein Auto zu klauen war das eine. Mo aus den Fängen dieser Ärzte zu befreien, die immer nur darauf aus waren, an Menschen rumzuoperieren, egal, ob die das wollten oder nicht, war das andere. Aber wenn Mo sterben sollte, während er den Krankenwagen durch die halbe Stadt steuerte, dann wäre das noch mal eine ganz andere Hausnummer.

»Scheiß Kama«, fluchte Ronni, der sich plötzlich wegen Mordes vor Gericht stehen sah.

»Die geht uns unter den Händen ab«, raunzte er nach hinten, wo Bernhard und Schuschu neben Mo hockten, die Infusionsflaschen hielten und ihr den Puls fühlten.

»Sie stabilisiert sich, kommt vielleicht sogar wieder zu Bewusstsein«, gab Bernhard zurück. Und Schuschu, die in ihrem ersten Leben tatsächlich einige Jahre in Rio als Krankenschwester gearbeitet hatte, meinte sogar, Lippenbewegungen gesehen zu haben.

Ronni betete, dass die beiden Medizinexperten mit ihrer Einschätzung nicht falsch lagen. Sicherheitshalber schaltete er das Blaulicht ein und versprach dem lieben Gott, nie wieder etwas Ungesetzliches zu tun, wenn die Fahrt mit Mo gutgehen sollte. Was sonst hätte der Ronni auch tun können?

Und das Gebet schien gefruchtet zu haben. Sie kamen ohne Probleme im Studio an, wo der Mönch bereits rezitierte. Sie befreiten Mo von allen Schläuchen und Kathetern, bevor dann Ronni zu Bernhard fuhr, um Mos Mutter abzuholen. Danach hatte er den Krankenwagen zurückgebracht, während Bernhard den Rezitationskreis zusammentrommelte, was morgens um sechs nicht leicht war.

Erst als Ronni zurückgekehrt war und ihm diskret das Daumenhoch-Zeichen gab, wurde Bernhard ruhiger.

Nun lag alle Verantwortung beim Mönch.

Der Ehrwürdige ließ sich neben Mo nieder, legte seine Hände auf die Knie, die Innenflächen nach oben. Er wusste, dass er in der nächsten Zeit der Einzige sein würde, der völlig offen für das war, was passieren sollte, bereit, alles so geschehen zu lassen, wie es geschehen würde. Er hatte sich keines seiner Worte überlegt, nichts geplant, dennoch schluckte er nicht, bevor er sprach, kein Räuspern, kein Innehalten: »Liebe Frau, höre diese Worte, als spräche der Buddha selbst zu dir. Folge mir auf dem Weg, der damit beginnt, dass wir freudig in die Gesichter dieser Menschen blicken, die sich um uns versammelt haben.«

Die alte Frau van Veen ergriff die Hände ihrer Tochter, entschlossen, aber doch so behutsam, als würde sie brüchiges Pergament ertasten. Sie sah ihre eigenen Hände, die auch nur noch aus Falten und Sehnen bestanden, aber ihre Hände konnten zugreifen, Moniques nur noch gehalten werden.

Bis Bernhard sie in Zwolle angerufen hatte, um von Mos Erkrankung zu berichten, war sie dem Herrn dankbar gewesen für jeden

Tag, den sie erleben durfte. Nach dem frühen Tod ihres Mannes, hinweggerafft vom Krebs, hatte sie viele Jahre gebraucht, bis sie sich wiedergefunden hatte – in der Liebe Jesu Christi. Er hatte ihr das Herz geöffnet, ihr die Schönheit der Welt des Glaubens gezeigt. Dankbar hatte sie jeden Sonntag eine Kerze angezündet für die Gesundheit und Rüstigkeit, mit der der Herr sie gesegnet hatte.

Jetzt aber hatte sich das Glück ins Unglück gekehrt. Denn gab es einen Grund, dem Herrn dankbar zu sein für ein langes Leben, wenn man dabei das eigene Kind überlebte? Warum musste sie nach dem erbärmlichen Tod ihres Mannes nun auch ihre Tochter so sterben sehen? Ein zweites Mal entriss ihr die Krankheit das Liebste. Sie rieb die Hände ihrer Tochter, als könne sie ihnen einen Funken Leben entspringen lassen.

Mit seiner warmen, monotonen Rezitationsstimme sprach der Mönch zu Mo, ruhig und stetig wiederholend, dass sie ihm folgen solle: »Ich schaue jeden an, als sei es ein letztes Mal, denn es ist ja auch ein letztes Mal, da niemand und nichts in dem einen Moment so ist, wie jemand und etwas einen Wimpernschlag zuvor noch war. Deshalb ist jeder Blick zugleich ein letzter Blick. Immer. Aber empfinde darüber keine Trauer. Denke nicht an das Gestern und nicht an das Morgen. Bleibe im Hier und Jetzt. Atme Frieden ein und Liebe aus.«

Als er die Worte des Mönchs hörte, überkam Bernhard ein leichter Schauer. So viel Stunden, Tage, ja, alles zusammengenommen vielleicht sogar Wochen hatte er schon in Meditation verbracht, aber so tief in sein Innerstes war noch die Stimme keines Lehrers vorgedrungen. Er spürt die Kraft, die von den Worten des Mönchs ausging. Ob der Mönch auch zu Mo vordrang? Ob er sie wirklich erreichte? Ob sie ihm folgte und die Augen öffnete?

In Gedanken bat Bernhard den Mönch um Verzeihung, aber er musste Mo ansehen. Nur einen Millimeter hob er seine Lider an, als fürchtete er, ertappt zu werden. Aber dann riss er sie ungläubig auf, ohne Rücksicht darauf, ob sich das für eine Meditation geziemte.

Tatsächlich hatte Mo ihre Augen aufgeschlagen und wahrhaftig: Ein Lächeln umspielte ihre Lippen.

Bernhard musste sich beherrschen, nicht aufzuspringen und sich auf sie zu stürzen. Nein, er durfte die anderen nicht aus ihrer Meditation reißen. So achtsam, wie er sich noch nie in seinem Leben bewegt hatte, näherte er sich Mo, hob ihren Kopf und ihre Schultern an. Er sah, dass sich ihre Augen bewegten, nach links und nach rechts – als wolle sie erfassen, wer sich in ihrer Nähe niedergelassen hatte.

Verblüfft bemerkte Bernhard, dass auch alle anderen ihre Augen geöffnet hatten und staunend auf Mo sahen. Nur der Mönch sprach unverändert weiter.

Mos Blick wanderte von einem zum anderen. Schließlich blieb er auf ihrer Mutter ruhen. Liebevoll sah Mo sie an, wie nur eine sterbende Tochter ihre Mutter ansehen konnte.

»Mein Kind, ich liebe dich«, flüsterte die alte Frau van Veen ihrer Tochter zu und drückte ihre Hände.

Mo bewegte ihre Lippen, so wenig, dass nur eine liebende Mutter es sehen konnte. »Mutter, ich liebe dich«, sagte sie, so leise, dass nur eine liebende Mutter es hören konnte.

Die alte Frau van Veen atmete Liebe ein und Frieden aus. Dann ließ sie ihre Tochter los, wissend, dass sie einander schon bald wieder in die Arme schließen würden.

Bernhard küsste Mo auf ihre kalte Stirn, wiegte sie in seinen Armen, wie ein liebender Vater sein Kind. Er spürte ihren Kuss auf seiner Wange, den nur ein liebender Mann spüren konnte, der seine sterbende Frau noch einmal an sich drückte. Sanft, als versuchte er, einen Windhauch abzulegen, ließ er Mo zurücksinken auf ihr Lager.

Er sah sie an und hörte ihr »Lebe wohl«, wie es nur ein Liebender hören konnte.

»Wir sehen uns«, flüsterte Bernhard. Er warf ihr einen Kuss zu, während er rückwärts auf seinen Platz rutschte, ihr Lächeln noch immer vor Augen.

»Folge mir, der ich alle sehe«, sprach der Mönch, »und der ich alle so sehe, wie sie sind. Atme Liebe ein und Frieden aus, umhülle alle mit einer Wolke von Frieden. Atme Frieden ein und Liebe aus und umhülle alle mit einer Wolke von Liebe. Und beruhige deinen Geist.«

Würde Daniel auch einmal so liebevoll von ihr Abschied nehmen? Maya schämte sich, dass sie jetzt, da Mo von ihnen Abschied nahm, so egoistisch an sich und ihre Beziehung dachte. Dass sie überhaupt noch einen Gedanken an Daniel verschwendete, ärgerte sie am meisten. Hatte sie sich nicht längst von ihm verabschiedet? So wie sie sich von ihrem Kinderwunsch verabschiedet hatte? Offensichtlich nicht. Von Frieden ausatmen und Liebe einatmen, dachte sie, konnte bei ihr noch keine Rede sein. Aber sie wusste, dass sie auf dem richtigen Weg war. Wenn Mos Tod irgendeinen Sinn ergab, dann war es die Botschaft an die Lebenden, ihr Leben zu leben, wie sie es wollten, wie sie es für richtig hielten.

Aber was willst du?, fragte sich Maya. Was erwartest du von diesem Leben? Sie musste lächeln. Das war doch genau ihr Fehler, der Fehler, den so viele begingen, den fast jeder beging: dass sie erwarteten! Dass sie sich ein Bild machten von der Zukunft, wie sie zu sein hatte. Und wehe, es kam anders.

Maya sah zu Mo hinüber, die ihre Augen noch immer offenhielt, den Kopf auf einem Meditationskissen ruhend. Die Krankheit war ein Unglück, aber diese Art, Abschied zu nehmen, musste Mo wohl als großes Glück empfinden. Maya wünschte sich, einmal auch so glücklich sterben zu dürfen. Sie schüttelte den Kopf. Du und deine Erwartungen, tadelte sie sich. Sie warf noch einen Blick auf Mo, von dem sie wusste, dass es ihr letzter sein würde, dankte ihr, dass sie sie hatte kennenlernen dürfen, und schloss die Augen, um sich auf die Worte des Mönchs zu konzentrieren.

»Die Menschen schlafen, solange sie leben. Erst in der Todesstunde erwachen sie«, sprach der Ehrwürdige. »Sieh in die Gesichter der Schlafenden und freue dich auf dein Erwachen. Teile die Freude mit den Menschen in jedem Blick, den du ihnen schenkst. Denn Freude, Liebe, Glück, sie vermehren sich durch Teilen.«

Musste man wirklich sterben, um zu erwachen? Daniel sträubte sich gegen die Worte des Mönchs. Er hatte sein Erweckungserlebnis doch im Sender gehabt. Konnte man konsequenter sein, als seine Personalnummer auszulöschen? War er in jenem Moment nicht gestorben?

Daniel spürte seinen Groll gegen den Mönch. Und er sah Mos Lächeln. Wie konnte er Groll hegen gegen einen Menschen, der eine sterbende Frau lächeln ließ? Vielleicht war er doch erst am Anfang seines Weges zur Erleuchtung. Aber er beschloss, ihn zu gehen, konsequenter, als er jeden anderen Weg gegangen war. Maya würde sich noch wundern. Alle würden sich noch wundern.

Daniel spürte seinen Groll wieder. Er versuchte, sich wieder auf seinen Atem zu konzentrieren. Er atmete Frieden ein und Liebe aus.

»Nun nehme ich Abschied«, sagte der Mönch. »Es schmerzt mich nicht. Denn ich schließe meine Augen im Glück des Erwachens. Ich blicke nicht länger auf die Vergänglichkeit, die das einzige Unvergängliche ist. Ich richte meinen Blick nach innen. Und beruhige meinen Geist. Nichts Schlimmes ist es, was dir widerfährt. Selbst der Buddha, der Erhabene und Erwachte, ist gestorben. In seiner Weisheit sträubte sich der Buddha nicht dagegen, dass sein Körper müde geworden war. Müde vom Leben an sich. Erkennend, dass sein Körper zur Bürde geworden war, gab er ihn auf und ging ins Todlose, ins Nirvana.«

Erwachen. Manuel hatte über kein Wort so viel nachgedacht wie über dieses. Was der alte Korbanek ihm angetan hatte, als er ihn in den Keller verschleppt hatte, war ein Verbrechen gewesen. Manuel hätte ihn wegen Freiheitsberaubung und Körperverletzung anzeigen können. Aber dieses Unglück hatte ihn erwachen lassen. Die Untat des alten Korbanek war sein Glück gewesen. Ohne ihn wäre er Ecke geblieben, der Mann ohne Vergangenheit – und eigentlich auch ohne Zukunft. Eigentlich hatte er als Ecke ziemlich buddhistisch gelebt, als der Mann des Hier und Jetzt.

Er war wieder zu einem Mann mit einer Vergangenheit und vor allem wieder mit einer Zukunft geworden. Aber er fragte sich, was er mit dieser Zukunft anfangen sollte. Auf keinen Fall wollte er sie mit seiner Vergangenheit verbringen. Er würde das Grab seiner Familie besuchen, er würde Noika und Leonard niemals vergessen, er würde Marianne immer in seinem Herzen behalten. Und er würde auch Doris Korbanek auf immer dankbar sein, für alles, was sie ihm Gutes getan hatte. Sie war eine gute Frau – und auch eine attraktive, sehr sinnliche Frau. Aber hatten sie und er eine Zukunft? Wollte er überhaupt eine Zukunft haben? Könnte er nicht im Hier und Jetzt bleiben? Hauslose, hatte man früher die buddhistischen Mönche genannt. Ein Hausloser war er als Ecke gewesen. Vielleicht war die Hauslosigkeit seine Bestimmung, auch als Manuel?

Der Mönch sprach zu Mo, als sei er mit ihr allein im Raum; nein, so wie er sprach, war auch er nicht im Raum, sondern drang nur von irgendwoher als eine Stimme zu ihnen, die den Raum erfüllte.

»So erkenne auch du, dass dein Körper alt ist und verbraucht. So wie das Wasser eines Flusses von der Quelle zur Mündung fließt, so wartet auf uns mit der Geburt bereits der Tod. Wir können das Wasser nicht vom Tal auf den Berg fließen lassen. Und tröste dich, dass auch der Buddha das nicht konnte. In seiner Einsicht und Weisheit hatte der Erhabene erkannt, dass Verfall und Vergänglichkeit der Lauf des Lebens sind. Er nahm es an, weil es so ist, wie es ist.«

Dass ihr Körper vom Zerfall bestimmt war, war das Letzte, was Doris Korbanek hören wollte. Hatte sie nicht in den letzten Wochen das Gegenteil empfunden? Fühlte sie sich nicht jünger, optimistischer, tatkräftiger, ja, alles in allem lebendiger als vor zwanzig und sogar vor dreißig Jahren?

Natürlich, sie war gute sechzig jetzt und damit alles andere als ein junges Mädchen. Sie konnte keine Kinder mehr bekommen, und sie war auch nicht mehr so naiv, dass sie glaubte, noch mal heiraten zu müssen. Aber die Zeit mit Manuel hatte ihr gutgetan. Sie hatte gespürt, dass sie noch eine Frau war, dass sie noch Gefühle hatte. Sie hatte Manuel vorgeschlagen, die Fleischerei zu verkaufen und gemeinsam nach Mallorca zu ziehen. Vielleicht machten sie gemeinsam ein Restaurant auf? Was die Tochter von Roberto Blanco versuchte, dass konnte sie schon lange, erst recht mit Manuel an ihrer Seite. Immerhin war er mal Architekt gewesen.

Sie hörte den Mönch über den Verfall des Körpers reden, der nicht aufzuhalten war, so wie man den Fluss nicht von der Mündung zur Quelle fließen lassen konnte. Aber bis ihr ganz persönlicher Lebensfluss mündete, bis zu ihrem eigenen Verfallsdatum, war es noch einige Zeit hin. Und so lange wollte sie ihre neue Freiheit genießen, am liebsten mit Manuel, aber wenn es so kommen sollte, auch ohne ihn.

Als hätte er Doris' Gedanken erahnt, sprach der Mönch zu Mo über die Befreiung, die darin lag, die Vergänglichkeit zu akzeptieren: »Vergehen ist keine traurige Erkenntnis. Es ist eine große Wahrheit. Erkenne sie. Nimm sie an. Gegen die stete Schwächung deines Körpers kannst du dich nicht stemmen. Was du aber stärken kannst, ist dein Geist.«

Anett hatte eingeatmet und ausgeatmet. Ein und aus. Ein und aus. Die ganze Zeit. Und sie hatte die Worte des Mönchs tief in ihre Seele vordringen lassen. Aber dann hatte ihre Konzentration nachgelassen, war ihr Geist abgeschweift. Jetzt öffnete sie die Augen und sah hinüber zu Mo, die an die Decke ihres Studios blickte, auf weiß getünchten Beton. Anett dachte an Mo, die Weitgereiste, die Vielerfahrene, die Langesuchende, die hier in diesem schlichten Studio ihre Bestimmung, ihren Frieden gefunden hatte und für die der Blick auf diesen schlichten Beton zum Blick in den Himmel, in die Ewigkeit wurde.

Wollte sie wirklich den Rest ihres Lebens in diesem Yoga-Studio verbringen? Den Rest ihres Lebens – warum dachte sie wieder so absolut? Es ging darum, dass sie nicht länger Anwaltsgehilfin sein wollte. Das war eine ordentliche Ausbildung beim alten Meyerding gewesen. Und nach ihren Drogen-Eskapaden während der Schulzeit war es ein besonderes Glück gewesen, dass sie die Stelle bekommen hatte. Aber das konnte nicht alles gewesen sein, im Leben. Und in Yoga war sie gut, besser als in Orthographie, Stenographie und Buchhaltung. Vor allem fühlte sie sich gut. Ja, Yoga ließ sie sich gutfühlen.

Anett schaute wieder zu Mo hinüber und schickte ihr ein Versprechen: *Liebe Mo,* formulierte sie in Gedanken, *ich verspreche dir, dass ich dich in Ehren halten werde, indem ich dir auf deinem ganz eigenen Weg, buddhistisches Yoga zu lehren, folgen werde.*

Anett schaute weiter auf Mo, auf deren gefaltete Hände. Ihr war, als bewegten sie sich. Anett wusste, dass das nicht sein konnte. Sie würde über alles mit Bernhard reden. Aber nicht darüber, dass sie Mo gerade in Gedanken gefragt hatte, ob sie ihr Studio übernehmen dürfe – und dass Mo ihren Daumen gehoben hatte.

»Dadurch«, sprach der Mönch, »unterscheiden sich der Buddha und seine erwachten Schüler von uns einfachen Menschen: Die Erwachten haben erkannt, dass alles vergänglich ist. Nichts ist von Dauer, nicht das Hässliche und auch nicht das Schöne. Alles ist dem Wandel unterworfen. Jeder kann ein Haus aus Holz oder Stein bauen. Doch solch ein Heim ist nicht von Dauer. Jene Häuser, die wir uns im Wald oder im Dorf bauen, die mag eine Flut hinwegreißen, ein Feuer niederbrennen, ein Beben zum Einsturz bringen. Unser wahres Heim, lehrt uns der Buddha, finden wir nur in uns selbst. Unser wahres Heim, sagt der Buddha, ist unser innerer Friede.«

Schuschu verstand nichts von dem, was der Mönch sagte. Jedenfalls verstand sie es von den Vokabeln her nicht. Sie verstand ja noch nicht einmal alles, was Ronni ihr sagte. Aber sie verstand, dass alles, was geschehen war, seit sie Ronni kennengelernt hatte, und diese Sache mit dem Mönch und der Yoga-Lehrerin ein Zeichen war: Hör auf, dich auf dem Kiez zu verkaufen! Irgendwann wird der Kiez dich verschlingen, werden die Drogen dich zerfressen. Befreie deinen Geist, Schuschu! Diese Botschaft verstand sie sehr wohl. Und sie würde sie nur umsetzen, wenn sie jetzt und hier aufstand. Deshalb erhob sie sich und warf einen letzten Blick auf die Frau in ihrer Mitte. Schuschu glaubte nicht, dass diese Frau sterben würde. Die Krankheit hatte ihren Körper zerfressen, ja. Aber der Geist dieser Frau würde sie begleiten, immerfort, wohin sie auch ging.

Schuschu winkte zu Mo hinüber, warf allen, die da um sie herumsaßen, einen Kuss zu, wobei Ronni gedanklich einen richtig dicken Schmatzer abbekam. Schließlich verneigte sie sich vor dem Mönch, der immer noch sprach, und bat den Buddha darum, sie gehen zu lassen, ohne dass irgendjemand etwas merkte. Als sie das Studio verließ, völlig geräuschlos, war Schuschu sicher, dass der Buddha sie erhört hatte.

»Folge deinem Atem und finde deinen inneren Frieden«, sprach der Mönch. »Atme ein und atme aus. Atme Liebe ein und Frieden aus. Lass alles los. Du hast nichts zu tun, dich um nichts zu sorgen. Überlass dies den anderen. Dein Atem aber, das bist du. Wenn der Atem stark ist, merken wir, dass er stark ist, ist er schwach, merken wir, dass er schwach ist. Während er immer feiner wird, folgen wir ihm unaufhörlich und erwecken gleichzeitig den Geist. Zum Schluss bleibt nur dieses Wachsein. Das nennt man: ›dem Buddha begegnen‹.«

Ronni wusste, dass er der Unruhigste von allen war. Aber eine halbe Ewigkeit auf dem Boden sitzen, sich nicht bewegen dürfen, sich nicht einmal kratzen können, sondern nur dasitzen, ohne Hin-und-Her-Rutschen oder Recken und Strecken, einfach atmen und das auch noch mit geschlossenen Augen – das war nun mal nichts für ihn. Dabei war er ja eigentlich ein braver Junge, jedenfalls hatte seine Mutter das immer gesagt, und weil er dem Mönch eine Menge zu verdanken hatte und Mo ihm echt leid tat, hielt auch er die Augen geschlossen, achtete auf seinen Atem – und dachte an den Ferrari. So sehr und so intensiv, dass er wie in einem Film noch einmal sah, wie er den Wagen vor dem *Alster-Café* entdeckt und sich am Fahrerfenster die Nase plattgedrückt hatte. Er sah auch diese Kellnerin Barbie, die zwar strohblond, aber alles andere als strohdoof war, und die mit ihren langen Beinen und aufgepumpten Brüsten diesem jungen Autoverkäufer und Ferrari-Fahrer den Dummkopf verdreht hatte. Er sah, wie die beiden ihn entdeckten, und er sah in Barbies viel zu dick geschminktem Gesicht, wie sie auf die Idee kam, sich den Wagen unter ihre »Fränsch Mannikür«-Nägel zu reißen. Und er sah den stammelnden Ferrari-Fahrer vor »Herrn Schröder« stehen, dem er das Prachtstück doch nur vor die Tür hätte stellen sollen. Und er sah, wie dieser Schnösel von Autoverkäufer behauptete, ein großer Kerl mit Narbengesicht, Pferdeschwanz und schwarzer Lederjacke habe ihm den Wagen an der Alster gleichsam vor der Nase weggeklaut.

Ronni sah sich noch einmal ins Krankenhaus Altona fahren, wo sie den Ferrari-Schnösel wieder zusammengeflickt hatten, nachdem ihn der Asiate und die Schmerzfreien durch die Mangel gedreht hatten. Und Ronni sah noch einmal, wie er dem Vollbandagierten die Luft abdrehte, um etwas über den Ferrari zu erfahren.

Ronni hörte den Mönch in weiter Ferne sprechen. Er sprach von loslassen und in sich hineinhören. Also horchte der Ronni noch mal hin, beugte sich ganz dicht hinunter zu der Mumie im Krankenbett. Was hatte die ihm gesagt, als er nach dem Namen der Blonden gefragt hatte? Hatte er etwas überhört?

Ronni atmete so aufmerksam und tief wie nie zuvor in seinem Leben. Jetzt kam es auf jeden Atemzug an. Konnte er sich noch besser erinnern?

Irgendwann erhob sich Ronni. Er hatte am Krankenbett dieses Ferrari-Schnösels etwas überhört und etwas anderes verdreht. Diese Mumie war auch kaum zu verstehen gewesen. Aber jetzt wusste er, wo er diese Barbie-Tusse finden konnte. Und wenn er sie hatte, dann hatte er auch den Ferrari. Jedenfalls so gut wie.

Ronni sah, dass Schuschu schon gegangen war. Er fand das seltsam. Andererseits ging er selbst ja nun auch. Mo lag ganz still auf ihren Matten, die Augen geschlossen.

»Haben wir dich doch gut heimgeschaukelt«, sagte er leise in ihre Richtung und faltete die Hände vor dem Herzen. Er verneigte sich vor dem Mönch und vor dem Buddha. Der Typ war einfach super, wirklich, hatte voll recht mit dem Kama und allem.

Als Ronni die Tür hinter sich schloss, so leise, wie er noch nie eine Tür geschlossen hatte, sprach der Mönch zu Mo: »So wie mein Atem feiner wird und ich ihm folge, so folge jetzt auch du deinem Atem, spüre ihm nach, wie du einem lieben Freund nachsiehst, der sich verabschiedet. Aber das Licht kommt näher, das Wachsein wird stärker. Dir begegnet der wahre Buddha. Erreiche ihn, begrüße ihn, erlebe ihn. Erfreue dich an deinem inneren Frieden. Tritt ein in dein wahres Heim.«

Der Mönch schwieg lange Zeit. Dann erhob er sich, und sein Körper verließ den Raum.

Kapitel 51

Nach der Sterberezitation für Mo verzichtete der Mönch auf seinen Bettelgang und mochte weder Herrn Schahpour in dessen Obstladen besuchen noch im *Casa Mia* mit Sebastiano oder Marco Lebensweisheiten austauschen. Er blieb den Tag über in der Fichtestraße, wo er sich auf die Couch legte und den Stuck an der Decke betrachtete oder in Daniels Buch von Melville über den Schreiber Bartleby las und dabei für den Totalverweigerer und dessen Standardsatz großes Mitgefühl empfand: *I would prefer not to – Ich würde lieber nicht.*

Mit einem Lächeln registrierte der Mönch, dass Daniel dieses Motto Bartlebys an mehreren Stellen angestrichen hatte. Es gab so viel, was der gute Daniel nicht mehr wollte. Aber, fragte sich der Mönch, wusste Daniel, was er stattdessen wollte?

Mit Einbruch der Dämmerung ging der Ehrwürdige in sein Gästezimmer, zündete einige Kerzen an und suchte Zuflucht im Zwiegespräch mit seinem inneren Buddha, der ihn nach wenigen Sätzen auf sein »Befinden« ansprach.

»Etwas müde bin ich, Erhabener«, antwortete der Mönch.

»Du hast die sterbende Frau mit einer sehr achtsamen Meditation zum Erwachen geführt, Bhikkhu Siri«, sagte der Buddha. »Das war ohne Zweifel kräftezehrend.«

Der Mönch vernahm das Lob mit einer gewissen Erleichterung.

»Und sonst?«, fragte der Buddha.

»Und sonst«, sagte der Mönch, »denke ich immer öfter an den kleinen Ananda und ob er weiterhin seine deutschen Vokabeln lernt.«

Der Mönch wartete auf einen Kommentar des Buddha. Aber der Erhabene schwieg. Leicht verdruckst sagte der Mönch: »Ja, und dann überlege ich noch, ob es nicht besser wäre zurückzukehren.«

»Wie schön«, meinte der Buddha, »dass sich mein Bhikkhu auch wieder an seinen Tempel und an Ananda erinnert.«

Der Mönch sagte dazu nichts.

»Du fühlt dich schlapp, sehnst dich nach dem Tempel, willst abreisen – verspürt mein Bhikkhu vielleicht Enttäuschung?«, setzte der Buddha nach.

»Worüber sollte ich enttäuscht sein?« Leichter Trotz klang in der Stimme des Mönchs mit.

Der Buddha gab keine Antwort. Nachdenklich schwieg auch der Mönch.

»Enttäuschung, Bhikkhu Siri«, sagte der Erhabene schließlich, »ist eine Form von Leid. Was habe ich dazu gesagt?«

»Ihr sagtet: Ich lehre eines und nur eines: das Leiden und das Ende des Leidens«, antwortete der Mönch beflissen.

»Und was ist die Botschaft dieses Satzes, Bhikkhu Siri?«

Der Mönch war irritiert, dass der Buddha ihm eine so simple Frage stellte. »Dass wir den Schmerz nicht leugnen sollen, dass die Annahme des Leids der erste Schritt zu dessen Ende ist.«

»Und was heißt das für meinen Bhikkhu, jetzt und hier?«

Nun konnte der Mönch eine gewisse Ratlosigkeit nicht verbergen. Er verspürte keinen Schmerz, er war nur müde und wollte heim.

»Das heißt«, sagte der Erhabene, »dass mein Bhikkhu sich prüfen muss, ob er diese Reise mit falschen Erwartungen angetreten ist und ob diese zu Enttäuschungen geführt haben.« Der Erhabene machte eine Pause. »Und wenn dem so ist, Bhikkhu Siri«, sagte er schließlich, »dann nimm die Enttäuschung an als eine Form des Leids.«

Der Mönch sank ein wenig in sich zusammen, straffte sich wieder und konzentrierte sich auf seinen Atem. Er atmete tiefer und länger ein und aus als sonst, als wollte er Luft tanken, um in die Abgründe seiner Selbst hinabzutauchen. Nach einiger Zeit spürte der Mönch, wie sich eine Träne aus seinem rechten Auge hervordrückte, dann eine weitere aus seinem linken.

»Erhabener und Erwachter«, sprach der Mönch, und selbst diese Worte, die er schon so oft ausgesprochen hatte, kamen ihm nur stockend über die Lippen, »ich hätte diese Reise nicht machen dürfen.«

Der Buddha schwieg.

»Ich habe den Mönchsregeln nicht die geziemende Achtung geschenkt, habe Neu-Gier zugelassen, die Vergangenheit wichtiger genommen als die Gegenwart und diese jungen Menschen aus ihrem Alltag gerissen.«

Die Stimme des Mönchs war schwach, ja, brüchig geworden.

»Ich spüre die Trauer darüber«, sagte der Mönch, »dass ich die Menschen nicht so beglücken konnte, wie ich es mir gewünscht hatte. Und es macht mich traurig, dass die Menschen mich nicht so wertschätzen, wie ich es …«, er stockte, »… wie ich es erwartet hatte.«

Der Buddha spürte, wie der Mönch mit sich rang. »Sprecht weiter, mein Bhikkhu«, ermunterte er ihn.

Doch es dauerte eine Zeit, bis der Mönch sagte: »Ich habe mich getäuscht. Auch in meinen Fähigkeiten, den Edlen Achtfachen Pfad auf dieser Reise zu befolgen.«

Eine dritte Träne und auch noch eine vierte kullerten über die Wangen des Mönchs. Beschämt senkte er sein Haupt. Er schluckte. Wie ein kleines Kind sagte er dann: »Und ich sorge mich, dass ich mir meinen Weg zur Erwachung verbaut habe.«

»Nichts ist verloren, nichts ist vergebens. Das eine hängt mit dem anderen zusammen«, sagte der Buddha voller Güte. »Betrachtet diese Reise als Prüfung, mein Bhikkhu.«

Der Mönch öffnete die Augen und sah auf die Statue. Hatte der Buddha ihn deshalb ermuntert, diese Reise anzutreten, trotz aller ihm vorgetragenen Bedenken? Weil er ihn prüfen wollte?

»Und was soll ich jetzt tun?«, fragte der Mönch in die Stille des Raums hinein.

»Halte dich bereit, Bhikkhu Siri«, antwortete der Buddha, »noch ist nicht alles getan.«

Kapitel 52

Daniel bemühte sich um buddhistische Gelassenheit, aber die letzten Meter stapfte er doch deutlich schneller durch den tiefen Schnee, mit dem er, aus dem frühjahrswarmen Hamburg kommend, nicht mehr gerechnet hatte, als er vor drei Stunden an einem Provinzbahnhof aus dem Zug gestiegen war. Natürlich herrschte hier unten im entlegensten Zipfel des Bayrischen Walds, dicht an der Grenze zu Tschechien, noch der Winter. Aber Daniel sah seinem neuen Leben mit derart großer Vorfreude entgegen, dass er die Kälte nicht wahrnahm. Er war mit so einem weiten Herzen in der Fichtestraße aufgebrochen, dass er – bei aller Liebe zu seinem Grindel-Viertel – keinen Abschiedsschmerz verspürte. Wie es sich für sein neues Leben im Hier und Jetzt gehörte, wollte er nicht zurückschauen.

Die endgültige Wende war nach der Sterbemeditation für Mo gekommen. Sie waren alle schweigend auseinandergegangen; auch Maya und er hatten kein Wort miteinander gewechselt. Ein lieber Mensch war gestorben und sie sollten sich darüber streiten, warum ihre Beziehung zerbrach? Wer die Wohnung übernehmen sollte? Wem welches Möbelstück gehörte?

Er war dann Joggen gegangen, war so schnell, so lange, so erschöpfend um die Alster gelaufen wie nie zuvor, hatte an die Worte des Mönchs gedacht, an den Sinn des Tods und den des Lebens und welches Leben er bisher geführt hatte. Und dann war er unter die Dusche gestiegen, und da war es passiert. So profan, so schlicht.

Unter der Dusche hatte sich Daniel für den Buddha und ein Leben im Waldkloster entschieden. Das heißt: Er hatte es gar nicht entschieden. Er hatte nur erkannte, dass dies sein Weg war. Punkt. Er hatte plötzlich angefangen zu lachen und zu weinen. Er hatte gelacht, wie nie zuvor in seinem Leben. Und dann hatte er geweint, aber nicht aus Traurigkeit, sondern weil er berührt war von sich selbst.

Es war jene Befreiung, diese brustkorbsprengende Selbstgewissheit, das Richtige zu tun, die Daniel so lange gesucht hatte – und die nicht vergleichbar war mit seiner Entscheidung nachts im TV-Studio.

Mönch Siri hatte recht gehabt: Das im Sender, das war nur eine Erkenntnis gewesen, eine wichtige zwar, aber eben nur eine Einsicht: Dass er den Job bei Hamburg First nicht länger machen wollte. Er war Journalist, kein Hampelmann. Er brauchte Vorgesetzte, zu denen er aufsehen konnte, keine ihm Vor-gesetzten, die auf ihn herabblickten; er suchte Vorbilder, keine Selbstdarsteller. Er bot Leistung. Und suchte Liebe, zumindest Anerkennung. Und dachte dabei, das eine bedinge das andere.

Das Erlebnis unter der Dusche, das hatte eine ganz andere Qualität. Das war eine existentialistische Sache. Das war der erste Schritt auf dem Pfad zur Erleuchtung – weg mit allem Ballast, allen Wünschen, die doch nicht in Erfüllung gehen und wo auf die Freude über etwas Erreichtes zehn neue Wünsche folgten. Ein Seifenblasen-Leben. Er hatte keine Lust mehr auf diesen Druck, dieses immer mehr, immer höher, immer wichtiger. Er wollte nicht enden wie diese Ego-Hamster, die irgendwann tot in ihrem Rad lagen.

Mehr als je zuvor wusste Daniel, was er stattdessen wollte: sich finden, sich nähren und sich stärken, sich endlich wirklich Gutes tun, statt falschen Idealen nachzujagen. Er wollte meditieren, nichts als seinen Atem spüren, gesund leben, ohne Alkohol, ohne Fleisch, ohne Schokolade. Ja, er wollte rein leben. Ohne schlechte Gedanken, ohne Ängste vor Morgen, ohne Gram um Gestern.

Und dann hatte sich vor zwei Tagen das Gespräch mit Bernhard ergeben, der sich fürs Erste verabschieden wollte, um Mo nach Holland zu überführen, und der auf das Waldkloster zu sprechen kam und dann wieder von seiner Klosterzeit und der befreienden Kraft der Einsamkeit schwärmte. Daniel sah darin keinen Zufall, dass Bernhard ihm ausgerechnet nach seinem Duscherlebnis davon erzählte. Zufällig geschah im Buddhismus gar nichts, weil ja alles mit allem zusammenhing. Für Daniel war Bernhards Hinweis so etwas wie der Beweis der Bestimmung.

Eine Nacht hatte er noch in der Fichtestraße verbracht, meditierend, sich prüfend. Dann war er aufgebrochen – ohne Koffer oder auch nur Handgepäck. Wozu sollte er viel mitnehmen, da er sich doch von allem trennen wollte?

So hatte er sich in Hamburg am Bahnhof Dammtor in den Zug gesetzt, war hinter Passau zweimal umgestiegen und dann noch einmal ein Stück mit dem Bus gefahren. Die letzten zehn Kilometer hatte er zu Fuß bewältigt. Einen kurzen Moment hatte er sogar überlegt, barfuß durch den Schnee zu stapfen, als Zeichen seiner Demut, hielt das dann aber doch für übertrieben. Er ging ja nicht nach Canossa.

Berstend vor Neugier trat er aus dem Wald auf eine Lichtung und blickte auf eine Landschaft aus sanften Hügeln, Feldern und Wiesen, die von frischem Schnee überzuckert waren. Etwas verloren in einer Senke lag ein großes Bauernhaus oder ein kleiner Hof, so genau vermochte Daniel das in der Dunkelheit nicht zu sagen. Sollte das seine neue Heimat sein? War das wirklich jenes Waldkloster, das sogar der Dalai Lama schon besucht hatte, bei einem seiner inoffiziellen Deutschlandaufenthalte vor einer halben Ewigkeit? Das der »ozeangleiche Lehrer« damals wegen seiner Ursprünglichkeit gelobt hatte, obwohl es nicht der tibetischen Ausrichtung des Buddhismus folgte, sondern der Theravada-Schule, die in Thailand, Vietnam oder Sri Lanka ihre Verbreitung gefunden hatte?

Konnte er sich verlaufen haben? Hätte er sein Smartphone nicht vor zwei, drei Stunden an der Bushaltestelle in hohem Bogen fortgeworfen, könnte er seine Geo-App noch mal befragen. Aber bevor sich Daniel über seine Voreiligkeit ärgern konnte, entdeckte er in einiger Ferne einen orangen Fleck im Schnee, sah er ein Licht hin und her hupfen. Das musste der Mönch sein. Er schien eine Laterne zu schwenken.

Erleichtert setzte Daniel seinen Weg fort. Er hatte sich ein Waldkloster anders vorgestellt, sicherlich; aber er war auf dem richtigen Weg. Wer dem Ruf des Buddha folgte, der braucht kein GPS.

Während Daniel quer über die Felder auf die Lichtzeichen des Mönchs zuging, wurde ihm klar, dass er nicht sonderlich viel wusste über das Waldkloster, außer dass es von einem deutschen Mönch, der zuvor in Asien gelebt hatte, gegründet worden war. Mit einem kleinen Erbe aus dessen weltlichem Leben hatte der gute Mann zehn Hektar Land erworben und sich in eine Holz-Klause, in eine Kutti, zurückgezogen. Den zugehörigen Resthof hatte er in mühevoller Arbeit als Dhamma-Stätte und Tempel hergerichtet.

Doch wie der Buddha gelehrt hatte, war alles vergänglich, und so verging auch das Ansehen des Waldklosters, vor allem nach dem Tod des Gründungsabts. Die Zahl der Besucher aus dem großen Heer der Laien-Buddhisten ließ drastisch nach, auch, weil das Kloster strenge Auflagen für Gäste hatte: Der Zutritt war nur Upasakas erlaubt, jenen buddhistischen Laien, die sich mit einem Gelübde zu einem Leben im Sinne des Erhabenen entschieden hatten.

Als letzter Zeuge jener Zeit, da es das Kloster unter seinem Gründungsabt zu einer gewissen Berühmtheit im Verborgenen gebracht hatte, hielt seit einigen Jahren der Bhikkhu Anakayo die Waldkloster-Tradition aufrecht. Alle anderen Mönche waren weitergezogen, ihr Erwachen in Asien suchend; oder sie waren, mehr oder weniger erleuchtet, verstorben.

Last monk standing, dachte Daniel, und wusste nicht, ob er den Bhikkhu Anakayo für dessen Leben in der Einsamkeit bedauern oder bewundern sollte. Weder noch, sagte er sich, während er über einen halb zugefrorenen Bach sprang. Weder noch. Der Mönch Anakayo hatte seine Bestimmung gefunden, hier in der Gottverlassenheit. Und wenn er damit glücklich war, und Bernhard hatte ja erzählt, das sei Anakayo, dann war es das, was zählte.

Eine gewisse Unsicherheit überkam Daniel erst auf den letzten Metern: Er würde Maya nicht wiedersehen, dachte er, wenn sich das schwere Hoftor hinter ihm und dem ehrenwerten Mönch Anakayo geschlossen haben sollte. Aber er hatte sich lange genug um andere gesorgt. Jetzt ging es um ihn, um sein Seelenheil. Maya würde seinen Brief lesen – und ihn verstehen, oder auch nicht.

Daniel hielt inne und sah zum Hof hinüber, holte noch einmal tief Luft und stapfte weiter durch den Schnee, dem Mönch entgegen, den seine Robe in der Dunkelheit geradezu leuchten ließ. Das also war der Bhikkhu Anakayo, der ihn auf den Weg der Erkenntnis, des Erwachens führen würde: Ein kleiner Mann so um die sechzig Jahre, mit schmalen Schultern, eher ein Männlein. Er wirkte etwas verloren vor dem großen Tor des Waldklosters.

In respektvollem Abstand hielt Daniel inne und verneigte sich mit gefalteten Händen: »Ehrenwerter Mönch Anakayo, ich suche Zuflucht bei Buddha, der Lehre und der Gemeinschaft.«

Der Bhikkhu bemühte sich um einen strengen Blick. Doch selbst im Dunklen hätte Daniel, wenn er sein Haupt nicht so tief geneigt gehalten hätte, dem Mönch die helle Freude über den neuen Jünger ansehen können. Dann sagte der Bhikkhu Anakayo: »Upasaka Daniel, willkommen in Kusala.«

Die Ankunft in seinem neuen Zuhause hatte sich Daniel etwas herzlicher vorgestellt. Doch schon nach einem kurzen Begrüßungstee führte der Mönch Anakayo seinen Gast wieder hinaus in den Wald, der Daniel noch dunkler und tiefer vorkam als jener, den er auf der Suche nach dem Kloster durchquert hatte. Zudem hatten sich inzwischen dunkle Wolken vor den vollen Mond geschoben.

»In dieser Gegend ist der Wald besonders alt, die Bäume sind sehr hoch und stehen dicht beieinander«, erklärte der Bhikkhu Anakayo, als habe er Daniels Gedanken erahnt. »Der Ehrwürdige Abt hat das Grundstück seinerzeit sehr achtsam ausgesucht.«

»Aha«, meinte Daniel und kletterte in seine Kutti, die ihn an einen alten Bauwagen erinnerte. Sie waren auf dem Weg schon an drei oder vier anderen dieser Hütten vorbeigekommen, die der Mönch aber mit »zu nah«, »zu verfallen« und »zu luxuriös« kommentiert hatte.

An der Kutti führten vier Stufen hoch zu einer Holztür, die gespenstisch quietschte, aber kein Schloss und keinen Riegel hatte. Innen gab es nur eine Pritsche, einen Tisch und einen Stuhl. Und jede Menge Spinnenweben gab es auch. Das sah Daniel aber erst, als der Ehrwürdige eine der Kerzen anzündete, die in der Schublade des Tisches lagen.

»Aha.« Daniel setzte sich auf die Pritsche, deren dünne Matratze nicht nachgab. Beinhart, dachte Daniel und sagte: »Sehr schlicht, so eine Kutti.«

»Ja«, meinte der Mönch, »das schult die Demut.« Er öffnete das Fenster und stieß die Läden davor auf.

Daniel hielt inne, um auf die Geräusche des Waldes zu achten. Hörte er da einen Uhu? Einen Kautz? Was war eigentlich der Unterschied? Und was hörte er da noch?

»Wir haben hier keine wilden Tiere«, beruhigte Anakayo, der Daniels Unsicherheit gespürt hatte. »Auch die Wölfe, die sich ab und zu hierherverlaufen, tun nichts. Dafür sind sie nicht hungrig genug.«

Daniel schüttelte sich, vielleicht auch nur vor Kälte. »Reicht die Decke?«, fragte er und zeigte auf das Bettzeug.

»Fürs Frühjahr allemal«, antwortete Anakayo. »Manne, also unser Helfer, hat alles gründlich gewaschen.«

»Ihr habt Hilfe, Ehrwürdiger?«

»Na ja, mehr ein Faktotum aus einem Nachbarhof. Er bringt Essen, repariert, was repariert werden muss, solche Sachen halt.«

»Schön«, sagte Daniel und fand es beruhigend, dass es noch irgendeine Form von Außenkontakt zu geben schien.

Anakayo wünschte eine »Gute Nacht«. Ohne Verbeugung und Hände vor dem Herzen stieg er die Stufen hinunter und ging durch den Wald zurück zum Kloster.

Daniel schloss die Tür und das Fenster. Er hätte beides gern gesichert. Aber er fand keinen Draht, keinen Bindfaden, nichts.

Er pustete die Kerze aus und legte sich aufs Bett. Er starrte an die

Holzdecke der Kutti. Er hörte Getrappel. Waren das Ratten? Gab es eine Zwischendecke? Oder was trappelte da auf dem Dach? Irgendwo raschelte etwas.

Daniel fuhr hoch. Wie sollte er hier schlafen?

Er zündete die Kerze wieder an. Sie stand auf einer Untertasse. Könnte er sie brennen lassen und dabei einschlafen? Könnte die Kerze kippen? Würde er die Hütte abfackeln? Würde er der Manuel des Waldklosters?

Was scharrte da draußen an der Tür?

Da ist nichts, versuchte sich Daniel zu beruhigen. Nichts, ausgenommen ein paar Wölfe, die sich manchmal hierherverliefen. Aber die wären ja nicht hungrig, hatte Anakayo gesagt. Jedenfalls hatten sie noch nie jemanden angefallen. Bislang zumindest.

Daniel dachte an Siri, der auf Friedhöfen übernachtet hatte, um sich der Allgegenwart des Todes bewusst zu werden. Der Buddha hatte sich in Schlangengruben gesetzt oder seine Nächte in Wäldern mit Menschenfressern verbracht. Und er, Daniel, hatte Schiss, in einer Kutti zu schlafen, in einem gehegten deutschen Wald, nur zehn Kilometer entfernt von einer Bushaltestelle.

Daniel konnte sich kein Lächeln abringen. Das war hier nicht der Moment für Selbstironie. Er war kein Buddha, nicht einmal ein Siri. Er fürchtete sich. Vor dem da draußen, was immer es war. Und vor dem, was da in ihm selbst schlummerte. Vor seinen Ängsten, die in dieser Dunkelheit hochgespült wurden.

Er stand auf, pustete die Kerze aus, legte sich wieder hin, stand wieder auf, entzündete die Kerze erneut, horchte erneut nach Geräuschen, Tieren, Gefahren.

Er hatte Angst, nackte Angst. Er schwitzte, er wälzte sich auf seiner Pritsche. Er schlief ein, wachte auf, dämmerte, und irgendwann hörte er eine Glocke. Sie riss ihn aus einem Alptraum, in dem ein Wagen aus dem Himmel gestürzt und dicht neben ihm eingeschlagen war, und dann hatte noch ein Typ mit einem Pferdeschwanz ihm die Hand auf die Schulter gelegt.

»Guten Morgen.« Der Ehrwürdige Anakayo stand in der Tür der Kutti und strahlte Daniel mit einer Taschenlampe ins Gesicht. Warum habe ich keine Taschenlampe?, dachte Daniel, während er reflexartig »Guten Morgen« erwiderte, obwohl von gut keine Rede sein konnte. Und von Morgen auch nicht. Es war noch stockfinster draußen. Daniel schien es mitten in der Nacht zu sein.

»Die nächsten Nächte werden besser«, sagte Anakayo.

Sehr mitfühlend, dachte Daniel, sagte aber nichts, sondern schlug die Decke zurück und folgte dem Mönch in die Dunkelheit.

Kapitel 53

Er hatte sich geschworen, diesen Keller nie wieder zu betreten. Aber was sollte Ronni machen, wenn man ihm sagte, der Kanzler sei im *S & M,* und es dann oben an der Bar des Ladens hieß, der Herr Schröder sei unten im Studio.

Also stieg der Ronni noch einmal hinab in diesen Keller der Lust und Qualen, in dem er um sein Leben gebangt hatte. Vor der schwer gepolsterten Tür zu den »Behandlungsräumen« standen der Chirurg und die beiden Schmerzfreien.

»Der Ronni«, sagte der Asiate, und Ronni wunderte sich, dass das »R« fast normal klang. Hatte man ihm nicht mal erzählt, diese Schlitzaugen könnte alle kein »R« sprechen? Als die drei Türsteher sahen, was Ronni in der Hand hielt, ließen sie ihn mit einem breiten Grinsen passieren – allerdings erst, nachdem der Thailänder den Kanzler noch einmal gefragt hatte, ob er Ronni tatsächlich empfangen wolle.

»Mein Junge«, sagte Schröder und bedeutete den beiden Ledersklavinnen, die Ronni wie einem alten Bekannten zunickten, für seinen Gast einen Stuhl herbeizuholen. Ronni sagte so salopp, wie er den Kanzler noch nie begrüßt hatte, »Moin, Moin« und setzte sich beinahe neben den Stuhl. Beides hatte damit zu tun, dass an der Wand, an der Ronni selbst gehangen hatte, jetzt der Bully hing. Nackt bis auf die Unterhose, die feucht war. Ist offensichtlich ganz normal, dass man sich vor Schiss bepisst, wenn man da hängt, dachte Ronni und schämte sich mit einem Mal weniger für seine eigene Angst, die er in diesem Keller ausgestanden hatte.

»Was? Warum?«, stammelte Ronni und wandte sich dem Kanzler zu, der ihn durch seine Sonnenbrille ansah – oder auch nicht. Bei den Spiegelgläsern konnte Ronni schwer sagen, wohin Schröder wirklich schaute.

»Er hat mich beim Pokern beschissen.« Der Kanzler schüttelte den Kopf, als könnte er es noch immer nicht glauben.

»Um wie viel?«, fragte Ronni.

»Scheiß Geld, ist mir egal«, sagte der Kanzler und zündete sich eine Zigarre an. »Aber dass er mich damit vor meinen russischen Partnern lächerlich gemacht hat, dafür muss er zahlen.«

Der Kanzler nickte Ronni zu. »Und? Was liegt an?«

»An liegt nix.« Ronni erlaubte sich ein breites Grinsen. »Aber draußen steht was vor der Tür.«

Ronni öffnete seine Faust und hielt dem Kanzler seine offene Handfläche hin, in der ein Autoschlüssel lag.

Der Kanzler nahm einen langen Zug an seiner Zigarre, betrachtete den Schlüssel und blies Ronni den Rauch ins Gesicht.

Der kapiert es nicht, dachte Ronni und hatte das erste Mal in über dreißig Jahren das Gefühl, Schröder überlegen zu sein.

»Ich hab den Ferrari gefunden, Kanzler«, verkündete er und wedelte mit der Hand den Rauch aus seinem Gesicht.

»Und?«, fragte der Kanzler, als sei ihm das sofort klar gewesen. »Warum erzählst du mir das?«

»Weil ich zeigen will, dass ich das echt nicht war. Ich hab den Ferrari nicht geklaut. Der Hiwi vom Autohändler hat das aber echt geglaubt – als würde ich so aussehen wie einer, der Wagen klaut.«

Der Kanzler neigte den Kopf vor und sah Ronni über seine Sonnenbrille hinweg an, sagte aber nichts. Er wollte Ronni nicht unterbrechen, denn natürlich wollte er wissen, was passiert war. Aber seine Neugier musste er einem wie Ronni ja nicht auf die Nase binden.

»In echt hat seine blonde Tussi dem Schnösel den Wagen unterm Arsch wegklauen lassen, während sie ihn, äh, ablenkte, mit, na, du weißt schon, Kanzler.« Ronni schob den Daumen zwischen Zeige- und Mittelfinger hin und her.

»Und wieso hast du mir das nicht gleich gesagt, Ronni, mein Junge?«, fragte der Kanzler.

»Weil ich den Fall erst mal checken musste«, erklärte Ronni und tippte sich an die Stirn. »War ja schon eine komplizierte Nummer, so mit die Alte legt ihren Macker rein und der denkt, ich war es, dabei weiß ich von gar nichts.« Ronni kratzte sich hinten am Kopf, und der Pferdeschwanz wippte in seinem Nacken. »Und erst als der mich im Krankenhaus gesehen hat, mit meiner geschlitzten Nase, da hat er kapiert, dass die Alte ihn reingelegt hat. Und dass er die komplett Falsche geschützt hat, als der Chirurg …«

»Er heißt Han«, unterbrach ihn der Kanzler scharf.

»Sorry, also als der Han auch ihn durchgemangelt hat.«

Ronni zupfte sich am Ohrläppchen, erst links dann rechts.

»Und wann ist dir die Erleuchtung gekommen, dass die Nutte dahintersteckt?«

»Ha, Kanzler, das war ein guter.« Ronni klatschte sich auf die Schenkel und wippte dabei auf seinem Stuhl nach vorne. »Erleuchtung! Voll versenkt, Kanzler, ha, ha.« Ronni hätte gern noch einmal mehr aufgelacht, aber irgendwie merkte er, dass Schröder den Witz überhaupt nicht verstand. »'tschuldigung, sorry, tut mir leid, Kanzler«, stammelte er, »aber das alles wurde mir in der Mediatation klar, das war beim Mönch für Mo im Studio.« Als hätte er Angst, der Kanzler könnte ihn mit schwierigen Nachfragen aus dem Konzept bringen, haspelte Ronni weiter: »Und weil wir die Frau doch aus dem Huyssenstift geklaut, also abgeholt haben, dachte ich, ich schenke jetzt dem Kanzler seinen Ferrari zurück, und dann sieht der auch voll, dass der gute Ronni einen wie den Kanzler nicht bescheißt. Also, das ist erst mal top, also das Wichtigste. Und dann …«, Ronni fummelte am Reißverschluss seiner Lederjacke, »… also und dann dachte ich, der Kanzler der kümmert sich vielleicht auch mal ganz kurz darum, dass ich, also wir, der Bernhard und ich, und auch die Schuschu, die aber sowieso weg will, also dass wir keinen Ärger bekommen.«

Ronni holte Luft, atmete tief und ruhig aus, so wie er es in der Meditation geübt hatte, und sah sein Gegenüber an. »Was sagt der Kanzler dazu?«, fragte er dann.

»Dazu sage ich, dass du mir das alles ganz in Ruhe erzählen musst. Von vorne, ohne etwas zu vergessen. Alles bis hierhin.«

»Klar, Kanzler«, sagte Ronni, als hätte er wirklich eine Wahl.

Und so erfuhr der Kanzler, wie der Ronni überhaupt an den Mönch geraten war, und er erfuhr auch eine Menge über den Mönch, den Buddha und das Karma. Und über die Kraft der Meditation und warum der Ronni bereit war, seinen Traumwagen herzugeben, selbst wenn der Kanzler mit seinem Einfluss und seinen Anwälten die Sache mit der sehr eigenwilligen Verlegung Mos nicht regeln würde. Sogar dann. »Denn«, so erklärte der Ronni dem Kanzler, »das ist Kama. Alles Kama.«

Der Kanzler rauchte währenddessen genüsslich seine Zigarre, fragte mal nach, sagte auch was an der einen oder anderen Stelle und warf ab und zu einen Blick auf die Wand, an der ein ohnmächtiger Bully hin und wieder zu Bewusstsein kam und aufstöhnte. Als Ronni mit seiner sogar halbwegs geordneten Erzählung durch war, sah ihn der Kanzler lange an und fragte dann: »Du würdest also für diese kleine Gefälligkeit, die natürlich ein sehr großer Gefallen meinerseits ist, dafür würdest du mir deinen Ferrari anbieten, für den der Mönch sein Leben aufs Spiel gesetzt hat?«

Ronni nickte.

»Und du würdest mir den Wagen, der ja jetzt eigentlich dir gehört, sogar dann zurückgeben, wenn ich meine Verbindungen nicht spielen lasse?«

Ronni nickte.

»Und was fährst du dann?«

»Bus, wie sonst auch.«

Der Kanzler machte »Mhm« und betrachtete den Ferrari-Schlüssel in seiner Hand. Er nahm einen kurzen Zug aus der Zigarre, blies den Rauch an die Decke und winkte eine der beiden Ledersklavinnen herbei, die gerade mit feuchten Lappen versuchten, Bully aus der Ohnmacht zurückzuholen. »Bring mir das Tablett!«, befahl der Kanzler.

Sie reichte ihm ein Silbertablett mit Bullys Habe: Geldklammer, goldenes Feuerzeug, fette Rolex und dem Schlüssel für den Muscle Car.

»Ronni, du bist klüger, als ich dachte«, sagte der Kanzler und legte dem Ronni eine Hand auf die Schulter. Ronni sah das erste Mal, wie gepflegt Schröders Fingernägel waren. »Der Ferrari ist wirklich eine Nummer zu groß für dich. Aber sack das Tablett ein und hab Spaß mit Bullys Schleuder.«

»Mensch, Kanzler, was soll ich jetzt sagen?«, fragte Ronni.

»Danke, Kanzler reicht«, antwortete der Kanzler.

Und Ronni sagte: »Danke, Kanzler.«

Aus der Innentasche seiner Lederjacke zog Ronni die Papiere für den Ferrari hervor. »Hier, die Papiere sind ja das Wichtigste.« Ronni reichte den Fahrzeugschein und den Fahrzeugbrief mit seinem Dackelblick weiter.

Der Kanzler sah ihn an und nickte: »Ja, hab's kapiert. Ich lass dir die Papiere für Bullys Wagen zukommen.«

»Danke, mein Kanzler.« Ronni gab dem Kanzler ein selbstzufriedenes »Daumen hoch« und stand auf.

Auch Schröder erhob sich. Er sah auf die Spitze seiner Zigarre, klopfte die Asche ab und nahm einen Zug, während er auf Bully zuging, der wie ein nasser Sack an der Wand hing. Wenn Ronni, ausgerechnet Ronni, ihm nicht gerade so viel von Mitgefühl und dem Buddha erzählt hätte, und wenn ihm dieser Mönch nicht so imponiert hätte, und wenn es ihm selbst nicht so scheiße ginge, dann würde er dem Bully jetzt die Zigarre auf der tätowierten Brust ausdrücken.

So aber winkte der Kanzler die beiden Ledersklavinnen herbei und sagte: »Nehmt ihn ab. Han und die Russen sollen ihn zum Pferde-Doc bringen.«

Ronni war schon an der Tür, als ihm der Kanzler noch zurief: »Vergiss mir nicht, den Mönch zu grüßen.«

Kapitel 54

Wie die beiden in der Morgendämmerung über das verschneite Klostergelände gingen, waren Daniel und Anakayo schon ein seltsames Paar: der eine ein kleines Männchen in orangem Gewand, dicken Gummistiefeln, brauner Daunenjacke und schwarzer Wollmütze, der eher Trippelschritte machte; der andere ein stattlicher junger Mann in weißen Leinenhosen, weißem Hemd und weißem Tennispullover, der vor Neugier weit ausschritt, obwohl er an den nackten Füßen, als sei er Mönch Siri, nur Sandalen trug, und dem der scharfe Wind nur insofern etwas ausmachte, als er sich sein volles Haar immer wieder aus dem Gesicht streichen musste.

Hier also werde ich meine Ängste und Zwänge besiegen, dachte Daniel und verstand, warum Anakayo stolz war auf sein Kloster, in dem es an nichts fehlte. Das Haupthaus bestand neben der Küche und einem Speisesaal aus drei Zimmern, die als Bibliothek hergerichtet waren, mit Bücherregalen vom Boden bis zur Decke. Sie schienen alle Schriften zu enthalten, die je zum Thema Buddhismus verfasst worden waren. In der oberen Etage gab es vier oder fünf Gästezimmer, die schon lange keine Besucher mehr aufgenommen hatten.

Danach präsentierte Anakayo die ehemalige Scheune, die nun eine sehr einladende Dhamma-Halle war, ausgelegt mit warmem Teppichboden, Kissen und Decken.

»Hier hat schon der junge Dalai Lama rezitiert«, sagte Anakayo, und seine schmale Brust hob und senkte sich dabei sichtbar.

Daniel schnupperte in den Raum hinein und roch den Muff von tausend Jahren, sagte aber: »Sehr schön«, und das war auch nicht völlig falsch, denn er war wirklich beeindruckt von dem, was der Gründungsabt in dieser Einöde geschaffen hatte.

»Und jetzt kommt unser Tempel.« Anakayo zeigte auf das frühere Kutscherhaus, in dem später Traktoren überwintert hatten, bevor es bei der Klostergründung umgebaut worden war. Als der Mönch die schwere Flügeltür aufzog, überkam Daniel eine Art Sesam-öffne-dich-Gefühl.

Ein über-über-lebensgroßer Buddha bildete das Zentrum der Halle. Es war ein großer, lebensfroher Buddha, der Daniel anlächelte und dessen orange Robe wie eine aufgehende Sonne in den Raum hineinstrahlte. Für einen kurzen Moment dachte Daniel an den Buddha in seinem und Mayas Hochzeitstempel in Balapitiya, aber diesem Gedanken wollte er nicht weiter nachgehen. Er war ins Kloster gegangen, um ein neues Leben zu beginnen, und nicht, um der Vergangenheit nachzutrauern.

»Ab morgen werden wir hier schon um vier Uhr zur Puja zusammenkommen und dem Erhabenen, Heiligen, Vollkommen Erwachten unsere Ehre erweisen«, erläuterte der Mönch. »Danach wirst du das Frühstück bereiten, dann drei Stunden anfallende Arbeiten verrichten, während ich mich auf deine Unterweisung vorbereite. Anschließend werden wir gemeinsam bis zur Abendpuja meditieren.«

»Sicherlich, ja, gern.« Daniel spürte ein Kratzen im Hals. »Aber habt Ihr nicht einen Helfer erwähnt, der sich um Reparaturen und die Mahlzeiten kümmert?«

Der Mönch legte die Stirn in Falten und sah Daniel an. »Das stimmt schon. Ein Gutsherr ein paar Dörfer weiter schickt jeden zweiten Tag einen Helfer, den Manne«, erklärte der Mönch. »Aber ich hoffe, mein Upasaka scheut nicht die einfache Arbeit.« Er sagte es mit einem spitzen Unterton.

»Ich suche Erleuchtung, Ehrwürdiger«, erklärte Daniel mit fester Stimme. »Und dafür bin ich bereit, alles zu geben.«

»Die Erleuchtung kommt, wenn sie Zeit hat«, sagte der Mönch. »Und nun kümmere dich um das Frühstück. Heute kommt nämlich kein Manne.«

Gedankenverloren verneigte sich Daniel vor dem Mönch und ging hinüber zum Haupthaus in die Küche.

Bernhard hatte ihn darauf vorbereitet, dass niedere Dienste auf ihn zukommen würden. Upasakas kümmerten sich nun mal traditionell vor allem um die Versorgung der Mönche und den Ablauf des Klosterbetriebs. Und trotzdem kam in Daniel das Gefühl der Ausbeutung auf.

Ausbeutung? Durch einen Mönch? Er schüttelte den Kopf über den absurden Gedanken.

Während Daniel den Tisch deckte, fragte er sich, wie lange er wohl Upasaka bleiben müsse. Und wie lang er wohl Mönch sein müsse, um zu erwachen. Anakayo arbeitete nun schon mehr als dreißig Jahre auf die Erleuchtung hin – und man hatte nicht das Gefühl, dass es bis zu dessen Erwachen nur noch eine Frage von Tagen oder Wochen war.

Mitten im Spülen der Gläser hielt Daniel inne und setzte sich an den Küchentisch. Konnte es sein, dass er schon wieder in den Kategorien von oben und unten dachte, daran, wie er wohl am schnellsten »aufsteigen« könnte vom Upasaka zum Mönch und vom schlichten Mönch zum Erleuchteten, zum Buddha?

War er nicht ins Kloster gekommen, um genau diese Gier nach Erfolg und Anerkennung abzustellen? Sollte ihm der Buddhismus nicht genau aus dieser Geltungssucht-Falle heraushelfen?

»Träumt mein Upasaka?«, schreckte der Mönch seinen Helfer auf.

Daniel schüttelte den Kopf. »Es ist bereitet, Ehrwürdiger«, sagte er. Der Mönch nickte gefällig und setzte sich im Speiseraum an den eingedeckten Platz. Daniel hatte drei Scheiben dunkles Brot und ebenso viele Scheiben Käse bereitgelegt und einen großen Becher mit Kaffee gefüllt. Koffeinfrei, natürlich.

Daniel sah dem Mönch die Freude an, endlich nicht mehr allein zu sein, sondern wieder einen ernsthaften Laienanhänger des Buddha, einen Zufluchtsuchenden, an seiner Seite zu haben.

»Danke, Upasaka«, sagte der Mönch, als Daniel ihm auch noch ein Kännchen mit extra heißer Milch reichte. »Nach meinem Frühstück sollst auch du essen. Anschließend sorge dafür, dass unser Kloster reinlich ist. Danach erwarte ich dich zur Meditation.«

»Sehr wohl, Ehrwürdiger.« Daniel verneigte sich mit vor dem Herzen gefalteten Händen, zog sich in die Küche zurück und putzte weiter Gläser. Wenn er ehrlich war, und in seinem neuen Leben wollte Daniel radikal ehrlich sein, ganz besonders vor sich selbst, dann war Kusala nicht mehr als ein sehr schön gelegener, halbwegs gepflegter Resthof, der schon mal bessere Zeiten erlebt hatte. Und auch wenn der wunderschöne Buddha sein Herz mit Erinnerungen an Balapitiya gewärmt hatte – eine spirituelle Atmosphäre, gar eine, die ihm ein »Ah!« oder »Oh!« entlockt hätte, strahlte das Waldkloster nicht aus. Ob es an dem Mönch lag, dem die Erhabenheit eines Siri fehlte? Oder lag es an ihm, Daniel, der mit zu großen Erwartungen gekommen war? Hatte er ein spirituelles Disneyland erwartet?

Vielleicht ist auch alles gut so, wie es ist, dachte Daniel. Hätte er Exotik haben wollen, hätte er ja nach Thailand fliegen können. Hier würde ihn nichts ablenken von dem, worum es ihm ging: sein Leben zu ändern, sich zu reinigen von den Giften des Ehrgeizes, der Unzufriedenheit, der Erwartungen. Und er würde schon in wenigen Minuten damit anfangen, indem er darüber meditierte, dass Kusala und Anakayo so gar nicht seinen Vorstellungen und Erwartungen entsprachen – und dass er dennoch oder gerade deshalb hier und jetzt gut aufgehoben war.

Kapitel 55

Der Brief lag in der Kanzleipost und war Anett sofort aufgefallen. Feinstes Büttenpapier, die Adresse mit einem Federhalter in sattem Schwarz geschrieben – das war keine Reklamesendung für Bürobedarf und auch kein Mandantenbrief. Anett schaute auf den Absender und wusste, dass es besser war, den Umschlag nicht zu öffnen. Und sie wusste auch, dass damit ihr guter Vorsatz, endlich mit Maya über ihre eigenen Pläne zu reden, heute das bleiben würde: ein guter Vorsatz.

Mit einem leichten Seufzer stand Anett auf und klopfte förmlich an Mayas Tür, die wie immer offen stand.

»Hier ist Post für dich«, sagte Anett und reichte den Umschlag über den Schreibtisch.

Maya sah von ihrer Akte auf und legte die Stirn in Falten. Sie wollte Anett fragen, warum sie ihr den Brief nicht einfach zusammen mit der restlichen Büropost übergab, als sie die Handschrift erkannte. Maya schluckte, atmete tief ein, schloss die Augen und überlegte, ob sie den Brief wirklich annehmen sollte. Dann blickte sie zu Anett auf, sagte: »Danke«, und legte den Brief vor sich auf den Aktendeckel.

»Soll ich die Tür schließen?«, fragte Anette.

Maya nickte, obwohl sie die Frage gar nicht richtig gehört hatte. Sie nahm auch nicht wahr, wie Anett die Tür hinter sich zuzog. Sie starrte nur auf den Brief. Als sie zum Brieföffner griff und das Couvert aufschlitzte, zitterten ihre Hände. Und ihre Finger zitterten noch mehr, als sie die schneeweißen Bögen auseinanderfaltete. Mit bebenden Lippen las sie, was Daniel in seiner schönsten Schreibschrift aufgeschrieben hatte:

Maya, meine Liebe,

bitte verzeih mir, dass ich nicht der Mann bin, den Du Dir immer gewünscht hast. Und bitte, verzeih mir auch all die falschen Hoffnungen, die ich Dir gemacht habe in jenen Momenten, da ich vielleicht dem Mann nahegekommen bin, den Du Dir ersehnt hast – und der ich so gern für Dich gewesen wäre. Ich habe Dich geliebt, Du warst mein Leben. Ich werde Dich auch weiterhin lieben, obgleich ich weiß, dass meine Liebe nicht gereicht hat, um Dich glücklich zu machen.

Ich war unzufrieden mit mir, mit meinem Beruf, war enttäuscht von meinem Leben, das ich mir so anders vorgestellt hatte: Ich wollte ein großer Journalist sein, die Menschen aufklären, etwas bewegen. Ich wollte stolz sein, auf das, was ich am Ende des Tages, der Woche, des Jahres geschaffen hätte. Und was bin ich geworden?

Ich wollte Dir ein guter Mann sein, ein sensibler Partner, ein zärtlicher Liebhaber. Ich wollte Dich so glücklich machen, wie Du es verdient hast.

Es tut mir leid, dass ich auch Deine Welt mit eingerissen habe, dass ich Dich belastet habe mit meiner Unzufriedenheit und meiner Enttäuschung.

Bitte glaube mir, es ist mir kein einziges Mal entgangen, wenn sich Deine Hoffnung auf ein Kind wieder in Blut aufgelöst hat. Trotz Deines Bemühens um Heimlichkeit ist mir nicht entgangen, wenn Du Dir wieder Hormone in die Bauchfalte geschossen hast, um unserem Schicksal eine Wende zu geben. Für diese unerschütterliche Tapferkeit habe ich Dich zutiefst bewundert – und tue es auch jetzt noch.

Um mich musst Du Dich nicht sorgen. Ich habe in einem Kloster Zuflucht beim Buddha gefunden. Ich arbeite an meinen Anhaftungen, an meinen Erwartungen, Wüschen und Ängsten. Ich erkenne das Leid, das sie mir und uns gebracht haben, und hoffe, dass dieses Erkennen wahrhaftig ist und irgendwann zu einem Ende des Leids führt. Die Einsamkeit des Waldes ist dabei eine großartige Schule. Ich bekomme das erste Mal eine Ahnung von meinem Ich und freue mich darauf, es zu überwinden. Was bis zuletzt bleiben wird, ist meine selbstlose Liebe zu Dir.

Auf immer Dein,
Daniel

Als Anett das Schluchzen aus Mayas Büro hörte, musste sie nur kurz überlegen, was zu tun war. Noch vor ein paar Wochen hätte sie sich nicht getraut, auch nur anzuklopfen und »Ist alles in Ordnung?« zu fragen. Jetzt drückte Anett vorsichtig die Klinke, steckte den Kopf zur Tür hinein, sah Mayas in Tränen aufgelöstes Gesicht, ging behutsam auf sie zu und legte den Arm um sie.

»Er ist in irgendeinem Waldkloster«, sagte Maya mit tränenerstickter Stimme. Ein neuer Tränenstoß überkam sie: »Er schreibt, dass er mich freigibt«, sie kämpfte mit ihren Tränen, »für ein neues Leben.«

»Sehr großzügig, der Idiot.« Anett hatte es einfach so gesagt, weil sie genau das gedacht hatte. Und dann musste sie auch noch lachen: »Dieser Idiot.«

Die beiden Bemerkungen waren eine Sache von zwei, drei Sekunden gewesen, und Anett taten sie schon leid, noch bevor sie das zweite »Idiot« ganz ausgesprochen hatte. Sie wollte sich gerade entschuldigen, als Maya sich aus ihrer Umarmung befreite und, ihre letzten Tränen aus dem Gesicht wischend, tapfer nickte.

»Jawohl, er ist ein Idiot. Ich sage ungern, dass du recht hast, Anett, aber das ist er: ein Idiot.« Und dann lachte auch Maya. Vielleicht ein wenig zu schrill, so wie sich ein Schock manchmal in Lachen auflöst. Aber, dachte Anett, besser als weinen ist das allemal. Sie setzte sich auf den Besucherstuhl Maya gegenüber und schloss die Augen, atmete tief ein und aus und sagte: »Frieden einatmen, Liebe ausatmen. Ich umhülle dich mit meiner Wolke von Liebe.«

Maya sah sie an, lachte, schon etwas natürlicher und sagte: »Ich dich auch.«

Da musste auch Anett wieder lachen und befand, dass es gar nicht schlecht wäre, zum normalen Büroalltag zurückzukehren – bevor die nächste Welle der Verzweiflung Maya überrollen würde.

»Die Korbaneks kommen gleich«, bemerkte sie. »Soll ich ihren Termin verlegen?«

»Nein, geht schon.« Maya fuhr sich mit den Händen durchs Gesicht. »Ich mach mich frisch. Und machst du mir bitte ein Ingwerwasser? Mir ist schon wieder übel.«

Als es keine fünf Minuten später klingelte, dachte Maya allerdings, sie hätte den Termin besser verlegen sollen.

»Moin!« Mehr sagte der alte Korbanek nicht, als Maya ins Besprechungszimmer kam. Kein freundliches Lächeln, kein Aufstehen, kein Händeschütteln.

»Guten Tag«, wünschte Maya und dachte, dass seine ungehobelte Art ihr gerade recht kam. Betont freundlich wandte sie sich an Korbaneks Frau: »Hallo, Doris. Wie geht es dir?«

»Ganz gut«, lächelte Doris Korbanek zurück. »Aber noch besser wird es mir gehen, wenn ich den Stinkstiefel hier los bin.«

Maya sah zu dem Alten. »Ihre Frau meint es gut mit Ihnen, aus welchen Gründen auch immer. Es wird keine Anzeige von Herrn Müller …«

»Ey, wie jetzt?«, fiel ihr der Alte ins Wort.

Maya funkelte ihn an, und der Korbanek merkte, dass mit Maya nicht gut Kirschen essen war – jedenfalls nicht als Anwältin auf der Gegenseite. Er nahm in seinem Stuhl Haltung an und räusperte sich: »Bitte erklären Sie mir das.«

»Gut«, sagte Maya, »Ihr Opfer, Herr Manuel Müller, Ihnen besser bekannt als Ecke, verzichtet dank der Fürsprache Ihrer Frau darauf, Sie wegen Freiheitsberaubung und schwerer Körperverletzung anzuzeigen. Im Gegenzug verzichten Sie auf allen Zugewinn aus der vierunddreißig Jahre lang gemeinsam betriebenen und gemeinsam erweiterten Metzgerei, die zu hundert Prozent Eigentum Ihrer Frau bleibt. Ihre Frau wiederum erklärt sich ihrerseits bereit, Ihnen das Geschäft für monatlich dreitausend Euro zu überlassen.«

»Wucher!« Der alte Korbanek brüllte es über den Tisch.

Maya sah ihn abschätzig an. »Kein Problem, dann lassen Sie es einfach. Das Geschäft und der Hinterhof sind Familienbesitz Ihrer Frau. Und wir haben viele Möglichkeiten. Der Grindel ist das neue Notting Hill.«

Bevor der Alte ein erneutes »Wie jetzt?« hervorstoßen konnte, sagte Maya frostig: »Sie finden sicherlich allein hinaus, Herr Korbanek, nicht wahr?« Dann lächelte sie seine Frau an. »Magst du noch mit zu mir rüberkommen, Doris? Du glaubst ja gar nicht, was sich alles getan hat.«

Doris Korbanek stand auf und sah auf ihren Mann herab, der immer noch in seinem Besuchersessel saß und auf seine Fäuste starrte, die geballt auf dem Tisch lagen.

»Scheiß Karma, mein Lieber, nicht wahr?«

Kapitel 56

Der Kanzler hatte sich in Ronnis Sportwagen gezwängt und fluchte über »diese Sardinenbüchse«. Ronni wollte erst sagen, dass sein Wagen ein fetter Shelby Mustang sei, half stattdessen aber beim Zurücksetzten des Sitzes und pflichtete Schröder bei, dass so ein Schlitten natürlich nicht die Wohnzimmergeräumigkeit eines Maybachs zu bieten hatte.

Nun kannte Ronni den Kanzler schon seit Jugendtagen, und wenn einer fast immer die Entspannung selbst war, dann Schröder. Das lag daran, dass er zumeist sehr genau wusste, was er wollte und wie er es kriegen würde. Und falls es, was höchst selten vorkam, jemanden gab, der etwas von ihm verlangte, dann wusste Schröder ebenso genau, was er bereit war zu geben und was nicht. Dieser »Klarheit im Kopp«, wie Ronni es mal genannt hatte, verdankte er seinen Aufstieg zum Kanzler, sie unterschied ihn von den vielen anderen so genannten Kiezgrößen, die nicht mehr waren als brutale Hartgeldluden.

Die Fahrt von Schröders Villa an der Bellevue, wo Ronni an der Auffahrt auf den Kanzler gewartet hatte, auf die andere Seite der Alster dauerte nur wenige Minuten. Obwohl Ronni ihn nicht zu einem Waffendeal mit der Russenmafia kutschierte, rutschte der Kanzler auf seinem Sitz hin und her, nestelte an seiner Krawatte und fummelte an seinen Manschettenknöpfen herum. Aber er hatte da nun mal ein paar Fragen auf der Seele, sofern er eine Seele hatte, und die wollte er loswerden.

Als Ronni dann sagte: »Wir sind da, Kanzler«, sah er seinem Chef die Erleichterung förmlich an. Noch bevor er aussteigen konnte, um Schröder die Tür aufzureißen, war der Kanzler ausgestiegen, die Stufen zur Haustür hochgegangen und hatte geklingelt. Ronni entging das Zögern vor dem Drücken des Klingelknopfs nicht.

Die Haustür sprang auf, ohne Rückfrage über die Gegensprechanlage. Gleich würde er sehen, sagte sich der Kanzler, ob es wirklich eine gute Idee war, die er da hatte. Er drückte die Haustür auf und ging ins Treppenhaus. Er blickte sich um. Ronni fuhr weiter, konnte ihn nicht mehr sehen. Er holte noch einmal Luft und nahm seine Sonnenbrille ab. Dann schüttelte er unwirsch den Kopf, als könnte er selbst nicht glauben, was er hier tat, und stieg die Stufen hoch.

Der Mönch stand in der Tür, faltete die Hände vor dem Herzen und verneigte sich. »Ich grüße Sie, Herr Schröder. Seien Sie willkommen im Namen des dreifachen Juwels, Buddha, Dhamma, Sangha.«

Schröder stockte einen Moment. Er hatte sich auf der Fahrt einige Sätze überlegt, die er hatte sagen wollen, und nun begrüßte ihn der Mönch, als hätte er auf ihn gewartet.

»Ich, ähm, also, ich grüße Sie auch«, erwiderte Schröder etwas unbeholfen. Er faltete die Hände vor dem Bauch, nickte und fragte: »Haben Sie mich erwartet, Herr Mönch?«

»Ich erwarte nichts.« Der Mönch sprach mit ruhiger, freundlicher Stimme. »Erwartungen führen nur zu Enttäuschungen.«

»Hat der Ronni Sie gewarnt?«, fragte der Kanzler und bereute sofort den barschen Ton, in den er abgerutscht war.

»Warum warnen? Müsste ich Sie fürchten?«

Der Ehrwürdige sah Schröder an, der etwas verlegen im Hausflur stand. »Wollen Sie nicht reinkommen?«, fragte er dann. »Sie könnten uns eine Tasse Tee bereiten.«

Der Kanzler verstand die Aufforderung nicht sofort, sondern bedankte sich für die Einladung.

Der Mönch führte seinen Gast nach vorne ins Esszimmer und zündete einige Kerzen an, die den Raum in ein warmes Licht tauchten, während es draußen dämmerte. Nun hatte er sich in seinem Leben schon oft genug den Tee selbst bereitet, weil dies den Mönchen gestattet war, und er war zudem der Letzte, der einen Diener brauchte. Aber er hielt es für wichtig, den großen Kanzler ein wenig Demut zu lehren.

»Ich bin allein«, erklärte er. »Der junge Herr Daniel ist verreist, und die junge Frau Maya ist«, er stockte einen Moment, »bei einer Freundin.«

»Ich weiß.« Schröder ärgerte sich, dass er schon wieder gepatzt hatte.

Der Mönch lächelte und sah Schröder an, wie Eltern ihr kleines Kind ansehen, um aus dessen Gesichtszügen die Befindlichkeit herauszulesen. »Vielleicht hilft es uns beiden, wenn Sie tatsächlich in die Küche gehen und uns einen Tee bereiten. Ich nehme einen grünen, den kann ich nur empfehlen.«

Schröder stand auf und dachte an seine geliebte Elena. Sie war die Einzige gewesen, von seiner Mutter natürlich abgesehen, für die er alles getan hatte, ohne zu fragen und zu murren. Aber die guten Zeiten mit Elena waren lange vorbei.

»Ja, sehr gern«, hörte sich Schröder sagen, während er in die Küche ging, den grünen Tee suchte, Wasser aufkochen ließ und mit einer Kanne und zwei Bechern wieder nach vorne kam.

Der Mönch saß mit geschlossenen Augen und gefalteten Händen am Tisch und ließ sich einschenken. In die Stille hinein stellte er fest: »Sie müssen also sterben.«

Der Kanzler verschüttete den Tee aus seinem Becher, an dem er gerade nippen wollte. Aber er scherte sich nicht um den Fleck auf dem alten Holztisch. Er sah den Mönch an, als sei er der Leibhaftige.

»Woher wissen …? Die Ärzte sagen …« Er brach ab. Er trank einen Schluck Tee, der noch viel zu heiß war und ihm den Rachen verbrannte. Egal. Vielleicht würde das heiße Wasser den Krebs gleich mit wegbrennen.

»Ich habe Angst«, sagte der Kanzler, nachdem sich der Schmerz im Hals gelegt hatte. »Ich habe eine Scheißangst.«

Der Mönch sah ihn gütig an. »Das ist normal.«

Der Kanzler reckte das Kinn, und in seinem Blick lag ein gebändigter Zorn: »Sie haben keine Angst gehabt, ich habe es genau gesehen, als wir uns gegenüberstanden.«

»Nur wer die Angst annimmt, hat eine Chance, sie zu überwinden.«

»Dann lehren Sie mich, die Angst anzunehmen.«

Der Ehrwürdige seufzte. »Guter Mann, Sie sind es gewohnt, mit rücksichtslosem Willen alles zu erreichen. Ich aber lehre das Loslassen, den Verzicht.«

Schröder sah den Ehrwürdigen an. Zuerst mit dem kalten Kanzlerblick, dann schaute er betreten auf seine Hände, die flach auf dem Tisch lagen.

Der Mönch sah, dass es sein Besucher ernst meinte. Vor ihm saß ein Mann, geboren in der Silbersackstraße 42, Hamburg-St. Pauli, am 8. Oktober 1948, gelernter Kfz-Mechaniker und Betreiber von Gastronomiebetrieben und Spielstätten; Vater einer in der Wiege gestorbenen Tochter und eines Sohns, der von ihm und seinem Ferrari nichts wissen wollte; Ehemann einer unter Sonnenlichtallergie und Depressionen leidenden Frau und selbst befallen von Krebs. Vor dem Mönch saß ein Mann, der keine Ahnung von Karma hatte, aber ein gutes Beispiel war für das buddhistische Prinzip von Ursache und Wirkung.

»Wenn Sie bereit sind zu verzichten, aufzugeben, dann folgen Sie mir.« Der Mönch stand auf, verneigte sich und ging in das alte Dhamma-Zimmer, das er nicht mehr aufgesucht hatte, seit er allein in der Fichtestraße wohnte. Für die Zwiesprache mit seinem inneren Buddha reichte ihm seine mitgebrachte Figur im Gästezimmer.

Er entzündete die Kerzen und dachte daran, wie oft sich hier schon Maya und Daniel, Doris und Manuel und auch die liebe Anett niedergelassen hatten.

Alles kommt so, wie es kommen soll, sagte sich der Ehrwürdige. Der Mönch ließ sich nieder, schloss die Augen und begann eine Rezitation über »Anica«, die Unbeständigkeit alles Seienden.

Nach einiger Zeit ging die Tür auf, und Schröder betrat auf Socken das Zimmer. Er hatte sein Jackett ausgezogen, die Krawatte abgelegt, die Manschettenknöpfe aus den Ärmeln seines weißen Hemds entfernt und ließ sich in respektvollem Abstand vor dem Mönch nieder.

Kapitel 57

Gleich nachdem »Ecke« seine Sprache wiedergefunden hatte und sich an Bruchstücke seines Schicksals erinnern konnte, hatte Daniel für ihn den Fall »Manuel Müller« recherchiert: den Brand in seinem Haus, die Gerichtsverhandlung, die Berichte über ihn, den »Mann ohne Gedächtnis«. Manuel hatte alles nachgelesen und dabei manche Lücke geschlossen.

Bei seiner Rückkehr in ein bürgerliches Leben hatte Doris ihn auf dem Weg durch die Ämter begleitet. Anmelden des Wohnsitzes, Fichtestraße Nummer sieben, neuer Personalausweis. Sogar einen Psychologen hatte sie ihm besorgt. Und jetzt fuhr sie ihn nach Weinheim, die Stadt, wo alles passiert war.

Die Autobahnabfahrten zogen an Manuel vorbei wie verpasste Chancen. Wohin führte ihn sein Lebensweg? Wo waren seine Rastplätze? Was sollte er mit seinem Leben anfangen?

Irgendwann bogen sie dann in die Stadt ab und erreichten die Bergstraße 160. Doris lenkte den Wagen auf den großen Parkplatz, der an diesem Mittwochmorgen kaum belegt war, und stellte den Motor ab.

»Soll ich mitkommen?«, fragte sie. Ihre Stimme war warm und weich, nicht fordernd und nicht drängend.

»Ich erinnere mich an nichts«, sagte Manuel, während seine Blicke über das Gelände schweiften.

»Wirst du es trotzdem finden?«

Manuel nickte. »Aber es kann dauern.« Seine Stimme klang rauher, als er gedacht hatte.

»Das macht nichts«, sagte Doris. »Ich warte im Hotel auf dich.«

»Danke.« Manuel küsste sie auf die Wange.

Sie lehnte sich ein wenig zurück, um ihn besser betrachten zu können, vor allem seine wunderbar warmen Augen, in denen sie sich verlieren konnte.

Doris spürte die Vorboten der Begierde, aber auch Scham über ihr Begehren an diesem Ort. Doch sie dachte auch, dass sie zu lange in ihrem Leben gewartet hatte. Und so nahm sie sein Gesicht zwischen ihre Hände und zog ihn zu sich. Sie küsste ihn auf die Stirn, auf seine Wangen, seine Lippen: Sie küsste ihn voller Verzweiflung, als ginge es um ihr Leben. Und darum ging es ja auch.

Irgendwie glitt die Lehne ihres Sitzes zurück, und dann beschlugen die Scheiben des kleinen Lieferwagens von »Tucht – Fleisch und Wurstwaren seit 1902«.

Irgendwann stieß Manuel die Tür des Wagens auf und stieg aus. Doris blieb sitzen und sah ihm nach, wie er etwas unsicher über den Parkplatz stakste. Der Himmel war blau, und die Tulpen, Hyazinthen und Stiefmütterchen entlang des Weges empfingen Manuel mit frühlingsfrischer Farbenpracht. Aber der Wind war kalt, eisig kalt. Manuel schlug den Kragen seines Jacketts hoch.

Doris sah dem Mann nach, der ihr in den letzten Wochen das Gefühl zurückgegeben hatte, eine Frau zu sein, selbst in ihrem Alter. Sie schloss die Augen, um der Intensität des Erlebten nachzuspüren, um diesen Moment auf immer in ihr Herzen zu schließen.

Während sie sich fragte, ob Manuel und sie tatsächlich eine Zukunft hatten, hörte sie, wie die Klappe des Lieferwagens aufging. Sie sah in den Rückspiegel. Er war noch einmal zurückgekehrt und holte seinen Koffer aus dem Wagen. Er sagte nichts, und sie drehte sich nicht um. Sie zwang sich, nicht in den Rückspiegel zu schauen.

»Alles, woran wir festhalten, wird zur Quelle des Leids«, hatte der Buddha gesagt. Sie versuchte festzuhalten. Das war nicht gut.

Doris Korbanek startete den Motor. Während sie auf eine Lücke im Verkehr wartete, tippte sie »Hamburg« in das Navi ein. Sie wusste, dass sie auf Manuel Müller, ehemals Ecke, besser nicht warten sollte.

Im Außenspiegel riskierte sie einen letzten Blick zurück. Sie sah dem Mann mit dem Koffer nach, wie er das Tor passierte und in die Parkanlage ging. Er tat, was er tun musste: sich seiner Vergangenheit stellen. In Weinheim, auf dem Zentralfriedhof, am Grab seiner Familie.

Kapitel 58

Wie schon die vergangenen Tage hatte sich Maya auch heute nach einem frühen Schluss in der Kanzlei auf ihren Lieblingsplatz in Anetts Wohnung zurückgezogen, die Kuschelecke unter der Dachgaube. Anett hatte sich dazugelegt, weil sie mit Maya eine sehr besondere Zweisamkeit pflegen konnte. So waren sie beide nicht allein, und doch war jeder ganz ungestört für sich, ohne dass es ein vorwurfsvolles Schweigen war, wie Anett es so oft erlebt hatte, wenn sie mit einem Typen hier lag. Der wollte dann entweder gleich an ihr rumfummeln oder fragte nach zwei Minuten: »Was machen wir jetzt?«

Manchmal, so wie jetzt, fragte sich Anett allerdings, ob Maya tatsächlich nur Ruhe suchte oder ob sich nach Daniels Brief aus dem Waldkloster gar eine Depression abzeichnete. Trotz der Wochen, die sie nun als Notgemeinschaft unter einem Dach lebten, und obwohl sie sich gut verstanden, war Mayas Seelenleben für Anett noch immer schwer zu durchschauen. Hatte sie nun mit Daniel abgeschlossen? Wollte sie ihre Zukunft allein meistern? Oder kämpfte sie noch mit sich, ob sie versuchen sollte, den Verrückten zurückzugewinnen für einen Neuanfang?

In ihrer Unsicherheit hatte Anett es bislang vermieden, Maya auf ihre eigenen Pläne anzusprechen. Und das ärgerte sie nicht nur, sondern ließ sie inzwischen auch nervös werden, denn in der Rücksichtnahme auf Maya rannte ihr selbst die Zeit davon. Wenn sie es jetzt nicht wagte, sie anzusprechen, dann müsste sie die Arme morgen vielleicht schon vor vollendete Tatsachen stellen.

»Ich muss noch mal los«, sagte Anett und zeigte auf die Uhr an ihrem Smartphone. Sie stand auf und klopfte sich die Krümel eines Muffins vom Pullover, den sie sich mit Maya geteilt hatte.

»Was hast du noch vor?« Maya klang nicht wirklich interessiert.

Wenn nicht jetzt, wann dann?, fragte sich Anett und setzte sich noch einmal, diesmal dichter zu Maya hin. Sie streichelte ihr über den Unterarm.

»Ihr alle ändert gerade euer Leben«, sagte Anett, und ihre Stimme klang sehr warm und weich. Sie war überrascht, wie sicher sie sprach, ohne einen Kiekser, ohne ein Räuspern.

Maya sah sie an, richtete sich auf, sagte aber nichts.

»Ihr verändert euch, zum Guten, zum Schlechten, wer weiß das schon. Aber es bewegt sich etwas, es bewegt sich sogar eine Menge.«

Maya lächelte verlegen.

»Und ich möchte mich auch bewegen.« Anett suchte Mayas Blick, nicht ohne eine gewisse Ängstlichkeit. »Ich«, sie stockte, »ich möchte kündigen, Maya.« Sie senkte den Kopf, als habe sie etwas ganz Schreckliches gesagt, als könne jeden Moment das Fallbeil niedersausen.

Aber Maya reagierte überhaupt nicht empört. Sie stellte keine einzige der kritischen Fragen, die Anett erwartet hatte. Stattdessen lehnte sie sich zu Anett vor und umarmte sie und sagte ihr ins Ohr: »Als wenn ich es nicht geahnt hätte, als wenn ich es nicht geahnt hätte.«

Sie schob Anett wieder ein Stück von sich, um ihr in die erstaunten Augen zu sehen.

»Was hast du geahnt?«, fragte Anett.

»Na, dass du noch mal was ganz anderes anfangen willst.«

»Ja«, seufzte Anett erleichtert, »ich will Yoga-Lehrerin werden. Ich möchte«, und wieder stockte sie einen Moment, »ich würde gern das Studio von Mo übernehmen.«

»Das ist großartig!«, rief Maya, und ihre Freude war nicht gespielt. »Das wäre bestimmt in Mos Sinne.« Sie legte Anett ihre Hände auf die Schulter. »Und keine Sorge, meine Liebe, wir werden einen fließenden Übergang finden, von deinem Kanzlei-Job in dein neues Leben.«

»Uff.« Anetts ganze Sorgen entluden sich in einem befreienden Lachen. Innig umarmte sie ihre Noch-Chefin. Sie hätte sie am liebsten gar nicht wieder losgelassen. Aber der Wecker ihres Handys klingelte.

»Ich muss los«, sagte sie und druckste etwas: »Ich muss nämlich Bernhard treffen, um genau das mit dem Studio irgendwie dingfest zu machen.« Anett stand auf und reichte Maya die Hand, um sie hochzuziehen. »Komm mit, ich kann deinen Rat gut brauchen, falls es nachher schon um so etwas wie einen Vertrag gehen sollte.«

Maya winkte ab. »Bernhard und du, ihr bekommt das schon hin, karmamäßig und so.«

Anett hielt ihr noch immer die Hand hin, um ihr hochzuhelfen. Maya schüttelte den Kopf. »Nein, wenn ich mich überhaupt noch aufraffe, dann, um mich um meine eigenen Angelegenheiten zu kümmern.«

Anett setzte sich noch einmal auf den Boden neben Maya. Sie hatte das Gefühl, dass ihre Freundin Zuspruch suchte.

»Hast du das Gefühl, du läufst ihm hinterher, wenn du dich bei ihm meldest?«, fragte sie.

Maya sagte erst nichts. Dann murmelte sie: »Irgendwie schon.«

»Würde dir ein Zacken aus der Krone fallen, wenn du dich bei ihm meldest?«

Maya sah sie ernst, fast ärgerlich an. »Ich weiß nicht, was du meinst.«

Anett wiegte den Kopf. »Du bist eine stolze Frau, Maya. Stolz auf das, was du schon alles geleistet hast. Zu Recht.« Sie machte eine Pause und überlegte, wie sie es am besten sagte, ohne Maya zu verletzen. »Aber, weißt du, Daniel nichts zu sagen, das ist falscher Stolz. Und falscher Stolz vergiftet die Seele, macht einsam.«

»Wer sagt das?« Mayas Frage kam schnell und scharf. »Ist das wieder so eine Siri-Weisheit?«

Anett sah Maya irritiert an. »Wieso?« Dann lachte sie auf und boxte Maya freundschaftlich gegen die Schulter. »Das habe ich jetzt selbst mal so gesagt.« Sie lachte erneut, schüttelte den Kopf und stand auf. »Hättest du mir nicht zugetraut, was?«

Maya merkte, dass sie rot wurde. »Entschuldige, Anett, bitte, das habe ich nicht so gemeint.«

Anett lachte noch immer. »Macht nichts, Herzchen«, sagte sie. »Wichtiger ist, dass du aus deiner Schmollecke rauskommst. Ich sage nur: Alles Karma!«

»Alles Karma«, wiederholte Maya nachdenklich und warf Anett noch ein »Grüß mir den Bernhard!« hinterher. Aber da war Anett schon in der Diele, kurz darauf fiel die Wohnungstür ins Schloss.

Maya schaute aus dem Fenster in den Spätnachmittagshimmel. Sollte sie sich wirklich aufraffen? War sie nicht zu schlapp, zu angeschlagen? Oder würden die Übelkeit und die Müdigkeit vergehen, wenn sie erst einmal unterwegs wäre?

Andererseits lief Daniel ganz bestimmt nicht weg aus seinem Waldkloster irgendwo in der Nähe von – sie schaute auf den Poststempel seines Briefes – *Mauth,* wo immer das auch liegen mochte. Sie würde Bernhard fragen. Der schien über Kusala mehr zu wissen. Was hatte sie schon zu verlieren?

Kapitel 59

Sein Führerschein war in Ordnung, die Wagenpapiere waren in Ordnung, er hatte nur Kaffee und Wasser getrunken. Es sprach also nichts dagegen, den Wagen direkt vor der Flughafenhalle zu parken, mitten im Halteverbot. Wenn man so ein Schätzchen fuhr wie diesen Shelby Mustang 350 GTS, sagte sich Ronni, dann durfte man es nicht im Parkhaus verstecken oder die Frontscheibe mit einem hässlichen Parkschein verunstalten.

Ronni trat hart auf die Bremse, damit zumindest das halbe Terminal mitbekam, dass hier nicht irgendein Schlumpf anhielt, sondern einer, der fahren konnte oder zumindest wusste, wie man Bremsen verschleißt. Dann sprang er hinter dem Steuer hervor, riss die Beifahrertür auf und sagte: »Bidde schön, junge Frau, Ihr Jet wartet schon.«

Schuschu schob ihre langen Beine aus dem Wagen und drückte sich aus dem Schalensitz hoch, reckte sich so lasziv, dass mindestens drei Männer stehen blieben und sie, unter dem Vorwand, den Wagen zu bewundern, von Kopf bis Fuß scannten. Sie hauchte Ronni einen Kuss aufs linke Ohr und dann noch einen aufs rechte, und zum Schluss packte sie sein Gesicht mit beiden Händen und schmatzte ihm einen so langen Kuss auf die Lippen, dass Ronni fast überlegte, doch mitzufliegen.

»Danke«, hauchte Schuschu, »danke, mein Großer, für alles.« Sie gab ihm einen Kuss auf die Nase, die bis auf eine rote Narbe verheilt war.

»Aua!«, rief Ronni. Als er merkte, dass sie tatsächlich glaubte, ihm weh getan zu haben, lachte er laut auf.

»Du Witzemacher«, sagte Schuschu und boxte ihm auf seine Lederjacke. Die war neu und das beste Stück, das bei den *Lederpiraten* auf dem Kiez zu haben war. Aber selbst nach dem Kauf war von den dreitausend Euro, die Ronni im Handschuhfach des Wagens gefunden hatte, immer noch satt was übrig.

Er griff in die Brusttasche seiner Jacke, zählte zehn Hunderter ab und hielt sie Schuschu hin.

Sie zögerte, wischte seine Hand weg, aber als er ihr das Geld weiter anbot, griff sie doch zu.

»Das ist lieb.« Schuschu stopfte das Geld mit einem »Danke!« in ihr Schminkköfferchen.

»Gern geschehen.« Mehr fiel Ronni nicht ein. Er wusste auch nicht so recht, wohin mit seinen Händen und steckte sie dann in die Gesäßtaschen seiner Jeans.

»Ich mach den Rest allein.« Schuschu sah Ronni wehmütig an. Mit seinem Pferdschwanz wirkte er wie ein Alt-Hippie, wie ein großer Junge, der in der Pubertät steckengeblieben war.

»Ich kann dich ja auch mal besuchen, der Zuckerhut soll ganz schön sein«, sagte Ronni und ging zur Fahrertür seines Wagens zurück. Er musste das hier jetzt ganz schnell über die Bühne bringen, bevor er gefühlsduselig wurde.

»Bestimmt«, nickte Schuschu. »Ich hole dich am Flieger ab.« Sie schnappte sich ihren eingedellten Alukoffer im Schrankwandformat und ihr Schminkköfferchen und ging auf die Drehtür der Schalterhalle zu.

»Echt?«, fragte Ronni. »Das würdest du tun?«

Schuschu lachte, warf ihre schwarze Mähne nach hinten, drehte sich um und rannte noch einmal auf ihn zu, mit Koffer und Köfferchen, halb um den Wagen rum, ließ die Koffer Koffer sein und küsste Ronni so innig und lange, als wollte sie sich an ihm festsaugen oder in ihn hineinkriechen, jedenfalls wollte sie ihn nicht loslassen.

Aber dann tat sie es doch, schnappte sich endgültig ihre Koffer, und Ronni sah ihr nach, wie sie durch die Drehtür rannte und dann durch die Schalterhalle.

Als Schuschu irgendwo im Gewimmel der Abfertigungsschlangen verschwunden war, gab Ronni so heftig Gas, dass die Reifen quietschten und ihm die Beschleunigung die Tränen in die Augen trieb. Weinen wollte er das jedenfalls nicht nennen.

Schuschu schämte sich ihrer Tränen nicht. Aber die Angestellte von *Last Minute Travel* ignorierte ihr verschmiertes Make-up eh völlig. Mindestens dreimal am Tag standen ihr Männer oder Frauen gegenüber, die sich gerade getrennt hatten oder getrennt worden waren und Trost suchten in einem günstigen Trip, Hauptsache weit weg. Mit Tränen konnte man sie nicht mehr rühren.

»Kann ich Ihnen helfen?«, fragte die Reiseberaterin, als sie sah, dass Schuschu etwas ratlos vor den ausgehängten Angeboten stand.

»Ich weiß nicht«, antwortete Schuschu wahrheitsgemäß. »Eigentlich wollte ich zurück nach Rio. Aber irgendwie will ich da doch nicht hin, aber dann …«

Die Beraterin legte die Stirn in Falten und versuchte zu ergründen, was die junge Frau, die offensichtlich Brasilianerin war, wirklich wollte.

»Ich nehme das hier!« Eine resolute Frau schob sich an Schuhu vorbei und legte ein Faltblatt auf den Tresen.

»Eine gute Wahl«, lobte die Beraterin.

»Das sagen Sie immer«, erwiderte die Frau lachend und legte ihren Personalausweis und ihre Kreditkarte vor.

»Stimmt«, gab die Frau von *Last Minute Travel* zurück. »Aber diesmal stimmt es tatsächlich, Frau …«, sie warf einen raschen Blick auf den Personalausweis, »… Korbanek. Drei Wochen Sri Lanka für tausend Euro ist absolut top. Und Balapitiya soll wirklich ganz schnuckelig sein.«

Schuschu sah die Frau von der Seite an. Irgendwie kam sie ihr bekannt vor.

Auch Doris Korbanek drehte sich zu der dunkelhaarigen Frau mit der dunklen Haut um.

»Sie ...«, sagte sie.

»Sie ...«, erwiderte Schuschu.

»Der Mönch«, meinte die Korbanek.

»Die Mo«, ergänzte Schuschu.

»Die Rezitation«, fiel Doris Korbanek auch noch ein.

»Genau«, meinte Schuschu, obwohl sie nicht verstanden hatte, was die Frau meinte.

»Wo fliegst du denn hin?«, fragte Doris Korbanek.

»Ich weiß nicht«, antwortete Schuschu, »erst einmal nur weg.«

»Dann komm doch mit!« Doris Korbanek sah die Reiseberaterin fragend an.

»Ich habe noch einen Platz, auch für tausend Euro«, erklärte die Frau.

Schuschu schaute erst sie, dann Doris an, dann fragte sie: »Wann geht es los?«

»In vier Stunden«, meinte die Reiseberaterin.

»So ein Zufall«, sagte Schuschu und holte aus ihrem Schminkköfferchen zehn Hunderter. »Genau so viel habe ich noch.«

»Es gibt keine Zufälle«, lachte Doris Korbanek.

Kapitel 60

Das kalte Neonlicht erhellte das Studio auf eine herzlose, brutale Art. Für Anett waren die Räume damit das erste Mal das, was sie eigentlich immer gewesen waren: ein hundert Quadratmeter großes Loft mit kahlen, einst weißen Wänden, großen, aber schlecht verfugten Fenstern und einem abgewetzten Parkettboden. Es hatte sich nichts verändert, bis auf die Atmosphäre. Es hatte nichts Anheimelndes mehr, strahlte nichts Spirituelles mehr aus. Nichts erinnerte an Mo, die diesen Raum jahrelang mit ihrer Ausstrahlung erfüllte hatte.

Anett merkte, wie sie ihre Schultern hängen ließ. War das wirklich derselbe Raum, in dem der Ehrwürdige Mönch Siri die sterbende Mo ins Nirwana begleitet hatte?

Bernhard umarmte sie mitfühlend. »Ja, liebe Anett, es ist nicht mehr als eine Immobilie, die einen neuen Mieter sucht«, sagte er leise, während er ihr über die Bubikopf-Haare strich.

»Warum«, fragte Anett, »löschst du durch dieses Flutlicht alle Erinnerungen aus?« Sie löste sich aus seiner Umarmung, als wollte sie durch die körperliche Distanz auch ihr Unverständnis deutlich machen.

Bernhard lächelte sie an wie ein Vater seine Tochter. »Weil ich nicht möchte«, sagte er, während er ihre Hände hielt, »dass du eine Erinnerung anmietest. Weil ich möchte, dass du ganz klar siehst, auf was du dich einlässt: ein abgerocktes Studio, das in den nächsten Jahren dringend renoviert werden muss, das du selbst, du, Anett Welbert, gelernte Rechtsanwaltsgehilfin und ungelernte Yoga-Lehrerin, mit deinem Spirit füllen musst. Und das du jede Woche mit mindestens zweihundert Schülerinnen und Schülern füllen musst, um nicht in die Miesen zu kommen.«

Anett zog ihre Hände weg und trat einen Schritt zurück. Was will der Kerl?, fragte sie sich ärgerlich. Warum macht er mir meinen Traum kaputt?

Bernhard ging in die kleine Küche, die neben dem Mini-Umkleideraum lag, und schenkte aus der großen Thermoskanne für Anett und sich einen Tee ein. »Bitte«, sagte er, als er in den großen Raum zurückkehrte, und reichte ihr einen Becher. »Ich habe heute Jasmintee im Angebot.« Er lächelte sie an, Anett lächelte nicht zurück, nahm den Tee aber an.

»Willst du mich nicht als Nachfolgerin?«, fragte sie. »Hast du jemand anderen?«

»Nein, Anett.« Bernhard schüttelte den Kopf und nippte an seinem Tee. Er nahm eine schmale Aktentasche von der Fensterbank und zog einen Stapel Papiere hervor. »Das sind die Verträge: über die Miete, über das Franchise mit der buddhistischen Yoga-Union und die Mini-Job-Vereinbarungen mit den Aushilfslehrern Piet, Nasreen und Flo.«

Bernhard sah Anett skeptisch an. »Weißt du, wie Franchise funktioniert?«

Sie schüttelte den Kopf.

Bernhard unterdrückte ein Seufzen. »Du musst Gebühren an die BYU zahlen, damit du als buddhistisches Yoga-Studio für dich Werbung machen darfst. Und die machen im Gegenzug auf ihren Webseiten Werbung für dich. Ach ja: Und natürlich musst du bei denen eine Ausbildung zur anerkannten Lehrerin für buddhistisches Yoga absolvieren.«

»Aha«, sagte Anett.

»Auch Piet und Nasreen überlegen, das Studio zu übernehmen. Und die beiden haben immerhin schon eine Ausbildung bei der BYU begonnen. Wusstest du das?«

»Nein, das wusste ich nicht«, sagte Anett kleinlaut und fügte dann tapfer hinzu: »Ich würde mit ihnen reden, und ich bin sicher, wir finden einen Weg.« Sie hielt ihren Teebecher fest umklammert. Sie lehnte sich an die Wand, um Halt zu suchen. Sie blickte in das Studio. War das alles nicht eine Nummer zu groß für sie? Sollte sie nicht doch Bürokraft bleiben? Das war keine Schande. Und Yoga-Lehrerin zu sein war nicht die Erlösung.

Anett stellte den Tee auf den Boden und setzte sich in den Lotussitz. Wenn sie eins kapiert hatte in den letzten Monaten, dann, dass es gut war, in Momenten des Zweifels innezuhalten und in sich hineinzuhorchen.

Anett ließ alles an sich vorbeiziehen – ihre Kindheit mit den großen Brüdern, die den Eltern immer wichtiger waren, ihre Probleme in der Schule, ihr großes Glück, dass der alte Meyerding einen Narren an ihr gefressen und ihr einen Ausbildungsplatz gegeben hatte. Sie rief sich ihre Suche nach dem Sinn ihres Lebens ins Gedächtnis, vom Hexensabbat bis zum Saphirweg-Buddhismus, ihre Begegnung mit Siri und den Satz des Buddha: »Es gibt nur eine Zeit, in der es wesentlich ist, aufzuwachen. Und diese Zeit ist jetzt.« Dabei sah Anett den Mönch vor sich, wie er ihr diesen Satz gesagt hatte: ermutigend lächelnd, wie sie es sich immer von ihren Eltern gewünscht hatte. Denen aber war aus lauter Angst das Leben in die Hose gerutscht.

Anett sah auch Mo vor sich, wie sie ihr Leben aushauchte, viel zu früh. Aber Mo war ihrem Herzen gefolgt, war mutig gewesen und letztlich glücklich gestorben.

Anett öffnete ihre Augen und sah auf den großen Buddha, unter dessen wachen Augen sie so oft Mos Anleitungen gefolgt war.

Sie nahm zwei, drei tiefe Atemzüge, stand auf und ging zu Bernhard, der ganz still an der Wand stand und sie offensichtlich beobachtet hatte.

»Ich mache es«, sagte sie und war verwundert über die Festigkeit ihrer Stimme. Hatte sie das nicht heute Nachmittag schon mal erlebt? Wahrscheinlich, dachte Anett, ist das so mit der Stimme, dass sie fest und klar wird, wenn man sich seiner Sache sicher ist.

»Gut«, sagte Bernhard, und er klang erleichtert. »Wenn du es wirklich willst, dann wirst du es auch schaffen.«

Er schaute sich noch einmal um. »Ich gehe jetzt«, sagte er dann eher unvermittelt. »Ich werde Maya bitten, alles zu regeln, die Formalitäten, das Finanzielle, falls du noch Fragen hast. Das wird schon.«

Anett sagte »Danke«, wusste nicht, was sie sonst sagen sollte und schwieg. Auch Bernhard sagte nichts.

Irgendwann ging er zu einem Kabuff mit der Aufschrift *Privat,* kam mit Mos alter Yogatasche zurück und sagte: »Tja, dann.«

Anett sah auf die Tasche, schaute in das Mini-Büro im Kabuff und fragte: »Mehr nimmst du nicht mit?«

»Ich nehme gar nichts mit«, sagte Bernhard. Er zog den Reißverschluss der Tasche auf und ließ sie hineinblicken.

Anett faltete die Hände vor dem Herzen. Verlegen fragte sie: »Was machst du …«, sie schaute noch einmal in die Tasche hinein, »… und was machst du jetzt … mit Mo?«

Bernhard drückte die Tasche an seine Brust, wiegte sie mit beiden Händen und küsste den Deckel der Urne. »Ich lasse sie verwehen.«

Anett schüttelte ungläubig den Kopf. Sie fragte sich, was der Buddha dazu sagen würde, wenn er Bernhard hier mit der Urne sehen könnte.

»Alles klar«, sagte Bernhard. »Ich geh dann mal. Der Schlüssel steckt.« Beim letzten Satz war er schon am Ausgang.

Anett sah ihm durch die großen Fenster nach, wie er in der Dunkelheit über den Hof entschwand. Sie schüttelte sich bei dem Gedanken, dass Asche alles sein sollte, was von einem Menschen blieb.

Anett schaltete das grässliche Neonlicht aus, entzündete einige Teelichter, die sie in der Küche gefunden hatte, und setzte sich vor den Buddha. Der Geist des Mönchs und auch der Geist Mos erfüllten den Raum.

Siehst du, dachte Anett, es bleibt doch mehr als nur eine Handvoll Asche.

Kapitel 61

Es war schon ein seltsames Gefühl, sich in der eigenen Wohnung fremd zu fühlen. Sie war seit Wochen nicht mehr »zu Hause« gewesen, oder richtiger: hatte jenes Haus nicht mehr betreten, in dem sie einst zu Hause gewesen war. Das ist doch keine lange Zeit, dachte Maya und ließ die Eingangstür hinter sich zufallen, aber offensichtlich war es lange.

Sie warf einen Blick auf die Wohnungstür der Korbaneks. Hinter den Milchglasscheiben war alles dunkel. Sie fand das sehr befremdlich, denn bei den Korbaneks hatte immer Licht gebrannt. Was Doris jetzt wohl machte? Was Daniel wohl gerade tat? Und ob der Mönch zu Hause war?

Eigentlich müsste er da sein, denn innen war der purpurne Windfang vorgezogen. Maya steckte den Wohnungsschlüssel ins Schloss, zog ihn wieder ab und klingelte. Sie konnte doch nicht einfach so in die Wohnung platzen. Aber es regte sich nichts. Sie probierte es ein zweites Mal, etwas nachdrücklicher, und hoffte, den Ehrwürdigen nicht aus seiner Abendmediation zu reißen.

Maya überlegte, ob sie ein drittes Mal schellen oder besser gehen sollte, als der Vorhang zur Seite gezogen wurde und die Tür aufging. Sie faltete die Hände vor dem Herzen und verneigte sich.

»Ehrwürdiger Mönch Siri …« Sie stockte, als sie aufblickte. Vor ihr stand ein Mann von vielleicht gut sechzig Jahren, das dunkle Haar zurückgegelt, der sie mit einem schiefen Lächeln, das wohl freundlich wirken sollte, und eiskalten graublaugrünen Augen ansah.

»Ja, bitte«, sagte er mit einer rauhen Stimme, die nach Jahren des Rauchens und Saufens klang. Dazu passten die großen Poren seines Gesichts, in dem Maya auch kleine Narben zu erkennen glaubte, vor allem um die Augen herum.

»Wer sind Sie?« Maya wich dabei einen Schritt zurück.

»Das wollte ich Sie eigentlich fragen«, erwiderte der Mann.

Maya ging ein Stück vor, sehr entschlossen, und schaute zu dem Mann auf. Seine Augen blickten durch sie hindurch.

»Das ist meine Wohnung.« Maya wusste, dass sie jetzt in den Unerschrockener-Anwalt-vor-Gericht-Modus schaltete. »Sie sagen mir augenblicklich, wer Sie sind, oder Sie verlassen meine Wohnung sofort.« Sie sah ihn an und setzte nach: »Ich meine, was ich sage.«

»Sie gefallen mir, junge Frau«, erwiderte der Mann ungerührt. »Und Sie haben recht, das *ist* Ihre Wohnung.« Er faltete die Hände vor dem Herzen und verbeugte sich. »Gestatten, Schröder, Gerhard Schröder, ehrbarer Kaufmann zu Hamburg.«

Maya musterte den Mann, legte ihren Kopf schief und fragte: »Ehrbarer Kaufmann?« Sie verzog die Mundwinkel ein wenig, als würde sie sich amüsieren, und rief, die Hände theatralisch vor den Mund haltend: »O mein Gott, der Kanzler!« Und nach einer wohl gesetzten Pause fügte sie hinzu: »In Trainingshose und Unterhemd.«

»Nun kommen Sie erst mal rein. Ist ja Ihre Wohnung«, sagte Schröder und stemmte seine Fäuste in die Hüfte.

»Der Kanzler, hier, bei mir zu Hause.« Maya sah sich um, als wollte sie prüfen, ob irgendetwas fehlte.

»Ich meditiere hier mit dem Ehrwürdigen Mönch«, erklärte Schröder. »Er hilft mir, mehr gutes Karma anzuhäufen.«

Maya sah Schröder belustigt an: »Mehr? Gutes Karma?«

Sie blickte die Diele entlang und ging dann zum Dhamma-Zimmer. Durch die Türscheiben schimmerte Kerzenlicht. Vorsichtig öffnete sie die Tür und sah den Mönch mit geschlossenen Augen vor dem Buddha sitzen. Und dann saß da auch ein Mann mit Pferdeschwanz und frischer Nasennarbe: Ronald Wulf. Ob es in ihrem Leben noch einmal eine Ronni-freie Phase geben würde?

»Tritt ein, Maya.« Der Ehrwürdige sprach mit seiner gewohnt ruhigen Meditationsstimme. »Bitte setze dich, damit ich dir einiges zu Herrn Schröder sagen kann. Und störe dich nicht an unserem gemeinsamen Freund, Herrn Wulf.«

Maya legte ihren Mantel ab, setzte sich, beruhigte ihren Atem und ihre Nerven und hörte dem Mönch zu, der ihr von Tagen mit dem Mann berichtete, den sie auf dem Kiez ehrfürchtig »den Kanzler« nannten.

Und danach hatte auch Maya dem Mönch noch einiges zu erzählen. Auf wundersame Weise störte es sie nicht, dass neben ihr ein bekannter Kleinkrimineller und Schläger saß, den sie vor einiger Zeit, die ihr wie eine halbe Ewigkeit vorkam, als Mandant mehr oder weniger rausgeworfen hatte. Und irgendwo in ihrer Wohnung lungerte eine der dubiosesten Figuren des Hamburger, ach was, des gesamten deutschen Rotlicht-Milieus herum. In blauer Trainingshose und weißem Unterhemd, fein gerippt. Und ohne seine legendäre Brille. Vielleicht, dachte Maya, ist das ja ein gutes Zeichen, meine neue Entspanntheit.

Als Maya, der Mönch und dann auch Ronni nach einiger Zeit in die Küche kamen, nippte der Kanzler an einem Becher mit grünem Tee.

»Geht es Ihnen besser, lieber Gerhard?«, fragte der Mönch. Schröder nickte. »Darf ich?«, fragte er leise und deutete auf die drei Becher, die er bereitgestellt hatte. Er schenkte ein. Schweigend tranken alle ihren Tee.

Irgendwann kam in Schröder doch wieder der herrische und ungeduldige Kanzler durch.

»Was ist jetzt?«, raunzte er in die Runde. »Es ist doch irgendwas!« Er merkte, dass der Tonfall nicht angemessen war, holte Luft und sagte: »Tut mir leid. Ich wollte euch … ich wollte Sie nicht bedrängen.«

Der Mönch sah Schröder an und faltete die Hände vor dem Herzen. »Ich fahre fort, lieber Herr Schröder.« Er blickte zu Maya hinüber. »Wir beide fahren fort. Nach Kusala.«

»Das können Sie nicht machen.« Den Satz sagen und aufspringen war bei Schröder eins. »Das ist eine Sauerei. Ich sterbe. Ich verrecke. Und Sie hauen hier mit dem Mädchen ab. Das geht nicht, nee, das kommt überhaupt nicht in Frage.«

Der Ehrwürdige sah Schröder an. Lange und liebevoll. Schröder setzte sich, ohne seinen Blick abzuwenden. Er hatte das Gefühl, noch nie so angeschaut worden zu sein, außer vielleicht ganz früher, von seiner Mutter, und einige Jahre später dann noch einmal von seiner Frau, in den ersten Ehejahren.

Schröder senkte seinen Blick, nahm einen Schluck Tee.

»Also gut«, sagte er zerknirscht. »Wenn Sie fahren müssen, dann müssen Sie wohl fahren.« Er sah den Mönch wieder an, blickte dann zu Maya hinüber: »Aber Sie könnten mich mitnehmen. Das geht doch.« Er trank noch einen Schluck Tee. »Ich meine, das wäre doch eine Möglichkeit, oder?«

Er nahm noch einen Schluck und sagte strahlend: »He, ich könnte auch den Flug nach Kasula-Dingsda bezahlen. Für alle, meine ich.«

Maya schwieg. Mit dem Paten aller Nutten, Zuhälter und Werweiß-was-noch-Gestalten nach Kusala zu fahren, war so ziemlich das Letzte, was sie noch brauchte. Sie zeigte mit dem Finger auf Schröder, schwenkte ihn wie einen Scheibenwischer hin und her.

»No, Sir«, sagte sie entschlossen. »Aber das letzte Wort hat natürlich der Ehrwürdige.«

Der Mönch sah die beiden an und dachte, dass die Menschen nun mal so sind, wie sie sind. Er sah auf seinen Becher, nippte daran und erinnerte eine der ersten deutschen Redewendungen, die ihm sein alter Freund und Klosterbruder Kandako beigebracht hatte: Abwarten und Tee trinken. Und er dachte auch daran, dass er ein Meister war im Abwarten, und Tee konnte man immer trinken, auch als Mönch.

Irgendwann fragte der Kanzler: »Wo liegt das denn, das, na, Sie wissen schon, das, wo Sie hinmüssen?«

Maya erklärte es ihm.

»Aha«, sagte der Kanzler nach einiger Zeit. Er nahm noch einen

Schluck aus seinem Becher. »Es ist natürlich die Frage, ob die einen wie mich reinlassen.«

Maya zuckte mit den Schultern und dachte, dass es auch eine Frage war, ob der Klosterabt eine Frau rein ließ.

»Ist natürlich auch die Frage, ob man Sie reinlassen würde«, sagte Schröder, als hätte er ihre Gedanken gelesen, und zeigte ein abgebrochenes Grinsen. »Andererseits: Versuch macht kluch.« Diesmal erstickte er sein Grinsen nicht. »Wir könnten alle zusammen den Maybach nehmen, Ronni kann ihn fahren«, sagte er und fügte mit betonter Bescheidenheit hinzu: »Oder ich fahr selbst.«

Ronni sagte nichts zu alledem. Er war froh, dass er gar nicht erst gefragt wurde. Er selbst fragte sich nur, ob es klug war von Schröder, in dessen Zustand noch auf große Fahrt zu gehen, statt mal den Koffer fürs Krankenhaus zu packen.

Maya sagte nichts zu Schröders Angebot. Keiner sagte mehr etwas. Keiner rührte sich.

Es war Maya, die das Schweigen brach. »Also gut.« Ihre Stimme klang, als müsste sie sich zu dem, was da kommen sollte, zwingen. »Ich kann nicht über Liebe, Mitgefühl und Gleichmut meditieren und dann«, sie sah Schröder an, »Mönch Siri für mich allein beanspruchen.« Sie wandte sich an den Mönch: »Bitte, Ehrwürdiger, bleiben Sie ruhig hier, und begleiten Sie Herrn Schröder auf seinem Weg zur Erleuchtung.« Sie stellte ihren Becher ab, als setzte sie damit einen Schlusspunkt, stand auf und ging zur Tür.

Schröder sah sie an und wollte etwas sagen, aber dann kam Maya noch einmal zurück zum Tisch, setzte sich wieder und sah zum Mönch.

»Es tut mir leid. Ich war gerade patzig und überheblich. Das sollte ich nicht sein.« Sie hatte es leise gesagt und sah nun Schröder an. »Ich wünsche Ihnen für Ihre Zukunft aufrichtig alles Gute, Herr Schröder.«

Maya stand auf, aber Schröder berührte sie leicht am Unterarm und bedeutete ihr, sich bitte noch einmal zu setzen.

»*Ich* bleibe hier, also hier in Hamburg, Ehrwürdiger Mönch«, sagte er, und man merkte, dass er sich bemühte, seiner Stimme eine gewisse Sanftheit zu verleihen. »Wenn das stimmt mit dem Loslassen, dass das der Anfang ist vom Ende mit dem Leid, dann will ich es versuchen. Jetzt und hier. Bitte, fahren Sie mit Frau Meyerding.« Schröder deutete eine Verneigung an, erst zum Mönch, dann auch zu Maya. »Wenn ich eine Bitte noch äußern dürfte, Frau Meyerding …« Er wartete, Maya nickte. »… dann würde ich mich gern noch einmal vor den Buddha setzen und die Stille auf mich wirken lassen.«

Maya stand auf, faltete die Hände vor dem Herzen, grüßte den Mönch und dann auch Schröder. »Sie sind mir willkommen. Auch ich setze mich noch ins Dhamma-Zimmer, um Abschied zu nehmen.« Sie nickte dem Mönch zu und sah Schröder auffordernd an. Auch er grüßte den Mönch und folgte dann Maya.

Ronni sah den Mönch an und fühlte sich durch dessen Blick in seinem Gefühl bestätigt, dass er besser in der Küche bleiben sollte.

Im Zimmer entzündete Maya die Kerzen, während Schröder an der Tür wartete. Dann setzten sich beide vor den Buddha und wollten gerade die Augen schließen, um ihren sehr eigenen Gedanken nachzugehen, als der Mönch eintrat und sich zu ihnen setzte.

»Lasst uns die Augen schließen«, sprach er mit seiner warmen, gleichmäßigen Meditationsstimme. »Lasst uns atmen, ganz ruhig, ein und aus, auf dass wir uns in uns versenken und dort unserem eigenen Buddha begegnen.«

Und während Maya und Schröder atmeten, ganz ruhig, ein und aus, sprach der Mönch: »Denn das ist es, was uns der Erhabene und Erwachte lehrt: dass wir alle fähig sind, frei vom Leid zu werden durch stete Übung von Achtsamkeit, Mitgefühl und Wertschätzung für das Hier und Jetzt. Wenn der Körper geht, bedeutet das nichts. Es ist der Geist, der den Körper lebendig macht und sich eine neue Hülle sucht.«

Nach einiger Zeit erhob sich der Ehrwürdige und verließ das Zimmer. Als wenig später Maya und dann auch Schröder in die Diele kamen, stand er mit seinem Koffer an der Tür. Ronni stand etwas verloren neben ihm.

Der Mönch musterte Schröder von oben bis unten. »Und Sie, lieber Gerhard, wollen in Socken und Unterhemd vor dem Waldkloster stehen?«

Schröder betrachtete seine schwarzen Seidensocken. »Ich stell mich da auch barfuß vor die Tür«, sagte er und machte sich mit unübersehbarer Erleichterung reisebereit.

Wenige Minuten später verließ Maya die Fichtestraße Nummer sieben und ging auf ihren Mini zu, gefolgt von dem Ehrwürdigen Mönch Siri, dem ehrbaren Kaufmann zu Hamburg Schröder und dem Kleinkriminellen Ronni. Der Kanzler hatte, natürlich, seinen Maybach angeboten – oder besser: Er hatte einen Satz mit diesem Angebot begonnen und abgebrochen, als er Mayas funkelnden Blick sah.

Der Mönch nahm hinten Platz, zusammen mit Ronni, Schröder setzte sich auf den Beifahrersitz. Maya klemmte sich hinter das Steuer und startete den Motor.

»Satter Sound, sportlicher Wagen«, sagte Schröder und versuchte, seine Beine zu sortieren und sich in dem Sitz zurechtzuruckeln. Er schielte auf das Navi. Achthundertdreiundvierzig Kilometer, acht Stunden und sechzehn Minuten bis Mauth. Das Kloster selbst lag an keiner Straße, die dem Entfernungsrechner bekannt gewesen wäre. »Wenn ich Sie ablösen soll …« Schröder sah Maya von der Seite an.

»… dann sage ich Bescheid«, ergänzte Maya und parkte aus.

Plötzlich spürte sie den festen Griff des Kanzlers an ihrem rechten Unterarm. Sie hörte ein Stöhnen und sah das schmerzverzerrte Gesicht ihres Beifahrers.

»Was ist los?« Sie fuhr den Wagen wieder in die Parklücke, von hinten beugte sich Ronni vor und schüttelte Schröder an der Schulter. »Mensch, Gerhard, du musst in die Klinik. Jetzt. Sofort.«

»Schon gut«, wehrte Schröder ab, stieß aber seine Beifahrertür auf und zwängte sich raus. »Ist ja noch enger als Ronnis Sardinenbüchse.« Er bemühte sich zu lachen.

Ronni zwängte sich hinterher und stützte Schröder, bis Maya und der Mönch neben ihm standen. Dann rannte Ronni los Richtung Grindel, um seinen Wagen zu holen.

Schröder hielt sich seinen Bauch und sagte: »Geht schon, wird schon besser.«

Der Mönch trat auf den Mann zu, den man auf dem Kiez den Kanzler nannte.

»Sie haben viel gefehlt in Ihrem Leben, viel Schuld auf sich geladen.« Er sprach noch eindringlicher als sonst, wenn ihm eine Botschaft wichtig war. »Aber der Buddha, der Einzigartige, lässt jeden teilhaben an seiner Lehre von der Befreiung vom Leid.«

Und dann tat der Ehrwürdige etwas ganz Außergewöhnliches: Er legte seine Hände ganz sanft auf die Schultern des Kanzlers und sagte, während er ihm in die Augen sah: »Und so sprach der Erhabene und Erwachte: ›Wer nur meinen Körper sieht, erkennt mich nicht wirklich. Wer aber meine Lehre annimmt, der sieht mich wirklich.‹« Und nach einer Pause sagt er noch, Schröder weiterhin berührend: »›Und so braucht ihr mich nicht, denn ihr habt den Buddha in euch. Niemand kann ihn euch nehmen. Aber bemüht euch, strengt euch an. Bedenkt, was ihr gehört habt über die Lehre vom Karma: Häuft Gutes an – bis zum Schluss.‹«

Mehr sagte der Mönch dann nicht. Und mehr gab es auch nicht zu sagen. Selbst Ronni sagte nichts, als er vorfuhr. Der Kanzler faltete die Hände vor dem Herzen und verneigte sich. Bevor er zu Ronni in den Sportwagen stieg, nahm er seine Sonnenbrille aus der Brusttasche, setzte sie auf, nahm sie wieder ab und warf sie achtlos ins Handschuhfach. Ronni fuhr an. Mit quietschenden Reifen, wie immer. Aber diesmal hatte der Ronni einen guten Grund.

Der Mönch sah ihnen nach. Er ahnte, dass Schröder schwere Zeiten bevorstanden. Doch sollte er auch nur das eine oder andere aus der Lehre des Buddha beherzigen, dachte der Mönch, dann würde es Gerhard Schröder deutlich besser gehen, bei allem Leid.

Der Mönch schaute noch einmal zum Haus Nummer Sieben hoch. Er erinnerte sich an den Abend seiner Ankunft, an den Taxifahrer mit der grünen Daunenjacke und an Schneeflöckchen, Weißröckchen. Jetzt machten sich unter den Bäumen in der Straße schon schöne gelbe Blumen breit, wie frohe Klekse zwischen den parkenden Autos. Auch in den Gärten blühte es schon violett, weiß, rot oder sogar blassblau. Dort, wo sie jetzt hinfuhren, tief unten im Südosten, irgendwo an der Grenze zwischen Deutschland und der Tschechei, könnte es durchaus noch schneien.

Eine schöne Vorstellung, dachte der Mönch, Schneeflöckchen, Weißröckchen noch einmal wiederzusehen. Andererseits, mahnte sich der Mönch, galt es, keine falschen Erwartungen zu hegen. Wie hatte Kandako immer gesagt: Erstens kommt es anders, und zweitens als man denkt.

Kapitel 62

Daniel legte ein neues Holzstück auf den Klotz und holte aus. Vor der Erleuchtung Holz hacken und Wasser tragen, hatte Anakayo gesagt, und nach der Erleuchtung auch wieder Holz hacken und Wasser holen. Daniel hatte sich nach dieser Weisheit von Anakayo nicht gerade vor Ehrfurcht in den Schnee geworfen. Aber er hatte sich nun mal für das Kloster entschieden, und er wollte das jetzt durchziehen. Und dazu gehörte auch, Anakayo als Abt zu akzeptieren.

Außerdem hatte er sich in Kusala gut eingelebt, vor allem gut »eingeschlafen«. Mit einer von ihm nicht für möglich gehaltenen Schnelligkeit hatte er seine Angst vor der Dunkelheit verloren, vor dem unergründlichen Wald mit seiner erschreckenden Stille und den noch erschreckenderen Geräuschen. Vier Nächte hatte er trotz der Kälte mindestens zwei T-Shirts durchgeschwitzt, bevor ihn die völlige Erschöpfung erlöste. Und dann, mit einem Mal, war die Dunkelheit sein Freund geworden. Schon in der fünften Nacht schlief er fast durch. Nur einmal war er von einem Heulen wach geworden, beruhigte sich aber damit, dass er sich das erstens vielleicht nur eingebildet hatte und dass, zweitens, Wölfe keine friedfertigen Mönche anfielen – und auch keine sonstigen Jünger des Buddha. Die Vorstellung, irgendwann einmal der Mönch zu sein, der mit dem Wolf tanzt, ließ ihn lächeln.

Ja, er befand sich auf dem richtigen Weg, daran hatte Daniel keine Zweifel, auch tagsüber nicht. Er verköstigte den Mönch, der es immer noch sehr unbuddhistisch genoss, bedient zu werden, aber das störte Daniel nicht. Anakayo entschädigte ihn – wobei Daniel sich scheute, dabei an Entschädigung zu denken – durch geduldige Übungen in Meditation und verschiedene Atemtechniken.

Und dann hatte Daniel noch das Holzhacken entdeckt. So blöd

das für ihn selbst klang: Es tat ihm gut. Er hatte das Gefühl, bereits den halben Wald leergehackt zu haben. Wenn er das den Sommer über durchhielt, hätte Maya über seine kleinen »Speckfalten« um die Hüfte nichts mehr zu mosern.

Maya.

Daniel hielt inne, obwohl er die Axt schon über seinen Kopf geschwungen hatte. Er konnte so viel Holz hacken, wie er wollte, er konnte so viel atmen und sich in sich versenken: Maya schob sich immer wieder in seine Gedanken.

Du bist ihr in allumfassender Liebe verbunden, sagte er sich dann jedes Mal. Du brauchst sie nicht aus deinem Herzen zu reißen, im Gegenteil. Auch der Buddha liebte. Ja, gerade der Buddha liebte. Aber nicht auf egoistische, besitzergreifende Weise. Zu welchen Enttäuschungen das führte, was die Menschen Liebe nannten, das hatten er und Maya selbst schmerzlich erfahren.

In seinem neuen Leben aber wollte er Maya lieben, wie der Buddha die Menschen liebte: Er wollte sie ehren und in seine Meditation einschließen und ihr mitfühlende Gedanken schicken. Sie sollte weiter Teil seines Seelenlebens sein, aber ohne diese gegenseitigen Ansprüche, Erwartungen, Hoffnungen, die nur zu Enttäuschung und schließlich Trennung führten. Ja, sein neues Leben war endlich das Leben, dass er sich immer ersehnt hatte. Er war im Hier und Jetzt, in der Meditation, im Holzhacken, selbst im Schlaf.

Mit einem Hieb, als wollte er die Erdkugel spalten, ließ Daniel die Axt niedersausen.

Kapitel 63

Nach einem harten Tag der Meditation und des Studiums alter Schriften saß der Ehrwürdige Anakayo höchst zufrieden mit sich und seiner kleinen Welt in dem alten Ohrensessel, der auch schon der Lieblingsplatz des Gründungsabts gewesen war. Das gute Stück stand im ersten der drei Bibliotheksräume, gleich neben dem Fenster mit dem weiten Blick über die Felder. Entgegen seiner Gewohnheit schaute Anakayo nicht hinaus. Wie schon in den letzten Tagen blickte er vielmehr versonnen auf seinen Upasaka, der sich an einem Studiertisch über die Lehrreden des Buddha beugte.

Der Ehrwürdige Anakayo gestand es sich nur ungern ein, aber diesen Anblick hatte er sich viele Jahre lang ersehnt: Endlich saß an diesem Tisch, in dem man nachts die Holzwürmer arbeiten hörte, wieder ein Schüler, *sein* Schüler: ein sehr wohlerzogener, gebildeter junger Mann, der mit Hingabe versuchte, die Erkenntnisse des Erhabenen, des Erwachten nachzuvollziehen.

War dieser junge Mann, der vor einigen Wochen dort drüben über die Felder gekommen war, jener Jünger des Erwachten, auf den er schon so lange gewartet hatte, dem er das Waldkloster anvertrauen konnte?

Dann, so hoffte Anakayo, konnte er vielleicht noch einmal nach Thailand reisen, in sein altes Waldkloster, in dem vor bald einem halben Jahrhundert sein eigener Weg zur Erleuchtung begonnen hatte – falls ihn dieser Weg denn zur Erleuchtung führen sollte. Und vielleicht, wenn er im Zusammenhang mit dem Fortbestand von Kusala alles geregelt hatte, könnte er sogar in Thailand bleiben, um dort dem Buddha zu begegnen.

Ein wenig beschämt über seine selbstbezogenen Gedanken wandte der Mönch seinen Blick von Daniel ab und schaute nun doch über die hier unten noch mit Schneeflecken gesprenkelte Landschaft, die im hellen Mondlicht lag. Woher, fragte sich Anakayo, nahm er die Zuversicht, dass es ihm nicht ergehen würde wie schon so oft zuvor? Wie oft hatte er sich mit den Wenigen, die sich bislang in die Einöde gewagt hatten, Mühe gegeben – und dann waren sie doch nach einiger Zeit wieder gegangen, zurück in das ihrer Meinung nach »wahre Leben«. Oder sie waren aufgebrochen nach Asien, in »richtige Klöster«. Auch Bernhard hatte sein Bündel geschnürt, damals, nachdem der Gründungsabt gestorben war.

Andererseits, dessen war sich Anakayo bei allen Selbstzweifeln sicher, durfte er nichts unversucht lassen, den Fortbestand seines Erbes zu sichern. Und die Ernsthaftigkeit des neuen Upasakas stand außer Frage.

Allerdings hatten Daniels Eifer, sein Wille, seine Ausdauer auch eine Kehrseite, mit der es Anakayo schwer fiel umzugehen: Der junge Mann wollte nicht nur Mönch werden. Das war schön und gut. Er wollte es im Turbo-Gang werden. Nach nur einer Woche hatte er ihn doch tatsächlich gefragt, wie lange man gemeinhin warten müsse bis zur Ordination. In manchen asiatischen Klöstern, hatte Anakayo ihn belehrt, ließen berühmte Klostervorsteher die Anwärter jahrelang warten. Er selbst hatte sich erst nach drei Jahren getraut, seinen Abt zu fragen – und musste sich dann noch einmal ein ganzes Jahr prüfen.

Hatte er seinen Upasaka damit verschreckt? Durfte er, fragte sich Anakayo, solche harten, asiatischen Maßstäbe anlegen? Schließlich war Kusala ein sehr, sehr kleines Kloster an der tschechischen Grenze und Anakayo nicht gerade ein berühmter Abt. Eigentlich durfte er sich gar nicht Abt nennen, weil er ja niemandem vorstand. Aber verdiente ein Waldkloster im Bayerischen Wald – und damit auch dessen Abt – nicht generell mildernde Umstände?

»Darf ich euch stören, Ehrwürdiger?«, riss Daniel den Mönch aus seinen Überlegungen.

Anakayo wandte sich vom Fenster ab, schaute auf zu seinem Upasaka, der vor ihm stand, und nickte ihm aufmunternd zu.

»Ich möchte euch die zweihundertsiebenundzwanzig Silas vortragen«, sagte Daniel, der damit einen Schritt vortrat, aber noch immer einen respektvollen Abstand einhielt.

»Alle zweihundertsiebenundzwanzig?«, fragte Anakayo ungläubig. Als er sah, dass Daniels Augen sich verengten, beeilte er sich zu sagen: »Ja, Entschuldigung, bitte, gern alle zweihundertsiebenundzwanzig.«

Daniel faltete die Hände vor dem Herzen und begann: »Die zweihundertsiebenundzwanzig Regeln, an die sich ein Mönch zu halten hat, gliedern sich in acht Gruppen, beginnend mit den vier Geboten, deren Missachtung den Ausschluss aus der Mönchsgemeinde zur Folge hat …«

Anakayo wusste nicht, was er sagen sollte. Am liebsten hätte er gerufen: Halt! Oder: Schluss! Aus! Ende! Aber dieser junge Mann zählte die Silas mit einer solchen Entschlossenheit auf, dass es der Mönch für Frevel hielt, ihn zu unterbrechen.

Daniel sprach ohne Stocken und Haspeln, wie seinerzeit in der Schule, als er beim Gedichte-Aufsagen ausnahmsweise einmal bessere Noten einheimsen konnte als Rainer Stiens und Michael Hilleckenbach. Und mit jeder weiteren Sila-Aufzählung fühlte er sich sicherer und verspürte schließlich fast ein gewisses Bedauern, als er sich sagen hörte, er komme jetzt »zum Abschluss zu den sieben Regeln, die dafür Sorge tragen, dass Verfahren und Verhandlungen in der Gemeinschaft der Mönche friedlich verlaufen.«

Anakayo hörte schon lange nicht mehr richtig zu. Zu sehr war er damit beschäftigt, sich auf das vorzubereiten, was er auf sich zukommen sah.

»Regel zweihundertsiebenundzwanzig: In einem Streitfall kann es mitunter angebracht sein, einfach Gras über die Sache wachsen zu lassen.« Daniel hatte noch immer die Hände vor dem Herzen gefaltet, verbeugte sich erneut und trat einen Schritt zurück.

»Ganz ausgezeichnet«, sagte Anakayo und wusste nicht, was er sonst hätte sagen sollen.

Daniel nickte dankbar, aber stand noch immer abwartend vor dem Mönch.

»Du erwartest jetzt, dass ich dich ordiniere?« Anakayo hörte selbst die Gereiztheit aus seiner Stimme heraus und setze ein besonders weiches »lieber Daniel« hinzu.

»Ich habe keine Erwartungen, Ehrwürdiger«, antwortete Daniel. »Ich fühle mich allerdings bereit für diesen Schritt. Jetzt und hier.«

»Dieser Schritt muss wohl bedacht sein.«

»Ich bedenke ihn schon lange«, erwiderte Daniel.

»Einige Wochen, selbst Monate, sind ein Fingerschnipp, lieber Upasaka, verglichen mit der Bedeutung dieser Entscheidung. Ich selbst habe vier Jahre gezögert.«

»Verzeiht, Ehrwürdiger, aber ich zögere nicht.«

Anakayo wünschte sich, dass der alte Abt noch unter ihnen weilte. Am liebsten hätte er jetzt den Buddha um Rat gefragt. Aber so sehr der Ehrwürdige in den letzten Tagen auch in alten Schriften nachgelesen hatte: zu einer Art Mindestfrist, die ein Zuflucht-Suchender vor der Ordination einhalten sollte, hatte sich der Buddha nicht geäußert oder hatte Anakayo zumindest in der Bibliothek von Kusala nichts gefunden.

»Warum haltet Ihr Euch nicht an das Beispiel des Erhabenen und Erwachten, Ehrenwerter Mönch?«, fragte Daniel in die Stille hinein, als habe er die Gedanken Anakayos erkannt. »Der Buddha hat nicht eine Sekunde gezögert, der Bitte um Aufnahme nachzukommen, wenn jemand von seiner Lehre aufrichtig ergriffen war.«

Weil der Mönch nichts sagte, zeigte Daniel zum Fenster. »Ehrwürdiger, bitte schaut hinaus.«

Anakayo wusste, was sein Gegenüber ihm sagen wollte. Und er wollte diesen eifrigen Studenten nicht enttäuschen, wollte ihn nicht verlieren. Er hatte schon zu viele vor ihm verloren.

»Ja, lieber Upasaka, es trifft sich, dass du so überzeugend vorgetragen hast und wir gerade Vollmond haben.« Mit einem leichten Seufzer erhob sich der Mönch aus seinem Sessel. »Im Namen des dreifachen Juwels, Buddha, Dhamma, Sangha, lass uns ans Werk gehen, Upasaka.«

Anakayo bedeutete Daniel, ihm zu folgen. »Wir müssen erst einmal schauen, ob wir überhaupt eine Robe für dich haben.«

Daniel fand diese Bemerkung etwas sehr profan. Er stand vor dem entscheidenden Schritt seines Lebens, und der Mönch seines Vertrauens fragte sich, ob er noch eine Robe im Fundus hatte? Hatte er nach dem fehlerfreien Vortrag von zweihundertsiebenundzwanzig Silas nicht ein wenig mehr Respekt verdient? Hätte Anakayo ihn nicht mal als besten Upasaka aller Zeiten oder zumindest Kusalas würdigen können?

Daniel spürte, dass er wieder in alten Mustern dachte. Dass er seine Anhaftungen noch immer nicht überwunden hatte, dass sie ihn noch immer steuerten. Wie viel Holz musste er denn noch hacken?

Kapitel 64

Der Mönch sagte nichts. Er konnte ein großer Schweiger sein. Maya sagte auch nichts. Sie versuchte, sich aufs Fahren zu konzentrieren, doch ihre Gedanken kreisten um Daniel – und um den Mönch.

Wollte sie ihren Mann tatsächlich zurückgewinnen? Schon von ihm als »mein« und »Mann« zu denken, fiel ihr schwer. Weder hatte sie das Gefühl, dass er zu ihr gehörte, noch, dass er ein Mann war. Er war irgendein großer Junge. Nein, damit tat sie ihm auch wieder unrecht. Und sie wusste das. Aber dann wusste sie auch gar nichts mehr.

War das Ganze nicht eine völlig bescheuerte Aktion, so angeschlagen, wie sie sich fühlte? Achthundert Kilometer durch die Nacht zu fahren, um mit einem Mann zu reden, der gestern noch gejammert hatte, er habe nicht genug vom Leben, und heute als Mönch allem entsagen wollte?

Ich sollte ihn auf den Vollmond da oben schießen, dachte sie. Aber um ihr Gewissen zu beruhigen, für das Gefühl, ihrerseits alles getan zu haben, musste sie zu diesem Kerl fahren und mit ihm reden. Dafür brauchte sie allerdings keinen Mönch, das war eine Sache zwischen ihr und Daniel.

Siri. Wenn sie nicht gerade über Daniel und ihre Beziehung nachdachte, verfolgte sie ein Gedanke: Der Mönch musste weg. Daran gab es nichts zu deuteln. Wenn sie in die Fichtestraße zurückkehren würde, dann ohne den Mönch. Der war in Kusala viel besser aufgehoben. Mal ein deutsches Waldkloster zu sehen, war für einen Mönch aus Sri Lanka nicht uninteressant, das hatte er selbst gesagt. Auch mit anderen Buddhisten aus Deutschland und fremden Ländern zusammen zu sein, würde ihm bestimmt gefallen. Aber tat man das, was sie da gerade machte? War diese Nacht-und-Nebel-

Fahrt mit dem Mönch nicht schon eine Art von Rausschmiss? Dürfte man einen Mönch entsorgen, einfach so?

Maya merkte an ihrem Fahrstil, wie wenig sie mit sich im Reinen war. Schon bei der Abfahrt in der Fichtestraße hatte sie zu viel Gas gegeben, und beim Abbiegen in die Rothenbaumchaussee hätte sie fast einen Radfahrer übersehen. Auf der Autobahn musste sie sich – im Wortsinne – immer wieder bremsen, um das Gaspedal nicht ständig zu tief durchzudrücken. Trotzig blieb sie fast die ganze Zeit auf der Überholspur, als könnte sie ihren beschämenden Der-Mönch-muss-weg-Gedanken wegblinken, wie die Wagen vor ihr. Aber sie konnte auf die Lichthupe drücken, so viel sie wollte – einen Mönch so abzuschieben war und blieb niederträchtig. Was für ein Scheiß-Karma sammelte sie da gerade an?

Hinter Hannover merkte Maya, dass sie an den Nägeln kaute, und ärgerte sich noch mehr, denn sie hasste es, wenn Anspannung oder unterdrückte Wut sie in kindliche Muster zurückfallen ließen. Sie sah in den Rückspiegel, wie sie seit der Abfahrt alle paar Kilometer nach dem Mönch auf der Rückbank schaute. Unbewegt saß er dort, total tiefenentspannt.

So schnell Maya auch fuhr, das Gefühl, sich das alles selbst eingebrockt zu haben und nicht mehr zu sein als eine schäbige Möchtegern-Buddhistin, fuhr mit. Schließlich hatte *sie* dem Mönch das Ticket zugesteckt und die förmliche Einladung für die Visa-Bewilligung geschrieben. Gutes Karma anhäufen, hatte sie gedacht, könne ja nicht schaden. Nein, sie durfte sich nicht beschweren, dass der Mönch tatsächlich bei ihnen geklingelt hatte.

Aber sein Geschwätz von Frieden einatmen und Liebe ausatmen, das hätte er sich schenken können. Was wären sie denn jetzt, ohne den Mann in Orange? Ein ganz gewöhnlich gescheitertes Paar. Der eine frustriert durch den Job, die andere verzweifelt am Kinderwunsch. Voll normal.

Mit seinem Buddhismus jedoch hatte der Mönch sie wirklich aus der Bahn geworfen. Dieses hochtrabende Gerede vom Leid und der

Überwindung des Leids, von alten Anhaftungen und unguten Tendenzen, vom Hier und Jetzt, das hatte alles, wirklich alles durcheinandergeworfen. Dadurch war ihr Leben erst richtig aus den Fugen geraten. Ohne den Mönch hätte Daniel gewiss nicht gekündigt; ohne den Mönch müsste sie sich jetzt keine neue Anwaltsgehilfin suchen; ohne den Mönch …

Maya hätte noch eine Menge aufzuzählen gehabt, aber sie war zu Hause losgefahren, ohne aufzutanken, die Reserve blinkte bereits, und in dreihundert Metern kam endlich eine Tankstellenabfahrt.

»Ich füll mal nach, Ehrwürdiger«, sagte sie über die Schulter hinweg. Gemessen daran, dass sie seit der Abfahrt in der Fichtestraße nicht miteinander gesprochen hatten, fand Maya das einen ziemlich dämlichen Satz. Der Mönch sagte nichts, und sie stieg aus, ohne sich nach ihm umzusehen.

Dem Ehrwürdigen waren Mayas Störgefühle, wie der Buddha solche Erscheinungen genannte hatte, nicht entgangen. Er verstand auch, dass sich ihre Unzufriedenheit gegen ihn richtete. Das war völlig in Ordnung. Ein von ihm hoch verehrter Mönchsbruder hatte einmal gesagt, Bhikkhus sollten ein Art Abfalleimer sein. Aus Mitgefühl sollten sie einfach nur für die Menschen da sein, allzeit bereit, sich deren Kummers anzunehmen. Sie sollten nicht groß Ratschläge erteilen, sondern sich nur liebevoll den Seelenmüll ihrer Mitmenschen anhören.

Der Ehrwürdige Siri wollte jedoch nicht nur der Mülleimer sein. Er blickte hinüber zu Maya, die in dem Tankstellenshop in einer längeren Schlange stand. Eine große Anzahl Jugendlicher war dabei, die Regale leerzukaufen, jedenfalls die mit Chips und anderem Naschkram.

Etwas umständlich kletterte der Mönch aus dem kleinen Wagen und ging auf die Tankstelle zu. Die Jugendlichen feixten, als der Mönch den Verkaufsraum betrat. Irgendwo rief einer: »Seht mal die Orange da!« Sofort johlten einige noch lauter auf.

»Ayobowan«, sagte der Mönch lächelnd, »ich grüße Sie im Namen des dreifachen Juwels Buddha, Dhamma, Sangha.«

Ein kleiner Bursche, dessen blondes Wuschelhaar unter einer Mütze mit einem eingestrickten *Hä, wie jetzt?* hervorkam, trat auf den Mönch zu, faltete die Hände, verbeugte sich und sagte: »Aubameyang. Ich grüße Sie im Namen von Reuss, Götze und Schürrle.« Den letzten Namen des Borussia-Dortmund-Spielers konnte er schon nicht mehr richtig aussprechen, so kringelte er sich vor Lachen.

Der Mönch erfreute sich an der Freude dieser ausgelassenen Bande und lachte mit hoher Stimme sein herzliches »Hi, hi!«, gefolgt von seinem tiefen »Ho, ho!«. Und weil er wirklich seinen Spaß hatte, setzte er noch zwei »Hi, hi!« und »Ho, ho!« hinterher.

Der Junge mit der Mütze sah den Mönch verdattert an und sagte: »Hä, wie jetzt?«, und nun lachte die ganze Gruppe – über ihn.

Von der Kasse aus hatte Maya die Szene verfolgt und stürzte auf den Mönch zu. »Was machen Sie da?« Sie hätte ihn am liebsten am Ärmel seiner Robe gepackt und rausgezerrt. Aber einen Mönch berührte man als Frau ja nicht.

Der Ehrwürdige lächelte sie freundlich an und deutete in den Shop hinein. »Bitte, liebe Maya, was sehen Sie?«

Maya schüttelte den Kopf, als müsste sie erst mal wieder wach werden, sah auf die Jugendlichen, die sie und den Mönch umringten, und auf jene, die immer noch die Regale fledderten. »Ich sehe eine Horde unerzogener Typen, die grölen und einen armen Mönch verscheißern.« Es war aus ihr herausgeplatzt, zu heftig, zu scharf, aber nun war es raus, und sie konnte es nicht mehr zurücknehmen.

Der Junge mit der Mütze sagte wieder: »Hä, wie jetzt?«, und diesmal hatte er die Lacher wieder auf seiner Seite.

Der Mönch sah die Jugendlichen freundlich an, besonders den Burschen vor ihm. »Ich sehe hier junge Menschen«, sagte er mit seiner ruhigen, gleichmäßigen Meditationsstimme, »die nach einer langen Busfahrt ihren Auslauf brauchen, die überfordert sind mit dem Angebot hier in diesem Geschäft, die nichts anzufangen wissen mit einem dunkelhäutigen Mann in Orange und die auch mit sich selbst nichts anzufangen wissen, jedenfalls nicht um diese Uhrzeit, übermüdet an einer Autobahntankstelle.«

Maya legte die Stirn in Falten und sah den Mönch mit zusammengekniffen Augen an. »Das sehen Sie doch jetzt nur so, weil Sie es so sehen wollen.«

Die Jugendlichen um sie herum waren plötzlich sehr still geworden. Der Mönch verneigte sich vor Maya.

»Sehr richtig, liebe Maya. Wir alle sehen nur, was wir wollen.« Er blickte in die Runde der Jungen und Mädchen. »Wir können das Gute sehen, wir können das Schlechte sehen. Wir können die zwei Steine in einer Mauer sehen, die schief stehen. Oder wir können die achtundneunzig Steine sehen, die wir gerade gesetzt haben. Wir können uns entscheiden, glücklich zu sein über eine feste, gerade Wand. Oder wir können verzweifeln über zwei schief stehende Steine. Die Entscheidung liegt bei uns.«

Der Junge mit der Mütze blickte mit großen Augen zu dem Mönch auf. Er hatte nicht ganz verstanden, was der Mönch meinte, aber er wusste, dass ein »Hä, wie jetzt?« hier nicht hingehörte.

Maya hatte für die Fahrt einen schwarzen Rollkragenpullover angezogen und trug dazu ihre dünne schwarze Lederjacke. Dennoch war deutlich zu sehen, wie schwer sie atmete.

Der Mönch nickte in die Runde, verließ die Tankstelle und ging zum Wagen. Maya folgte ihm mit einigen Schritten Abstand. Als sie sich hinters Steuer klemmen wollte, sah sie, dass ihnen die halbe Schulklasse folgte, allen voran der Junge mit dem blonden Wuschelhaar.

Vor dem Mönch blieb er stehen und deutete auf dessen kahlgeschorenen Kopf. »Ihnen ist sicherlich kalt hier in Deutschland«, sagte er und reichte ihm seine Mütze. Der Mönch nahm sie dankend an – und setzte sie dem Jungen mit einer schnellen Bewegung wieder auf. »Dir steht sie besser, mein Lieber«, sagte er, verneigte sich und stieg in den Wagen, auf den Beifahrersitz.

Während die Klasse ihnen nachwinkte, fuhr Maya an. Sehr behutsam. Sie blickte zu dem Ehrwürdigen neben sich.

»Sie sitzen dort einer Frau sehr nahe«, sagte sie leise.

»Ja, aber der Erhabene und Einzigartige wird es mir nachsehen, denn seine Lehre ist eine sehr pragmatische und lebensnahe«, sagte der Mönch. Er setzte sich etwas schräg, damit er Maya besser sehen konnte. »So können wir uns besser unterhalten – falls Sie mit mir reden wollen …«

Erleichtert hätte Maya jetzt am liebsten »Hä, wie jetzt?« gescherzt, aber natürlich verkniff sie sich das. Stattdessen sagte sie: »Danke, Ehrwürdiger.« Sie zeigte auf ihre Armaturen. »Und wie schön, dass wir noch ein paar hundert Kilometer vor uns haben.«

Kapitel 65

Daniel hatte den Abend in seiner Kutti verbracht, um sich auf die Ordination vorzubereiten. Ganz in Weiß, in weißer Hose und weißem Hemd, war er nach Kusala gekommen, ganz wie es sich für einen Upasaka gehörte, aber auf das traditionelle weiße Gewand des Laienhelfers hatte er die ganze Zeit verzichtet. Heute Nacht sollte alles stimmen. Deshalb hatte er die vergangene Stunde versucht, einen weißen Wickelrock anzulegen und vor allem das weiße Oberteil so zu knoten, dass es nicht von seiner nackten Schulter rutschte.

Ein wenig konnte Daniel bei der Prozedur auf die Erfahrung an seinem Hochzeitstag zurückgreifen. Auch für die Zeremonie in Siris Tempel hatte er sich traditionell gekleidet, allerdings mit Mayas Hilfe. Ach, wie verrückt doch das Leben war. Nie hätte er sich träumen lassen, dass er noch ein zweites Mal einen solchen Männerrock tragen würde, schon gar nicht für seine eigene Ordination. Der Gedanke, in wenigen Stunden ein buddhistischer Mönch zu sein, alles Schlechte, alles Leid abzuschütteln und endlich frei zu sein, berauschte ihn.

Frei! Wie er die Vorstellung liebte, sich dieser ganzen Last des Status-Denkens, des Besitz-Denkens, des Habens, Wollens und Müssens zu entledigen. Endlich frei. Nur noch sein. Glücklich sein. Ohne Maya.

Daniel ließ die Schulterschärpe los und hielt mit dem Knoten inne. Er atmete noch einmal ganz tief aus und ganz tief ein. Maya hatte hier nichts zu suchen. Es ging um ihn und sein Glück. Und das lag im Loslassen. Im Aufgeben aller Beziehungen. In der Trennung. Von allem. Auch von Maya. Gerade von Maya.

In seinem eigenen kleinen Tagebuch zur Erleuchtung, das Daniel heimlich führte, hatte er als Regel Nummer Eins notiert: Wenn du nicht weiterweißt, setz dich hin und meditiere.

Und deshalb setzte er sich auf den inzwischen von ihm geschmirgelten und lackierten Boden seiner Kutti und versuchte, sich noch einmal zu besinnen. Er spürte seinem Atem nach, er spürte sich selbst nach, er spürte dem Buddha nach – und lächelte erleichtert: Er durfte an Maya denken, an ihr freches Lachen, ihr wunderschönes Gesicht mit den hohen Wangenknochen und dunkelgrünen Katzenaugen. Er durfte sie lieben, denn er liebte sie, dem Buddha sei Dank, nicht mehr besitzergreifend egoistisch, sondern allumfassend, liebevoll, selbstlos – so, wie Mönche liebten.

Als er seinen Geist wieder beruhigt hatte, gelang ihm endlich auch der perfekte Knoten in seiner Schärpe, und er nahm seine Opferschale, seine Kerze und seine Lotusblüten, die er zurechtgelegt hatte, und ging zur Dhamma-Halle. Er hatte die ganze Zeit in Kusala keine Schuhe angezogen, und mitunter hatten Schnee und Eis seine Füße blau anschwellen lassen. Aber jetzt erinnerten selbst hier nur noch wenige weiße Flecken, die im Mondlicht schimmerten, an den Winter, und Daniel empfand das Barfußgehen als Genuss.

Es waren nur zweihundert, dreihundert Meter durch den Wald zum Haupthaus und zur Dhamma-Halle, aber Daniel blieb immer wieder stehen, um sich seiner Schritte bewusst zu werden. Er achtete auch darauf, dass die Schritte nicht zu groß und nicht zu klein waren. Sie sollten der Bedeutung des symbolischen Schrittes, den er vor sich hatte, angemessenen sein. Nie hatte er sich so bereit gefühlt für höhere Weihen.

Auch Anakayo war bereit. Er hatte die Dhamma-Halle in ein Lichtermeer verwandelt. Daniel jedenfalls hatte noch nie so viele Kerzen in einem Raum brennen sehen. Auf den Bänken vor dem großen Torfenster leuchtete es, der Buddha am Ende der Dhamma-Halle war von Kerzen umstellt, und selbst auf den alten Dachbalken der ehemaligen Scheune standen Teelichter. Anakayo hatte sich wirklich größte Mühe gegeben, Daniels Ordination Glanz zu verleihen. Er wusste aber auch, dass tausend Kerzen kein Ersatz waren für die vier Mönche, die jeder Ordination eigentlich beizuwohnen hatten.

Der Mönch saß auf einem Meditationskissen, bedeutete seinem Upasaka, näher zu treten, und stimmte auf Pali eine Rezitation an.

Es fiel Daniel nicht leicht, in seinem Wickelrock niederzuknien, aber im dritten Anlauf gelang es ihm, seine Opferschale vor dem Buddha abzusetzen, die Lotusblüten auf dem Boden auszulegen, seine Kerze vor dem Erhabenen aufzustellen und sie, just in dem Moment, in dem Anakayo seine Rezitation beendete, schließlich auch zu entzünden.

Daniels Finger hatten beim Anreiben der Streichhölzer unerwartet gezittert. Denn nun folgte das Gelöbnis, und damit überkam auch ihn, buddhistische Gelassenheit hin oder her, die Nervosität, musste er die zehn Grundregeln für Mönche doch in Pali aufsagen. Hätte Daniel die Wahl gehabt, er hätte lieber noch einmal die zweihundertsiebenundzwanzig Handlungsanweisungen auf Deutsch vorgetragen als zehn Sätze in dieser Kunstsprache. Oder schreckte ihn gar nicht das Pali? Bekam er etwa Angst vor diesem Schritt?

»Ja, bitte, mein Upasaka«, forderte ihn Anakayo auf, »trag dein Gelöbnis vor.«

Daniel schloss die Augen, faltete die Hände vor dem Herzen und hob an, in der heiligen Sprache der buddhistischen Mönche. Seine Versprechen, kein Leben zu zerstören, nichts zu nehmen, das ihm nicht gegeben wurde, und keinen unkeuschen Lebenswandel zu führen, kamen ihm noch stockend über die Lippen, aber beim fünften und sechsten Gelöbnis hatte er schon gar nicht mehr das Gefühl, selbst zu sprechen. Ihm war, als spräche es aus ihm heraus, ohne jegliches Zutun. Als er das zehnte Versprechen abgab, kein Gold oder Silber anzunehmen, war er so gerührt, dass ihm die Tränen über die Wangen flossen.

Er wischte die Tränen nicht weg. Er war stolz auf diese Zeichen seiner Entschlossenheit.

Nun stimmte der Mönch eine weitere Rezitation an, hielt eine Schatulle hoch und setzte sie in seinem Schoß ab. Daniel rutschte auf seinen Knien dem Ehrwürdigen noch näher. Behutsam, als berge er einen Schatz, entnahm Anakayo dem reich verzierten Kistchen ein Rasiermesser und legte es vor sich auf den Boden. In einer Schale, die hinter ihm gestanden haben musste, schlug er mit einem Pinsel Schaum auf.

Der Ehrwürdige beendete seine Rezitation und hielt zugleich mit dem Rühren inne.

Ohne Aufforderung rutschte David vor.

»Ich bin bereit«, sagte er mit fester Stimme und sah den Mönch an.

Anakayo stimmte eine neue Rezitation an und verstrich den Rasierschaum über die Augenbrauen des Upasakas. Die Lauge rann in Daniels Augen und ließ sie tränen, während der Mönch mit dem Messer die Brauen rasierte. Sehr achtsam. Geradezu zärtlich tupfte er schließlich Daniels Gesicht mit einem warmen Tuch ab.

Daniel verneigte sich dankbar, hielt sein Haupt aber gesenkt. Er spürte Wasser in seinem Haar, er merkte, wie das Wasser in seinen Nacken floss. Er fühlte die Klinge in seinem Haar, das Anakayo offensichtlich erst einmal radikal kurz schnitt. Dann spürte er wieder den Schaum und dann die Klinge auf seiner Kopfhaut.

Wie er sich sonst auf das Atmen konzentrierte, so spürte er nun dem Weg der Klinge nach: Der Mönch setzte sie an der Seite an, zog sie von hinten im Nacken über sein Haupt nach vorne in die Stirn. Und nach jeder dieser Bahnen wischte der Mönch die Klinge ab und rezitierte einen Vers auf Pali.

Die Klinge glitt gerade erneut von hinten nach vorne, als ein abruptes »Haltet ein, Ehrwürdiger!« Daniel hochzucken ließ. Nur den Bruchteil einer Sekunde später zuckte auch Anakayos Hand hoch, aber einen Bruchteil zu spät. Daniel spürte sofort, dass ihm die Klinge die Kopfhaut aufgeschnitten hatte.

Doch die Wunde war nebensächlich, sie beschäftigte Daniel nur im Moment des Schnitts. Danach drehten sich alle Gedanken um den Störenfried, der es gewagt hatte, seine Ordinierung zu entweihen. Und Daniel musste nicht aufschauen, um zu wissen, wer da in der Tür stand. Er hatte die Stimme schon mit dem ersten Wort erkannt.

»Was soll das?« Daniel hatte Mühe, in seinem Wickelrock aufzustehen. »Was wollt ihr hier, Mönch Siri?«

Freundlich lächelnd, als hätte er nicht gerade noch energisch wie ein Feldwebel gesprochen, verbeugte sich der Mönch vor Anakayo, der immer noch vor dem Buddha saß und zur Tür starrte.

»Verzeiht mir, Ehrwürdiger Mönch, dass ich eure Zeremonie störe, ich bin nur bemüht, Leid zu vermeiden.«

Der Mönch wandte sich Daniel zu und erwies ihm den gleichen Respekt. »Ehrenhafter Upasaka Daniel«, sagte er mit warmer, weicher Stimme, »seht mir nach, dass ich störe. Aber zu den zahlreichen Vorschriften für die Ordinierung gehört auch die Frage an die Mönchsgemeinde, ob ein Bruder Einspruch erhebt.«

Mönch Siri verneigte sich und blickte zu Anakayo herüber.

»Ihr habt recht, verehrter Bruder«, sagte dieser und erhob sich. »Ich kenne euch aus Erzählungen des Upasakas. Ich schätze auch eure Kenntnisse der Tradition. Aber«, und nun blickte er Mönch Siri sehr lange in die Augen, »Kusala ist mein Kloster, dies ist meine Gemeinde und das mein Upasaka. Ich lehne euren Einspruch ab.«

Mönch Siri sah Anakayo mit deutlichem Befremden an. »Verzeiht, Ehrwürdiger, aber bitte zählt mir das Hab und Gut eines Mönchs auf.«

Nun war es an Anakayo, irritiert zu schauen. »Wie … Was meint Ihr?«

»Benennt einfach, was wir Bhikkhus besitzen dürfen«, ermunterte ihn Siri.

Und Anakayo zählte auf: »Unsere Gewänder, Nadel und Faden, ein Schermesser, ein Gürtelband, die Bettelschale und einen Wasserfilter.«

Mönch Siri verneigte sich. »Ich danke euch für diese vollständige Aufzählung dessen, was wir ›mein‹ nennen dürfen. Ein Kloster, eine Gemeinde, ein Upasaka aber war nicht darunter.«

Daniel spürte die Wärme seines Bluts, das ihm aus der Schnittwunde über die Schulter und in den Nacken ran. Er zupfte an seiner Schärpe und presste einen Zipfel auf die Blutung. Er tat es mechanisch, denn seine Augen hingen an den beiden Mönchen, die sich gegenüberstanden. Anakayo ballte die Fäuste, Mönch Sri hielt die Hände weiter gefaltet vor dem Herzen.

»Das ist eine Frechheit!«, stieß Anakayo hervor.

»Das ist die Wahrheit«, sagte Siri betont sanft. »Aber um die wisst Ihr. Nicht bekannt aber dürfte Euch sein, dass dieser Upasaka gewisse soziale Verpflichtungen eingegangen ist.« Siri hielt inne und gab Anakayo Gelegenheit, Daniel ungläubig anzusehen. Daniel schüttelte den Kopf und blickte verständnislos zum Ehrwürdigen Siri hinüber.

»Willst du, lieber Daniel, es dem Ehrwürdigen Anakayo nicht selbst sagen?«, fragte ihn Siri leise.

»Was, bitte, soll ich sagen?« Daniels Stimme war frei von Wut. Sie klang verunsichert. Er wusste wirklich nicht, worauf der Mönch hinauswollte.

»Lieber Daniel«, erklärte Siri und schaute dabei auch zu Anakayo hinüber, »du bist ein verheirateter Mann. Du bist gebunden, solange deine Frau dich nicht freigibt.«

Anakayo schaute Daniel an. Hätte er nicht schon gesessen, der Mönch hätte sich erst einmal setzen müssen.

Daniel wiederum blickte zu Anakayo und wollte sich dem Mönch vor die Füße werfen. Er sah Siri an und wäre ihm am liebsten an die Gurgel gegangen. Und er sah auf sein mit Bluttropfen übersätes Upasaka-Gewand und hätte am liebsten losgeheult: Er war weder zu dem einen noch zu dem anderen fähig. Hektisch raffte er seinen Rock und rannte aus der Dhamma-Halle – den Blick fest auf den Boden gerichtet. Er konnte weder Siri noch Anakayo in die Augen sehen.

Die beiden Mönche standen einander in der Dhamma-Halle schweigend gegenüber. Der Ehrwürdige Siri hielt die Hände immer noch gefaltet vor dem Herzen und blickte auf seine Fingerspitzen. Auch der Ehrwürdige Anakayo blickte auf seine gefalteten Hände.

»Betrachte den, der deine Fehler dir enthüllt ...«, sprach Mönch Siri in die Stille hinein.

»... als erzähle er dir von einem verborgenen Schatz«, fuhr Mönch Anakayo fort.

»Denn auf den Bergspitzen des Stolzes können die Wasser der Liebe sich nicht entfalten«, sagte Siri.

»Nur in den tiefen Tälern der Demut sammeln sich alle Ströme der Liebe zu unerschöpflichen Seen«, ergänzte Anakayo und sah seinen Mönchsbruder an.

»Wollen wir vor dem Buddha niederknien und uns verneigen?«, fragte Siri und ging auf die Figur des Erhabenen und Erwachten zu.

»Gern«, antwortete Anakayo und wandte sich ebenfalls dem Buddha zu.

Neben der Statue stand noch die Schale mit dem Rasierschaum und dem Pinsel. Das Rasiermesser lag daneben, aufgeklappt, wie es Anakayo aus der Hand gefallen war.

»Ein schönes Stück habt ihr da, Ehrwürdiger, um euch das Haupt zu rasieren«, bemerkte Siri, während er sich in den Lotussitz niederließ.

»Ich selbst nutze eine simple Klinge«, erklärte Anakayo. »Das ist das Messer unseres verstorbenen Abts, des Ehrwürdigen Kandako.«

Nun hatte es wenige Momente im Leben des Mönchs Siri gegeben, in denen er überrascht gewesen war, und noch weniger Situationen, in denen er seine Überraschung auch gezeigt hatte. Jetzt aber fuhr sein Kopf so schnell herum zu seinem Mönchsbruder, stand sein Mund so offen, dass Anakayo gar nicht mehr fragte, *ob* Siri den alten Abt gekannt hatte, sondern nur woher.

»Lass uns die Augen schließen, lieber Bruder«, antwortete Mönch Siri, »und uns vor dem Buddha unsere Geschichte erzählen, auf dass die Vergangenheit dann ruhen möge.«

Kapitel 66

Maya hatte die Szene in der Dhamma-Halle vom dunklen Innenhof aus verfolgt, die große Glastür der ehemaligen Scheune bot ihr einen leinwandgleichen Blick. Stumm und starr hatte sie mitangesehen, wie Daniel vor dem Mönch auf den Knien rutschte. Als er ihm aber seinen Kopf zur Rasur hinhielt, wollte sie losstürmen, um ihn den Armen dieses alten Mannes zu entreißen. Doch der Ehrwürdige Siri mahnte sie zur Geduld und schritt dann alleine ein.

Ja, als Daniel nur einige Minuten später durch den Hof lief, hätte sie rufen können: »Halt, warte doch!« Oder: »Danny, lauf nicht weg!« Aber sie tat es nicht. Daniel war so plötzlich aufgetaucht und so schnell an ihr vorbeigestürmt, dass sie zu überrascht gewesen war, um zu reagieren. Und als sie sah, wie er Richtung Wald lief, kam auch Neugier in ihr auf. Was er nun wohl anstellen würde, der angehende Herr Mönch?

Allerdings hatte Maya schon in Hamburg Probleme mit der Dunkelheit. So ängstigte es sie etwa, im Winter frühmorgens an der Alster entlangzulaufen, obwohl dort einige Laternen standen. Und nun lag vor ihr ein dichter, trotz des Vollmonds dunkler Wald. Und sie hatte keinen blassen Schimmer, wie tief Daniel da überhaupt hineinlief.

Sie sah sich zur Dhamma-Halle um und wusste, dass sie von Mönch Siri keine Hilfe zu erwarten hatte, jedenfalls nicht so bald. Der Ehrwürdige saß seelenruhig vor dem Buddha im Lotussitz, um mit diesem Kusala-Mönch zu meditieren, zu reden oder sonst was zu tun.

Maya dachte daran, was der Mönch ihr zum Thema Ängste gesagt hatte: dass es zu unterscheiden galt zwischen der vermeintlichen Wirklichkeit, dem Bild in unserem Kopf, und der wahren Wirklichkeit. Und dass Wirklichkeit auch eine Frage eines ruhigen, kontrollierten Geistes war.

Und da war auch bestimmt viel Wahres dran.

Und bestimmt hatte der Mönch mit seinem klaren Geist keine Angst vor der Dunkelheit.

Aber sie, Maya, musste jetzt in diesen Wald, und sie hatte nun mal tierische Angst. Sie hätte heulen können. Sie biss sich vor Anspannung fast die Lippen auf, holte tief Luft und hämmerte sich ein: Nur in deinem Kopf ist der Wald bedrohlich, tatsächlich ist da nichts und niemand, der dir etwas tut.

Sie setzte einen Schritt vor den anderen ins Dunkle hinein, einen Pfad entlang, den sie zu erkennen glaubte.

Die ersten Meter kamen ihr vor wie die schwersten ihres Lebens. Aber zu ihrer Überraschung wurde die Angst nicht mit jedem Schritt größer, sondern ließ nach. Nach vielleicht hundert Metern war sie nicht mehr größer als beim letzten Dunkel-Lauf an der Alster. Alles reine Kopfsache, machte sie sich Mut und ging weiter, bis sie zu einer Lichtung kam, auf der eine Hütte stand. Sollte das Daniels Unterkunft sein? Die Hütte sah sehr verwittert und verlassen aus. Nein, dort übernachtete niemand mehr. Aber sie schien sich den Quartieren der Mönche, diesen Kuttis, zu nähern. Wahrscheinlich war auch Daniels Schlafplatz nicht mehr weit. Nur, in welche Richtung sollte sie weitergehen?

Im Zweifelsfall geradeaus, dachte Maya, überquerte die Lichtung und fand auf der anderen Seite tatsächlich wieder einen Pfad, dem sie vorsichtig folgte. Sie merkte, wie die Angst weiter von ihr abfiel und sie sich stattdessen mit Daniel beschäftigte: dass er seit Wochen hier lebte und sich hier – was sie sich gar nicht vorstellen konnte – offensichtlich wohl fühlte. Und dass sie ihn wahrscheinlich gleich wiedersehen würde, aber nicht wusste, was sie sagen sollte.

Schon nach wenigen Metern sah Maya eine weitere Lichtung – und da saß er: im Lotussitz neben seiner Kutti, in seinem traditionellen Gewand, mit Blutspritzern übersäht, die Schärpe schief auf der nackten Schulter, das schöne dunkle Haar links völlig wegrasiert, rechts stümperhaft kurzgeschnitten. Seine Augen waren geschlossen, sein Brustkorb hob und senkte sich. Ein Möchtegern-Buddha unter einer bayrischen Tanne.

Mayas Spott war ein Reflex auf dieses absurde Bild, das sich ihr da bot. Auf den zweiten Blick strahlte Daniel eine Ernsthaftigkeit aus, die ihr Respekt abnötigte. Ja, sie wich sogar einen Schritt zurück, weil sie dachte, ihn nicht stören zu dürfen. Vielleicht wäre sie sogar umgekehrt und alles wäre wieder ganz anders gekommen, wenn Daniel nicht die Augen geöffnet und gesagt hätte: »Bitte, Maya, komm ruhig näher.«

Ohne Ja oder Nein zu sagen, trat sie aus dem Wald heraus und ging über die kleine Lichtung auf ihn zu. Er bedeutete ihr, sich zu setzen. Als sie sich auf dem feuchten Boden im Lotussitz niederließ, war sie froh, Jeans und Stiefel angezogen zu haben.

Daniel bemühte sich, seinen Ärger zu unterdrücken. »Warum habt ihr unsere Zeremonie gestört?«

»Es tut mir leid«, antwortete Maya. »Ich dachte, wir sollten vor so einem Schritt noch einmal miteinander reden, über das, was war, und über das, was sein wird.«

»Ich habe versagt. Im Beruf. In unserer Beziehung.« Er sagte es ohne jegliche Weinerlichkeit. »Hier bin ich frei von allem Druck. Kannst du dir vorstellen, wie schön das sein muss, irgendwann zu erwachen, erleuchtet zu sein, wahren Frieden zu finden?«

Maya zögerte mit einer Erwiderung, sie wollte diese überraschend friedliche Atmosphäre nicht zerstören. Aber dann gab sie sich doch einen Ruck, denn entweder schafften sie und Daniel hier und jetzt noch einmal einen Neuanfang, oder es war tatsächlich alles für immer verloren.

»Findest du das«, fragte sie sanft, »nicht alles sehr, sehr radikal, was du hier machst?« Sie wartete einen Moment. »Der Buddha selbst hat immer für den mittleren Weg plädiert.«

Sie sah an dem breiten Lächeln, das ihn überkam, wie er innerlich triumphierte.

»Maya, mein Liebe, der Buddhismus ist der mittlere Weg.«

Sie schüttelte den Kopf, sehr langsam. Sie wollte hier kein Duell der Worte. »Der Buddha hat das Leben eines Prinzen geführt«, sagte sie. »Und dann hat er als Asket gefastet, bis er fast tot umgekippt wäre. Für ihn war das Leben als Mönch der mittlere Weg.« Maya sah Daniel lange an. »Für dich, für mich, für uns wäre der mittlere Weg, unseren Ehrgeiz, unsere Begierden und Ängste zu bändigen, die Achtsamkeit zu stärken, durch Yoga und Meditation unserem Körper und unserer Seele Gutes zu tun. Du könntest die Werte des Buddha leben, ohne Mönch zu sein. Ich könnte versuchen, mich auch ohne Kanzlei und Kinder als wertvoller Mensch zu fühlen.«

Sie blickte sich um und sah Daniel dann wieder an. »Es ist sehr schön hier, wirklich. Ich verstehe, dass dir die Ruhe und Schlichtheit guttun. Aber man muss nicht Mönch werden, um zu erwachen.«

Daniel sagte lange nichts. Maya empfand die Stille nicht als unangenehm. Er rutschte ein Stück näher und berührte ihre Hände, die auf ihren Knien lagen. »Du warst doch nicht glücklich mit mir. Deine Unzufriedenheit habe ich mir doch nicht eingebildet.«

»Ich war unzufrieden mit mir. Das habe ich auf dich übertragen.« Sie lachte auf. »Mönch Siri würde sagen: ›Da könnten noch jede Menge Anhaftungen und Störgefühle wegmeditiert werden.‹«

Nun lachte auch Daniel und sah zur Tanne hoch. »Na ja, das ist hier auch kein Bodhi-Baum.« Aber dann sah er Maya wieder sehr ernst an. »Nein, es tut mir leid. Ich glaube nicht, dass du deinen Kinderwunsch einfach wegatmen kannst.« Er schüttelte heftig den Kopf.

»Nein, da hast du vielleicht recht, du alter Skeptiker.« Sie sah ihn an und kämpfte mit den Tränen. »Aber«, sie drückte seine Hände, »Daniel, ich bin schwanger.«

Kapitel 67

Der Ehrwürdige Mönch Siri kämpfte mit seiner buddhistischen Gelassenheit. Schon bei der Hochzeitszeremonie für Daniel und Maya in seinem Tempel hatte er ein gutes Gefühl gehabt. Sonst hätte er sich gar nicht erst darauf eingelassen, für die beiden zu rezitieren. Aber jetzt, da er die beiden dahinten auf der Lichtung sah, in inniger Umarmung, war er sicher, dass alles so gekommen war, wie es kommen sollte.

Bevor sein Mitgefühl ihn völlig übermannte, wandte sich der Mönch ab und ging zurück zum eigentlichen Ziel seines Waldspaziergangs, der Kutti seines einstigen Tempelbruders Kandako. Die Spinnweben im Türrahmen zeigten, dass die Hütte schon lange von niemandem mehr besucht worden war.

Vorsichtig stieß der Mönch die Tür auf und blickte in den Raum. Hier hatte Kandako also gesessen – und vielleicht auch an ihn gedacht. Aber nie wieder von sich hören lassen. Immerhin hatte er, so wie Anakayo ihm berichtet hatte, einen guten Grund gehabt, den Tempel zu verlassen. Kandako war nach Deutschland zurückgekehrt, um seine frühere Frau zu pflegen. Sie hatte sich von ihm nach dem Prozess getrennt, und er hatte sein Seelenheil im Buddhismus gesucht. Aber als sie an Krebs erkrankt war, da hatte er für sie da sein wollen, auch wenn er nicht als Friedbert zurückgekommen war, sondern als Kandako. Machte das einen Unterschied?

Der Ehrwürdige betrachtete den Raum genau, aber er enthielt nichts, das an den Gründungsabt erinnerte. Die Wände waren leer, auf der Pritsche lag eine von Getier zerfressene Decke, auf dem alten Holztisch stand nichts, in der Schublade lag nichts. Toilette und Bad ließ der Ehrwürdige unbeachtet. Das Rasiermesser Kandakos, das nach Siris Erinnerungen eine Klinge aus »echtem Solinger Stahl«

hatte, war von Anakayo ja bereits in den Besitz des Klosters überführt worden.

Der Ehrwürdige setzte sich an den schlichten Tisch und schloss die Augen. Er könnte jetzt enttäuscht sein darüber, dass seine kindliche Hoffnung, hier auf irgendetwas zu stoßen, dass seine Freundschaft mit Kandako symbolisiert hätte, sich nicht erfüllte. Kein Brief, kein Bild, nichts, das er nun hätte an sich drücken können als Vergewisserung seiner eigenen Bedeutung für Kandako. Stattdessen saß er mit leeren Händen hier.

Aber er könnte es auch so sehen, dass das Leben so war, wie es war und nicht so, wie wir es uns wünschten. Dass es darum ging, nichts zu verklären und nichts zu erträumen, sondern dass ein leerer Raum ein leerer Raum war und nichts besagte über die Freundschaft, die sie damals verband.

Der Mönch erhob sich, öffnete das Fenster, stieß die Läden auf und blickte in den Wald. Er atmete die frische klare Luft ein, atmete sein Glück ein und aus, als es klopfte.

»Tritt ein«, sagte er und drehte sich um.

Daniel öffnete die Tür, ging aber respektvoll die Stufen wieder zurück. Er faltete die Hände vor dem Herzen und verneigte sich.

»Danke, Ehrwürdiger Mönch Siri, dass Sie gekommen sind. Nach Hamburg und auch hierher.« Er verbeugte sich erneut.

Auch der Mönch verneigte sich vor Daniel, bis dieser sich wieder aufrichtete. Er sprach dann mit so klarer und ergreifender Stimme, dass Daniel dachte, selbst der Mann im Mond würde sie hören: »Der Erhabene und Erwachte hat gesagt: ›Niemand rettet uns, außer wir selbst. Niemand kann und niemand darf das. Wir müssen selbst den Weg gehen.‹«

Der Ehrwürdige sah zu Maya hinüber, die am Rand der Lichtung auf Daniel wartete. Er verneigte sich auch vor ihr. Dann schloss er die Tür. Es war alles gesagt.

Aus dem Fenster sah er Maya und Daniel nach, wie sie Hand in Hand in den dunklen Wald hineingingen. Er dachte an dieses deutsche Märchen, an Hänsel und Gretel. Und dann lachte er, ein ganz leises »Hi, hi!« und »Ho, ho!«.

Der Ehrwürdige schloss die Läden und das Fenster, zog die Tür hinter sich zu und ging durch den Wald zurück zum Kloster. In der Dhamma-Halle brannten noch einige Kerzen. Der Mönch grüßte den Buddha und ließ sich vor ihm nieder. Er atmete Frieden ein und Liebe aus und umhüllte alle, die ihm auf dieser Reise begegnet waren, mit einer Wolke von Liebe.

Er versenkte sich mit jedem Atemzug tiefer in sich selbst, immer tiefer, bis er alles sah: Bernhard, der nur mit einem Bündel und einem Wanderstab in Kusala Zuflucht sucht, Mos Asche vom Wind verwehen und sich sein Haupt rasieren lässt. Anakayo, der eine zweite Robe in seinen Mönchsbeutel packt, die Bettelschale umschnürt und seinem alten Kloster in Asien entgegenzieht.

Er sah eine zufriedene Maya, die einen jungen Anwalt als Mitarbeiter in ihrer Kanzlei willkommen heißt; einen Daniel, der amüsiert ein Buch über seine Erleuchtungserlebnisse schreibt. Und er sah das Paar gemeinsam in Anetts Yogastudio den nach unten schauenden Hund üben und in der Fichtestraße im einstigen Dhamma-Zimmer liebevoll ein Kinderbett aufbauen.

Der Ehrwürdige Siri Sudhamma sah auch sich selbst, wie er vor der verlassenen Kutti des Gründungsabts Anakayo die alten Zeitungsartikel über den jungen Polizisten Friedbert Bohn verbrennt, und er sah sich den letzten Schnee hoch in die Sonne werfen und sich an den Kristallen erfreuen, die aufschimmern wie Schneeflöckchen, Weißröckchen.

Er sah Schweiß über seine Stirn rinnen, während er mit seinem kleinen Koffer in Balapitiya von der großen Straße in den Pfad zum Gunananda-Tempel abbiegt. Als sei er nicht fort gewesen, springt ihm Söckchen von den Tempelstufen entgegen und liegt Pünktchen im Innenhof gebieterisch in der Sonne; und Ananda trocknet seine Sehnsuchtstränen und hält ihm eine große Portion Mango-Mousse entgegen.

»Lasst es gut sein, Siri Sudhamma Theravada.« Der Ehrwürdige hatte diese Stimme in seinem Inneren schon so oft gehört, aber nie so nah und vertraut, nie so voller Güte.

Der Mönch öffnete die Augen. In der Dhamma-Halle waren auch die letzten Lichter erloschen – bis auf eine Kerze. Sie stand vor der Statue des Buddha und tauchte das lächelnde Gesicht des Erhabenen in einen warmen Schein. Liebevoll ruhte der Blick des Erwachten auf dem ihm ergebenen Bhikkhu.

Der Mönch traf den Blick des Erhabenen und sah das Licht. Es näherte sich. Es erfüllte den Raum. Umfangen von hellem Licht vernahm der Mönch die Worte des Buddha: »Es ist alles getan. Erhebt euch, Ehrwürdiger.«

Die Pyramiden wurden nicht von den Pharaonen erbaut, nach denen sie benannt sind. Und Bücher erscheinen nur, weil selbst hinter den genialsten oder unerträglichsten Autoren anteilnehmende Menschen stehen, die mit Rat und Tat, Ermunterungen und mitunter auch Ermahnungen nicht geizen.

Von Herzen danken möchte ich daher meinem mit mir unendlich geduldigen, wortgewandten Freund Tobias Wantzen, der jede Zeile so aufmerksam gelesen hat, wie sonst nur meine wunderbar unerbittliche Lektorin Andrea Müller und mein auch mit therapeutischen Talenten gesegneter Literaturagent Harry Olechnowitz.

Meinen kleinen Einblick in die große Lehre des Buddha verdanke ich besonders dem Mitgefühl und der Achtsamkeit von Raimund Beyerlein, verdienter Verleger insbesondere von Schriften und Kommentaren zum Pali-Kanon, dem Ehrwürdigen Mönch Nyanasanta aus dem Regenwaldkloster Naga-Aranya in Sri Lanka, Oliver Petersen vom Tibetischen Zentrum Hamburg sowie den gastfreundlichen Mönchen des Waldklosters Muttodaya in Stammbach.

Mit großem Beistand bedacht haben mich zudem meine langjährigen Freunde Carsten Bartholl, Peter Becker und Albert Dommer sowie meine umsichtige Agentin fürs Filmgeschäft, Isabel Schickinger. Zu guter Letzt danke ich Erich Böhm vom Sri Lanka Ayurveda Garden sowie Nadeen Mirza aus dem Jyoti-Yoga-Studio im Grindelhof, wo ich der großartigen Katchie Ananda begegnen durfte, und Rolf-René Schneider, der zu Recht daran glaubt, dass der Besuch von Buddhas bestem Mann ganz großes Kino ist.

Literaturempfehlungen

Andreas Altmann, *Triffst du Buddha, töte ihn.* Dumont.

Mettiko Bhikkhu (Hrsg.), *Meister der Morgenröte.* Muttodaya Dhamma.

Ajahn Brahm, *Die Kuh, die weinte.* Lotos.

Giulio Cesare Giacobbe, *Zum Buddha werden.* Goldmann.

Thich Nhat Hanh, *Wie Siddhartha zum Buddha wurde.* Theseus.

Hermann Hesse, *Siddharta.* Suhrkamp.

Jack Kornfeld, *Meditation für Anfänger.* Arkana.

Dalai Lama, *Mit weitem Herzen.* Theseus.

Lama Ole Nydahl, *Wie die Dinge sind.* MensSana.

Wilfried Reuter, *Weck den Buddha in dir.* Edition Steinrich.

Janwillem van de Wetering, *Der leere Spiegel.* RoRoRo.

Darüber hinaus empfehle ich das Programm des Verlages Beyerlein & Steinschulte (http://www.buddhareden.de), in dem Raimund Beyerlein und Fritz Steinschulte die Lehrreden des Buddha, Kommentare zum Pali-Kanon oder solche Pretiosen buddhistischer Literatur veröffentlichen wie »Unsere wirkliche Heimat«, die Ansprache des Ehrwürdigen Ajahn Chah an eine sterbende Laienanhängerin.